ROBIN COOK

PLAZA JANÉS

ROBIN COOK

•

Invasión

Traducción de
Matuca Fernández de Villavicencio

PLAZA & JANÉS EDITORES, S.A.

Título original: *Invasion*
Diseño de la portada: Método, S. L.

Tercera edición: noviembre, 1998

Printed in Spain – Impreso en España

ISBN: 84-01-49183-5 (col. Jet)
ISBN: 84-01-47864-2 (vol. 183/12)
Depósito legal: B. 45.610 - 1998

Fotocomposición: Comptex & Ass., S. L.

Impreso en Litografía Rosés, S. A.
Progrés, 54-60. Gavà (Barcelona)

L 478642

PRÓLOGO

En la helada infinitud del espacio interestelar un punto de materia-antimateria fluctuó en el vacío creando un intenso destello de radiación electromagnética. La retina humana habría percibido el fenómeno como la súbita aparición y expansión de una fuente luminosa compuesta por todos los colores del espectro. Naturalmente, ni los rayos gamma, ni los rayos X, ni las ondas infrarrojas y radioeléctricas habrían estado al alcance de la limitada visión de un ser humano.

A la par que el estallido de colores, el testigo humano habría visto surgir una inmensa cantidad de átomos asumiendo la forma de una concreción negra y disciforme en plena rotación. Para un espectador el fenómeno habría sido como ver reproducida al revés la filmación de ese objeto zambulléndose en una cristalina lámina de fluido, produciéndose la onda expansiva en la trama misma del tiempo y el espacio.

Sin abandonar una velocidad cercana a la de la luz, la inmensa cantidad de átomos fusionados irrumpió en las lindes más remotas del sistema solar, dejando atrás las órbitas de los planetas gaseosos exteriores,

Neptuno, Urano, Saturno y Júpiter. Llegada a la órbita de Marte, la concreción había menguado considerablemente en rotación y velocidad.

Ya era posible distinguir el objeto: una nave intergaláctica cuya brillante superficie parecía hecha de bruñidísimo ónice. La única impureza en su forma de disco consistía en una serie de protuberancias dispuestas por el borde exterior. Cada una de estas protuberancias reflejaba en su forma la de la nave principal. Por lo demás, el revestimiento exterior no presentaba distorsión alguna: ni ventanillas, ni válvulas, ni antenas. Ni siquiera había junturas.

La rápida inmersión de la nave espacial en las primeras capas de la atmósfera terrestre produjo un aumento vertiginoso de su temperatura exterior. Muy por debajo aparecieron las vacilantes luces de una ciudad, ajena a lo que estaba sucediendo. La nave, programada de antemano, ignoró las luces; fue pura cuestión de suerte que el impacto se produjera en un paraje desértico y pedregoso. Pese a la velocidad relativamente baja a que se produjo, el aterrizaje fue más bien una colisión controlada, resuelta en un torbellino de piedras, arena y polvo. Cuando por fin la nave se detuvo, estaba medio enterrada. Los escombros que habían salido despedidos volvieron a caer sobre su lisa superficie.

Una vez la temperatura hubo descendido por debajo de los doscientos grados centígrados, una especie de rendija vertical apareció en el borde de la nave. No se parecía a una portezuela mecánica. Se habría dicho más bien que las propias moléculas se activaban para abrir un resquicio en el exterior homogéneo de la nave.

La rendija dejó escapar una nube de vapor, señal de que en el interior reinaba una temperatura glacial. Los ordenadores en serie que contenía procesaron sin descanso sus secuencias automáticas. Muestras de atmósfera y suelo terrestre fueron introducidas en la nave para su posterior análisis. El procesamiento funcionó según lo previsto, incluyendo la extracción de formas de vida procarióticas (bacterias) mezcladas al polvo. El análisis de todas las pruebas, incluido el ADN que contenían, confirmó lo correcto del destino. Entonces se inició la secuencia de armamento. Entretanto, una antena se irguió en el cielo nocturno para preparar la transmisión en frecuencia quasar del mensaje: Magnum había llegado.

1

22.15 h.

—¡Eh, oye! —dijo Candee Taylor, dando palmadas en la espalda de Jonathan Sellers. Jonathan se dedicaba a besarle el cuello con ahínco—. ¡Aquí control de tierra! ¿Me recibes, Jonathan? —añadió Candee, al tiempo que con los nudillos le daba leves golpes en la cabeza.

Tanto Candee como Jonathan tenían diecisiete años, y eran alumnos de último año en el instituto Anna C. Scott. Jonathan había sacado el carnet de conducir hacía poco tiempo y, aunque sus padres todavía no le dejaban el coche, había conseguido que Tim Appleton le prestara su Volkswagen. Aún no era fin de semana, pero Candee y Jonathan se las habían arreglado para escurrir el bulto y conducir hasta un acantilado con vistas sobre toda la ciudad. Ambos habían estado esperando con impaciencia su primera visita al lugar de encuentro más frecuentado por las parejas del instituto. Para acabar de caldear el ambiente, que ya lo estaba bastante, por la radio sonaba la KNGA, con su fórmula exclusivamente musical de «40 principales».

—¿Qué pasa? —preguntó Jonathan, palpándose la cabeza dolorida. Candee se había visto obligada a darle fuerte para que le hiciera caso. Jonathan era un chico delgado, muy alto para su edad. Había experimentado el tirón de la adolescencia sobre todo en sentido vertical, para alegría de su entrenador de baloncesto.

—Quería que vieras una estrella fugaz.

Candee, toda una gimnasta, tenía un cuerpo bastante más desarrollado que el de Jonathan, y suscitaba la admiración de los chicos y la envidia de las chicas. Podría haber salido con cualquiera, pero había escogido a Jonathan por dos cosas, por lo apuesto que era y por su afición a los ordenadores. También a ella le interesaban mucho.

—¿Qué tiene de especial una estrella fugaz? —se quejó Jonathan. Echó un vistazo al cielo y volvió a mirar a Candee.

—Ha cruzado todo el cielo —dijo ella, y, para subrayar sus palabras, pasó el índice de izquierda a derecha del parabrisas—. ¡Alucinante!

En la penumbra del coche, Jonathan adivinaba el movimiento casi imperceptible que la respiración de Candee imprimía a sus pechos. Le pareció más alucinante que cualquier estrella. Justo cuando iba a acercarse para tratar de besarla, la radio pareció enloquecer. El volumen subió al máximo y después se oyó una serie de chasquidos y chirridos ensordecedores. Empezaron a saltar chispas y a salir humo del salpicadero.

—¡Mierda! —exclamaron al unísono Jonathan y Candee, al tiempo que procuraban apartarse del receptor.

Los dos bajaron del coche y volvieron a mirar el interior del vehículo, esperando verlo en llamas; pero no, la lluvia de chispas había llegado a un final tan repentino como su inicio. Puestos en pie, se miraron por encima del coche.

—¿Y ahora qué coño le digo a Tim? —gimió Jonathan.

—¡Mira la antena! —dijo Candee.

A pesar de la oscuridad, Jonathan vio que estaba chamuscada.

Candee la tocó.

—¡Huy! —exclamó—. Está ardiendo.

Un murmullo de voces hizo que Jonathan y Candee mirasen alrededor. Como ellos, otros chicos habían salido de sus coches. Una capa de humo flotaba por encima de todo. Habían saltado los fusibles de todas las radios encendidas, tocaran rap, rock o clásica. Eso al menos fue lo que dijo todo el mundo.

22.15 h.

La doctora Sheila Miller vivía en uno de los pocos bloques de pisos de la ciudad. Le gustaba la vista, la brisa del desierto y la proximidad del centro médico de la universidad. Este último factor era el más importante.

A sus treinta y cinco años tenía la sensación de haber vivido dos vidas. De muy joven, en la universidad, se había casado con un compañero del curso preparatorio. ¡Era tanto lo que tenían en común! Ambos creían que la medicina iba a absorber todas sus energías e intereses, y que había que compartir ese sueño. Por desgracia, lo apretado de sus horarios había impuesto a la fuerza una realidad ajena a todo romanticismo. Y aun así su relación podría haber sobrevivido, de no ser por la irritante convicción de George de que su carrera de cirujano era más valiosa que la desarrollada por Sheila, primero en medicina interna y después en urgencias. En lo tocante a responsabilidades domésticas, Sheila había tenido que cargar con todo.

La irrevocable decisión de George de aceptar una beca de dos años en Nueva York había sido la gota que colmó el vaso. El hecho de que esperase que fuera con él a Nueva York cuando acababan de nombrarla jefa de la sección de urgencias del centro médico de la universidad mostró a Sheila lo poco que se entendían. Hacía tiempo que entre ellos se había desvanecido todo rastro de pasión; así pues, sin discusiones ni violencias, dividieron su colección de CD y revistas médicas y tomaron caminos distintos. A Sheila, la experiencia le había dejado poco más que un tenue resentimiento hacia las prerrogativas masculinas aceptadas sin discusión.

Aquella noche, como casi todas, Sheila se dedicaba a leer revistas especializadas. Al mismo tiempo grababa en vídeo un clásico en blanco y negro que estaban pasando por la tele, para verlo el fin de semana. De resultas de todo ello, el apartamento estaba tranquilo; sólo de vez en cuando se oía el tintineo del móvil colgado en la terraza.

A diferencia de Candee, Sheila no vio la estrella fugaz; sin embargo, en el mismo instante en que Candee y Jonathan asistían estupefactos a la destrucción de la radio del coche de Tim, Sheila presenciaba con igual estupefacción una catástrofe similar en su vídeo. De repente empezó a soltar chispas y zumbar, como si fuera un cohete a punto de salir disparado.

Interrumpida su concentración, Sheila tuvo la suficiente presencia de ánimo para desenchufar el aparato tirando del cable. Por desgracia sirvió de poco. Sólo al desconectar la entrada de la señal cesaron los ruidos, aunque no el humo. Sheila tocó la carcasa con cuidado. Estaba caliente, pero no había riesgo de incendio.

Sheila volvió a sus revistas mascullando entre dientes. Se le ocurrió llevar el vídeo al hospital por la mañana, para ver si uno de los técnicos electrónicos podía arreglarlo. No tenía tiempo de llevarlo hasta la tienda de electrodomésticos donde lo había comprado.

Poco a poco, Pitt Henderson se había ido arrellanando en su asiento, hasta adoptar una postura casi horizontal. Descansaba sobre el raído diván de su angosto dormitorio, en el tercer piso del bloque de viviendas del campus, frente al televisor en blanco y negro de 14 pulgadas. Se lo habían regalado sus padres para su último cumpleaños. La pantalla era pequeña, pero cogía bien la señal y la imagen no podía ser más nítida.

Pitt era estudiante de último curso, y esperaba licenciarse ese mismo año. Después del preparatorio se había especializado en química. Aunque sus resultados estaban muy cerca de la media, había conseguido una buena posición en la universidad gracias a una perseverancia y empeño manifiestos. Pitt había sido el único de su especialidad en pedir la beca de departamento, y llevaba trabajando en el centro médico de la universidad desde primero, sobre todo en laboratorio. En la actualidad hacía guardias y turnos de despacho en el departamento de urgencias. Año tras año, Pitt había ido aprendiendo a ser lo más servicial posible fuera cual fuese el hospital al que se le asignaba.

Bostezó hasta que se le saltaron las lágrimas, y el partido de la NBA que estaba mirando empezó a desvanecerse entre las brumas del sueño. Pitt era un joven de veintiún años musculoso y fortachón, estrella del béisbol en sus años de instituto, pero que no había logrado meterse en el equipo de la universidad. Había vuelto la desilusión a su favor, sacando provecho de ella para concentrarse todavía más en su carrera de futuro médico.

En el momento mismo en que sus párpados se tocaban, el tubo catódico de su querido televisor estalló, lanzando cristales sobre su pecho y abdomen. El fenómeno había sido simultáneo a la destrucción de la radio de Candee y Jonathan y la del vídeo de Sheila.

Pitt tardó un poco en reaccionar. Estaba anonadado, incapaz de discernir si lo que le había despertado venía de fuera o de dentro, como uno de esos espasmos que le daban de vez en cuando antes de dormirse. En cuanto se subió las gafas sobre la nariz y posó la mirada en las profundidades del tubo catódico chamuscado, tuvo la plena seguridad de que no había estado soñando.

—¡Joder! —exclamó, al tiempo que se levantaba y se quitaba con cuidado los trozos de cristal. Oyó el rechinar de varias puertas abriéndose al pasillo.

Pitt salió a echar un vistazo. Topó con muchos estudiantes, chicos y chicas, vestidos del modo más diverso, todos con la misma cara de asombro.

—Se me ha encallado el ordenador —dijo John Barkly—. Estaba navegando por Internet.

John vivía en el apartamento contiguo al de Pitt.

—Pues a mí se me ha jodido la tele —comentó otro estudiante.

—A mí casi se me incendia el radiodespertador —dijo un tercero—. ¿Qué demonios pasa? ¿Es una broma o qué?

Pitt volvió a cerrar la puerta y contempló los tristes despojos de su querido televisor. «Pues menuda broma», pensó. Como cogiera al culpable se lo iba a hacer pagar caro...

2

Al abandonar la carretera para meterse en el bar de Costa, abierto las veinticuatro horas, la rueda posterior derecha del Toyota todoterreno de Beau Stark chocó contra el bordillo, y el coche dio una sacudida. Cassy Winthrope, que iba sentada en el asiento del copiloto, se golpeó la cabeza contra el cristal lateral. Nada grave, pero la había cogido por sorpresa. Afortunadamente llevaba puesto el cinturón de seguridad.

—¡Pero bueno! —exclamó Cassy—. ¿Dónde has aprendido a conducir, en el autochoque?

—Muy graciosa —replicó Beau—. He girado demasiado pronto.

—Si estás nervioso deberías dejarme conducir a mí —dijo Cassy. El coche avanzó por la gravilla del aparcamiento, lleno hasta los topes, y encontró un hueco justo delante del establecimiento.

—¿Y quién dice que estoy nervioso? —repuso Beau. Echó el freno y apagó el motor.

—Cuanto más tiempo llevas viviendo con alguien menos cosas se te pasan por alto —dijo Cassy mientras se desabrochaba el cinturón de seguridad y salía del coche—. Sobre todo si ese alguien es tu novio.

Beau hizo como ella, pero al pisar el suelo su bota resbaló en una piedra. Se cogió a la puerta abierta para no caer.

—Ajá —refunfuñó Cassy, fijándose en aquel último indicio de despiste y falta de coordinación por parte de Beau—. Después del desayuno conduzco yo.

—Conduzco perfectamente —dijo Beau, irritado, al tiempo que cerraba de un portazo y activaba el seguro con el mando a distancia.

Cassy lo esperó detrás del coche y caminaron juntos hacia la entrada del bar.

—Claro, claro. Y afeitándote también eres un as —ironizó Cassy.

Beau tenía varios trocitos de papel higiénico en la cara, para los cortes que se había hecho aquella mañana.

—Y sirviendo el café —añadió ella. Beau había dejado caer la cafetera encima de una taza, que se había roto.

—Vale, vale, puede que esté un poco nervioso —admitió él a regañadientes.

Beau y Cassy llevaban ocho meses viviendo juntos. Los dos tenían veintiún años y cursaban la especialidad, como Pitt. Se conocían desde el primer curso, pero nunca habían salido juntos, convencidos de que el otro siempre andaba liado con otra persona. Cuando por fin, sin que hubiera ningún plan de por medio, coincidieron por obra y gracia de su común amigo Pitt (que justamente había estado saliendo con Cassy), tuvieron la impresión de que estaban hechos el uno para el otro.

La gente solía opinar que se parecían muchísimo, hasta el punto de que habrían podido pasar por hermanos. Ambos tenían cabello oscuro y recio, piel morena y lisa y ojos increíblemente azules. También coincidían en su afición a los deportes, que a menudo practicaban juntos. Más de uno los comparaba en broma a una versión morena de Ken y Barbie.

—¿En serio crees que te dirán algo los de Nite? —preguntó Cassy mientras Beau le aguantaba la puerta—. Te recuerdo que Cipher es la empresa de software más grande del mundo. Me parece que sólo conseguirás una negativa de las que hacen historia.

—¡Desde luego que me llamarán! —dijo Beau, lleno de confianza, entrando en el bar detrás de Cassy—. Y con el currículum que les envié dudo que tarden demasiado.

Apartó la solapa de su americana Cerruti para enseñar la punta de su teléfono móvil, que asomaba del bolsillo interior.

Que Beau se hubiera puesto tan elegante no tenía nada de raro. Lo hacía metódicamente. Tenía la impresión de que vistiéndose de triunfador estaba más cerca de serlo. Por suerte para él, sus padres, gente acomodada, tenían con qué pagarle sus aficiones, y no le ponían reparos. Tenía a su favor el ser un chico que trabajaba duro, estudiaba a conciencia y obtenía las mejores notas. Si de algo andaba sobrado era de confianza en sí mismo.

—¡Eh, chicos! —los llamó Pitt desde una mesa al lado del escaparate—. ¡Aquí!

Cassy saludó con la mano y se abrió camino a través de la multitud. El bar de Costa, llamado cariñosamente «la cuchara sucia», era un punto de encuentro para los estudiantes, sobre todo a la hora del desayuno. Cassy se sentó al otro lado de la mesa. Beau hizo lo mismo.

—¿Anoche tuvisteis algún problema con la tele o la radio? —preguntó Pitt antes incluso de saludarlos—. ¿O algún trasto que se volviera loco hacia las diez y cuarto?

Cassy hizo una afectada mueca de desdén.

—Entre semana solemos estudiar —dijo Beau con fingida altivez—. No como otros.

Ni corto ni perezoso, Pitt hizo rebotar una servilleta de papel arrugada contra la frente de Beau. Había estado jugueteando con ella mientras esperaba la llegada de Beau y Cassy, hecho un manojo de nervios.

—Bueno, pues ya que estáis tan desconectados del mundo exterior os informo, par de memos, de que ayer a las diez y cuarto de la noche se estropearon un montón de radios y teles en toda la ciudad —dijo Pitt—. Incluyendo la mía. Hay quien dice que fue una broma de los del departamento de física, y no os digo lo cabreado que estoy.

—No estaría mal que pasara en todo el país —dijo Beau—. Una semana sin tele y seguro que subiría el coeficiente intelectual medio.

—¿Zumo de naranja para todos? —preguntó Marjorie, la camarera, que acababa de llegar junto a su mesa. Empezó a servirles antes de que tuvieran tiempo de contestar. Formaba parte del ritual de todas las mañanas. Después Marjorie tomó nota y con un par de berridos en griego se lo comunicó a los dos cocineros.

Mientras los tres bebían su zumo de naranja, el teléfono móvil de Beau emitió una señal sofocada a medias por la americana. Las prisas de Beau hicieron que derramara el vaso. Gracias a su rapidez de reflejos, Pitt logró evitar que el zumo le cayera por el pantalón.

Con un gesto de reprobación, Cassy cogió una docena de servilletas y las colocó sobre el zumo derramado. Miró a Pitt y, poniendo los ojos en blanco, comentó que Beau llevaba toda la mañana haciendo desastres por el estilo.

De pronto, la cara de Beau se iluminó: llamaban de la empresa de Randy Nite. Se aseguró de pronunciar con claridad el nombre de Cipher, para que lo oyera Cassy.

Cassy explicó a Pitt que Beau había pedido trabajo al Papa de Roma.

—Me complacería que me hicieran ustedes una entrevista —dijo Beau con afectada tranquilidad—. Sería un honor. Estoy dispuesto a coger el primer vuelo en cuanto el señor Nite quiera verme. Tal como expongo en mi carta de presentación, me licencio el mes que viene, y podría empezar a trabajar... bueno, lo cierto es que estaría disponible a partir de esa fecha.

—¡Disponible a partir de esa fecha! —exclamó Cassy, a punto de atragantarse con el zumo.

—Ya —la secundó Pitt—. ¿De dónde habrá sacado eso? No parece cosa de mi viejo amigo Beau.

Beau atajó sus comentarios con un gesto de la mano, acompañado por una mirada asesina.

—Correcto —dijo a su interlocutor—. Me gustaría cumplir con alguna tarea que me permitiese colaborar personalmente con el señor Nite.

—¿Tarea? —dijo Cassy, ahogando una carcajada.

—Lo que más me gusta es ese acento británico de cartón piedra —dijo Pitt—. A lo mejor Beau debería dedicarse al teatro y dejar lo de la informática.

—Es muy buen actor —observó Cassy, haciéndole cosquillas en la oreja—. Esta mañana ha estado haciendo el papel de patoso.

Beau apartó la mano de Cassy.

—Ningún problema —dijo—. Ahí estaré. Haga el favor de transmitir al señor Nite mi impaciencia por conocerlo.

—¿Transmitir? —repitió Pitt, torciendo el gesto.

Beau apretó un botón y plegó el teléfono móvil. Miró a Cassy y Pitt con cara de pocos amigos.

—¡Sois insufribles! Yo recibiendo la que a lo mejor es la llamada más importante de mi vida, y vosotros haciendo el payaso.

—Eso ya se parece más al viejo Beau —dijo Cassy.

—¿Y el otro, el que telefoneó? ¿Quién era? —preguntó Pitt.

—Alguien que estará trabajando en Cipher a partir de junio —dijo Beau—. Espera y verás. Y después de eso, ¿quién sabe? Y tú mientras tanto perdiendo cuatro años más en la facultad de medicina.

Pitt estalló en una carcajada.

—¿Perder cuatro años más en la facultad de medicina? —inquirió—. Curiosa manera de ver las cosas; curiosa y distorsionada.

Cassy se deslizó sobre el asiento y, acercándose a Beau, se puso a mordisquearle la oreja.

Beau la apartó.

—¡Cass, por favor! Hay profesores que me conocen, gente que podría darme cartas de recomendación.

—Venga, tío, no seas tan estirado —dijo Cassy—. Te estamos tomando el pelo por lo bien relacionado que estás. Confieso que me ha sorprendido esa llamada de Cipher. Pensé que recibirían cientos de solicitudes.

—Más de piedra te quedarás cuando Randy Nite me ofrezca trabajo —dijo Beau—. Eso sí sería para no creérselo. ¿Quién no sueña con algo así? Ese hombre vale billones.

—También te exigirían mucho —observó Cassy—. Probablemente veinticinco horas al día, ocho días a la semana y catorce meses al año. No nos quedará mucho tiempo para estar juntos, sobre todo si yo doy clases aquí.

—Sólo es una manera de empezar —dijo Beau—. Quiero que estemos bien los dos, para que podamos disfrutar a fondo de nuestras vidas.

Pitt volvió a torcer el gesto y rogó a sus compañeros de desayuno que no le revolvieran el estómago con tonterías románticas.

En cuanto les sirvieron el desayuno comieron a toda prisa. Los tres miraron sus respectivos relojes. No les quedaba mucho tiempo.

—¿Alguien se apunta a ir al cine esta noche? —dijo Cassy mientras acababa su taza de café—. Hoy tengo un examen, y me merezco descansar un poco.

—Yo no, calabaza —dijo Beau—. Pasado mañana tengo que entregar un trabajo.

Se volvió para pedir la cuenta a Marjorie.

—¿Tú? —preguntó Cassy a Pitt.

—No, lo siento —dijo Pitt—. Me toca turno doble en el centro médico.

—¿Y Jennifer? —preguntó Cassy—. Igual la llamo.

—Como quieras —contestó Pitt—. Eso ya no es cosa mía. Jennifer y yo hemos roto.

—Lástima —dijo Cassy, apenada—. Me parecía que hacíais buena pareja.

—Y a mí —dijo Pitt—. Por desgracia parece que ha encontrado a alguien que le gusta más.

Cassy y Pitt se miraron pero enseguida desviaron la mirada, algo incómodos, como si no fuera la primera vez que pasaban por eso.

Beau recibió la cuenta y la dejó encima de la mesa. A pesar de que los tres habían hecho varias asignaturas de matemáticas, tardaron cinco minutos en calcular a cuánto tocaba por cabeza después de añadir una propina razonable.

—¿Te llevo al centro médico? —preguntó Beau a Pitt al cruzar la puerta que los separaba del soleado exterior.

—Supongo que sí —dijo Pitt. Se sentía un poco triste. El problema consistía en que seguía albergando sentimientos románticos hacia Cassy pese a haber sido rechazado por ella, y que Beau era su mejor amigo. Se conocían desde los primeros años de colegio.

Pitt caminaba unos pasos por detrás de ellos. Habría querido abrir la puerta del asiento de pasajero para Cassy, pero no quería violentar a Beau. En lugar de ello siguió a su amigo y, cuando estaba a punto de subir al asiento de atrás, Beau le puso una mano en el hombro.

—¿Qué será eso? —preguntó.

Pitt miró. Justo delante de la puerta del conductor, hundido en el polvo, había un extraño objeto redondo y negro del tamaño de un dólar de plata. Tenía una forma abombada por los dos lados, una superficie muy pulida y brillaba al sol con unos reflejos mates que tanto podían ser de metal como de piedra.

—Seguro que es con lo que he tropezado al salir del coche —dijo Beau. Se veía claramente media huella de zapato al lado del objeto—. Ahora entiendo que haya resbalado.

—¿Crees que ha caído de debajo de tu coche? —preguntó Pitt.

—Tiene aspecto raro —dijo Beau. Se agachó y quitó con la mano el polvo que cubría a medias el extraño objeto. Entonces vio ocho minúsculos discos abombados dispuestos simétricamente por su borde.

—¡Venga, chicos! —exclamó Cassy dentro del coche—. Tengo que ir a dar mi clase. Ya llevo retraso.

—Un segundo —contestó Beau, y preguntó a Pitt—: ¿Se te ocurre qué puede ser?

—Pues no —admitió Pitt—. Prueba a ver si el coche arranca.

—¡Esto no es de mi coche, so burro! —dijo Beau. Intentó levantar el objeto con el índice y el pulgar de su mano derecha, sin conseguirlo—. Será el extremo de una barra enterrada en el suelo.

Beau empleó ambas manos para apartar la gravilla y la arena que rodeaban el objeto, y lo desenterró con rapidez. No era una barra. La parte inferior era lisa. Lo levantó. En el vértice del abombamiento, su grosor era de un centímetro.

—¡Joder, sí que pesa para lo pequeño que es! —dijo Beau.

Se lo dio a Pitt, que lo sopesó en la palma de la mano y, poniendo cara de asombro, emitió un silbido. Después se lo devolvió.

—¿De qué será? —preguntó.

—Parece plomo —dijo Beau. Intentó hacer una muesca con la uña, pero no pudo—. Pero no lo es. ¡Caray, juraría que pesa aún más que el plomo!

—Me recuerda una de esas piedras negras que a veces se ven por la playa —dijo Pitt—. ¿Sabes? Esas que van y vienen con las olas durante años.

Beau cogió el objeto por el borde como si fuera a lanzarlo.

—Con lo plano que es por debajo, seguro que lo haría rebotar veinte veces.

—¡Anda ya! —dijo Pitt—. Pesa tanto que se hundiría después de uno o dos rebotes.

—Cinco dólares a que lo hago saltar al menos diez veces —dijo Beau.

—Vale —dijo Pitt.

—¡Ahhh! —gritó Beau de repente. Soltó el objeto, que volvió a quedar medio enterrado en la arena y la gravilla. Se cogió la mano derecha.

—¿Qué pasa? —preguntó Pitt, asustado.

—¡La cosa esa me ha picado! —exclamó Beau con rabia. Se apretó la base del índice, haciendo brotar una gota de sangre de la punta.

—¡Oh, cielos! —Se burló Pitt—. ¡Una herida mortal!

—Vete al infierno, Henderson —dijo Beau, haciendo una mueca—. Me ha hecho daño. Igual que cuando te pica una abeja. Lo he notado por todo el brazo.

—¡Ajá, septicemia instantánea! —volvió a burlarse Pitt.

—¿Y eso qué coño es? —preguntó Beau, nervioso.

—Tardaría demasiado en explicártelo, señor hipocondríaco —dijo Pitt—. Además, sólo te estoy tomando el pelo.

Beau se agachó y volvió a coger el disco negro. Examinó atentamente el borde, pero no encontró nada que explicase el pinchazo.

—¡Venga, Beau! —lo llamó Cassy con irritación—. Tengo que irme. ¿Se puede saber qué estáis haciendo?

—Ya va —dijo Beau.

Miró a Pitt y se encogió de hombros.

Pitt se puso de cuclillas y sacó un fino trozo de cristal de la última huella que había dejado el objeto.

—A lo mejor tenía enganchado este trozo de cristal, y es lo que te hizo el corte.

—Ya —dijo Beau. Aunque la explicación le parecía inverosímil no se le ocurría ninguna otra. Se convenció de que el objeto en sí no podía haberle hecho nada.

—¡Beauuuu! —exclamó Cassy entre dientes.

Beau se puso al volante de su todoterreno. Al hacerlo se metió distraídamente el extraño disco abombado en el bolsillo de la americana. Pitt subió al asiento de atrás.

—Ahora sí llego tarde —dijo Cassy, hecha una furia.

—¿Cuánto tiempo hace que no te ponen la vacuna del tétanos? —preguntó Pitt desde el asiento de atrás.

A un par de kilómetros del bar de Costa, la familia Sellers concluía su ritual de todas las mañanas. La camioneta ya estaba en marcha, con Jonathan sentado al volante y esperando a los demás. Nancy, su madre, estaba de pie en la puerta principal. Llevaba un vestido sencillo, a juego con su profesión de investigadora en inmunología para una empresa farmacéutica de la zona. Era una mujer menuda, de un metro cincuenta y cinco, con una melena rubia y rizada de Medusa.

—Vamos, cariño —dijo Nancy a su esposo Eugene.

Éste estaba pegado al teléfono de la cocina hablando con un conocido suyo, uno de los redactores del periódico local. Hizo señas de que aún tardaría un minuto.

Nancy, impaciente, fue cambiando de punto de apoyo mientras observaba al hombre con quien había estado casada veinte años. Su aspecto correspondía a su profesión: profesor de física de la universidad. Nunca había conseguido persuadirlo de que renunciara a sus pantalones de pana, su americana, su camisa azul y su corbata de punto. Sus esfuerzos habían llegado hasta el extremo de comprarle ropa más cara, prendas que seguían colgando del armario tan nuevas como el primer día. Pero no se había casado con Eugene por su elegancia en el vestir. Lo había conocido en los cursos de doctorado, y no había tardado en enamorarse perdidamente de su inteligencia, su sentido del humor y su aspecto agradable.

Se volvió y vio a su hijo, cuyo rostro reflejaba claramente tanto el suyo como el de su marido. Hacía un rato, al preguntarle qué había hecho la noche anterior en casa de su amigo Tim, le había parecido que se ponía a la defensiva. Aquella reserva, rara en Jonathan, le preocupaba. Era consciente de todas las presiones que están obligados a soportar los adolescentes.

—En serio, Art —decía Eugene, hablando lo bastante alto para que Nancy pudiera oírlo—. Es imposible que una emisión tan potente de ondas radioeléctricas saliera de uno de los laboratorios del departamento de física. Te aconsejo que hagas averiguaciones en las emisoras de radio de por aquí. Hay dos, aparte la de la universidad. No sé, quizá fue una broma.

Nancy miró a su marido. Sabía lo mucho que le costaba ser brusco con las personas, pero si no colgaba llegarían tarde. Levantó un dedo y articuló las palabras «un minuto».

Después se dirigió hacia el coche.

—¿Me dejas conducir? —preguntó Jonathan.

—No creo que sea el día más adecuado —dijo Nancy—. Ya llevamos retraso. Venga, échate a un lado.

—¡Caray! —gimoteó Jonathan—. Según vosotros parece que no sepa hacer nada.

—Eso no es verdad —replicó ella—. Sólo que no me parecería bien hacerte conducir justo hoy que tenemos prisa.

Nancy se sentó al volante.

—¿Y papá? —masculló Jonathan.

—Está hablando con Art Talbot. —Echó un vistazo al reloj. Ya había pasado un minuto. Hizo sonar la bocina.

Eugene apareció enseguida en la puerta y la cerró con llave. Llegó corriendo al coche y subió de un salto al asiento de atrás. Nancy salió a la calle en una rápida maniobra y pisó el acelerador en dirección a la primera parada: el instituto de Jonathan.

—Siento haberos hecho esperar —dijo Eugene tras unos minutos de silencio—. Anoche se produjo un extraño fenómeno. Parece que se estropearon muchas teles y radios cerca de la universidad, y hasta algunas puertas de garaje. Dime, Jonathan, ¿estabais tú y Tim oyendo la radio o viendo la tele hacia las diez y cuarto? He recordado que los Appleton viven por esa zona.

—¿Yo? —La reacción de Jonathan fue demasiado rápida—. No, no. Estuvimos... leyendo.

Nancy miró a su hijo de reojo. No podía evitar preguntarse qué habría estado haciendo.

—¡Uau! —exclamó Jesse Kemper. Logró evitar que se le cayera el café sobre las piernas cuando su compañero, Vince Garbon, topó con la cuneta del camino que llevaba a la central eléctrica Pierson, a pocas calles del bar de Costa.

Jesse andaba cerca de los cincuenta y cinco años, y

seguía en muy buena forma. La gente solía echarle unos cuarenta. Además era un hombre que imponía lo suyo, dueño de un cabezón cuya incipiente calvicie quedaba compensada por un poblado mostacho.

Jesse era teniente de policía, y sus colegas le tenían mucho aprecio. Al entrar en el cuerpo sólo había encontrado a otras cuatro personas de color como él, pero, alentadas por el expediente de Jesse, las autoridades municipales habían emprendido un serio esfuerzo por reclutar negros, hasta el punto de que por fin el departamento reflejaba la composición étnica de la ciudad.

Vince condujo el sedán policial sin distintivos a lo largo del edificio y frenó delante de una puerta de garaje abierta, al lado de un coche patrulla.

—Esto no me lo pierdo —dijo Jesse saliendo del coche.

Volviendo de ir por café, él y Vince habían oído por la radio que un raterillo con antecedentes, de nombre Eddie Howard, había sido encontrado después de pasar toda la noche amenazado por un perro guardián. Eddie era tan conocido en la comisaría que casi lo tenían por amigo.

Mientras dejaban tiempo para que sus ojos se adaptasen a la penumbra del interior, Jesse y Vince oyeron voces a la derecha, tras un bloque de estanterías que llegaba hasta el techo. Al acercarse toparon con dos policías de uniforme fumando a sus anchas. Eddie Howard estaba pegado a la pared. Tenía delante a un perrazo blanco y negro, inmóvil como una estatua. Los ojos del animal estaban clavados a Eddie, sin parpadear, como un par de canicas negras.

—¡Kemper! ¡Menos mal! —dijo Eddie con todo el cuerpo en tensión—. ¡Sáqueme de encima a esta bestia!

Jesse miró a los dos policías de uniforme.

—Hemos llamado, y el dueño está por llegar —dijo

uno de ellos—. Normalmente no vienen antes de las nueve.

Jesse asintió con la cabeza antes de volverse hacia Eddie.

—¿Cuánto tiempo llevas aquí?

—¡Joder, toda la noche! —dijo Eddie—. Aquí mismo, contra la pared.

—¿Cómo entraste? —preguntó Jesse.

—Caminando —contestó Eddie—. Estaba dando una vuelta por aquí y de repente la puerta del garaje se abrió sola, como por arte de magia. Entré a comprobar que todo estuviera en orden. Para echar una mano, vaya.

Jesse soltó una carcajada.

—Y este simpático animalito creyó que tenías otras intenciones.

—Venga, Kemper —gimió Eddie—. Llévese a esta fiera.

—Cada cosa a su tiempo —dijo Jesse, burlón. Se volvió de nuevo hacia los policías—. ¿Habéis examinado la puerta del garaje?

—Sí —contestó el segundo agente.

—¿Se ve alguna señal de que haya sido forzada?

—Creo que Eddie dice la verdad —le contestó el agente.

Jesse meneó la cabeza.

—Anoche pasaron muchas cosas raras.

—Pero casi todas en esta zona de la ciudad —añadió Vince.

Sheila Miller aparcó su BMW rojo descapotable en el sitio que tenía reservado cerca de la entrada de urgencias. Echó hacia adelante el respaldo del asiento y se quedó mirando el vídeo chamuscado. Pensó en alguna manera de cargar con el aparato, el maletín y un fajo de carpetas sin hacer más de un viaje. Dudó que fuera posible, hasta que vio un Toyota negro acercarse a la plataforma y bajar a un hombre.

—Disculpe, señor Henderson —exclamó Sheila en cuanto reconoció a Pitt. Sabía el nombre de todos los que trabajaban en su departamento, desde el simple asistente al cirujano—. ¿Puede venir un momento?

A pesar de que llevaba mucha prisa, Pitt se volvió en cuanto oyó que lo llamaban y reconoció a la doctora Miller. Bajó por los escalones de la plataforma y se acercó al coche de Sheila.

—Sé que llego con algo de retraso —dijo Pitt con nerviosismo. La doctora Miller tenía fama de dura. El personal menos cualificado la llamaba «la Dragona», sobre todo los residentes de primer año—. No volverá a suceder.

Sheila consultó su reloj de pulsera antes de mirar otra vez a Pitt.

—Tiene previsto empezar los cursos de medicina en otoño.

—Sí —contestó Pitt, sintiendo que el pulso se le aceleraba.

—Bueno, al menos es usted de los más guapos que han entrado este año —dijo Sheila, disimulando una sonrisa burlona. Se daba cuenta del nerviosismo de Pitt.

Desconcertado por el comentario, que tenía todo el aspecto de un cumplido, Pitt se limitó a asentir. A decir verdad no sabía qué contestar. Tenía la sensación de que estaban jugando con él.

—Le propongo una cosa —dijo Sheila, señalando con la cabeza el asiento de atrás—. Usted lleva ese vídeo a mi oficina y yo renuncio a informar al decano de su terrible infracción.

Pitt empezaba a estar seguro de que la doctora Miller se estaba burlando de él, pero siguió pareciéndole mejor no decir nada. Cogió el vídeo y siguió a la doctora Miller a la sala de urgencias.

Reinaba cierta actividad en la sección, debida sobre todo a unos cuantos accidentes de tráfico de primera hora. De quince a veinte pacientes aguardaban en la sala de espera, y unos pocos más en la sección de traumatología. El personal de recepción saludó a la doctora Miller con una sonrisa pero dirigió a Pitt una mirada de asombro, sobre todo al paciente que Pitt había recibido orden de trasladar.

Recorrieron el pasillo principal y, cuando Sheila estaba a punto de entrar en su oficina, vio a Kerry Winetrop, uno de los técnicos electrónicos del hospital. Hacían falta varias personas a tiempo completo para vigilar el funcionamiento del equipo del centro. Sheila lo llamó, y Winetrop tuvo la amabilidad de acudir a su lado.

—Anoche se me estropeó el vídeo —dijo Sheila, señalando con la cabeza el aparato que Pitt sostenía en sus brazos.

—Bienvenida al club —dijo Kerry—. No es usted la única. Por lo visto hubo una subida de tensión por la zona de la universidad, ayer hacia las diez. Esta mañana ya me han traído un par de aparatos.

—¡Una subida de tensión! —comentó Sheila.

—A mí se me reventó la tele —dijo Pitt.

—¡Menos mal que la mía se ha salvado! —dijo Sheila.

—¿Estaba encendida cuando ocurrió lo del vídeo? —preguntó Kerry.

—No —contestó Sheila.

—Pues ahí está la explicación de que no explotara —dijo Kerry—. Si hubiera estado puesta se habría quedado usted sin tubo catódico.

—¿Y el vídeo? ¿Puede arreglarse? —preguntó Sheila.

—Sólo sustituyendo casi todas las piezas —dijo Kerry—. La verdad, le saldrá más barato comprar otro.

—Lástima —dijo Sheila—. Ahora que había aprendido a poner bien la hora...

Cassy subió corriendo por la escalinata del instituto Anna C. Scott; su entrada coincidió con el momento en que la campana anunciaba el principio de las clases. Sermoneándose una vez más sobre lo inútil de ponerse histérica, dejó atrás la escalera principal en cuatro saltos y cruzó el pasillo en dirección a la clase que le habían asignado. Estaba a la mitad de un mes de pruebas dando clase de lengua a estudiantes de último año. Sería la primera vez que llegara tarde.

Hizo una pausa delante de la puerta para arreglarse el pelo y alisarse la delantera de su recatado vestido de algodón. Entonces se dio cuenta del alboroto que parecía reinar en el aula. Había esperado oír la voz estridente de la señora Edelman; pero no, todo eran gritos y risas. Abrió un resquicio en la puerta y miró.

Los alumnos estaban desperdigados por el aula desordenadamente, unos de pie, otros encima de los radiadores o las mesas. Había varios corrillos que conversaban animadamente.

Empujando un poco más la puerta, Cassy averiguó el motivo de semejante desorden; la señora Edelman no estaba en clase.

Tragó saliva. De repente tenía la boca seca. Tardó unos segundos en decidirse. Apenas tenía experiencia con chicos de instituto. Siempre había hecho prácticas con clases de primaria. Respiró hondo y entró en el aula.

Nadie le hizo caso. Al acercarse a la mesa de la señora Edelman vio una nota escrita con la letra de la profesora: «Señorita Winthrope, tardaré unos minutos. Empiece usted, por favor.»

Cassy contempló el panorama con el corazón a cien. Se sintió incompetente, una impostora. No era profesora, al menos no todavía.

—¡Por favor! —exclamó Cassy. No hubo reacción. Lo repitió con más fuerza. Finalmente gritó a voz en cuello, obteniendo como respuesta un silencio lleno de asombro. Unos treinta pares de ojos la miraron fijamente. Las expresiones iban de la sorpresa a la irritación por haber sido interrumpidos, pasando por un abierto desdén—. Sentaos, por favor —dijo. Su voz tembló más de lo que habría querido.

Los alumnos obedecieron con desgana.

—Muy bien —dijo Cassy, tratando de afirmar su autoridad—. Estoy al corriente de vuestros deberes, así que mientras llega la señora Edelman, ¿qué os parece si hablamos del estilo de Faulkner en sus aspectos generales? ¿Algún voluntario para empezar?

Recorrió el aula con la mirada. Los alumnos que un minuto antes eran la viva imagen del entusiasmo parecían ahora estatuas de mármol. Quienes seguían mirándola lo hacían con rostro inexpresivo. Viendo que los ojos de Cassy se posaban en él, un pelirrojo impertinente movió la boca como si le enviara un beso. Cassy no le hizo caso.

Notaba la frente llena de sudor. La cosa iba mal. Vio a un chico al final de la segunda fila absorto en la pantalla de su ordenador portátil. Mirando de reojo la ficha con los nombres de cada mesa, Cassy leyó el de aquel chico: Jonathan Sellers.

Alzó la vista para intentarlo de nuevo.

—Muy bien, chicos. Me doy cuenta de lo fácil y divertido que es dejarme en evidencia. A fin de cuentas sólo soy una estudiante de magisterio y cualquiera de vosotros sabe más que yo sobre lo que pasa por aquí, pero...

Alguien abrió la puerta, interrumpiéndola en mitad de la frase. Cassy se volvió con la esperanza de que fuese la señora Edelman, su salvadora. En lugar de ello la situación pasó de castaño a oscuro. Quien había entrado era el señor Partridge, el director.

El pánico se apoderó de Cassy. El señor Partridge

era un hombre severo y estricto. Ella sólo lo había visto una vez, cuando el grupo de magisterio al que pertenecía pasaba la etapa de orientación. En aquel entonces Partridge había dejado muy claro que el programa de prácticas no era de su agrado, y que sólo lo aceptaba por obligación.

—Buenos días, señor Partridge —logró decir Cassy—. ¿Puedo ayudarle en algo?

—¡Siga, siga! —dijo Partridge con voz cortante—. Me han informado del retraso de la señora Edelman, y he venido a ver cómo va todo.

—Muy bien —dijo Cassy. Volvió a fijarse en los pétreos estudiantes y carraspeó—. Jonathan Sellers, empieza tú.

—Sí, señorita —dijo Jonathan sumisamente.

Cassy, aliviada, soltó un inaudible suspiro.

—William Faulkner fue uno de los escritores más importantes de Estados Unidos —dijo Jonathan, intentando aparentar que improvisaba.

Cassy se dio cuenta de que lo estaba leyendo en la pantalla de su ordenador portátil, pero no le importó. Al contrario, se alegró de que fuera un chico con recursos.

—Es célebre por la vida que infundió a sus personajes, y, al igual que su intrincado estilo...

Tim Appleton, compañero de mesa de Jonathan, advirtió lo que estaba haciendo su amigo e intentó ahogar una risita.

—Muy bien —dijo Cassy—. Vamos a ver cómo se aplica lo que dices al relato que teníais que leer para hoy. —Volviéndose hacia la pizarra, escribió «personajes llenos de vida» y luego «estructura compleja del relato». Oyó entonces abrirse y cerrarse la puerta del pasillo. Miró de reojo, y comprobó con alivio que el siniestro Partridge se había marchado.

Y se alegró de ver en alto las manos de varios alumnos deseosos de intervenir. Antes de nombrar al primero de ellos dirigió a Jonathan una leve sonrisa de gratitud. No estaba segura, pero le pareció que el chico enrojecía un poco antes de volcar su atención en el ordenador.

3

La sala Olgavee era una de las mayores aulas con gradas de la facultad de empresariales. Pese a no haberse licenciado todavía, Beau había obtenido un permiso especial para asistir a un curso superior de marketing muy popular entre los alumnos de la facultad. Su popularidad era tanta que hacía necesario recurrir al aforo de Olgavee. Las clases eran atractivas y estimulantes. El curso estaba planteado desde un punto de vista interactivo, con un profesor distinto cada semana. En contrapartida, cada clase requería un trabajo previo. Era necesario ir preparado, dispuesto a intervenir en cualquier momento.

Pero aquella mañana a Beau le estaba resultando más difícil de lo normal concentrarse en lo que oía. No era culpa del profesor, sino del propio Beau. Se pasaba el rato revolviéndose en su asiento, para fastidio de quienes tenía al lado. Sentía fuertes dolores musculares y, para colmo, le dolía la cabeza. Lo peor era que estaba sentado en el centro de la sala, en cuarta fila, justo en la línea de visión del profesor. Beau tenía la costumbre de llegar pronto para conseguir el mejor asiento.

Se daba cuenta de que el profesor empezaba a irritarse, pero no sabía cómo remediarlo.

Había empezado a notarlo cuando se dirigía a la sala Olgavee. El primer síntoma había consistido en una sensación punzante en la nariz, traducida en violentos estornudos. Beau no tardó en tener que sonarse cada dos por tres. Al principio lo había atribuido a un resfriado, pero empezaba a creer que había algo más. La irritación se propagó rápidamente de la nariz a la garganta; ahora la notaba irritada, sobre todo al tragar. Como si no bastara empezó a toser convulsivamente, sintiendo aún más dolor que cuando tragaba saliva.

Respondiendo a un acceso de tos particularmente explosivo, la persona sentada delante de Beau se volvió y lo fulminó con la mirada.

El tiempo pasaba con exasperante lentitud, y Beau fue notando una tortícolis cada vez más molesta. Intentó darse masajes, pero no sirvió de nada. Hasta la solapa de su americana parecía empeorar la sensación de rigidez. Pensando que quizá aquel objeto que llevaba en el bolsillo, y que pesaba como el plomo, pudiera tener su parte de culpa, Beau lo sacó y lo dejó sobre la mesa. Resultaba harto curioso verlo encima de los apuntes. Por su perfecta redondez y exquisita simetría parecía artificial, aunque Beau no habría sabido decir si lo era. Se le ocurrió que tal vez fuera un pisapapeles futurista, pero era más probable que se tratase de una pequeña escultura; de todos modos no había manera de saberlo. Se le pasó por la cabeza llevarlo al departamento de geología para averiguar si era el resultado de un fenómeno natural, una geoda por ejemplo.

Llegó un momento en que, reflexionando acerca del objeto, Beau se fijó en la pequeña herida de su dedo índice. Se había convertido en un punto rojo rodeado por una zona amoratada de unos milímetros, circundada a su vez por un halo rojizo de dos milímetros de ancho. Al tocarla la notó un poco irritada. Le recordó a cuando los médicos extraen una pequeña muestra de sangre haciendo una incisión con una de esas lancetas tan extrañas.

Los pensamientos de Beau se vieron interrumpidos por un agudo escalofrío, al que sucedió un acceso de tos. Por fin, recuperado el aliento, se dio cuenta de que era inútil seguir en la clase. No estaba entendiendo nada, y encima molestaba tanto a sus compañeros como al profesor.

Beau cogió sus apuntes, volvió a meterse en el bolsillo la supuesta escultura y se levantó. Tuvo que pedir perdón varias veces antes de llegar al pasillo. Lo abarrotado del aula hizo que su salida suscitara gran revuelo, hasta el punto de que a un alumno se le cayó el clasificador y se le resbalaron todas las hojas por la pendiente.

Cuando, después de muchas dificultades, Beau consiguió llegar al pasillo, vio de refilón que el profesor se protegía los ojos de la luz para ver quién armaba semejante escándalo. A ése seguro que no le pediría una carta de recomendación.

Al final de las clases, sintiéndose agotada en cuerpo y mente, Cassy descendió por la escalera principal del instituto y salió al camino delantero, que se acercaba a la escalinata describiendo una curva. Tenía claro que en cuestión de enseñanza prefería con mucho la escuela primaria al instituto. Los alumnos de instituto le parecían demasiado egocéntricos y obsesionados en poner constantemente a prueba sus límites. Algunos hasta le parecían francamente malintencionados. ¡Quién tuviera delante a un cándido y esforzado alumno de tercero!

El cálido sol del atardecer acariciaba el rostro de Cassy. Se cubrió los ojos para observar la larga hilera de coches aparcados en el camino de entrada. Buscaba el todoterreno de Beau. Pasaba a recogerla cada tarde, y solía ser puntual. Por lo visto aquel día era la excepción.

Mientras buscaba un lugar para sentarse, Cassy reconoció a alguien entre los que estaban esperando. Era Jonathan Sellers, uno de los alumnos de lengua de la señora Edelman. Cassy se acercó para saludarlo.

—Hola —farfulló Jonathan. Nervioso, echó un vistazo alrededor, confiando en que no hubiera ningún compañero de clase cerca. Sintió que se ruborizaba. Lo cierto era que Cassy le parecía la profesora más atractiva que había tenido en su vida, y así se lo había dicho a Tim al salir de clase.

—Gracias por haber roto el hielo esta mañana —dijo Cassy—. Ha sido una gran ayuda. Empezaba a tener la sensación de que iba a presenciar mi propio entierro.

—Sólo ha sido porque leía lo que ponía de Faulkner mi ordenador portátil.

—De todos modos has sido muy valiente al intervenir —dijo Cassy—. Me has hecho un gran favor. Después todo ha ido como una seda, pero al principio tenía miedo de que nadie quisiera hablar.

—A veces mis amigos se ponen bastante bordes —admitió Jonathan.

Una furgoneta azul oscuro apareció por la curva y se detuvo. Nancy Sellers se inclinó y abrió la puerta del pasajero.

—¡Hola, mamá! —la llamó Jonathan, con un movimiento un poco forzado de la mano.

La mirada vivaz e inteligente de Nancy Sellers se posó alternativamente en su hijo de diecisiete años y en aquella joven con pinta de universitaria, más bien sexy. Sabía que su hijo había empezado a interesarse por las chicas de la noche al día, pero aquella situación le pareció un poco fuera de lugar.

—¿No me presentas a tu amiga? —preguntó Nancy.

—Sí, claro —dijo Jonathan—. La señorita Winthrope.

Cassy se acercó tendiendo la mano.

—Encantada, señora Sellers. Llámeme Cassy.

—Hola, Cassy —contestó Nancy, estrechando la mano que le tendían. Transcurridos unos instantes de cierta tensión, Nancy preguntó cuánto hacía que se conocían.

—¡Mamá! —gimió Jonathan lleno de vergüenza, dándose cuenta de por dónde iban los tiros—. La señorita Winthrope está de prácticas dándonos clase de lengua.

—¡Ah, ya! —dijo Nancy, algo aliviada.

—Mi madre es viróloga —dijo Jonathan para cambiar de tema, y para justificar en parte que hubiera podido decir tamaña estupidez.

—¿De veras? —repuso Cassy—. Vaya, hoy en día se hacen cosas muy importantes en ese campo. ¿Trabaja en el centro médico de la universidad?

—No; en Laboratorios Serotec —contestó Nancy—. Pero mi esposo sí está en la universidad. Dirige el departamento de física.

—¡Vaya! —exclamó Cassy, impresionada—. No me extraña que tengan un hijo tan inteligente.

Mirando por encima de la furgoneta de los Sellers, Cassy vio aparecer el coche de Beau por el camino.

—Bueno, pues me alegro mucho de haberla conocido —dijo a Nancy, y se volvió hacia Jonathan—. Gracias de nuevo por lo de antes.

—No tiene importancia —repitió Jonathan.

Cassy se dirigió al lugar donde había aparcado Beau.

Jonathan la vio alejarse, hipnotizado por el contoneo de sus nalgas bajo el fino vestido de algodón.

—¿Qué, te llevo a casa o no? —preguntó su madre para romper el hechizo, recelando de que algo se le estuviera escapando.

Jonathan subió al vehículo, no sin antes depositar el ordenador portátil en el asiento de atrás.

—¿De qué te ha dado las gracias? —preguntó ella al tiempo que arrancaba. Vio a Cassy subir a un coche conducido por un joven atractivo de su misma edad. Sus inquietudes volvieron a desvanecerse. No era fácil tener un hijo adolescente. Nancy oscilaba constantemente entre el orgullo y la preocupación, en una especie de montaña rusa emocional para la que no se sentía preparada.

Jonathan se encogió de hombros.

—No tiene importancia.

—¡Por Dios! —dijo Nancy, contrariada—. Obtener una respuesta de ti es como sacar agua de las piedras.

—No me agobies —dijo Jonathan. Al pasar junto al todoterreno negro volvió a mirar de reojo a Cassy. Estaba sentada hablando con el conductor.

—¡Sí haces mala cara! —dijo Cassy. Nunca había visto a Beau tan pálido. Tenía la frente cubierta de gotas de sudor, como pequeños topacios tallados. Sus ojos estaban enrojecidos y llenos de legañas.

—Gracias por el piropo —dijo él.

—Lo digo en serio —insistió ella—. ¿Qué te pasa?

—No lo sé —contestó Beau, y tosió, tapándose la boca con la mano—. Me ha dado antes de la clase de marketing, y cada vez me siento peor. Debe de ser una gripe. Lo típico, ya sabes; dolores musculares, garganta irritada, nariz tapada, dolor de cabeza...

Cassy aplicó una mano a su frente sudada.

—Estás ardiendo.

—Pues es curioso. Tengo frío —repuso él—. He tenido escalofríos. Hasta me he metido en la cama, pero ha sido taparme y morirme de calor.

—Deberías haberte quedado en cama —dijo ella—.

Me habría llevado alguno de los que hacen prácticas conmigo.

—No tenía manera de localizarte.

—¡Hombres! —suspiró Cassy, bajando del coche—. No hay manera de haceros admitir que estáis enfermos.

—¿Adónde vas? —preguntó Beau.

Cassy rodeó el coche y abrió la puerta de Beau.

—Apártate. Conduciré yo.

—Si no me pasa nada...

—No protestes. ¡Venga, muévete!

Beau no tenía fuerzas para protestar. Además, aunque no quisiera admitirlo, se daba cuenta de que era lo mejor.

Cassy arrancó. Una vez en la embocadura del camino, giró a la derecha en lugar de a la izquierda.

—Pero bueno, ¿adónde me llevas? —preguntó Beau. Tenía la cabeza a punto de estallar, y deseaba volver a la cama.

—A la sala de estudiantes del centro médico —dijo Cassy—. No me gusta nada el aspecto que tienes.

—Me repondré —se quejó él; pero sus protestas no fueron más allá. Cada vez se encontraba peor.

Dado que a la sala de estudiantes se accedía por la entrada de urgencias, Pitt vio entrar a Cassy y Beau y salió de detrás del mostrador.

—¡Dios santo! —exclamó en cuanto vio a Beau—. ¿Qué pasa, han anulado la entrevista los de Nite o te ha pasado por encima una locomotora?

—Tus chistes sobran —masculló Beau—. He pillado la gripe.

—¡Vaya! —dijo Pitt—. Ven, te meteré en urgencias. No creo que te quieran en la clínica de estudiantes.

Beau se dejó llevar a uno de los cubículos. Pitt facilitó las cosas llamando a una de las enfermeras más compasivas y saliendo después en busca de uno de los médicos de urgencias con más experiencia.

Enfermera y médico examinaron a Beau. Le extrajeron una muestra de sangre y le administraron una inyección.

—Es sólo para hidratar —dijo el doctor, señalando el frasco de la inyección—. Creo que has cogido una buena gripe, pero los pulmones están bien. De todos modos sugiero que te quedes en la clínica de estudiantes; al menos unas horas, para ver si podemos bajarte la fiebre y aliviarte la tos. Y así también tendremos tiempo de hacerte un análisis, por si se me escapa algo.

—No quiero quedarme en el hospital —se quejó Beau.

—Si el doctor lo dice, te quedas y a callar —ordenó Cassy—. Y no me vengas con protestas.

Pitt volvió a ocuparse de agilizar los trámites, y en media hora Beau estaba cómodamente instalado en una de las habitaciones de estudiantes. Era la típica habitación de hospital con suelo de vinilo, mobiliario metálico, televisión y una ventana orientada al sur, al césped del hospital. Beau llevaba un pijama del centro. Su ropa colgaba en el armario, y su reloj, su maletín y la pequeña escultura estaban a salvo en una caja de seguridad adosada a la mesa. Cassy había programado la combinación con los últimos cuatro digitos de su número de teléfono.

Pitt tuvo que volver al mostrador de urgencias.

—¿Estás cómodo? —preguntó Cassy.

Beau estaba tendido de espaldas, con los ojos cerrados. Le habían dado un antitusivo que ya había surtido efecto. Se sentía agotado.

—Dentro de lo que cabe, sí —murmuró.

—El doctor me ha dicho que vuelva en un par de horas —dijo ella—. Ya habrán hecho todas las pruebas y seguramente podré llevarte a casa.

—Aquí estaré —respondió él, abandonándose a la extraña y placentera languidez que se estaba apoderando de su cuerpo.

Cassy cerró la puerta al salir.

Beau nunca había dormido tan profundamente. Ni siquiera soñó. Después de unas horas en aquella especie de trance similar a un estado de coma, su cuerpo empezó a emitir una leve fosforescencia. Lo mismo hizo el objeto negro y disciforme metido en la caja de seguridad, sobre todo una de las ocho excrecencias abombadas dispuestas por su circunferencia. De pronto el minúsculo disco se desprendió y flotó por sí solo. Su resplandor fue creciendo hasta convertirse en un punto de luz, como una estrella brillando a lo lejos.

El punto luminoso se desplazó a un lado hasta tocar la pared de la caja. No por ello se detuvo. Atravesó el metal con un leve chisporroteo, dejando a su paso un pequeño agujero perfectamente simétrico.

Una vez libre de trabas, el punto de luz se dirigió hacia Beau en línea recta, provocando un aumento de luminosidad en el cuerpo del joven. Se aproximó al ojo derecho y se quedó flotando a escasos milímetros. La intensidad del punto luminoso fue decreciendo hasta recuperar su color negro habitual.

Un minúsculo rayo luz visible salió del pequeño objeto e incidió en el párpado de Beau. El ojo se abrió de inmediato, mientras el otro permanecía cerrado. La pupila estaba dilatada por completo, con apenas una franja de iris visible.

Una serie de radiaciones electromagnéticas fueron transmitidas al ojo abierto de Beau, casi todas en una longitud de onda visible. Era un trasvase de información entre computadoras, y duró prácticamente una hora entera.

—¿Cómo está nuestro paciente favorito? —preguntó Cassy a Pitt, entrando por la puerta de urgencias.

Pitt sólo reparó en su presencia en el momento de oír la pregunta. Reinaba un gran ajetreo en la sección, y Pitt estaba abrumado de trabajo.

—Que yo sepa, bien —dijo—. He pasado a verlo un par de veces, y la enfermera también. Dormía como un tronco. Creo que no se ha movido ni una vez. Debía de estar agotado.

—¿Ya tienen los resultados del análisis? —preguntó Cassy.

—Sí, todo normal. Sólo un poco altos los linfocitos mononucleares.

—¡Eh, que no soy una experta! —exclamó Cassy.

—Perdona —dijo Pitt—. La conclusión es que puede volver a casa. Después de eso lo normal; ya sabes, aspirina y reposo.

—¿Qué tengo que hacer para llevármelo? —preguntó Cassy.

—Nada —contestó Pitt—. Ya me he ocupado del papeleo. Sólo falta meterlo en el coche. Venga, te echo una mano.

Pitt dijo a la enfermera jefe que se ausentaba unos minutos. Encontró una silla de ruedas y la empujó por el pasillo en dirección a las habitaciones de estudiantes.

—¿Hará falta una silla de ruedas? —preguntó Cassy con inquietud.

—Mejor tenerla. Cuando lo trajiste le temblaban las piernas.

Llegaron frente a la puerta y Pitt llamó con suavidad. Al no obtener respuesta abrió un resquicio y echó un vistazo.

—Lo que pensaba —dijo. Abrió la puerta de par en par para meter la silla de ruedas—. El bello durmiente todavía no ha despertado.

Pitt dejó la silla a un lado y se acercó a la cama seguido por Cassy. Se colocaron uno a cada lado.

—¿Qué te he dicho? —dijo Pitt—. La viva imagen

de la tranquilidad. Dale un beso, a ver si se convierte en rana.

—¿Qué hacemos, lo despertamos? —preguntó Cassy, ignorando los comentarios jocosos de Pitt.

—Sería un poco difícil llevarlo a casa durmiendo.

—¡Se le ve tan tranquilo! Y muchísimo mejor que antes. De hecho vuelve a tener su color de siempre.

—Sí, supongo que sí —dijo Pitt.

Cassy asió a Beau de un brazo y lo sacudió con dulzura, al tiempo que pronunciaba su nombre. Sacudió con más fuerza, viendo que no respondía.

Beau abrió los ojos y miró a sus dos amigos.

—¡Hola! ¿Qué tal? —preguntó.

—Me parece que eso tendríamos que preguntártelo nosotros —dijo Cassy.

—Estoy bien —dijo Beau. Su mirada recorrió la habitación—. ¿Dónde me encuentro?

—En el centro médico —dijo Cassy.

—¿Y qué hago aquí?

—¿No te acuerdas? —preguntó ella, preocupada.

Beau negó con la cabeza. Echó las mantas a un lado y puso los pies en el suelo.

—¿No te acuerdas de haberte encontrado mal en clase? —preguntó Cassy—. ¿Ni de que te traje aquí?

—Ah, sí —dijo él—. Empiezo a recordar. Sí, claro. ¡Qué mal estaba! —Miró a Pitt—. Pero bueno, ¿qué me habéis puesto? Me siento como nuevo.

—Parece que lo único que te hacía falta era planchar la oreja un rato —dijo Pitt—. No te hemos administrado ningún tratamiento, aparte de un poco de hidratación.

Beau se levantó y se desperezó.

—Igual vengo más a menudo a que me hidraten —dijo—. ¡Qué diferencia! —Se fijó en la silla de ruedas—. ¿Y ese trasto para quién es?

—Para ti, por si hacía falta —dijo Pitt—. Cassy ha venido a llevarte a casa.

—No necesito una silla de ruedas —dijo Beau. Después tosió e hizo una mueca—. Bueno, la garganta sí la tengo un poco reseca, y aún no se me ha ido la tos. En fin, salgamos de aquí. —Se acercó al armario y cogió la ropa. Se metió en el baño y cerró la puerta casi del todo—. Cassy, ¿podrías coger mi maletín y ocuparte de la caja? —exclamó desde dentro.

Ella se dirigió al escritorio e introdujo la combinación.

—Volveré al mostrador, si es que no me necesitáis para nada más —dijo Pitt.

Cassy volvió la cabeza, con la mano metida en la caja de seguridad.

—No sé qué habríamos hecho sin ti —dijo, al tiempo que cogía el maletín y el reloj de Beau. Los sacó y cerró la caja. Acto seguido fue hacia Pitt y le dio un abrazo—. Gracias por tu ayuda.

—Siempre a vuestra disposición —dijo Pitt, sintiéndose algo violento. Bajó la vista; después miró por la ventana. Cassy siempre conseguía ponerlo nervioso—. Me alegro de que esté mejor —dijo—. Nos vemos.

Cogió la silla de ruedas y la empujó hacia el pasillo.

—Es un buen chico —dijo Beau.

Cassy asintió.

—Será un médico estupendo. ¡Se preocupa tanto!

4

Charlie Arnold llevaba treinta y siete años trabajando para el centro médico de la universidad, desde que a los diecisiete había decidido dejar el instituto. Había empezado en la sección de jardinería, cortando el césped, podando árboles y desherbando parterres. Por desgracia, una alergia a la hierba lo había apartado de esa clase de trabajos. Como era un empleado con buen expediente, la dirección le ofreció un puesto en el servicio de limpieza. Charlie lo había aceptado, y disfrutaba con ello. En los días de calor, sobre todo, le gustaba más que trabajar fuera. El supervisor le entregaba la lista de habitaciones que había que limpiar, y a partir de ahí él seguía su propio criterio. Aquella noche todavía le quedaba una habitación que hacer, una de las de estudiantes. Siempre eran más fáciles que las habitaciones de hospital normales. En estas últimas nunca sabía con qué iba a encontrarse. Dependía de la enfermedad del último ocupante. A veces estaban hechas un verdadero desastre.

Silbando entre dientes, Charlie empujó la puerta, metió el cubo de la fregona y entró con su carrito. Puso los brazos en jarras y examinó la habitación. Tal como había esperado, sólo hacía falta pasar algo de desinfectante y quitar el polvo. Fue a echar una mirada al cuarto de baño. Ni siquiera daba la impresión de haber sido utilizado.

Charlie siempre empezaba por el cuarto de baño. Una vez cubiertas sus manos con los gruesos guantes protectores, limpió la ducha y el lavabo y desinfectó la taza del váter. Acto seguido fregó el suelo.

Ya fuera del baño, deshizo la cama y sacudió el colchón. Sacó el polvo a las demás superficies, incluido el alféizar. Cuando estaba a punto de pasar la fregona le llamó la atención algo brillante. Se volvió hacia la mesa y se fijó en la caja de seguridad. Se dijo que era absurdo, pero no cabía duda de que la caja emitía un resplandor, como si contuviera una potente fuente de luz. Claro que eso no tenía sentido, puesto que la caja era de metal, y por mucho que brillase lo de dentro —si es que había algo—, la luz no conseguiría atravesarla.

Charlie apoyó la fregona contra el borde del cubo y dio unos pasos hacia la mesa, con intención de abrir la caja. A un metro se detuvo. El resplandor que rodeaba la caja había crecido en intensidad. Charlie tuvo la sensación de que notaba el calor en la cara.

Lo primero que se le ocurrió fue salir pitando de ahí, pero vaciló. Lo que veía era desconcertante y un poco terrorífico, pero también curioso.

Entonces, para su asombro, se produjo un intenso chisporroteo a un lado de la caja, acompañado por un ruido como de soldador eléctrico. En un acto reflejo, Charlie intentó protegerse la cara con ambas manos, pero sus brazos se quedaron a medio camino. En el lugar por donde habían salido las chispas emergió un disco luminoso de color rojo, del tamaño de un dólar de plata. Daba vueltas sobre sí mismo, y había atravesado el metal dejando una brecha humeante.

Charlie se había quedado de piedra, completamente

anonadado. El disco se desplazó lentamente hacia un lado, llegando a medio metro de su brazo. Una vez delante de la ventana se quedó flotando como si contemplara el cielo nocturno. Después su color cambió de rojo a blanco, y quedó rodeado por una corona, como un estrecho halo.

Movido por la curiosidad, Charlie se acercó más al misterioso objeto. Sabía que no iban a creerle cuando lo describiera. Pasó la palma de la mano por encima del objeto para asegurarse de que no hubiera ningún hilo o cable. No entendía que pudiera flotar de aquella manera.

Percibiendo lo caliente que estaba, Charlie ahuecó las manos y las fue acercando al objeto por ambos lados. Sentía en su piel un calor muy peculiar. Cuando tocó el halo la sensación de hormigueo se incrementó.

El objeto ignoró a Charlie hasta que éste, sin darse cuenta, obstruyó la visión del firmamento nocturno. En ese mismo momento el disco se movió hacia un lado y, antes de que Charlie tuviera tiempo de reaccionar, le agujereó el centro de la mano sin el menor esfuerzo. Todo se había vaporizado, piel, huesos, ligamentos, nervios y vasos sanguíneos.

Charlie gritó, más de sorpresa que de dolor. Dio un paso atrás, mirándose con incredulidad la mano perforada y percibiendo un inconfundible olor a carne quemada. No hubo hemorragia, ya que el calor había coagulado todos los vasos. Acto seguido el halo que rodeaba el disco luminoso creció hasta unos treinta centímetros de diámetro.

Antes de que Charlie pudiera reaccionar oyó un zumbido creciente que no tardó en resultar ensordecedor. Al mismo tiempo una fuerza lo arrastró hacia la ventana. Loco de miedo, se aferró a la cama con la otra mano y, cogido a ella con todas sus fuerzas, sintió que sus pies dejaban de tocar el suelo. Apretó los dientes y consiguió no soltarse, aunque la propia cama estaba moviéndose. La violencia del ruido y el movimiento sólo duró unos segundos, hasta que fue interrumpida por un sonido que se parecía al de una compuerta a presión.

Charlie soltó la cama y trató de ponerse en pie, pero no pudo. Tenía las piernas como de goma. Intentó pedir ayuda a gritos, pero le salía una voz muy débil, y salivaba tan copiosamente que hablar le era prácticamente imposible. Haciendo acopio de fuerzas procuró arrastrarse hacia la puerta, en vano. Tras desplazarse poco más de un metro hizo una serie de arcadas. Poco después se hizo la oscuridad, mientras el cuerpo de Charlie era sacudido por una sucesión de ataques epilépticos cuyo efecto no tardó en ser fatal.

5

Para tratarse de un apartamento de estudiantes era bastante amplio y lujoso, y como se hallaba en una segunda planta gozaba de buena vista. Tanto los padres de Cassy como los de Beau querían que sus hijos vivieran en un entorno decente, por lo que habían accedido gustosamente a aumentarles la mensualidad cuando decidieron abandonar el dormitorio universitario. Tanta generosidad se debía, en parte, a que ambos poseían un expediente académico intachable.

Cassy y Beau habían alquilado el apartamento ocho meses atrás y lo habían pintado y amueblado juntos. En su mayoría los muebles eran piezas de segunda mano restauradas; y las cortinas, sábanas camufladas.

El dormitorio daba al este, lo que en ocasiones constituía un fastidio a causa del intenso sol de la mañana. No era una habitación que invitara a dormir hasta tarde, pero a las dos de la madrugada la única luz que entraba por la ventana era la de la farola del aparcamiento.

Cassy y Beau estaban profundamente dormidos, ella de costado y él boca arriba. Como era habitual, Cassy había cambiado de lado a intervalos regulares. Él, por su parte, no se había movido un ápice. Dormía boca arriba, inmóvil, como esa misma tarde en el centro médico.

Justamente a las dos y diez los ojos cerrados de Beau comenzaron a brillar como la esfera de radio del viejo despertador de cuerda que Cassy había heredado de su abuela. La intensidad del brillo aumentó gradualmente durante unos minutos hasta que los párpados de Beau se abrieron. Ambos ojos estaban dilatados como su ojo derecho aquella misma tarde, y fulguraban cual bombillas.

Tras alcanzar su punto álgido de luminosidad, comenzaron a oscurecerse hasta que las pupilas recuperaron su negrura. Acto seguido, los iris se contrajeron y adquirieron un tamaño más normal. Después de parpadear varias veces, Beau se dio cuenta de que estaba despierto.

Se enderezó lentamente. Estaba desorientado, como al despertar en el hospital. Recorriendo la habitación con la mirada, pronto recordó dónde estaba. Levantó las manos y flexionó los dedos. Los notaba diferentes, pero no sabía en qué. De hecho, todo su cuerpo parecía diferente de un modo inexplicable.

Zarandeó suavemente el hombro de Cassy y ella se giró. Lo miró con ojos pesados. Al verlo sentado, se enderezó también.

—¿Qué ocurre? —preguntó con voz ronca—. ¿Te encuentras bien?

—Sí —respondió Beau—, perfectamente.

—¿Tienes tos?

—No, la garganta ya no me duele.

—¿Por qué me has despertado? ¿Quieres que vaya a buscarte algo?

—No, gracias. Pensé que te gustaría ver algo.

Beau se levantó y caminó hasta el lado de la cama de Cassy. La cogió de la mano y la ayudó a ponerse en pie.

—¿Ahora? —preguntó Cassy mirando el despertador.

—Sí, ahora.

La llevó hasta la puerta corredera de la sala de estar que daba a la terraza. La animó a salir pero Cassy se negó.

—No puedo —protestó—, estoy desnuda.

—¡Venga! —repuso Beau—. Nadie nos verá. Será sólo un momento. Si no salimos ahora nos la perderemos.

Cassy vaciló. La luz era demasiado tenue para adivinar la expresión de Beau, pero su voz sonaba sincera. Por un momento pensó que se trataba de una broma.

—Por tu bien espero que valga la pena —le advirtió mientras cruzaba finalmente la puerta corredera.

El aire era frío. Cassy se rodeó con los brazos, pero aun así cuanto había de eréctil en la superficie de su cuerpo brotó inesperadamente. Se sentía como un enorme erizo.

Beau se acercó por detrás y la abrazó para darle calor. Estaban frente a la barandilla, contemplando una amplia extensión de cielo. La noche aparecía despejada, sin nubes y sin luna.

—¿Y bien? ¿Qué se supone que debo ver?

Beau señaló el cielo en dirección norte.

—Mira hacia las Pléyades de la constelación de Tauro.

—¿Qué es esto, una clase de astronomía? —inquirió Cassy—. Son las dos y diez de la madrugada. ¿Desde cuándo sabes de constelaciones?

—¡Mira! —ordenó Beau.

—Estoy mirando. ¿Qué se supone que debo ver?

En ese momento una lluvia de meteoritos de colas larguísimas despuntó en el cielo como un gigantesco despliegue de fuegos artificiales.

—¡Ostras!

Cassy contuvo la respiración hasta que la lluvia de estrellas fugaces se desvaneció. El espectáculo había sido tan impresionante que por un momento se olvidó del frío.

—Nunca he visto nada igual, ha sido precioso. ¿Es una lluvia de meteoritos?

—Creo que sí —respondió Beau.

—¿Habrá otra? —preguntó Cassy con la mirada todavía clavada en el cielo.

—No, eso ha sido todo.

Dejó ir a Cassy y la siguió al interior de la sala. Luego cerró la puerta.

Cassy corrió hasta la cama y se metió en ella, cubriéndose con las mantas y temblando. Rogó a Beau que se metiera debajo de las sábanas para darle calor.

—Con mucho gusto —respondió Beau.

Se acurrucaron el uno contra el otro y los temblores cesaron. Cassy, que tenía el rostro hundido en la curva del cuello de Beau, levantó la cabeza e intentó verle los ojos, pero éstos se perdían en la penumbra.

—Gracias por enseñarme la lluvia de meteoritos —dijo—. Al principio pensé que era una broma. Pero, dime, ¿cómo sabías que iba a ocurrir?

—Ni idea —contestó Beau—. Supongo que lo oí contar en algún lugar.

—Tal vez lo leíste en el periódico.

—No creo. —Beau se rascó la cabeza—. No sé cómo me enteré, de veras.

Cassy se encogió de hombros.

—No importa. Lo que importa es que lo hemos visto. ¿Qué te despertó?

—No lo sé.

Cassy encendió la lamparita de noche y estudió la cara de Beau. Éste sonrió.

—¿Seguro que te encuentras bien? —preguntó ella.

—Seguro. La verdad es que me encuentro de maravilla.

6

6.45 h.

Era una de esas mañanas despejadas y cristalinas, de un aire tan fresco que casi podía saborearse. A lo lejos, las montañas descollaban con una claridad espectacular. El suelo, generalmente seco, aparecía cubierto de una fría capa de rocío que chispeaba como un estanque de diamantes.

Beau se detuvo para dejarse embriagar por la escena. Era como si la estuviera viendo por primera vez. Sus ojos apenas daban crédito a la gama de colores que proyectaban las lejanas colinas, y se preguntó por qué no la había apreciado antes.

Iba vestido informalmente, con camisa de algodón, tejanos y mocasines sin calcetines. Carraspeó suavemente. La tos había desaparecido por completo y la garganta ya no le dolía al tragar.

Salió del edificio de apartamentos y se dirigió al aparcamiento situado en la parte de atrás. En el terreno arenoso que había al fondo encontró lo que buscaba: tres miniesculturas negras idénticas a la que encontrara en el aparcamiento de Costa el día anterior. Las desenterró y tras quitarles la arena, se las guardó en bolsillos diferentes.

Cumplida su misión, se fue por donde había venido.

En el apartamento la alarma sonó junto a la cabeza de Cassy. El despertador estaba en su lado de la cama porque Beau tenía la mala costumbre de apagarlo con tal rapidez que ninguno de los dos llegaba a despertarse realmente.

La mano de Cassy asomó por debajo de las mantas y apretó el interruptor. La alarma calló durante diez deliciosos minutos. Volviéndose sobre su espalda, alargó el brazo para propinar a Beau el primero de los muchos empujones que le esperaban. Él detestaba madrugar.

La mano de Cassy tropezó con una sábana vacía y fría. Alargó más el brazo. Nada. Abrió los ojos y buscó a Beau, pero no lo encontró.

Sorprendida, se sentó y aguzó el oído con la esperanza de oír algún sonido procedente del cuarto de baño. La casa estaba en silencio. Beau nunca se levantaba antes que ella. De pronto, Cassy empezó a temer que hubiera sufrido una recaída.

Se puso el albornoz y entró sigilosamente en la sala de estar. Se disponía a llamarlo cuando lo vio en cuclillas frente a la pecera, estudiando los peces. Estaba tan absorto que no la había oído entrar. Cassy se quedó observando. Él colocó el índice de su mano derecha sobre el cristal. Sin saber cómo, la punta del dedo atrajo la luz fluorescente del acuario y brilló.

Hipnotizada por la escena, Cassy siguió observando. Los peces acudieron enseguida al punto de contacto entre el dedo y el cristal. Beau desplazó lateralmente el dedo y los peces lo siguieron obedientemente.

—¿Cómo lo haces? —preguntó Cassy.

Sobresaltado, él retiró la mano y se levantó. Al momento los peces se dispersaron.

—No te oí entrar —dijo con una dulce sonrisa.

—Ya lo he notado. ¿Qué hacías para atraer a los peces de ese modo?

—Ni idea. A lo mejor creyeron que iba a darles de comer. —Esbozando una sonrisa radiante, se acercó y la abrazó—. Estás muy guapa esta mañana.

—Como siempre —bromeó Cassy. Se sacudió la espesa melena y la mesó con cuidado—. Ya está. Ahora ya puedo presentarme al concurso de Miss América.

Cassy lo miró fijamente. Sus ojos azules brillaban con un fulgor especial y la parte blanca era más blanca que el blanco.

—Tú sí tienes un aspecto estupendo —observó Cassy.

—Será porque me encuentro estupendamente.

Se inclinó para besarla en los labios, pero Cassy se escabulló.

—Espera —dijo—. Esta aspirante a Miss América todavía tiene que lavarse los dientes. No me gustaría que me descalificaran por mi aliento matutino.

—Eso sería imposible —respondió él con una sonrisa lasciva.

Cassy ladeó la cabeza.

—Hoy te veo más animado.

—Me encuentro de maravilla.

—Nunca había visto una gripe tan breve —comentó ella—. Tu recuperación ha sido extraordinaria.

—Gracias por llevarme al centro médico. Allí es donde empecé a encontrarme mejor.

—Pero el médico y la enfermera no hicieron nada —repuso Cassy—. Ellos mismos lo reconocieron.

Beau se encogió de hombros.

—Entonces se trata de una nueva cepa de gripe fugaz, pero desde luego no pienso presentar ninguna reclamación.

—Ni yo —dijo ella mientras se encaminaba al cuarto de baño—. ¿Te importaría preparar café mientras me ducho?

—Ya está hecho —informó Beau—. Te traeré una taza.

—¡Qué eficiente! —gritó Cassy desde el dormitorio.

—En este hotel obtendrá servicio de cinco estrellas —bromeó Beau.

Cassy seguía asombrándose de su rápida recuperación. Teniendo en cuenta la mala cara que tenía cuando ella subió al coche frente al instituto Anna C. Scott, no lo habría creído posible. Abrió el grifo de la ducha y ajustó la temperatura del agua. Cuando estuvo a su gusto, entró. Lo primero era el cabello. Se lo lavaba cada día.

Estaba enjabonándose cuando oyó que llamaban a la puerta de la ducha. Sin abrir los ojos, indicó a Beau que dejara la taza de café junto al lavamanos.

Colocó la cabeza debajo del chorro de agua y procedió a aclararse el pelo. Lo siguiente que notó fue a Beau dentro de la ducha.

Incrédula, abrió los ojos. Beau estaba frente a ella completamente vestido. Ni siquiera se había quitado los zapatos.

—¿Qué haces? —barboteó Cassy.

Sin poder evitarlo, se echó a reír. Jamás habría esperado de Beau un comportamiento tan alocado.

Él no dijo nada. Alargó los brazos y atrajo el cuerpo desnudo y mojado de Cassy hacia sí mientras sus labios buscaban los de ella. Fue un beso profundo y sensual.

Cassy se apartó para coger un poco de aire al tiempo que se reía del disparate que estaban cometiendo. Beau rió también. El agua le aplastaba el pelo contra la frente.

—Estás loco —declaró ella con el cabello todavía cubierto de espuma.

—Loco por ti —respondió Beau, y comenzó a manipular torpemente su cinturón.

Cassy le desabrochó la camisa empapada y la deslizó por sus fuertes hombros. La situación resultaba poco convencional, sobre todo para el pulcro Beau. Para Cassy era excitante. Y la espontaneidad y el vehemente deseo de él la hacían aún más picante.

Poco después, en medio de la pasión, Cassy comenzó a apreciar algo más. No sólo estaban haciendo el amor en circunstancias excepcionales, sino que lo hacían de una forma inusual. Beau la tocaba de una manera diferente. Cassy no podía explicar cómo, sólo sabía que era maravillosa. Pese al deseo arrollador, Beau parecía más dulce y sensible que nunca.

Pitt se llevó las manos a la cabeza para desperezarse y consultó el reloj que descansaba sobre el mostrador de urgencias. Eran casi las siete y media. Su maratoniano turno de veinticuatro horas estaba a punto de terminar. Ya podía saborear la maravillosa sensación de deslizar su agotado cuerpo bajo las sábanas de su cama querida. El propósito de las prácticas era darle una idea de lo que representa ser médico residente, para quien los turnos de treinta y seis horas eran el pan de cada día.

—Deberías ir a la habitación donde hallaron al pobre tipo de la limpieza —dijo Cheryl Watkins, enfermera del turno de día que había fichado hacía poco.

—¿Por qué? —preguntó Pitt.

Recordaba perfectamente al paciente. Un miembro del equipo de la limpieza lo había traído a urgencias poco después de la medianoche. Los médicos trataron de resucitarlo, pero al comprobar que las temperaturas corporal y ambiental prácticamente coincidían, desistieron.

Decidir que el hombre estaba muerto fue fácil. Lo difícil era decidir qué lo había matado además de los ataques epilépticos sufridos. Su mano mostraba un curioso orificio cicatrizado que, según un médico, pudo causarlo una potente descarga eléctrica. El informe, sin embargo, aseguraba que el cuerpo había sido encontrado en una habitación que carecía de una fuente de alta tensión.

Otro médico observó que el paciente padecía unas cataratas especialmente densas. Curiosamente, éstas no habían sido detectadas en el examen médico anual y los compañeros del difunto habían negado que éste tuviera problemas con la vista. Así pues, se barajó la posibilidad de que el hombre hubiera sufrido unas cataratas repentinas, pero los médicos enseguida la descartaron. Jamás habían oído hablar de una cosa así, ni siquiera en casos en que se había sufrido una fuerte descarga eléctrica.

El desconcierto en cuanto a la causa inmediata de la muerte dio lugar a rocambolescas conjeturas e incluso a algunas apuestas. Lo único cierto era que nadie estaba seguro, de modo que el cuerpo fue enviado a la oficina del forense para que éste dictaminara.

—No pienso decirte por qué deberías ir a esa habitación —prosiguió Cheryl—. Si lo hiciera, creerías que te estoy tomando el pelo. Sólo te diré que es muy extraño.

—Dame una pista —insistió Pitt.

Estaba tan cansado que sólo algo extraordinario podría animarlo a recorrer el largo camino hasta el ala principal del hospital.

—Tienes que verlo con tus propios ojos —dijo Cheryl antes de marcharse a una reunión.

Pitt se tamborileó la frente con un lápiz mientras cavilaba. La idea de unas circunstancias extrañas había despertado su curiosidad. A gritos, preguntó a Cheryl dónde se hallaba la habitación.

—En el pabellón de estudiantes —respondió ésta por encima del hombro—. No tiene pérdida; hay un montón de gente allí tratando de averiguar lo ocurrido.

La curiosidad de Pitt se impuso a su agotamiento. Si había tanta gente interesada en el suceso, posiblemente el esfuerzo valía la pena. Se levantó y arrastró su derrengado cuerpo por el pasillo. Al menos el pabellón de estudiantes quedaba cerca. Por el camino pensó que si se trataba de un caso realmente extraño tal vez a Cassy y Beau les gustaría conocerlo, dado que habían estado en esa misma habitación la tarde antes.

Al doblar en la última esquina que conducía al pabellón de estudiantes Pitt divisó una multitud inquieta. Su curiosidad fue en aumento a medida que se acercaba, pues la habitación era la misma que había ocupado Beau.

—¿Qué ocurre? —susurró Pitt al oído de una compañera de clase que también hacía prácticas en el hospital. Se llamaba Carol Grossman.

—Ni idea —respondió ésta—. Cuando entré en la habitación comenté que parecía que Salvador Dalí hubiera pasado por ahí, pero nadie se rió.

Pitt miró a Carol intrigado, pero ésta no se extendió en detalles. Había tanta gente que Pitt tuvo que abrirse paso literalmente a empujones. Por desgracia, su excesiva agresividad le hizo chocar con uno de los médicos, haciendo que el café se derramara de la taza. Al ver el rostro iracundo del médico, Pitt palideció. De todos los médicos del hospital tenía que ser la doctora Sheila Miller.

—¡Mierda! —espetó Sheila mientras se sacudía el café del dorso de la mano.

Vestía una bata blanca. Manchas de café le adornaban el puño de la manga derecha.

—Lo siento —barboteó Pitt.

Sheila alzó sus ojos verdes hacia Pitt. La rubia melena recogida con tirantez en un moño compacto le daba un aire especialmente severo. La mujer estaba roja de indignación.

—¡Señor Henderson! —exclamó—. Confío en que no tenga sus miras puestas en una especialidad que exija coordinación, como la cirugía ocular.

—Ha sido sin querer —dijo Pitt.

—Lo mismo decían de la Primera Guerra Mundial y fíjese en las consecuencias. Se supone que es el recepcionista de urgencias. ¿Qué demonios hace entrando aquí a empujones?

Pitt buscó una excusa que fuera más allá de la simple curiosidad. Al mismo tiempo contempló el cuarto con la esperanza de ver algo que le sirviera de inspiración. La escena, sin embargo, lo dejó estupefacto.

En lo primero que reparó fue en el cabezal de la cama, el cual estaba totalmente deformado, como si alguien lo hubiese calentado hasta fundirlo y hubiese tirado de él hacia la ventana. Igual aspecto mostraba la mesita de noche. De hecho, a medida que sus ojos realizaban el circuito completo de la habitación, observó que la mayoría de los muebles habían sido retorcidos como si fueran de caramelo. Los cristales de las ventanas parecían haberse derretido. Churretones de vidrio pendían del marco superior como estalactitas.

—¿Qué diantre ha pasado aquí? —balbuceó.

—Eso es justamente lo que intentan averiguar los profesionales aquí reunidos —respondió Sheila entre dientes—. Y ahora vuelva al mostrador de urgencias.

—Ya me voy —dijo rápidamente Pitt.

Tras echar un último vistazo a la extraña transformación de la habitación, Pitt desapareció entre la multitud mientras calculaba el perjuicio que iba a representar para su carrera su altercado con la Dragona.

—Lamento la interrupción —se disculpó Sheila. Estaba hablando con el teniente de policía Jesse Kemper y con su compañero Vince Garbon.

—No se preocupe —dijo Jesse—. De todos modos no estaba diciendo nada importante. Se trata de un caso bastante curioso, pero dudo que nos hallemos ante la escena de un crimen. El instinto me dice que no fue un homicidio. Quizá usted debería convocar a un grupo de científicos para determinar si un rayo atravesó la ventana.

—Pero no había tormenta —objetó Sheila.

—Lo sé —respondió estoicamente Jesse, extendiendo las manos como un suplicante—. Pero según usted los técnicos han descartado la posibilidad de una subida brusca de energía. Ese tipo tiene todo el aspecto de un electrocutado. Quizá lo alcanzó un rayo.

—Lo dudo —dijo Sheila—. No soy forense, pero si la memoria no me falla, cuando un rayo alcanza a una persona no la agujerea. El rayo conecta con tierra a través de los pies, y en ocasiones los zapatos salen volando. Aquí no hay pruebas de que se haya producido un contacto con tierra. Parece más obra de un rayo láser de alta potencia.

—¡Claro! —convino Jesse—. No se me había ocurrido. ¿Este hospital tiene rayos láser? Tal vez alguien disparara uno por la ventana.

—Este hospital ciertamente dispone de rayos láser —admitió Sheila—, pero no uno capaz de provocar el orificio infligido en la mano del señor Arnold. Además, me cuesta creer que un rayo láser pueda causar semejantes deformaciones en un mobiliario.

—Yo no entiendo de esas cosas —reconoció Jesse—. Si la autopsia sugiere que tenemos un caso de homicidio, intervendremos. De los contrario, le aconsejo que reúna a un grupo de científicos.

—Ya hemos informado del asunto al departamento de física de la universidad —explicó Sheila.

—Buena idea. Aun así, le daré mi tarjeta.

El teniente se acercó a Sheila y le entregó una tarjeta. Lo mismo hizo con Richard Halprin, presidente del centro médico de la universidad, y Wayne Martinez, jefe de seguridad del hospital.

—Pueden llamarme siempre que lo crean oportuno. El asunto me interesa. En estas dos últimas noches han ocurrido más cosas raras que en los treinta años que llevo en el cuerpo. ¿Es luna llena o qué?

Llegado el final de la película, la música alcanzó un crescendo y con un último estallido de platillos la cúpula del planetario se apagó. Las luces de la sala se encendieron y el auditorio prorrumpió en aplausos, silbidos y gritos de entusiasmo.

La mayoría de los asientos los ocupaban estudiantes de enseñanza primaria en salida de estudios. Aparte de los maestros y ayudantes, Cassy y Beau eran los únicos adultos.

—Ha sido fantástico —comentó Cassy—. Había olvidado lo interesantes que son estas películas. La última vez que vi una fue en la clase de cuarto curso de la señorita Korth.

—También a mí me ha gustado —dijo entusiasmado Beau—. Es fascinante observar la galaxia desde la perspectiva de la Tierra.

Cassy parpadeó. Durante la mañana había observado en Beau cierta tendencia a los comentarios incongruentes.

—Vamos —dijo él, ajeno a la perplejidad de Cassy—. Salgamos de aquí antes que estos ruidosos niños.

Cogidos de la mano, abandonaron el auditorio y pasearon por el extenso césped que separaba el planetario del museo de historia natural. Compraron a un vendedor ambulante un par de *hot dogs* con chile y cebolla y se sentaron en un banco, a la sombra de un gran árbol.

—También había olvidado lo divertido que es hacer novillos —comentó Cassy entre bocado y bocado—. Ha sido una suerte que hoy no tuviera prácticas, porque una cosa es saltarse una clase y otra saltarse una práctica. No hubiera podido venir.

—Me alegro de que todo haya salido bien —dijo Beau.

—Cuando me propusiste hacer novillos me dejaste atónita —confesó Cassy—. ¿No es ésta la primera vez que te saltas una clase?

—Sí —afirmó Beau.

Cassy sonrió.

—¿A quién tengo delante? ¿A un nuevo Beau? Primero actúas como un animal en celo y te metes vestido en la ducha, y ahora te saltas gustosamente tres clases. Pero no me malinterpretes, no me estoy quejando.

—Es culpa tuya —aseguró Beau. Dejó a un lado el *hot dog* y la estrechó en un pícaro abrazo—. Eres irresistible.

Trató de besarla, pero Cassy alzó una mano y desvió la maniobra.

—Espera —rió—, tengo la cara llena de chile.

—Tanto mejor —bromeó Beau.

Cassy se limpió la cara con la servilleta.

—¿Qué te ha dado ahora?

Beau no contestó. En lugar de eso dio a Cassy un beso largo y maravilloso. La impulsividad del gesto volvió a excitarla, como en la ducha.

—Caray, te estás transformando en un experto Casanova.

Se apartó para recobrar el aliento y tratar de calmarse. La sorprendía el hecho de que pudiera excitarse tan fácilmente en público y a plena luz del día.

Beau volvió felizmente a su *hot dog*. Mientras comía alzó una mano para protegerse del sol al tiempo que miraba en su dirección.

—¿A qué distancia dijeron que estaba la Tierra del Sol? —preguntó.

—Uf, no me acuerdo —respondió Cassy. Sacudida

por el deseo, ahora le costaba concentrarse en otros temas, sobre todo en algo tan impreciso como las distancias astronómicas—. Noventa y tantos millones de millas.

—Ah, sí, noventa y tres. Eso significa que el efecto de una erupción solar apenas tardaría ocho minutos en alcanzar la Tierra.

—¿Qué? —Otra incongruencia. Cassy ni siquiera sabía qué era una erupción solar.

—Mira —dijo entusiasmado Beau señalando el cielo del oeste—. Puede verse la luna pese a ser de día.

Cassy se protegió los ojos y miró. Ciertamente, ahí estaba la imagen difusa de la luna. Cassy miró fijamente a Beau. Estaba disfrutando casi como un niño. Su entusiasmo era contagioso y Cassy se dejó llevar por él.

—¿Por qué se te ocurrió visitar hoy el planetario? —preguntó.

Beau se encogió de hombros.

—Por puro interés. Quería aprender algo más de este hermoso planeta. Y ahora, ¿qué te parece si vamos al museo?

—¿Por qué no?

Jonathan salió fuera con su almuerzo. Con un día tan hermoso, detestaba la idea de comer en la bulliciosa cafetería, sobre todo porque Candee no estaba allí. Rodeó el asta de la bandera y se dirigió a las gradas del campo de béisbol. Sabía que era uno de los lugares favoritos de Candee cuando quería alejarse de la gente. Pronto comprobó que sus esfuerzos iban a verse recompensados. Candee estaba sentada en la última fila.

Se saludaron con la mano y él subió. La tenue brisa agitaba el borde de la falda de Candee, desvelando tentadoras instantáneas de sus muslos. Jonathan simuló que no miraba.

—Hola —dijo ella.

—Hola —respondió él.

Se sentó a su lado y extrajo un emparedado de plátano y mantequilla de cacahuete.

—¡Qué asco! —exclamó Candee—. No entiendo cómo puedes comerte esa porquería.

Jonathan examinó el emparedado antes de darle un bocado.

—A mí me gusta —dijo.

—¿Qué ha dicho Tim de su radio?

—Sigue cabreado, pero por lo menos ya no nos echa la culpa. A un amigo de su hermano le ocurrió lo mismo.

—¿Podremos seguir utilizando su coche?

—Me temo que no —se lamentó Jonathan.

—¿Qué haremos entonces?

—No lo sé. Ojalá mis padres no fueran tan puñeteros con el coche de la familia. Me tratan como si tuviera doce años. Sólo me dejan conducirlo si ellos me acompañan.

—Por lo menos te dejaron sacar el carnet de conducir —protestó Candee—. Los míos me harán esperar hasta los dicciocho.

—Eso es un crimen. Si a mí me hicieran una cosa así, me escaparía de casa. Pero ¿de qué me sirve el carnet sin un volante? No entiendo por qué mis padres no confían más en mí. Quiero decir que tengo un cerebro, saco buenas notas y no me drogo.

Candee puso los ojos en blanco.

—La hierba no es droga —dijo Jonathan—. Además, ¿cuántas veces hemos fumado? Como mucho dos.

—Mira —dijo Candee, y señaló la zona de descarga donde los camiones hacían sus entregas, situada a unos veinte metros de ellos.

Ubicada en un sótano, se accedía a ella por una rampa abierta justo detrás del zaguero del campo de béisbol.

—¿No son el señor Partridge y la enfermera del instituto? —preguntó Candee.

—Sí. El señor Partridge no tiene muy buen aspecto que digamos. Mira cómo lo arrastra la señorita Golden. Y tose como un condenado.

En ese momento un Lincoln Town asomó por una esquina del edificio y bajó por la rampa. Al volante iba la señora Partridge, a quienes los chicos del instituto llamaban «la Cerdita». La señora Partridge parecía toser tanto como el señor Partridge.

—Menudo par —comentó Jonathan.

Mientras observaban la escena, la señorita Golden consiguió bajar al alicaído señor Partridge por las escaleras de cemento y subirlo al coche. La señora Partridge no se movió de su asiento.

—Está hecho polvo —comentó Candee.

—La Cerdita tiene peor pinta todavía —observó Jonathan.

El coche dio marcha atrás, giró y entró en la rampa con un fuerte acelerón. A medio camino rozó el muro de hormigón. El chirrido estremeció a Jonathan.

—¡Qué rayada! —exclamó.

—¿Qué demonios haces aquí? —preguntó Cheryl Watkins.

Estaba sentada detrás del mostrador de urgencias cuando Pitt Henderson asomó por las puertas oscilantes del centro médico. Parecía agotado y lucía unas marcadas ojeras.

—No podía dormir —dijo—, así que pensé en volver aquí e intentar salvar mi carrera médica.

—¿De qué narices hablas? —preguntó Cheryl.

—Esta mañana, cuando fui a ver la habitación, cometí una terrible imprudencia.

—¿Qué clase de imprudencia?

Cheryl se inquietó al darse cuenta de que Pitt estaba preocupado. El muchacho era muy querido en la unidad.

—Tropecé con la Dragona y le derramé el café sobre la bata —explicó él—. Se cabreó mucho. Quiso saber qué estaba haciendo allí y yo, estúpido de mí, fui incapaz de dar con una excusa.

—¡Oh! —se compadeció Cheryl—. A la doctora Miller no le gusta que le ensucien su bata blanca, y aún menos a primera hora del día.

—Lo sé, lo sé —gimió Pitt—. Estuvo muy dura conmigo. Pensé que si volvía podría impresionarla con mi dedicación.

—No veo qué daño puede hacer, aunque estás sobrepasando tus obligaciones. En cualquier caso, una ayudita no nos irá mal. Yo misma me encargaré de que llegue a oídos de nuestra intrépida jefa. Entretanto, ¿por qué no examinas un par de casos de rutina? Hace una hora se produjo un accidente de tráfico y vamos muy atrasados. Todas las enfermeras están ocupadas.

Contento de recibir una tarea, especialmente una que le gustaba, Pitt cogió la tablilla y se encaminó a la sala de espera. La paciente en cuestión tenía cuatro años y se llamaba Sandra Evans.

Pitt pronunció el nombre en voz alta. De la multitud que esperaba impaciente en las duras sillas de plástico de la sala asomó una madre con su hija. La mujer, de unos treinta años, tenía aspecto desaliñado. La niña era adorable, con la cabeza cubierta de rizos dorados, pero estaba sucia y parecía enferma. Llevaba puesto un pijama lleno de manchas y una bata que le iba pequeña.

Pitt las condujo hasta una sala de reconocimiento. Colocó a la niña sobre la mesa. Sus ojos azules estaban vidriosos y tenía la piel pálida y húmeda. Estaba demasiado enferma para que el ambiente de urgencias pudiera intimidarla.

—¿Es usted médico? —preguntó la madre.

Pitt parecía demasiado joven.

—No, soy recepcionista —repuso Pitt.

Llevaba tanto tiempo trabajando en urgencias y había examinado a tantos pacientes que su categoría ya no le cohibía.

—¿Qué te ocurre, cariño? —preguntó Pitt mientras ceñía en el brazo de Sandra el manguito del manómetro de mercurio y lo inflaba.

—Tengo una araña —dijo Sandra.

—Quiere decir un microbio —intervino la madre—. No hay manera de metérselo en la cabeza. Debe de ser una gripe o algo así. Esta mañana empezó a toser y estornudar. Los niños cuando no tienen una cosa tienen otra.

La tensión era normal. Al retirar el manguito, Pitt observó una tirita de colores en la mano derecha de Sandra.

—Al parecer también estás herida —dijo Pitt.

Cogió el termómetro clínico.

—Me mordió una piedra en el jardín —explicó Sandra.

—Sandra, te he dicho que no digas mentiras —advirtió la señora Evans.

Era evidente que la mujer se hallaba al límite de su paciencia.

—No es mentira —protestó indignada Sandra.

La señora Evans puso cara de ¿qué-puedo-hacer-con-ella?

—¿Te han mordido muchas piedras? —bromeó Pitt.

Leyó la temperatura. La niña tenía treinta y nueve y medio. Lo anotó todo en el cuadro.

—No, sólo una —dijo Sandra—. Era negra.

—Pues tendremos que tener cuidado con las piedras negras —dijo Pitt.

Dijo a la madre que vigilara de cerca a la niña mientras llegaba un médico y luego regresó a la recepción, donde dejó el informe en la bandeja para que lo recogiera el próximo médico disponible. Iba a sentarse cuando las puertas de entrada se abrieron de golpe.

—¡Ayúdenme! —gritó un hombre que transportaba a una mujer presa de un ataque epiléptico.

Caminó unos metros y amenazó con derrumbarse él también.

Pitt fue el primero en llegar junto a la pareja. Sin perder tiempo, cogió a la mujer en sus brazos. Le costaba sujetarla porque se hallaba en pleno ataque.

Para entonces Cheryl Watkins y algunos médicos residentes se habían acercado. Hasta la propia doctora Sheila Miller había salido precipitadamente de su despacho atraída por los gritos de socorro.

—A traumatología, rápido —ordenó.

Sin esperar una camilla, Pitt trasladó a la espasmódica mujer. Con la ayuda de Sheila, que se había colocado al otro lado de la mesa, tumbó a la paciente. Las miradas de Pitt y Sheila se encontraron por segunda vez ese día. No hubo palabras, pero en esta ocasión el mensaje era muy diferente.

Enfermeras y médicos irrumpieron en la sala. Pitt se hizo a un lado y se quedó observando, deseando haber estado en una fase de su formación que le hubiese permitido intervenir.

El equipo médico, dirigido por Sheila, enseguida frenó el ataque, pero en el momento en que se disponían a evaluar la causa del mismo la paciente sufrió otro aún más violento.

—¿Qué le ocurre? —gimió el marido. Todos habían olvidado que el hombre los había seguido. Una enfermera se acercó a él y lo sacó fuera—. Es diabética pero nunca había tenido ataques de epilepsia. Todo empezó con una simple tos. Es una mujer joven. Hay algo raro en todo esto, lo sé.

Poco después, cuando el marido ya se hallaba en la sala de espera, Sheila levantó bruscamente la cabeza para consultar el monitor cardíaco. Un cambio repentino en el sonido de los latidos había llamado su atención.

—Oh, oh —dijo—, algo va mal.

Los latidos eran ahora erráticos. Antes de que pudieran reaccionar, la alarma del monitor se detuvo. La paciente estaba sufriendo una fibrilación.

«¡Código rojo!», resonó por el interfono.

El anuncio de un paro cardíaco atrajo a otros médicos de urgencias. Pitt se apartó del todo para no estorbar. La escena le parecía estimulante y a la vez aterradora. Se preguntó si algún día sabría lo bastante para intervenir hábilmente en una situación parecida.

El equipo trabajó incansablemente pero sin éxito. Finalmente, Sheila se irguió y se pasó un brazo por la frente sudorosa.

—Se acabó —anunció con pesar—. Se nos ha ido.

El monitor había trazado durante los últimos treinta minutos una línea recta.

El equipo, abatido, agachó la cabeza.

La vieja balanza rechinó cuando el doctor Curtis Lapree dejó caer el hígado de Charlie Arnold en la bandeja. La aguja subió.

—El peso es normal —dijo Curtis.

—¿Esperaba que no lo fuera? —preguntó Jesse Kemper.

Él y el inspector Vince Garbon habían pasado por allí para presenciar la autopsia del hombre de la limpieza del centro médico universitario. Ambos llevaban puesto un mono de protección desechable.

Ni Jesse ni Vince se sentían intimidados o mareados por la autopsia. Habían presenciado más de cien a lo largo de su carrera, especialmente Jesse, once años mayor que Vinnie.

—No —respondió Curtis—. El aspecto y la textura del hígado son normales, de modo que esperaba que el peso fuera normal.

—¿Tiene idea de qué pudo matar a este pobre diablo? —inquirió Jesse.

—No —dijo Curtis—. Me temo que será otro misterio sin resolver.

—¡Venga ya! —espetó irritado Jesse—. Confiaba en que me dijera si fue un homicidio o un accidente.

—Tranquilícese, teniente —dijo Curtis con una sonrisa—. Le estaba tomando el pelo. A estas alturas ya debería saber que la disección no es más que el primer paso de una autopsia. En este caso concreto, confío en que el análisis microscópico resulte más revelador. Aun así, no sé qué pensar del orificio de la mano. Mire.

Curtis levantó la mano de Charlie Arnold.

—Es un círculo perfecto.

—¿Podría tratarse de una herida de bala? —preguntó Jesse.

—¿Usted qué cree, con todas las heridas de bala que ha visto en su vida? —repuso Curtis.

—Tiene razón, no parece una herida de bala —admitió Jesse.

—Desde luego que no —aseguró Curtis—. La bala tendría que haber corrido a la velocidad de la luz y estar más caliente que el interior del sol. Fíjese bien. Todo ha quedado cauterizado en los márgenes. ¿Adónde han ido a parar la sangre y los tejidos? Usted mismo dijo que no había rastro de sangre o tejido en el lugar del suceso.

—Ni una gota —dijo Jesse—. Había cristales y muebles derretidos, pero nada de sangre o tejidos.

—¿Muebles derretidos? —preguntó Curtis.

Retiró el hígado de la balanza y se limpió la mano en el delantal.

Jesse describió el aspecto de la habitación mientras Curtis le escuchaba fascinado.

—¡Caray!

—¿Alguna sugerencia? —preguntó el teniente.

—Puede —confesó Curtis—, pero no le va a gustar. A mí tampoco me gusta. Es una locura.

—Pruebe —dijo Jesse.

—Primero permítame que le muestre algo —dijo Curtis.

Se acercó a una mesita auxiliar y regresó con dos retractores que deslizó por la parte interna de los labios del difunto, dejando los dientes al descubierto. El muerto tenía ahora una mueca horrible.

—¡Qué asco! —gimió Vinnie—. A este paso voy a tener pesadillas.

—¿Y bien, doctor? —dijo Jesse—. ¿Qué se supone que debo ver aparte de una asquerosa dentadura? Se diría que jamás se lavaba los dientes.

—Fíjese en el esmalte.

—Me estoy fijando —dijo Jesse—. Está hecho polvo.

—Exacto —convino Curtis.

Retiró los retractores y los devolvió a su lugar.

—Déjese de rodeos, doctor —espetó Jesse—. ¿Qué intenta decirnos?

—Lo único que podría hacer algo así al esmalte dental es envenenamiento agudo por radiación —explicó Curtis.

Jesse palideció.

—Le advertí que no le gustaría —dijo Curtis.

—Jesse está a punto de jubilarse —intervino Vince—. No debería gastarle esa clase de bromas.

—Hablo en serio —insistió Curtis—. Es el único fenómeno que guarda relación con los hallazgos obtenidos hasta ahora: el agujero en la mano, las alteraciones del esmalte y hasta las cataratas que no se detectaron en el último examen médico anual.

—¿Qué le ha ocurrido entonces a este desdichado? —preguntó Jesse.

—Sé que parecerá una locura —advirtió Curtis—, pero la única forma de relacionarlo todo es la hipótesis de que alguien dejó caer una bolita candente de plutonio en la mano de la víctima. La bolita abrasó la mano hasta agujerearla y en el proceso el hombre recibió una dosis enorme de radiación. Me refiero a una dosis gigantesca.

—Eso es absurdo —dijo Jesse.

—Ya le dije que no le gustaría —respondió Curtis.

—En la habitación no había plutonio —observó Jesse—. ¿Ha comprobado si el cuerpo tiene radiactividad?

—Sí, por razones de seguridad personal —explicó Curtis.

—¿Y?

—No la tiene. De lo contrario yo no estaría metido hasta las orejas en esto.

Jesse sacudió la cabeza.

—Este asunto va a peor —se lamentó—. Plutonio. ¡Joder! Bastaría para declarar el estado de alerta en todo el país. Será mejor que envíe a alguien a ese hospital para comprobar que no hay puntos de radiactividad peligrosos. ¿Puedo utilizar su teléfono?

—Por supuesto —respondió amablemente Curtis.

Un repentino acceso de tos atrajo la atención de todos. Era Michael Schonhoff, técnico del depósito de cadáveres. Se hallaba frente al fregadero lavando tripas. La tos le duró varios minutos.

—Caramba, Mike —dijo Curtis—, cada vez está peor. Y perdone la expresión pero parece un muerto recalentado.

—Lo siento, doctor Lapree —se disculpó Mike—. Creo que he pillado la gripe. He intentado ignorarla, pero empiezo a notar escalofríos.

—Váyase a casa —dijo Curtis—. Métase en la cama con una aspirina y una infusión.

—Prefiero terminar esto —dijo Mike—. Y luego quiero etiquetar los frascos de las muestras.

—Olvídelo —insistió Curtis—. Ya encontraré a alguien que lo haga por usted.

—De acuerdo —dijo Mike.

Pese a sus protestas, se alegraba de que lo relevaran.

7

20.15 h.

—No dejo de preguntarme por qué nunca venimos aquí —dijo Beau—. Es precioso.

Él, Cassy y Pitt paseaban por el centro comercial de la ciudad, saboreando un helado tras una cena de pasta y vino blanco.

Cinco años atrás el centro urbano parecía una ciudad fantasma porque la mayoría de sus habitantes y restaurantes había huido a los barrios periféricos. Pero, como en tantas otras ciudades norteamericanas, el centro había experimentado un renacimiento. Remodelaciones de buen gusto habían iniciado una profecía que estaba cumpliéndose por esfuerzo propio. Ahora el centro urbano al completo era un festín para la vista y el paladar. Ríos de gente iban y venían disfrutando del espectáculo.

—¿Es cierto que hoy habéis hecho novillos? —preguntó Pitt con una mezcla de asombro y escepticismo.

—¿Por qué no? —dijo Beau—. Visitamos el planetario, el museo de historia natural, el museo de arte y el zoo. Aprendimos más cosas que si hubiésemos ido a clase.

—Curioso razonamiento —repuso Pitt—. Espero

que te hagan preguntas sobre el zoo en tus próximos exámenes.

—Lo que pasa es que estás celoso —dijo Beau.

—Puede —reconoció Pitt mientras se alejaba de Beau—. He trabajado treinta horas seguidas en urgencias.

—¿Treinta horas? —se asombró Cassy.

—Lo que oyes.

Pitt habló a sus amigos de la habitación del hospital que Beau había ocupado el día anterior y del café que había derramado sobre la doctora Sheila Miller, la directora de la sección de urgencias.

Beau y Cassy escucharon boquiabiertos, en particular lo referente al estado de la habitación y la muerte del hombre de la limpieza. Beau fue quien hizo más preguntas, pero Pitt tenía pocas respuestas.

—Están pendientes de la autopsia —explicó—. Se espera que el resultado aclare el misterio. Por ahora nadie tiene ni idea de lo ocurrido.

—Qué horror, un agujero en la mano —dijo Cassy con una mueca de asco—. Jamás podría dedicarme a la medicina.

—Hay algo que me gustaría saber, Beau —dijo Pitt después de caminar unos momentos en silencio—. ¿Cómo consiguió Cassy arrastrarte a una excursión cultural?

—Eh, no corras tanto —intervino Cassy—. No fue idea mía, sino suya.

—¡Anda ya! —exclamó Pitt—. ¿Esperas que me crea eso? ¿El señor Modélico, el que nunca se salta una clase?

—¡Pregúntaselo! —le retó Cassy.

Beau se echó a reír.

Cassy, decidida a dejar bien claro que ella no era la culpable de tan ocioso día, y pese a la concurrida acera, se había vuelto y caminaba de espaldas para plantar cara a Pitt.

—Venga, pregúntaselo —insistió.

En ese momento Cassy chocó con un transeúnte que caminaba en sentido contrario sin fijarse mucho por dónde iba. Ambos se llevaron un buen susto, pero nadie se hizo daño.

Cassy, al igual que el individuo con quien había tropezado, se apresuró a disculparse. Entonces se quedó sin hablar. Era Partridge, el severo director del instituto Anna C. Scott.

Ed estaba igualmente sorprendido.

—Espere un momento —dijo con una amplia sonrisa—. Yo a usted la conozco. Es la señorita Winthrope, la encantadora profesora en prácticas que tiene asignada la señora Edelman.

Cassy se sonrojó. De pronto temía haber provocado una pequeña catástrofe. Partridge, sin embargo, era todo amabilidad.

—Qué sorpresa tan agradable —estaba diciendo—. Permítame que le presente a mi novia, Clara Partridge.

Cassy estrechó la mano de la esposa del señor Partridge y reprimió una sonrisa. Sabía perfectamente cómo la llamaban los estudiantes del instituto.

—Y éste es un nuevo amigo nuestro —prosiguió Partridge mientras posaba un brazo sobre el hombro de su compañero—. Le presento a Michael Schonhoff, un funcionario eficiente que trabaja en la oficina de nuestro médico forense.

Se hicieron las presentaciones y hubo apretones de mano. Beau se mostró especialmente interesado en Michael Schonhoff, con quien entabló una conversación aparte mientras Ed Partridge dirigía su atención a Cassy.

—He recibido muy buenos informes sobre sus prácticas de maestra —dijo—. Y debo reconocer que me impresionó lo bien que manejó la clase de ayer mientras la señora Edelman estaba ausente.

Cassy no supo cómo reaccionar a tan inesperados cumplidos. Tampoco supo cómo reaccionar a la inspección descaradamente lasciva del señor Partridge, que la examinaba de arriba abajo. Al principio Cassy pensó que eran imaginaciones suyas, pero al tercer repaso comprendió que la actitud de Partridge era deliberada.

Finalmente los dos grupos se despidieron.

—¿Quién coño es Ed Partridge? —preguntó Pitt cuando estuvieron lo bastante lejos para no ser oídos.

—El director del instituto donde hago mis prácticas de maestra —explicó Cassy. Sacudió la cabeza.

—No hay duda de que está encantado contigo —dijo Pitt.

—¿Notaste cómo me miraba?

—Era imposible no notarlo. Sentí vergüenza ajena, sobre todo porque la vaca de su mujer estaba al lado. ¿Tú qué dices, Beau?

—Yo no noté nada. Estaba hablando con Michael.

—Nunca lo había visto comportarse así —dijo Cassy—. En realidad es un carcamal desabrido.

—Eh, chicos, hay otra heladería al otro lado de la calle —exclamó entusiasmado Beau—. Voy a tomarme otro helado. ¿Alguien más?

Cassy y Pitt negaron con la cabeza.

—No tardaré —dijo Beau, y cruzó corriendo el paseo peatonal para colocarse en la cola.

—¿Te has convencido por fin de que la idea de hacer novillos fue de Beau? —preguntó Cassy.

—Si tú lo dices —dijo Pitt—. Pero comprende mi escepticismo. No es su estilo.

—Eso es un eufemismo.

Pitt y Cassy vieron a Beau coquetear con dos atractivas estudiantes. Incluso desde esa distancia podían oír su característica risa.

—Actúa con la naturalidad de un niño —comentó Pitt.

—Si tú lo dices —repuso Cassy—. No niego que hoy lo hemos pasado en grande, pero su conducta empieza a inquietarme un poco.

—¿Por qué?

Ella soltó una risa ahogada.

—Se muestra demasiado amable. Sé que te parecerá una locura, pero no actúa de forma normal. No actúa como el Beau de siempre. Los novillos son sólo una parte.

—¿Qué más ha hecho? —inquirió Pitt.

—Bueno... es personal —respondió Cassy.

—Oye, que soy tu amigo —dijo él con tono animado.

Se le hizo un nudo en la garganta. No estaba seguro de querer oír algo demasiado personal. Por mucho que se empeñaba en negarlo, sus sentimientos por Cassy no eran del todo platónicos.

—Sexualmente se comporta de forma diferente —dijo ella con cierto titubeo—. Esta mañana... —Se detuvo a media frase.

—¿Qué? —insistió Pitt.

—No me puedo creer que te esté contando esto... —dijo Cassy, incómoda—. Digamos que hay algo diferente en él.

—¿Ha sido sólo hoy?

—Hoy y ayer noche.

Cassy se disponía a contarle que a medianoche Beau la había arrastrado desnuda hasta la terraza para ver la lluvia de meteoritos, pero enseguida cambió de idea.

—Todos tenemos días en que nos sentimos más vivos —dijo Pitt—. Ya sabes, la comida tiene más sabor y el sexo... resulta más apetecible. —Se encogió de hombros. Ahora era él quien se sentía incómodo.

—Puede —dijo Cassy sin demasiada convicción—. Pero me pregunto si su comportamiento guarda relación con esa gripe pasajera que tuvo. Nunca lo había visto tan enfermo a pesar de que la recuperación fuese tan rápida. Tal vez se asustó. Quizá pensó que iba a morir. ¿Tiene sentido lo que digo?

Pitt negó con la cabeza.

—A mí no me pareció tan enfermo.

—¿Se te ocurre otra idea? —preguntó Cassy.

—Francamente, estoy demasiado cansado para tener grandes ideas.

—Si tú... —comenzó Cassy, pero se detuvo—. ¡Mira lo que está haciendo ahora!

Pitt miró, Beau se había encontrado de nuevo con los Partridge y su amigo Michael. Estaban inmersos en una conversación seria.

—¿De qué demonios puede estar hablando con ellos? —preguntó Cassy.

—Sea lo que sea, no hay duda de que están de acuerdo. Todos asienten con la cabeza.

Beau miró el reloj del salpicadero de su todoterreno. Marcaba las dos y media de la madrugada. Estaba con Michael Schonhoff estacionado en la zona de descarga de la oficina del forense, junto a una furgoneta mortuoria.

—¿Estás seguro de que es la mejor hora? —preguntó Beau.

—Lo estoy —respondió Michael—. A estas horas el equipo de limpieza ya andará por la segunda planta. —Abrió la puerta del pasajero y bajó.

—¿Seguro que no me necesitas? —preguntó Beau.

—Todo irá bien —dijo Michael—. Espérame aquí. Si tropiezo con el guardia de seguridad será más fácil encontrar una excusa estando solo.

—¿Qué probabilidades hay de que tropieces con el guardia?

—Pocas —admitió Michael.

—En ese caso voy contigo.

—Como quieras.

Caminaron hasta la puerta. Michael utilizó sus llaves y en segundos ya estaban dentro del edificio.

Michael le indicó con gestos que lo siguiera. A lo lejos se oía una radio sintonizada en un programa de entrevistas nocturno.

Cruzaron una antesala, bajaron por una pequeña rampa y desembocaron en la sala donde se guardaban los cadáveres. Las paredes estaban revestidas de compartimientos frigoríficos.

Michael sabía exactamente cuál abrir. El chasquido del mecanismo de la puerta resonó en el silencio. Michael deslizó suavemente la bandeja de acero inoxidable donde descansaba el cuerpo.

Los restos de Charlie Arnold aparecieron envueltos en una bolsa de plástico transparente. Tenía la cara blanca como un fantasma.

Buen conocedor del lugar, Michael acercó una camilla. Con ayuda de Beau trasladó el cuerpo a la misma y cerró el compartimiento frigorífico.

Tras comprobar que la antesala estaba vacía, arrastraron la camilla por la rampa hasta la salida. Al poco rato tenían el cuerpo metido en el maletero del todoterreno.

Michael fue a devolver la camilla mientras Beau subía al coche. Al cabo regresó y partieron.

—Ha sido fácil —declaró Beau.

—Te dije que todo saldría bien —dijo Michael.

Tomaron la carretera hacia el desierto del este. Doblaron por un camino de tierra y avanzaron hasta encontrarse en pleno desierto.

—Este lugar servirá —opinó Beau.

—Es perfecto —dijo Michael.

Beau detuvo el vehículo. Sacaron el cuerpo y se adentraron treinta metros en el desierto. Depositaron el cuerpo en un lecho de piedra arenisca. Sobre sus cabezas se alzaba la bóveda de un cielo sin luna con millones de estrellas.

—¿Listo? —preguntó Beau.

Michael retrocedió unos pasos.

—Listo —respondió.

Beau extrajo uno de los discos negros que había recuperado esa mañana y lo colocó sobre el cadáver. Casi al instante, el disco comenzó a brillar con una intensidad que aumentaba con rapidez.

—Será mejor que nos alejemos —dijo Beau.

Retrocedieron quince metros. Para entonces era tal la intensidad del brillo que alrededor del disco comenzó a formarse una corona. El cuerpo de Charlie Arnold empezó a brillar también. El resplandor rojizo del disco se tornó blanco y la corona se dilató hasta envolver el cuerpo.

El silbido se disparó y con él un viento que primero arrastró hojas hacia el cadáver, luego piedras pequeñas y finalmente piedras más grandes. De repente el silbido se hizo ensordecedor, como el motor de un avión a reacción. Beau y Michael se abrazaron para no despegarse del suelo.

El ruido cesó con brusquedad, provocando una onda expansiva que sacudió a los dos hombres. El disco, el cuerpo y varias piedras, hojas, ramas y rocallas habían desaparecido. La roca sobre la que había descansado el cuerpo estaba caliente y la superficie se había deformado en una espiral.

—Esto bastará para provocar un buen revuelo —dijo Beau.

—Y para tenerlos distraídos un tiempo —añadió Michael.

8

—¿No piensas decirme dónde estuviste anoche? —preguntó Cassy de mal humor.

Tenía la mano sobre el tirador de la portezuela, lista para bajar del coche. Estaban frente a la entrada del instituto Anna C. Scott.

—Ya te lo he dicho, fui a dar una vuelta —respondió Beau—. ¿Qué hay de malo en ello?

—Es la primera vez que sales a dar una vuelta en mitad de la noche —dijo Cassy—. ¿Por qué no me despertaste para decírmelo?

—Porque dormías profundamente. No quería molestarte.

—¿No se te ocurrió que podría despertarme y preocuparme?

—Lo siento —se disculpó Beau y le acarició el brazo—. Debí despertarte, pero en aquel momento pensé que era mejor dejarte dormir.

—¿Me despertarás la próxima vez?

—Cuenta con ello —la tranquilizó Beau—. Caray, estás haciendo una montaña de un grano de arena.

—Estaba asustada —se defendió Cassy—. Hasta telefoneé al hospital para asegurarme de que no estabas allí. Y a la comisaría para comprobar que no había habido ningún accidente.

—De acuerdo —dijo Beau—. Lo he entendido.

Cassy salió del vehículo y se inclinó sobre la ventanilla.

—¿Por qué una vuelta en coche a las dos de la madrugada? Podrías haber dado un paseo a pie o, si no podías dormir, encendido la tele o incluso leído un libro.

—No empieces otra vez —dijo él con determinación pero sin agresividad.

—Está bien —aceptó ella de mala gana. Al menos se había disculpado y parecía razonablemente compungido.

—Vendré a buscarte a las tres —dijo Beau.

Se dijeron adiós con la mano al tiempo que Beau se alejaba del bordillo. Al llegar a la esquina no miró atrás. De haberlo hecho habría visto que Cassy no se había movido del sitio. Beau giró en dirección opuesta a la universidad. Cassy sacudió la cabeza. Su extraña conducta no había mejorado.

Ajeno al desasosiego de Cassy, Beau tomó rumbo a la ciudad silbando felizmente. Tenía una misión que cumplir y estaba preocupado, pero no lo bastante como para pasar por alto el gran número de peatones y conductores que tosían y estornudaban, especialmente cuando se detenía en un semáforo. En el corazón de la ciudad una de cada dos personas mostraba síntomas de una infección respiratoria. Además de eso, muchas estaban pálidas y sudaban.

Cuando alcanzó el margen de la ciudad opuesto a la universidad, Beau abandonó Main Street y dobló por Goodwin Place. A su derecha apareció la perrera. Atravesó la verja abierta y detuvo el coche junto al edificio de administración. Era una construcción de bloques de cemento pintados y ventanas con celosías de aluminio.

De detrás del edificio llegaba un ruido constante de ladridos. Beau se acercó a una secretaria y, tras explicarle lo que quería, le hicieron pasar a una sala de espera. En lugar de leer mientras aguardaba, se dedicó a escuchar los ladridos y los maullidos intermitentes de algunos gatos. Pensó que era una forma extraña de comunicarse.

—Soy Tad Secolow —dijo un hombre, interrumpiendo los pensamientos de Beau—. Tengo entendido que quiere un perro.

—Así es —dijo poniéndose de pie.

—Ha venido al lugar idóneo —aseguró Tad—. Tenemos casi todas las razas. Puesto que desea un perro adulto, podrá elegir entre una gama más amplia que si deseara un cachorro. ¿Busca alguna raza concreta?

—No. Pero sabré lo que quiero en cuanto lo vea.

—¿Cómo dice?

—Digo que sabré qué animal quiero en cuanto lo vea.

—¿Desea ver algunas fotos primero? Tenemos fotografías de todos los perros disponibles.

—Preferiría verlos en carne y hueso —dijo Beau.

—Como quiera —repuso amablemente Tad.

Pasaron frente a la secretaria y llegaron a la parte trasera del edificio. Estaba lleno de jaulas para animales y emanaba un vago olor a corral que competía con un empalagoso aroma a desodorante. Tad explicó que un veterinario visitaba cada dos días a los perros encerrados en esas jaulas. Casi ninguno de ellos ladraba. Algunos parecían enfermos.

El jardín de atrás tenía varias hileras de jaulas cerradas con cadenas. En el centro había dos largas filas cercadas. El suelo del complejo era de hormigón. Contra la pared del edificio había varias mangueras apiladas.

Tad caminó con Beau por el primer pasillo. Al verlos, los perros ladraban frenéticamente. Tad comentaba los atributos de cada raza que encontraban al paso. Se detuvo en una jaula ocupada por un caniche de pelo gris perla y ojos oscuros y suplicantes. Se diría que el animal era consciente de su desesperada situación.

Beau negó con la cabeza y prosiguieron.

Mientras Tad enumeraba las excelencias de un labrador de pelaje negro, Beau se detuvo frente a un perro grande de color pardo, que lo miró con curiosidad.

—¿Qué me dice de éste? —preguntó.

Tad enarcó las cejas.

—Es un animal precioso —dijo—, pero grande y muy fuerte. ¿Le interesa un perro así?

—¿Qué raza es? —preguntó Beau.

—Mastín inglés. La gente suele temerlos por su tamaño. Esta bestia podría arrancarle un brazo si se lo propusiera, pero tiene buen carácter. De hecho, la palabra «mastín» viene del latín y significa «manso».

—¿Por qué está aquí? —preguntó Beau.

—Le seré franco. Sus antiguos dueños tuvieron un hijo que no habían previsto. Temían la reacción del perro, de modo que nos lo trajeron. Este animal adora la caza menor.

—Abra la puerta —sugirió Beau—. Veamos qué tal le caigo.

—Primero iré a buscar un collar —dijo Tad.

El hombre desapareció en el interior del edificio.

Beau abrió la portilla por donde se pasaba la comida. El perro, tumbado en el fondo de la jaula, se levantó y se acercó para oler la mano de Beau. Agitó la cola ligeramente.

Beau se llevó la mano al bolsillo y extrajo otro disco negro. Sujetándolo con los dedos pulgar e índice, este último sobre la superficie redondeada, lo apretó contra el hombro del animal. El perro emitió un aullido apagado y retrocedió. Ladeó la cabeza con expresión interrogativa.

Beau se guardó el disco en el momento en que Tad aparecía con la correa.

—¿Le ha aullado? —preguntó Tad.

—Creo que lo acaricié con demasiada brusquedad.

Tad abrió la portezuela de la jaula. El animal miró a uno y a otro alternativamente, sin decidirse.

—Vamos, muchacho —le animó Tad—. Con ese tamaño no deberías dudar tanto.

—¿Cómo se llama? —preguntó Beau.

—*Rey*. De hecho, *Rey Arturo*, pero me parece demasiado. ¿Se imagina tener que llamarlo *Rey Arturo* desde la puerta de su casa?

—*Rey* es un buen nombre —dijo Beau.

Tad le puso el collar y lo sacó de la jaula. Beau se acercó para acariciarlo, pero el perro se resistió.

—Venga, *Rey* —protestó Tad—. Es tu gran oportunidad, no la desperdicies.

—No se preocupe. Me gusta. Creo que es perfecto.

—¿Significa eso que se lo queda?

—Exacto.

Beau cogió la correa, se puso de cuclillas y acarició a *Rey* en la cabeza. El animal levantó lentamente la cola y empezó a agitarla.

—No dispongo de mucho tiempo —advirtió Cassy. Ella y Pitt caminaban por el pasillo de la sala de urgencias en dirección al pabellón de estudiantes—. Sólo tengo una hora entre clase y clase.

—Sólo será un minuto —aseguró Pitt—. Espero que no sea demasiado tarde.

Llegaron a la habitación que había ocupado Beau. Lamentablemente era imposible pasar en ese momento. Dos obreros estaban intentando sacar del cuarto la destartalada cama.

—Mira el cabezal —dijo Pitt.

—Qué extraño —comentó Cassy—. Parece como derretido.

En cuanto pudieron, entraron. Había obreros retirando otros objetos deformados, como los soportes metálicos del falso techo. En la ventana había un hombre instalando un cristal nuevo.

—¿Se sabe ya qué ocurrió exactamente? —preguntó Cassy.

—Ni por asomo. Después de la autopsia se habló de una posible radiación, pero no se encontró nada al examinar la habitación y los alrededores.

—¿Crees que existe alguna relación entre todo esto y el extraño comportamiento de Beau?

—Justamente por eso quería que vieras esto —dijo Pitt—. No me preguntes por qué, pero cuando me contaste que Beau se comportaba de forma diferente empecé a darle vueltas a la cabeza. Quieras o no, Beau ocupó esta habitación antes de que todo ocurriera.

—Qué extraño —dijo Cassy.

Se acercó a contemplar el brazo retorcido que había sostenido el televisor. Su aspecto era tan extraño como el del cabezal de la cama. Cassy se disponía a reunirse con Pitt cuando su mirada tropezó con la del hombre que estaba reparando la ventana.

El obrero recorrió el cuerpo de Cassy con la misma lascivia que el señor Partridge.

Cassy volvió junto a Pitt y le tiró de la manga. Pitt estaba contemplando el reloj de la pared, cuyas manecillas se habían desprendido.

—Salgamos de aquí —dijo Cassy, y se fue hacia la puerta.

Pitt le dio alcance en el pasillo.

—Eh, frena un poco.

Cassy aminoró el paso.

—¿Viste cómo me miraba el hombre de la ventana?

—No —dijo Pitt—. ¿Cómo te miraba?

—Como Partridge ayer noche. ¿Qué les pasa a esos tipos? Parece que hayan vuelto a la adolescencia.

—Los obreros de la construcción tienen fama de hacer esas cosas.

—Iba más allá del típico silbido y el piropo de mal gusto —dijo Cassy—. Me estaba violando con los ojos. No sé cómo explicarlo, pero una mujer comprendería enseguida lo que quiero decir. Es una sensación muy desagradable, casi aterradora.

—¿Quieres que vuelva y le plante cara?

Cassy lo miró incrédula.

—No digas tonterías —espetó.

Regresaron al mostrador de urgencias.

—Tengo que volver al instituto —dijo Cassy—. Gracias por invitarme a venir, aunque lo que he visto no me hace sentir mejor. Estoy hecha un lío.

—Te propongo algo. Hoy Beau y yo tenemos nuestro partido de baloncesto. Cuando lo vea le preguntaré qué está pasando.

—No le digas lo del sexo —suplicó Cassy.

—Puedes estar tranquila. Utilizaré el asunto de los novillos para iniciar la conversación. Luego le confesaré que ayer noche, durante la cena y el paseo, observé que no se comportaba como el Beau de siempre. La diferencia, aunque sutil, es real.

—¿Me contarás lo que te ha dicho? —pidió Cassy.

—Cuenta con ello.

Siempre había animación en las oficinas de la comisaría, sobre todo al mediodía. Jesse Kemper, no obstante, estaba acostumbrado al bullicio y podía ignorarlo con facilidad. Su mesa se encontraba al fondo de la sala, frente a la cristalera que separaba el despacho del capitán del resto de la sala.

Estaba leyendo el informe preliminar de la autopsia

que el doctor Curtis Lapree le había enviado. No le gustaba nada.

—¡El doctor sigue empeñado en el envenenamiento radiactivo! —gritó a Vince, que se hallaba junto a la máquina del café.

Vince bebía una media de quince tazas al día.

—¿Le dijiste que no se habían encontrado rastros de radiación en la habitación? —preguntó Vince.

—Claro que se lo dije —replicó Jesse con tono irritado.

Arrojó sobre el escritorio la hoja del informe y alzó la fotografía de la mano agujereada de Charlie Arnold. Se rascó la coronilla, donde el pelo comenzaba a desaparecer, mientras examinaba la imagen. En su vida había visto un fenómeno igual.

Vince se acercó a la mesa de Jesse removiendo el azúcar de su café. La cucharilla sonaba con un ruido metálico contra la taza.

—Éste es el caso más raro que hemos tenido hasta ahora —protestó Jesse—. No puedo dejar de pensar en el aspecto de esa habitación y de preguntarme cómo ocurrió.

—¿Ha dicho algo la doctora que tenía que reunir a los científicos para que examinasen el lugar? —preguntó Vince.

—Sí. Llamó y dijo que ninguno de ellos surgió con ninguna idea brillante. Por lo visto uno de los físicos descubrió que el metal de la habitación estaba imantado.

—¿Y eso qué significa?

—Para mí, no mucho —reconoció Jesse—. Telefoneé al doctor Lapree para contárselo. Dijo que un rayo puede hacer eso.

—Pero todo el mundo está de acuerdo en que no hubo ningún rayo —dijo Vince.

—Exacto. Lo que significa que estamos como al principio.

El teléfono sonó. Como Jesse no le hizo caso, Vince contestó.

Jesse comenzó a dar vueltas sobre su silla giratoria y lanzó la foto de la mano de Charlie Arnold por encima de su hombro. La foto aterrizó de nuevo en la mesa, en medio del desorden. Estaba exasperado. Seguía sin saber si se trataba de un crimen o de un acto de la naturaleza. Con la mente ausente, oía la voz de Vince pronunciando la palabra «sí» una y otra vez. Vince terminó la conversación con un: «De acuerdo, se lo diré. Gracias por llamar, doctor.»

Justo cuando se disponía a rematar el último giro, Jesse reparó en dos agentes uniformados que salían del despacho del capitán. Lo que llamó su atención fue el terrible aspecto de ambos. Estaban pálidos como la mano de Charlie Arnold y tosían y estornudaban como si tuvieran la peste.

Jesse tenía algo de hipocondríaco y le irritaba que la gente fuera propagando sus gérmenes impunemente. En opinión de Jesse, esos dos deberían haberse quedado en casa.

En el despacho del capitán sonó un grito ahogado que desvió la atención de Jesse. El teniente miró por la cristalera. El capitán estaba chupándose un dedo. En la otra mano sostenía un disco negro.

—Jesse, ¿me estás escuchando? —preguntó Vince.

Jesse giró sobre su silla.

—Perdona, ¿qué decías?

—Decía que ha llamado el doctor Lapree. Ha surgido una nueva complicación en el caso Arnold. El cuerpo ha desaparecido.

—¿Bromeas?

—No. El doctor regresó al depósito para tomar una muestra de la médula ósea y cuando abrió el compartimiento frigorífico que contenía el cuerpo de Charlie Arnold, lo encontró vacío.

—¡Joder! —exclamó Jesse. Se levantó pesadamente—. Será mejor que vayamos al depósito. Este caso huele cada vez peor.

Pitt se puso sus ropas de baloncesto y se dirigió a las pistas en bicicleta. Él y Beau solían jugar la liga interna por tríos. El nivel era siempre bueno. Muchos de los jugadores habrían podido jugar en la liga interuniversitaria si se hubiesen sentido motivados.

Pitt, como de costumbre, llegó temprano para practicar lanzamientos. Creía que necesitaba más tiempo para calentarse que los demás. Para su sorpresa, Beau ya había llegado.

Aunque vestía la ropa de juego, estaba detrás de una verja hablando con dos hombres y una mujer. Lo curioso era que los tres parecían profesionales y en la treintena. Los tres vestían trajes de negocios. Uno de los hombres portaba un elegante maletín de piel.

Pitt cogió una pelota y empezó a tirar a canasta. Si Beau reparó en él, no dio muestras de ello. Al cabo de unos minutos, Pitt se percató de algo que le sorprendió aún más: Beau era el único que hablaba. Los demás se limitaban a escuchar y asentir de tanto en tanto con la cabeza.

Empezaron a llegar los demás jugadores, entre ellos Tony Ciccone, que completaba el equipo de Pitt y Beau. Beau esperó a que los dos equipos hubieran llegado y calentado para zanjar la conversación y reunirse con Pitt, que en ese momento estaba haciendo ejercicios de calentamiento.

—Me alegro de verte —dijo Beau—. Temía que después de tu turno maratoniano estuvieras demasiado cansado para jugar.

Pitt recogió el balón y se puso derecho.

—Teniendo en cuenta tu estado de hace dos días, quien sorprende que esté aquí eres tú —dijo.

Beau se echó a reír.

—Parece que ha pasado una eternidad. Me encuentro de miedo. De hecho, nunca me he encontrado mejor. Vamos a machacar a esos capullos.

El equipo contrario seguía calentando frente a la otra canasta. Tony estaba atándose las zapatillas.

—Yo no estaría tan seguro —dijo Pitt entornando los párpados para protegerse del sol—. ¿Ves esa masa de músculos con pantalones morados? Lo creas o no, su nombre es Rocko. Es una fiera con el balón.

—No te preocupes —dijo Beau.

Robó la pelota a Pitt y lanzó a canasta. El balón atravesó el aro sin rozarlo.

Pitt se quedó boquiabierto. Se encontraban a más de diez metros de la canasta.

—Y eso no es todo. Tenemos quien nos anime —prosiguió Beau, se llevó los dedos pulgar e índice a la boca y silbó.

Un enorme perro de color castaño claro tumbado a la sombra a unos treinta metros de ellos se levantó y se acercó con paso lento. Al llegar al borde de la pista se desplomó y apoyó la cabeza sobre las patas delanteras.

Beau se puso de cuclillas y le dio unas palmaditas en la cabeza. La cola del animal se agitó brevemente y luego languideció.

—¿De quién es este perro? —preguntó Pitt—. Si es que se le puede llamar perro, porque más bien parece un poni.

—Mío —dijo Beau—. Se llama *Rey*.

—¿Tuyo? —repuso Pitt con incredulidad.

—Sí. Me apetecía un poco de compañía canina, así que esta mañana fui a la perrera y ahí estaba él, esperándome.

—Hace una semana dijiste que te parecía un crimen tener perros grandes en la ciudad —le recordó Pitt.

—He cambiado de idea. En cuanto lo vi supe que era el perro de mis sueños.

—¿Lo sabe Cassy?

—Todavía no —dijo Beau mientras frotaba enérgicamente las orejas de *Rey*—. ¿Crees que se sorprenderá?

—Eso es poco —aseguró Pitt poniendo los ojos en blanco—, sobre todo teniendo en cuenta el tamaño del perro. ¿Pero qué le ocurre? ¿Está enfermo? Parece aletargado y tiene los ojos rojos.

—Oh, nada serio. Simplemente le cuesta adaptarse a su nueva situación —explicó Beau—. Acaba de salir de la perrera. Sólo hace unas horas que lo tengo.

—Está salivando. ¿No tendrá la rabia?

—Claro que no, puedes estar seguro. —Tomó la enorme cabeza del animal entre sus manos—. Venga, *Rey*, ya deberías encontrarte mejor. Necesitamos que nos animes.

Beau se incorporó sin apartar la mirada de su nuevo compañero.

—Quizá esté algo alicaído, pero es un perro precioso, ¿no te parece?

—Supongo que sí —dijo Pitt—. Pero, Beau, comprarse un perro y encima de semejante tamaño es un acto tremendamente impulsivo viniendo de ti, y conociéndote como te conozco debería añadir que del todo inesperado. Últimamente haces cosas que no van contigo. Estoy preocupado y creo que deberíamos hablar.

—¿Hablar de qué?

—De ti. De la forma en que te estás comportando, como el hecho de hacer novillos. Se diría que desde que tuviste la gripe...

Antes de que Pitt pudiera terminar la frase, Rocko se le acercó por la espalda y le propinó una palmada amistosa en el hombro que le hizo tambalearse.

—¿Qué, tíos, pensáis jugar o preferís rendiros antes de empezar? —bromeó Rocko—. Pauli, Duff y yo hace media hora que estamos listos para daros una paliza.

—Hablaremos más tarde —susurró Beau al oído de Pitt—. Los indígenas se están poniendo nerviosos.

Comenzó el partido. Como Pitt había imaginado, Rocko dominaba el juego con sus sucias tácticas. Para desgracia de Pitt, había recaído sobre él la responsabilidad de cubrirlo, pues Rocko había elegido marcarle. Cada vez que Rocko se hacía con la pelota se las ingeniaba para chocar contra Pitt antes de recular y lanzar a canasta.

A medio partido, con el equipo de Rocko dominando en el marcador, Pitt gritó falta personal después de que Rocko le propinara un codazo deliberado en el estómago.

—¿Falta personal? —preguntó iracundo Rocko. Arrojó la pelota contra la pista con tal fuerza que ésta se elevó tres metros del suelo—. Ni lo sueñes, gallina de mierda. La pelota es nuestra.

—Has hecho falta —insistió Pitt—. Ya es la segunda vez que utilizas ese truco barato.

Rocko se acercó y le dio un empujón con el pecho. Pitt dio un paso atrás.

—Conque truco barato, ¿eh? —gruñó Rocko—. Muy bien, tío duro. En lugar de hablar tanto veamos cómo se te dan los puños. ¡Adelante, pégame! Mira, tengo los brazos bajados.

Pitt no tenía ninguna intención de enzarzarse en una pelea con Rocko. Cada vez que alguien lo intentaba acababa con un diente roto o un ojo morado.

—Perdonad un momento —intervino Beau con tono pacificador, interponiéndose entre ambos—. No vale la pena pelearse por algo así. Te diré lo que vamos a hacer. Os daremos la pelota pero cambiaremos las posiciones. Ahora yo te cubriré a ti y tú me cubrirás a mí.

Rocko miró a Beau de arriba abajo y soltó una carcajada. Aunque ambos medían un metro ochenta, Rocko pesaba diez kilos más que Beau, por lo menos.

—No te importa, ¿verdad? —preguntó Beau a Pitt.

—¿Bromeas?

Cerrado el acuerdo, se reanudó el partido. El rostro duro y tenso de Rocko mostraba ahora una sonrisa de anticipada victoria. En cuanto tuvo la pelota en sus manos, cargó directamente contra Beau con sus gruesos muslos.

Haciendo gala de una coordinación extraordinaria, Beau se apartó en el instante en que Rocko preveía el impacto. El resultado fue casi cómico: preparándose para la inminente colisión, Rocko había echado el torso hacia adelante, y al encontrar sólo vacío se dio de bruces contra el suelo.

Todos, incluido Pitt, hicieron una mueca de dolor cuando Rocko patinó sobre el asfalto, sufriendo diversas rozaduras generosamente salpicadas de gravilla.

Beau corrió hasta el humillado jugador con la mano extendida.

—Lo siento, Rocko —dijo—. Deja que te ayude a levantarte.

Rocko lo miró e, ignorándolo, se incorporó por su propio pie.

—¡Uau! —exclamó Beau con expresión solidaria—. Esos rasguños tienen mal aspecto. Creo que deberíamos suspender el partido para que te curen en la enfermería.

—Vete al carajo —espetó Rocko—. Dame la pelota. El partido continúa.

—Como quieras —dijo Beau—. Pero la pelota es nuestra. La perdiste con tu pequeño tropiezo.

Pitt había contemplando la escena con creciente preocupación. Beau no parecía darse cuenta de que se hallaba ante un verdadero matón y no paraba de provocarlo. Pitt temía que la tarde terminara como el rosario de la aurora.

Reanudado el juego, Rocko siguió utilizando sus sucias tácticas, pero en cada ocasión Beau conseguía evitar el choque. Rocko sufrió otras caídas, hecho que lo tenía muy irritado, y cuanto más se enfadaba más fácil le resultaba a Beau manejarlo.

A nivel ofensivo, Beau se transformó en una especie de dinamo. Cuando estaba en posesión de la pelota podía sumar puntos a voluntad pese a los esfuerzos de Rocko por impedírselo. En los avances, Beau lo sorteaba con tal rapidez que Rocko acababa mordiendo el polvo con expresión aturdida. Para cuando Beau logró la última canasta que había de darles la victoria, la cara de Rocko estaba roja de ira.

—Gracias por dejarnos ganar —dijo Beau.

Tendió una mano a Rocko, pero éste se volvió. Él y sus compañeros de equipo se alejaron cabizbajos hacia la línea lateral para enjugarse el sudor con una toalla.

—Te dije que *Rey* nos daría suerte —comentó Beau.

Tony trajo bebidas frías. Pitt estaba sediento y pese a los jadeos vació una lata en un abrir y cerrar de ojos. Tony le ofreció otra.

Pitt estaba a punto de empezar su segundo refresco cuando vio a Beau mirar distraídamente a dos atractivas estudiantes que corrían por los carriles con ropa de deporte provocativa.

—Vaya piernas —comentó Beau.

En ese momento Pitt se percató de que Beau no jadeaba como él y Tony. En realidad ni siquiera sudaba, y todavía no había bebido.

Beau notó que Pitt le observaba.

—¿Ocurre algo? —preguntó.

—No resoplas como nosotros —dijo Pitt.

—Será porque hoy he estado un poco vago y os he dejado todo el trabajo duro.

—Oh, oh —dijo Tony—. Ahí viene el carro de combate.

Beau y Pitt se giraron y vieron a Rocko cruzar pausadamente la pista en dirección a ellos.

—No le provoques —susurró Pitt.

—¿Quién? ¿Yo? —preguntó inocentemente Beau.

—Queremos la revancha —gruñó Rocko cuando estuvo a la altura del grupo.

—Yo ya he tenido bastante por hoy —dijo Pitt.

—Y yo —le secundó Tony.

—Entonces no hay más que hablar —declaró Beau con una sonrisa—. No sería justo que yo jugara contra vosotros tres.

—Eres un maldito pedante —espetó Rocko.

—No he dicho que vaya a ganar —replicó Beau—, aunque estoy seguro de que sería un partido muy reñido, sobre todo si seguís jugando como en la última parte.

—Te la estás buscando, tío —gruñó Rocko.

—Te agradecería que no levantaras la voz —dijo Beau—. Mi perro duerme justo a tus pies y se encuentra algo indispuesto.

Rocko miró a *Rey*.

—Ese saco de mierda me la sopla.

—Un momento —dijo Beau poniéndose en pie—. Me parece que no he oído bien. ¿Has llamado «saco de mierda» a mi perro?

—Y eso no es todo —continuó Rocko—. Creo que tu perro es un jod...

Con una rapidez que dejó boquiabiertos a todos los presentes, Beau agarró a Rocko por la garganta. Reaccionando con igual rapidez, Rocko dirigió un poderoso gancho de izquierda hacia la cara de Beau.

Beau vio venir el golpe pero lo ignoró. El puño descargó junto a su oreja derecha con un ruido seco que hizo temblar a Pitt.

Rocko sintió un dolor punzante en los nudillos. El puñetazo había sido certero y contundente, pero la expresión de Beau permanecía inalterable. Se diría que no había notado el golpe.

Rocko se alarmó ante la aparente ineficacia de lo que hasta ahora había sido su mejor arma. La gente nunca esperaba que el primer golpe fuera un poderoso gancho de izquierda. A Rocko siempre le había funcionado y la mayor parte de las veces la pelea terminaba ahí. Pero con Beau fue distinto. El único cambio perceptible en su expresión tras el puñetazo fue que sus pupilas se dilataron. Rocko incluso tuvo la sensación de que brillaban.

El otro problema que Rocko experimentaba era la falta de oxígeno. Tenía la cara roja y sus ojos comenzaban a hincharse. Intentó en vano librarse de Beau. Sus manos eran como tenazas de hierro.

—Perdona —dijo pausadamente Beau—, pero creo que le debes una disculpa a mi perro.

Rocko le agarró el brazo con ambas manos, pero tampoco consiguió que Beau le soltara. No podía hacer otra cosa que gorgotear.

—No te oigo —dijo Beau.

Pitt, que instantes antes había temido por Beau, ahora temía por Rocko. La cara del grandullón se estaba tornando azul.

—No puede respirar —advirtió Pitt.

—Tienes razón —dijo Beau.

Soltó el cuello de Rocko y le agarró un mechón de pelo. Ejerciendo una fuerza ascendente, levantó a Rocko hasta ponerlo de puntillas. Rocko seguía aferrado al brazo de Beau, pero era incapaz de liberarse.

—Estoy esperando una disculpa —insistió Beau tirando aún más del pelo de Rocko.

—Siento lo que he dicho de tu perro... —logró balbucir Rocko.

—A mí no —objetó con calma Beau—. Al perro.

Pitt seguía boquiabierto. Por un segundo tuvo la sensación de que Beau había levantado a Rocko del suelo.

—Lo siento, perro —farfulló Rocko.

—Se llama *Rey* —aclaró Beau.

—Lo siento, *Rey* —rectificó Rocko.

Beau lo soltó y Rocko se llevó las manos a la cabeza. El cuero cabelludo le ardía. Con una mirada que contenía una mezcla de rabia, dolor y humillación, se alejó cabizbajo para reunirse con sus atónitos compañeros de equipo.

Beau se frotó las manos.

—¡Puaj! —exclamó—. Me pregunto qué clase de gomina utiliza ese tipo.

Pitt y Tony estaban tan alucinados como los compañeros de equipo de Rocko y miraban a Beau anonadados. Tras recoger la correa de *Rey*, Beau se percató de la expresión de sus amigos.

—¿Qué os pasa, chicos? —preguntó.

—¿Cómo lo has hecho? —inquirió Pitt.

—¿Cómo he hecho qué?

—¿Cómo pudiste manejar a Rocko tan fácilmente?

Beau se dio unos golpecitos en la sien.

—Utilizando la inteligencia —dijo—. El pobre Rocko sólo emplea los músculos. Los músculos pueden ser útiles, pero su poder es nimio en comparación con la inteligencia. Es por eso que los humanos dominan este planeta. En cuanto a selección natural, no tienen parangón.

De repente, Beau miró en dirección a la biblioteca.

—Oh, oh —dijo—. Me temo que tendré que dejaros.

Pitt siguió la mirada de su amigo. A unos cien metros divisó otro grupo de ejecutivos que caminaba hacia ellos. Esta vez eran seis, cuatro hombres y dos mujeres. Todos portaban maletín.

Beau se volvió hacia sus compañeros.

—Ha sido un gran partido —dijo. Chocó manos con ambos y, dirigiéndose a Pitt, añadió—: Tendremos que dejar la conversación de que hablabas para otro momento.

Obedeciendo a un tirón de la correa, *Rey* se levantó de mala gana y siguió a su amo por el césped.

Pitt miró a Tony, que se encogió de hombros.

—No sabía que Beau fuera tan fuerte —dijo.

—¿Cómo demonios puede desaparecer un cadáver? —preguntó Jesse al doctor Lapree—. ¿Ha ocurrido otras veces?

Jesse y Vince estaban en el depósito de cadáveres, contemplando el compartimiento frigorífico ahora vacío.

—Por desgracia, sí —reconoció el doctor Lapree—. No muchas, afortunadamente, pero ha ocurrido. El último caso fue hace poco más de un año. Una joven que se había suicidado.

—¿Recuperaron el cuerpo? —preguntó Jesse.

—No.

—¿Informaron de ello a la policía?

—Lo ignoro —admitió el médico—. El caso quedó en manos de la Oficina de Sanidad, quien se comunicó directamente con el jefe de policía. El asunto era embarazoso y se intentó llevar lo más discretamente posible.

—¿Qué ha hecho en este caso? —preguntó Jesse.

—Lo mismo —dijo el doctor Lapree—. Lo traspasé al médico forense en jefe, quien a su vez lo ha dejado en manos del jefe de Sanidad. Antes de actuar le ruego que hable con sus superiores. Probablemente ni siquiera debí contárselo.

—Comprendo, y respetaré su voto de confianza. ¿Tiene idea de por qué alguien querría robar un cadáver?

—Como médico forense, sé mejor que la mayoría de la gente que el mundo está lleno de individuos extraños —explicó Lapree—. Hay personas que sienten predilección por los cadáveres.

—¿Cree que ése sería el motivo en este caso?

—No tengo la menor idea.

—Nos preocupa que la desaparición del cuerpo acreciente la idea de que la muerte del hombre fue un homicidio —dijo Jesse.

—Digamos que el autor del crimen no quería dejar pistas —añadió Vince.

—Comprendo —dijo el doctor Lapree—, pero olvidan que yo ya había hecho la autopsia.

—Así es, pero había venido al depósito por más tejido.

—Cierto. Olvidé tomar una muestra de la médula ósea. Aun así, sólo la necesitaba para apoyar mi teoría de una radiación aguda.

—Si el robo del cuerpo tenía como objetivo impedir que usted obtuviera esa muestra decisiva, tiene todo el aspecto de tratarse de un trabajo interno —sugirió Jesse.

—Lo sabemos —dijo el doctor Lapree—. Estamos investigando a todas las personas que tenían acceso al cadáver.

Jesse suspiró.

—¡Menudo caso! —se lamentó—. Cada vez me atrae más la idea de jubilarme.

—Póngase en contacto con nosotros en cuanto descubra algo —pidió Vince.

—Así lo haré —dijo el doctor Lapree.

Jonathan cerró con llave su taquilla del gimnasio. Durante ese semestre había dejado el ejercicio para el final del día y lo odiaba. Prefería con mucho acudir al gimnasio a mediodía, como un respiro entre sus obligaciones académicas.

Salió del ala del gimnasio por la puerta lateral y atravesó el patio. Desde allí divisó a un grupo de muchachos reunidos en torno al asta de la bandera. Podía oír gritos de ánimo. Cuando llegó al pie del asta comprendió el motivo de tanto alboroto. Un alumno de noveno curso, a quien apenas conocía, estaba trepando por él. Se llamaba Jason Holbrook. Jonathan lo conocía porque había jugado en el equipo de baloncesto de primer año.

—¿Qué ocurre? —preguntó Jonathan a uno de sus compañeros de clase, llamado Jeff.

—Ricky Javetz y su peña han dado con otro alumno de noveno a quien atormentar —explicó Jeff—. El muchacho tiene que tocar el águila situada en la punta del asta para poder ingresar en la banda.

Jonathan se protegió los ojos del intenso sol de la tarde.

—Es un palo muy alto —comentó—. Debe de medir quince o veinte metros.

—Y el último tramo es muy delgado —añadió Jeff—. Me alegro de no estar ahí arriba.

Jonathan miró en derredor. Se sorprendió de que ningún maestro hubiese acudido para poner fin a tan ridícula novatada. Entonces vio a Cassy Winthrope asomar por el ala norte. Jonathan dio un codazo a Jeff.

—Por ahí viene la maestra sexy.

Jeff se volvió. Cassy llevaba un sencillo vestido de algodón de corte holgado. Cuando el sol la iluminó por detrás, los muchachos vislumbraron la silueta de su cuerpo e incluso el contorno de sus escotadas bragas.

—¡Uau! —exclamó Jeff—. Eso sí es un culo.

Hipnotizados, los muchachos observaron a Cassy fundirse en la multitud y reaparecer al pie del asta.

Cassy arrojó sus libros al suelo, se llevó las manos a los labios y gritó a Jason que bajara.

La intervención de Cassy provocó abucheos entre los estudiantes.

Con tres cuartas partes del camino superadas, Jason vaciló. El asta empezaba a temblar. Era más alta de lo que había calculado.

Cassy miró alrededor. El círculo de estudiantes se había estrechado. La mayoría eran del último curso y bastante más voluminosos que ella. En ese momento recordó que muchos maestros eran asaltados cada día en las escuelas de Estados Unidos.

Cassy volvió a mirar el asta. Desde abajo el bamboleo era evidente.

—¿Me oyes? —gritó una vez más ignorando a la multitud. Tenía las manos en las caderas—. ¡Baja inmediatamente!

Cassy notó que una mano la cogía del brazo y dio un respingo. De pronto se encontró mirando el rostro sonriente y malicioso del señor Partridge.

—Hoy está encantadora, señorita Winthrope.

Cassy despegó de su brazo los dedos de Ed.

—Hay un estudiante subido al asta.

—Lo sé —dijo Ed. Con una risa ahogada echó la cabeza hacia atrás para contemplar al compungido estudiante—. Apuesto a que lo consigue.

—Creo que no deberían tolerarse esta clase de actividades —dijo Cassy muy a su pesar.

—¿Por qué no? —Ed se llevó las manos a los labios para hablar con Jason—. Ánimo, muchacho, no te rindas ahora. Ya casi lo has conseguido.

Jason miró hacia arriba. Le quedaban por delante otros seis metros. Los gritos de aliento lo animaron a reanudar el ascenso. Por desgracia, las manos le sudaban. Cada vez que avanzaba un paso resbalaba y perdía la mitad de la distancia ganada.

—Señor Partridge —empezó Cassy—, no me parece...

—Tranquilícese, señorita Winthrope —la interrumpió Ed—. Tenemos que dejar que nuestros estudiantes se expresen. Además, será divertido comprobar si un prepubescente como Jason es capaz de semejante proeza.

Cassy alzó la vista. El balanceo había aumentado. Tembló sólo de pensar qué pasaría si el muchacho caía.

Pero Jason no cayó. Animado por el apoyo de la gente, alcanzó la cumbre y tocó el águila. Luego inició el descenso. Una vez en tierra firme, Partridge fue el primero en felicitarle.

—Buen trabajo, muchacho —dijo dándole una palmadita en la espalda—. Sabía que lo conseguirías. —Contempló la multitud de estudiantes—. Muy bien, ahora dispérsense.

Cassy no se movió. Observó cómo Partridge se alejaba con algunos estudiantes hacia el ala central conversando con ellos animadamente. Estaba desconcertada. En su opinión, fomentar semejantes acciones era una irresponsabilidad y denotaba una falta de personalidad por parte del director.

—Creo que son sus libros —dijo una voz.

Cassy se volvió y vio a Jonathan Sellers. Cogió los libros que le tendía y le dio las gracias.

—De nada —respondió Jonathan, y contempló la figura cada vez más difusa de Partridge—. Ese hombre ha cambiado de la noche a la mañana —comentó, haciendo eco de los pensamientos de Cassy.

—Como mis padres —dijo otra voz.

Jonathan se volvió y vio a Candee. No había reparado en que estaba entre el gentío desde el principio. Tartamudeando ligeramente, se la presentó a Cassy. En ese momento observó que Candee tenía los ojos rojos, como si no hubiese dormido.

—¿Te encuentras bien? —preguntó Jonathan. Candee asintió.

—Estoy bien, pero anoche apenas pegué ojo.

La muchacha miró con timidez a Cassy, incómoda ante la idea de hablar en presencia de una extraña. Por otro lado, necesitaba desahogarse. Como era hija única, no había hablado con nadie, y estaba preocupada.

—¿Por qué no has pegado ojo? —preguntó Jonathan.

—Porque mis padres se están comportando de una forma muy rara —explicó Candee—. Tengo la sensación de que no los conozco. Han cambiado.

—¿Qué quieres decir con que han «cambiado»? —preguntó Cassy, pensando inmediatamente en Beau.

—No son los mismos —respondió Candee—. No sé cómo explicarlo. Están diferentes. Como el viejo Partridge.

—¿Desde cuándo llevas notándolo? —preguntó Cassy. Se sentía desconcertada. ¿Qué le estaba ocurriendo a la gente?

—Desde ayer —dijo Candee.

9

—¿Fenitoína? —gritó el doctor Draper a la doctora Sheila Miller.

Draper era uno de los médicos residentes de último año del programa de medicina de urgencias del centro médico de la universidad.

—¡No! —espetó Sheila—. Podríamos provocar una arritmia. Dame diez miligramos de Valium IV ahora que tenemos la vía respiratoria asegurada.

Minutos antes la ambulancia municipal había telefoneado para comunicar que llevaba a un hombre diabético de cuarenta y dos años que sufría una crisis epiléptica aguda. Recordando lo ocurrido con la mujer diabética del día anterior, el equipo de urgencias al completo, incluida la doctora Sheila Miller, había acudido para atender la nueva emergencia.

El hombre había sido trasladado directamente a una crujía, donde sus vías respiratorias habían recibido máxima prioridad. Después se le extrajo una muestra de sangre al tiempo que era conectado a los monitores. Acto seguido se le administró una píldora grande de glucosa IV.

En vista de que la crisis no amainaba, se hizo preciso suministrarle más medicación. Fue entonces cuando Sheila decidió recurrir al Valium.

—Valium suministrado —informó Ron Severide, uno de los enfermeros residentes.

Sheila estaba contemplando el monitor. Tras la experiencia con la mujer diabética, no quería que este nuevo paciente sufriera un paro cardíaco.

—¿Cómo se llama el paciente? —preguntó Sheila.

Para entonces el paciente llevaba en urgencias diez minutos.

—Louis Devereau —respondió Ron.

—¿Alguna otra enfermedad aparte de la diabetes? —preguntó Sheila—. ¿Problemas de corazón?

—No, que sepamos —dijo el doctor Draper.

—Bien —dijo Sheila, y comenzó a serenarse.

También el paciente. Tras unas convulsiones más, la crisis cesó.

—La cosa parece que va bien —dijo Ron.

Tan pronto la optimista observación escapó de los labios de Ron, el paciente sufrió nuevas convulsiones.

—Es increíble —declaró el doctor Draper—. La crisis persiste pese al Valium y la glucosa. ¿Qué está pasando aquí?

Sheila no respondió. Tenía toda su atención puesta en el monitor cardíaco, donde había advertido un par de latidos ectópicos. Iba a solicitar lidocaína cuando el corazón del paciente se detuvo.

—¡No! —gritó Sheila mientras se sumaba a los demás en un intento de resucitar al hombre.

De forma extrañamente similar a lo ocurrido con la mujer del día anterior, Louis Devereau pasó de la fibrilación al paro cardíaco sin que los esfuerzos del equipo de urgencias consiguieran evitarlo. Desazonado, éste tuvo que aceptar la nueva derrota y el paciente fue declarado muerto.

Furiosa por la inutilidad de sus esfuerzos, Sheila se

quitó los guantes y los arrojó con rabia al cubo. El doctor Draper hizo otro tanto y juntos regresaron a recepción.

—Telefonea al forense —ordenó Sheila—. Convéncele de que es preciso averiguar la causa de esta muerte. Esto no puede seguir así. Ambos pacientes eran relativamente jóvenes.

—Ambos dependían de la insulina —observó el doctor Draper—. Eran diabéticos desde hacía años.

La recepción de urgencias bullía de actividad.

—¿Desde cuando la diabetes es una enfermedad mortal entre la gente de mediana edad?

—Buena pregunta —admitió Draper.

Sheila echó un vistazo a la sala de espera y enarcó las cejas. Había tantos pacientes que tenían que permanecer de pie. Diez minutos antes el número había sido el habitual a esa hora del día. Sheila se volvió hacia uno de los recepcionistas del mostrador para preguntarle el motivo de tan repentina aglomeración y se encontró con la cara de Pitt Henderson.

—¿Nunca duerme? —preguntó—. Cheryl Watkins me contó que regresó poco después de finalizar un turno de veinticuatro horas.

—Estoy aquí para aprender —dijo Pitt.

Era una respuesta planeada. Había visto a la doctora acercarse al mostrador.

—Me parece estupendo, pero trate de no quemarse —le aconsejó Sheila—. Ni siquiera ha empezado la carrera.

—He oído que el paciente diabético ha muerto —dijo Pitt—. Debe de haber sido muy duro para usted.

Sheila miró atónita al estudiante preuniversitario. La persona que un día antes consiguiera crisparla tirándole el café por encima en una habitación en la que no se le había perdido nada mostraba ahora una sensibilidad inhabitual en un preuniversitario varón. Para colmo era un chico atractivo, con ese pelo negro como el carbón y esos ojos oscuros y diáfanos. Sheila se preguntó cómo habría reaccionado si el muchacho hubiese tenido veinte años más.

—Tengo algo aquí que puede interesarle —dijo Pitt tendiéndole un informe del laboratorio.

Sheila cogió la hoja y le echó un vistazo.

—¿Qué es?

—El análisis sanguíneo de la mujer diabética que falleció ayer —explicó Pitt—. Supuse que le interesaría verlo, porque curiosamente todos los valores son normales. Incluso el nivel de azúcar.

Sheila examinó el informe. Pitt tenía razón.

—Será interesante comprobar los valores del paciente de hoy —dijo Pitt—. He hecho la lectura y no hay nada que justifique la crisis epiléptica de la primera paciente.

Sheila estaba impresionada. Nunca antes un estudiante preuniversitario destinado a recepción había mostrado semejante interés.

—Cuento con usted para que me consiga el análisis sanguíneo del paciente de hoy.

—Será un placer —respondió Pitt.

—Por cierto —dijo Sheila—, ¿tiene idea de por qué hay tanta gente en la sala de espera?

—Probablemente se deba a que la mayoría esperó a terminar el trabajo para venir. Todos se quejan de la gripe. Según los registros de ayer y hoy, cada vez es mayor el número de gente que atendemos con esos síntomas. Creo que debería investigarlo.

—Estamos en época de gripe —dijo ella cada vez más impresionada. El muchacho pensaba de verdad.

—Puede, pero este brote se sale de lo normal. He hablado con el laboratorio y todavía no han obtenido una prueba positiva.

—A veces es preciso incubar el virus de la gripe en

un cultivo tisular antes de obtener la prueba positiva. Puede llevar varios días.

—Sí, lo he leído. Pero este caso me parece particularmente extraño. Todos los pacientes muestran numerosos síntomas respiratorios, de modo que el virus tiene que existir en un título elevado. Por lo menos eso dice el libro que estoy leyendo.

—Debo admitir que su iniciativa me impresiona —dijo Sheila.

—La situación me preocupa. ¿Y si se trata de una nueva cepa o de una enfermedad desconocida? Mi mejor amigo contrajo la gripe hace un par de días. Estuvo muy enfermo, pero sólo durante unas horas. No parecía una gripe normal. Además, desde que se recuperó no ha vuelto a ser el mismo. Está curado, pero se comporta de un modo extraño.

—¿De un modo extraño? ¿A qué se refiere? —Comenzaba a barajar la posibilidad de una encefalitis viral, una extraña complicación de la gripe.

—Como una persona diferente —explicó él—. Bueno, no tan diferente, sólo un poco diferente. Al parecer, lo mismo le ha ocurrido al director del instituto.

—¿Quiere decir un ligero cambio de personalidad?

—Sí, supongo que puede llamársele así.

Pitt se abstuvo de contar a la doctora lo del aparente aumento de fuerza y velocidad de Beau y el hecho de que hubiese ocupado la habitación que había sufrido las deformaciones. Temía perder credibilidad. Hablar con Sheila Miller le ponía nervioso, y no se habría dirigido a ella si el asunto no le hubiese parecido serio.

—Hay otra cosa —prosiguió Pitt, pensando que si había llegado hasta ahí más le valía soltarlo todo—. He estudiado el gráfico de la mujer diabética que murió ayer. Antes de la crisis epiléptica había sufrido síntomas gripales.

Sheila miró fijamente los ojos oscuros de Pitt mientras reflexionaba sobre lo que acababa de oír. De repente, levantó la vista y llamó al doctor Draper para preguntarle si Louis Devereau había tenido síntomas gripales antes de la crisis.

—Sí —dijo Draper—. ¿Por qué lo pregunta?

Sheila ignoró la pregunta del doctor Draper y miró a Pitt.

—¿Cuántos pacientes con gripe hemos atendido y cuántos hay esperando?

—Cincuenta y tres —dijo Pitt mostrándole la hoja donde llevaba la cuenta.

—¡Caray! —exclamó ella. Contempló la sala de espera con mirada ausente y se mordisqueó el interior de la mejilla mientras estudiaba las opciones. Dirigiéndose de nuevo a Pitt, dijo—: Coja esa hoja y venga conmigo.

Pitt tuvo que correr para dar alcance a la doctora, que caminaba a una velocidad arrasadora.

—¿Adónde vamos? —preguntó Pitt mientras entraban en el ala del hospital.

—Al despacho del director —respondió ella sin extenderse en detalles.

Pitt entró en el ascensor detrás de la doctora Miller. Trató de leer la expresión de su rostro, pero no pudo. Ignoraba por qué le llevaba al despacho del director. Temió que fuera por motivos disciplinarios.

—Necesito ver al doctor Halprin —dijo Sheila a la señora Kapland, la secretaria jefe de dirección.

—El doctor Halprin está ocupado en estos momentos —repuso la señora Kapland con una sonrisa—. Pero le comunicaré que está usted aquí. Entretanto, ¿le apetece un café o un refresco?

—Dígale que es urgente —insistió Sheila.

Tras una espera de veinte minutos, la secretaria los acompañó hasta el despacho del director. Sheila y Pitt enseguida repararon en el penoso estado del hombre. Estaba pálido y tosía constantemente.

Una vez sentados, Sheila resumió lo que Pitt le había contado y sugirió que era deber del hospital hacer algo al respecto.

—Un momento —dijo Halprin entre tos y tos—. Cincuenta casos gripales en plena época de gripe no es razón para asustar a la comunidad. Yo mismo la he pillado y no es tan terrible, aunque si me dieran a elegir supongo que preferiría estar en mi casa, metido en la cama.

—Son cincuenta casos sólo en *este* hospital —observó Sheila.

—Lo sé, pero es el hospital más grande de la ciudad —dijo Halprin—. Casi todos los pacientes acuden a nosotros.

—Se me han muerto dos diabéticos que tenían su enfermedad bajo control. Probablemente fallecieron a causa de esta extraña gripe —dijo Sheila.

—De todos es sabido que la gripe puede ser mortal en algunos casos —declaró el doctor Halprin—. Por desgracia, sabemos que es peligrosa para la gente mayor y las personas débiles.

—El señor Henderson conoce a dos personas que han tenido la enfermedad y han mostrado un cambio de personalidad una vez recuperadas. Una de ellas es su mejor amigo.

—¿Un cambio acusado? —preguntó Halprin.

—No —reconoció Pitt—, pero evidente.

—Déme un ejemplo —pidió Halprin mientras se sonaba enérgicamente la nariz.

Pitt habló del repentino comportamiento despreocupado de Beau y del hecho de que se saltara todo un día de clases para ir al museo y al zoo.

El doctor Halprin bajó el pañuelo y miró a Pitt. Tenía que sonreír.

—Lo siento, pero no me parece un hecho trascendental.

—Si conociera a Beau comprendería por qué resulta tan sorprendente —dijo Pitt.

—Hasta en esta oficina hemos tenido algunos casos de gripe —dijo Halprin—. No sólo la padezco yo. Mis dos secretarias la pillaron ayer. —Pulsó el botón del interfono y pidió a ambas que se personaran en el despacho.

La señora Kapland apareció al instante seguida de una mujer más joven. Se llamaba Nancy Casado.

—La doctora Miller está preocupada por el virus de la gripe que corre por aquí —explicó el doctor Halprin—. Quizá ustedes puedan tranquilizarla.

Las dos mujeres se miraron, preguntándose quién de ellas debía hablar primero. Comenzó la señora Kapland, que era la empleada más antigua.

—Me apareció de repente. Fue terrible, pero a las cuatro o cinco horas había desaparecido. Ahora me encuentro de maravilla. Hacía meses que no me encontraba tan bien.

—Lo mismo me ocurrió a mí —intervino Nancy Casado—. Empezó con tos y dolor de garganta. Estoy segura de que tuve fiebre, pero como no me puse el termómetro ignoro a cuánto ascendía.

—¿Alguna de ustedes tiene la impresión de que la personalidad de la otra ha cambiado desde su recuperación? —preguntó Halprin.

Las mujeres soltaron una risita y se cubrieron la boca con las manos. Se miraron con aire de complicidad.

—¿Qué les hace tanta gracia? —preguntó Halprin.

—Es una broma privada —dijo la señora Kapland—. Pero volviendo a su pregunta, ninguna de nosotras ha notado que nuestra personalidad haya cambiado. ¿Usted lo cree, doctor?

—¿Yo? —inquirió Halprin—. Yo no tengo tiempo para reparar en esas cosas, pero no, no creo que hayan cambiado.

—¿Conocen a otras personas que hayan enfermado? —preguntó Sheila.

—A muchas —respondieron ambas secretarias al unísono.

—¿Han observado cambios en su personalidad?

—No —dijo la señora Kapland.

—Yo tampoco —la secundó Nancy Casado.

Halprin extendió las manos con las palmas hacia arriba.

—En fin, no veo razón para preocuparse —dijo—. Pero les agradezco la visita. —Sonrió.

—Usted manda —dijo Sheila poniéndose en pie.

Pitt se levantó también y se despidió del director y las secretarias con un movimiento de la cabeza. Cuando dirigió la vista a Nancy Casado, advirtió que ésta lo miraba de una forma curiosamente provocativa. Tenía los labios ligeramente abiertos y la punta de su lengua jugaba en la penumbra. Tan pronto como se dio cuenta de que Pitt la miraba, lo recorrió de arriba abajo con los ojos.

Pitt se giró rápidamente y siguió a la doctora Miller hasta el pasillo. Estaba aturdido. De repente comprendió lo que Cassy había intentado comunicarle esa mañana al salir de la habitación del hospital.

Con los libros, el bolso y el paquete de comida china balanceándose, Cassy consiguió introducir la llave en la cerradura. Entró y cerró la puerta de una patada.

—¿Beau, estás en casa? —gritó mientras dejaba los bultos sobre la pequeña mesa del vestíbulo.

Un gruñido profundo y amenazador le erizó el vello de la nuca. Había sonado muy cerca. De hecho, diría que justo detrás de ella. Lentamente, levantó la cabeza y miró por el espejo de la pared. A la izquierda de su propia imagen divisó la imagen de un enorme mastín inglés de pelaje castaño claro que mostraba unos colmillos gigantescos.

Moviéndose con cautela para no excitar al ya alterado animal, Cassy se volvió para mirarlo. Sus ojos parecían dos canicas negras. La temible criatura le llegaba más arriba de la cintura.

Beau apareció en el umbral de la cocina mordisqueando una manzana.

—¡Tranquilo, *Rey*! Es Cassy.

El perro dejó de gruñir, se volvió hacia Beau y ladeó la cabeza.

—Es Cassy —repitió Beau—. También vive aquí.

Beau se acercó, acarició a *Rey* y lo llamó «buen chico» antes de dar a Cassy un contundente beso en los labios.

—Bienvenida a casa, cariño —saludó alegremente—. Te hemos echado de menos. ¿Dónde has estado?

Cassy no había movido un solo músculo. Tampoco el perro, salvo por la breve mirada que dirigiera a Beau. Ya no gruñía, pero mantenía sus ariscos ojos clavados en Cassy.

—¿Que dónde he estado? —repuso Cassy—. Se suponía que debías recogerme. Te esperé durante media hora.

—Oh, es cierto —dijo él—. Lo siento, tenía una reunión importante y no había modo de comunicarme contigo. Tú misma dijiste que alguien podría acompañarte.

—Sí, si eso es lo planeado —repuso Cassy—. Para cuando llegué a la conclusión de que no vendrías, las personas que podían llevarme ya se habían ido. Tuve que coger un taxi.

—¡Ostras! —exclamó Beau—. Lo siento de veras. Últimamente tengo muchas cosas en la cabeza. ¿Qué te parece si te llevo a cenar al Bistro, tu restaurante favorito?

—Ya salimos ayer. ¿No tienes que estudiar? He traído comida china.

—Lo que digas, cariño. Es sólo que me sabe mal haberte dado plantón esta tarde y me gustaría compensarte.

—El hecho de que desees disculparte ya es mucho —dijo Cassy. Miró al perro, que permanecía inmóvil—. ¿Qué hace este bicho aquí? —preguntó—. ¿Se lo estás cuidando a alguien?

—No. Es mío. Se llama *Rey*.

—¿Me tomas el pelo?

—Nada de eso —respondió Beau.

Se levantó del brazo del sofá y frotó enérgicamente las orejas del animal. *Rey* respondió agitando la cola y lamiendo la mano de su amo con su enorme lengua.

—Pensé que podría protegernos —añadió.

—¿Protegernos de qué? —preguntó Cassy, alucinada.

—De todo en general —repuso vagamente Beau—. Este perro tiene los sentidos olfativo y auditivo mucho más desarrollados que el hombre.

—¿No crees que hubiéramos debido discutir el asunto? —Su miedo estaba tornándose en cólera.

—Podemos discutirlo ahora —dijo inocentemente Beau.

—¡Esto es el colmo! —exclamó irritada Cassy.

Recogió el paquete de comida china y entró en la cocina. Extrajo las cajas de la bolsa y cogió platos del armario, asegurándose de que la puerta resonara contra las bisagras. Sacó cubiertos del cajón contiguo al lavavajillas y puso la mesa con gran estruendo.

Beau se asomó a la puerta.

—No tienes por qué ponerte así.

—¿No? —replicó Cassy mientras los ojos se le llenaban de lágrimas—. Para ti es muy fácil decirlo. No soy yo la que se comporta de forma extraña, la que sale de casa en medio de la noche y aparece un día con un perro tamaño búfalo.

Beau entró en la cocina e intentó abrazarla. Ella lo rechazó y corrió al dormitorio. Ahora lloraba a lágrima viva.

Beau la siguió. Rodeó a Cassy con los brazos y esta vez ella no se opuso. Él no dijo nada y la dejó llorar. Finalmente le dio la vuelta y se miraron fijamente.

—De acuerdo —dijo Beau—. Siento lo del perro. Debí consultártelo, pero últimamente tengo muchas cosas en la cabeza. La gente de Nite me ha telefoneado. Mañana he de reunirme con ellos.

—¿Cuándo te telefonearon? —preguntó Cassy enjugándose los ojos.

Sabía que Beau confiaba en obtener un trabajo con Cipher Software. Quizá, después de todo, su extraña conducta tenía una explicación.

—Hoy —dijo Beau—. El asunto promete.

—¿Cuándo piensas ir?

—Mañana.

—¡Mañana! —exclamó Cassy. Las cosas iban demasiado deprisa. La carga emocional era excesiva—. ¿No pensabas decírmelo?

—Claro que pensaba decírtelo.

—¿De veras quieres un perro? ¿Qué harás con él cuando vayas a ver a la gente de Nite?

—Lo llevaré conmigo —respondió Beau sin vacilar.

—¿Piensas llevártelo a una entrevista de trabajo?

—¿Por qué no? Es un animal fantástico.

Cassy trató de digerir la noticia. La idea le parecía inviable. Tener un perro era incompatible con su estilo de vida.

—¿Quién lo sacará a pasear cuando estés en clase? ¿Y quién le dará de comer? Un perro supone una gran responsabilidad.

—Lo sé —dijo Beau levantando los brazos a modo

de rendición—. Prometo cuidar de él. Lo sacaré a pasear, le daré de comer, recogeré sus cacas y le castigaré si muerde tus zapatos.

Cassy no tuvo más remedio que sonreír. Beau era la viva imagen del niño que implora a su madre que le compre un perro cuando la madre sabe perfectamente quién acabará asumiendo el cuidado del animal.

—Lo saqué de la perrera —dijo Beau—. Estoy seguro de que acabará gustándote, pero si no es así lo devolveremos. Consideremos el asunto como un experimento. Dentro de una semana decidiremos si nos los quedamos o no.

—¿Seguro?

—Seguro. Lo traeré para que lo conozcas. Es un gran perro.

Cassy asintió y Beau salió de la habitación. Cassy suspiró hondamente. Estaban sucediendo demasiadas cosas. Cuando se dirigía al baño para lavarse la cara advirtió que el ordenador de Beau estaba ejecutando un programa extraño y veloz. Contempló detenidamente la pantalla. Datos en forma de textos y gráficos aparecían y desaparecían a una velocidad desconcertante. Entonces notó algo más. Frente al punto de conexión infrarrojo descansaba el misterioso objeto negro que Beau había encontrado unos días antes en el aparcamiento del bar de Costa. Cassy lo había olvidado. Recordando el comentario de Beau sobre su peso, fue a cogerlo.

—Aquí está el monstruo —dijo Beau desviando la atención de Cassy.

Obedeciendo las órdenes de su amo, *Rey* compareció felizmente ante Cassy y le lamió la mano.

—Qué lengua tan áspera —comentó ella.

—Es un gran perro —dijo él con una sonrisa radiante.

Cassy acarició el lomo de *Rey*.

—Parece fuerte. ¿Cuánto pesa? —Se preguntaba cuántas latas de comida para perro iba a necesitar el animal.

—Yo diría que unos cincuenta y cinco kilos —calculó Beau.

Cassy frotó la oreja de *Rey* y señaló con la cabeza el ordenador de Beau.

—¿Qué le ocurre a tu ordenador? Parece fuera de control.

—Está cargando datos de Internet —explicó Beau. Se acercó a la máquina—. Supongo que podría apagar la pantalla.

—¿Piensas imprimir todo eso? —preguntó Cassy—. Vas a necesitar mucho más papel del que tenemos.

Él apagó la pantalla pero se aseguró de que la luz del disco duro siguiera parpadeando.

—¿Qué va a ser entonces? —dijo Beau enderezándose—. ¿Comida china o el Bistro?

Los ojos de Beau se abrieron al mismo tiempo que los de *Rey*. Incorporándose sobre un codo, Beau consultó la hora por encima de la silueta dormida de Cassy. Eran las dos y media de la madrugada.

Tratando de evitar que los muelles de la cama rechinaran, Beau arrastró las piernas fuera de la cama y se puso en pie. Acarició la cabeza de *Rey*, se vistió y caminó hasta su ordenador. Hacía unos instantes la luz del disco duro había dejado finalmente de parpadear.

Recogió el disco negro y lo guardó en un bolsillo. En el bloc de notas que había junto al ordenador escribió: «He ido a dar un paseo. No tardaré. Beau.»

Dejó la nota sobre su almohada y salió sigilosamente del apartamento en compañía de *Rey*.

Rodeó el edificio hasta el aparcamiento. *Rey* caminaba a su lado sin correa. Se trataba de otra hermosa noche, con la estela de la Vía Láctea formando un arco sobre sus cabezas. Como no había luna, las estrellas parecían brillar con mayor intensidad.

Al fondo del aparcamiento encontró una zona sin coches. Extrajo el disco negro del bolsillo y lo colocó sobre el asfalto. En cuanto apartó la mano, éste comenzó a brillar. Cuando Beau y *Rey* estuvieron a quince metros de él, el disco ya había empezado a formar una corona y estaba pasando del rojo al blanco candente.

Cassy había tenido un sueño agitado, poblado de imágenes angustiosas. Ignoraba qué la había despertado, pero de repente se encontró mirando fijamente el techo, que aparecía iluminado por una luz inusual que iba en aumento.

Cassy se sentó en el borde de la cama. La habitación tenía un brillo peculiar y creciente que parecía entrar por la ventana. Se disponía a levantarse de la cama para investigar cuando se dio cuenta de que Beau, una vez más, había desaparecido. Esta vez, no obstante, había dejado una nota.

Con ésta en la mano, Cassy se acercó a la ventana. Enseguida descubrió el origen del brillo: se trataba de una bola de luz blanca cuya intensidad aumentaba por momentos, haciendo que los coches de alrededor proyectaran sombras oscuras.

La luz desapareció súbitamente, como si alguien la hubiese extinguido de golpe. Cassy tuvo la impresión de que había implosionado. Luego oyó un sonido sibilante que cesó con igual brusquedad.

Desconcertada, pensó en llamar a la policía. Se disponía a volver a la cama cuando percibió movimiento en el aparcamiento. Divisó la figura de un hombre y un perro y casi al instante comprendió que eran Beau y *Rey*.

Segura de que Beau había visto la bola de luz, iba a llamarlo cuando vio a otras figuras salir de la penumbra. Para su sorpresa, treinta o cuarenta personas aparecieron misteriosamente.

Como algunas farolas de la calle daban al aparcamiento, Cassy pudo ver varias caras. Al principio no reconoció a nadie, pero luego creyó distinguir dos rostros que le eran familiares, el señor y la señora Partridge.

Cassy se obligó a parpadear varias veces. ¿Estaba despierta o dormida? Sintió un escalofrío. Le aterraba dudar de su percepción de la realidad y pensó en el horror que encerraban las enfermedades psíquicas.

De repente tuvo la sensación de que *Rey* la había visto. El perro había girado la cabeza en su dirección. Sus ojos brillaban como los de un gato al recibir una luz directa. *Rey* ladró y todos, incluido Beau, levantaron la vista.

Cassy se apartó de la ventana presa del pánico. Todos los ojos brillaban como los de *Rey*. Volvió a estremecerse y tuvo que preguntarse una vez más si se trataba de un sueño.

Regresó a la cama a trompicones y encendió la luz. Leyó la nota de Beau con la esperanza de hallar una explicación, pero el contenido era totalmente impreciso. Dejó el papel sobre la mesita de noche y se preguntó qué debía hacer. ¿Llamar a la policía? Pero ¿qué les diría? ¿Se reirían de ella? ¿Y si venían y encontraban una explicación razonable? ¡Quedaría en ridículo!

Entonces pensó en Pitt. Descolgó el auricular y comenzó a marcar su número. De pronto se detuvo. Recordó que eran las tres de la madrugada. ¿Qué podía hacer o decir Pitt? Cassy colgó el auricular y suspiró.

Decidió que lo mejor era esperar el regreso de Beau. No tenía ni idea de lo que estaba pasando, pero pensaba averiguarlo. Plantaría cara a Beau y le exigiría una explicación.

Habiendo tomado una decisión, bien que pasiva, Cassy se tranquilizó. Se recostó sobre la almohada y entrelazó las manos detrás de la cabeza. Trató de no pensar en lo que había visto. Se concentró en la respiración para relajarse.

La puerta del apartamento rechinó y Cassy se incorporó de golpe. Se había dormido y volvió a preguntarse de nuevo si todo había sido un sueño. Echó una ojeada a la mesita de noche. La nota de Beau y el hecho de que la luz estuviera encendida demostraban que no había sido un sueño.

Beau y *Rey* aparecieron en el umbral. Beau llevaba los zapatos en la mano para no hacer ruido.

—Sigues despierta —dijo Beau.

Parecía decepcionado.

—Te estaba esperando —respondió Cassy.

—¿Viste mi nota? —preguntó él. Arrojó los zapatos dentro del armario y comenzó a desvestirse.

—La vi. Gracias.

Cassy estaba luchando consigo misma. Quería hacer preguntas pero algo se lo impedía. Creía estar viviendo una pesadilla.

—Me alegro —dijo Beau, y entró en el cuarto de baño.

—¿Qué estabais haciendo ahí fuera? —preguntó Cassy haciendo acopio de valor.

—Salimos a dar un paseo, tal como dice la nota —respondió Beau.

—¿Quién era toda esa gente?

Beau asomó por la puerta secándose la cara con una toalla.

—Gente que había salido a pasear, como yo —dijo.

—¿Los Partridge? —repuso ella con sarcasmo.

—Sí, los Partridge. Son gente muy agradable y entusiasta.

—¿De qué hablasteis? Os vi desde la ventana. Parecía una reunión.

—Sé que nos viste. No nos estábamos escondiendo. Sólo estábamos charlando, concretamente del medio ambiente.

Cassy rió con ironía. Teniendo en cuenta las circunstancias, le costaba creer que Beau pudiera hacer un comentario tan ridículo.

—Claro —dijo—. Una reunión de vecinos a las tres de la madrugada para hablar del medio ambiente.

Beau se sentó en el borde de la cama. Su expresión era de profunda preocupación.

—¿Qué te ocurre, Cassy? Estás enfadada otra vez.

—¡Claro que estoy enfadada!

—Cálmate, cariño, te lo ruego.

—Pero bueno, Beau. ¿Por quién me has tomado? ¿Qué demonios te pasa?

—Nada. Me encuentro estupendamente y las cosas van de maravilla.

—¿No te das cuenta de que te comportas de un modo extraño?

—No sé de qué estás hablando. Quizá mi escala de valores esté cambiando, pero es normal. Soy joven y voy a la universidad. Se supone que estoy aprendiendo.

—No eres tú mismo —insistió Cassy.

—Claro que lo soy. Soy Beau Eric Stark, el mismo que la semana pasada y la anterior. Nací en Brookline, Massachussetts. Hijo de Tami y Ralph Stark. Tengo una hermana llamada Jeanine y...

—¡Para! —gritó Cassy—. No es tu historia lo que ha cambiado, sino tu conducta. ¿No lo ves?

Beau se encogió de hombros.

—No, no lo veo. Lo siento, pero soy la misma persona de siempre.

Cassy suspiró exasperada.

—Pues no lo eres, y no soy la única que lo ha notado. También lo ha notado tu amigo Pitt.

—¿Pitt? Ahora que lo mencionas, comentó algo de que yo hacía cosas que no iban conmigo.

—¿Lo ves? —dijo Cassy—. Eso es justamente lo que quiero decir. Y ahora escucha. Quiero que veas a un profesional. De hecho, quiero que ambos lo veamos. ¿Qué dices a eso? —Dejó escapar otra risa irónica—. Quién sabe, a lo mejor el problema soy yo.

—De acuerdo —dijo Beau.

—¿Verás a un profesional? —Cassy había esperado una negativa.

—Si eso te hace sentir mejor, veré a un profesional. Pero tendrás que esperar a que regrese de mi entrevista con la gente de Nite. Ignoro cuándo tendrá lugar exactamente.

—Pensaba que sólo sería cosa de un día —dijo ella.

—Exigirá más tiempo —repuso Beau—, pero no sabré cuánto hasta que esté allí.

10

9.50 h.

Nancy Sellers trabajaba en casa siempre que podía. Con el ordenador conectado a la unidad central de Serotec Pharmaceuticals y un excelente equipo de técnicos en su laboratorio, lograba acabar más trabajo en casa que en su despacho. En primer lugar, porque la separación física la distanciaba de los constantes conflictos administrativos que implica dirigir un laboratorio importante. En segundo lugar, porque la tranquilidad que se respiraba en la casa fomentaba su creatividad.

Acostumbrada a un silencio absoluto, unos golpes en la puerta principal a las diez menos diez de esa mañana atrajeron de inmediato su atención. Segura de que sólo podía tratarse de malas noticias, salió del programa en el que estaba trabajando y abandonó su despacho.

Miró hacia el vestíbulo desde la barandilla del primer piso. En ese momento apareció Jonathan.

—¿Por qué no estás en el instituto? —preguntó Nancy tras hacer una valoración mental de la salud de su hijo. Jonathan caminaba con normalidad y tenía buen color.

El muchacho se detuvo al pie de la escalera.

—Tenemos que hablar contigo.

—¿Tenemos? —Tan pronto la pregunta salió de sus labios, una joven asomó por detrás de su hijo.

—Te presento a Candee Taylor, mamá —dijo Jonathan.

Nancy se quedó sin habla. Lo primero que vio fue una cara de duende sobre un cuerpo femenino bien desarrollado. Enseguida pensó que estaba embarazada. Ser madre de un adolescente era como vivir en la cuerda floja: el desastre siempre acechaba a la vuelta de la esquina.

—Bajo enseguida —dijo Nancy—. Esperadme en la cocina.

Entró en el cuarto de baño, más para poner a raya sus emociones que para cuidar de su aspecto. Llevaba todo el año temiendo la posibilidad de que Jonathan se metiera en un lío de esa clase porque su interés por las chicas se había disparado y cada vez se mostraba más reservado.

Una vez se sintió preparada, bajó a la cocina. La joven pareja se había servido del café que Nancy mantenía siempre caliente. Nancy se sirvió una taza y se sentó en un taburete del mostrador central. Los muchachos estaban sentados en el banco.

—Muy bien —dijo Nancy, preparada para lo peor—. Disparad.

Como Candee estaba visiblemente nerviosa, Jonathan habló primero. Contó a su madre que los padres de la joven se estaban comportando de una forma extraña. Explicó que el día anterior él mismo había ido a casa de los Taylor y lo había visto con sus propios ojos.

—¿De eso queríais hablarme? —preguntó Nancy—. ¿De los padres de Candee?

—Sí —respondió Jonathan—. Verás, la madre de Candee trabaja en el departamento de contabilidad de Serotec Pharmaceuticals.

—Entonces se trata de Joy Taylor —dijo Nancy tratando de ocultar el tono de alivio en su voz—. He hablado con ella muchas veces.

—Eso pensamos —dijo Jonathan—. Se nos ocurrió que tal vez podrías hablar con ella. Candee está muy preocupada.

—¿De qué forma se comporta la señora Taylor que resulta tan extraña? —preguntó Nancy.

—No es sólo mi madre, sino también mi padre —puntualizó Candee.

—Te lo explicaré según mi punto de vista —dijo Jonathan—. A los padres de Candee nunca les he caído bien. Ayer, sin embargo, se mostraron muy amables conmigo. Hasta me invitaron a pasar la noche en su casa.

—¿Qué les hacía pensar que te gustaría pasar la noche en su casa? —repuso Nancy.

Jonathan y Candee se miraron y enrojecieron.

—¿Insinúas que sugirieron que durmierais juntos?

—Bueno, no lo dijeron exactamente —dijo él—, pero nos lo dieron a entender.

—Esto no puede quedar así —replicó Nancy horrorizada, y hablaba en serio.

—No es sólo la forma en que se comportan —dijo Candee—. Parecen otras personas. Hace unos días no tenían un solo amigo y ahora viene a verles gente a todas horas del día y la noche. Hablan de las selvas tropicales, de la contaminación y de cosas así. Personas a quienes no habían visto en su vida rondan ahora por la casa como si fuera suya. He tenido que cerrar mi cuarto con llave.

Nancy dejó la taza sobre el mostrador, avergonzada de sus sospechas iniciales. Miró a Candee y en lugar de una joven seductora vio una niña asustada. Su instinto maternal se activó.

—Hablaré con tu madre —dijo Nancy—. Entretanto puedes quedarte con nosotros, en la habitación de invitados. Pero seré clara con los dos: no quiero tonterías, y ya sabéis a qué me refiero.

—¿Qué os pongo? —preguntó Marjorie Stephanopolis. Cassy y Pitt repararon en su radiante sonrisa—. Hace un día precioso, ¿no os parece?

Cassy y Pitt se miraron boquiabiertos. Era la primera vez que Marjorie intentaba darles conversación. Se habían sentado en uno de los reservados del bar de Costa para almorzar.

—Yo quiero una hamburguesa, patatas fritas y una cola —dijo Cassy.

—Lo mismo para mí —dijo Pitt.

Marjorie recogió las cartas.

—Vuelvo en un periquete. Espero que os guste.

—Al menos hay alguien que tiene un buen día —comentó Pitt mientras Marjorie desaparecía en la cocina—. De los tres años y medio que llevo viniendo por aquí, hoy es la primera vez que le he oído decir tres frases seguidas.

—Tú nunca comes hamburguesas ni patatas fritas —dijo Cassy.

—Tú tampoco —replicó Pitt.

—Fue lo primero que me vino a la cabeza. Creo que tantas rarezas me tienen agotada. Lo que te he contado sobre anoche es cierto. Fue alucinante.

—Tú misma dijiste que no sabías si estabas despierta o dormida.

—Al final comprobé que estaba despierta —repuso irritada Cassy.

—Vale, vale, tranquilízate.

Pitt miró alrededor. Había varias personas mirándoles. Cassy se inclinó sobre la mesa y susurró:

—Cuando levantaron la cabeza para mirarme, los ojos les brillaban. También al perro.

—Venga ya, Cassy.

—¡Es cierto!

Pitt volvió a mirar en derredor. El número de observadores había aumentado. La voz de Cassy estaba perturbando a los clientes.

—Habla más bajo —susurró Pitt.

—De acuerdo. —También ella había notado las miradas de la gente.

—Cuando pregunté a Beau de qué hablaban ahí fuera a las tres de la madrugada me contestó que del medio ambiente.

—No sé si llorar o reír. ¿Crees que intentaba hacerse el gracioso?

—Ni por asomo —respondió Cassy con convicción.

—La idea de reunirse en un aparcamiento en medio de la noche para hablar del medio ambiente es absurda.

—Como también lo es el hecho de que sus ojos brillaran. Aún no me has contado qué te dijo Beau cuando hablaste con él.

—No pude hablar con él.

Pitt explicó a Cassy lo ocurrido durante y después del partido. Cassy escuchó con gran interés, sobre todo la parte de la reunión de Beau con el grupo de ejecutivos elegantemente vestidos.

—¿Se te ocurre de qué podían estar hablando? —preguntó Cassy.

—No.

—¿Crees que podrían ser de Cipher Software?

Cassy todavía tenía la esperanza de hallar una explicación razonable a todo lo que estaba ocurriendo.

—Ni idea. ¿Por qué lo preguntas?

Antes de que ella pudiera contestar, Pitt se percató de que Marjorie se había detenido a unos pasos de la mesa con dos colas en la mano. En ese momento la mujer se acercó y dejó los refrescos sobre la mesa.

—Vuestra comida estará lista en un momento —anunció alegremente.

Cuando Marjorie se hubo marchado, Pitt dijo:

—Creo que me estoy volviendo paranoico. Juraría que Marjorie nos estaba espiando.

—¿Por qué iba a hacer tal cosa? —preguntó Cassy.

—A saber. ¿Ha ido Beau a clase?

—No. Ha ido a entrevistarse con la gente de Cipher Software. Por eso te pregunté si podía tratarse de ellos. Beau me dijo que estuvo conversando con esa gente ayer. Supuse que le habían telefoneado, pero puede que vinieran a verle en persona. El caso es que Beau no está.

—¿Cuándo vuelve?

—Lo ignoraba.

—Quizá el viaje le siente bien —dijo Pitt—. Quizá para cuando vuelva sea el Beau de siempre.

Marjorie reapareció con la comida. Con ademán triunfal, dejó los platos sobre la mesa y los giró ligeramente para darles la orientación correcta, como si se tratara de un restaurante de lujo.

—¡Buen provecho! —dijo jovialmente antes de regresar a la cocina.

—Beau no es el único que actúa de forma diferente —dijo Cassy—. También Ed Partridge y su mujer, y me han hablado de más gente. Sea lo que sea, se está expandiendo. Creo que tiene algo que ver con la gripe que corre últimamente por aquí.

—Yo también lo creo. De hecho, eso mismo dije ayer a la jefa de la sección de urgencias.

—¿Y cómo reaccionó? —preguntó Cassy.

—Mejor de lo que esperaba. La doctora Sheila Miller es una mujer severa pero sensata. Me escuchó con interés e incluso me pidió que la acompañara a hablar con el director del hospital.

—¿Y cómo reaccionó el director?

—No le dio importancia, pero mientras conversábamos el hombre sufrió síntomas gripales.

—¿Algún problema con la comida? —preguntó Marjorie acercándose a la mesa.

—Ninguno —dijo Cassy, irritada por la interrupción.

—Ni siquiera la habéis probado —observó Marjorie—. Si no os gusta puedo haceros otra cosa.

—¡No hay ningún problema! —espetó Pitt.

—En fin, si me necesitáis no tenéis más que llamarme —dijo la camarera, y se marchó.

—Está empezando a tocarme las narices —dijo Cassy—. Me gustaba más cuando no hablaba.

De repente, la misma idea cruzó por la mente de ambos.

—¡Ostras! —exclamó Cassy—. ¿Crees que ha tenido la gripe?

—A saber —respondió Pitt con igual preocupación—. Está claro que no parece la misma.

—Tenemos que hacer algo. ¿A quién podemos acudir? ¿Se te ocurre alguien?

—Pues... no —repuso Pitt—. Salvo, quizá, la doctora Miller. Por lo menos se muestra dispuesta a escuchar. Me gustaría explicarle que hay otras personas que están sufriendo cambios de personalidad. Sólo le mencioné a Beau.

—¿Puedo ir contigo?

—Claro que sí. De hecho, hasta lo prefiero. Pero tenemos que actuar ya.

Pitt buscó a Marjorie con la mirada para pedirle la cuenta, pero no la vio por ningún lado. Suspiró irritado. Era increíble que después de haberlos importunado durante toda la comida no apareciera cuando realmente la necesitaban.

—Marjorie está detrás de ti —dijo Cassy apuntando con un dedo sobre el hombro de Pitt—. Está en la caja registradora hablando animadamente con Costa.

Pitt se giró. Justo en ese momento Marjorie y Costa se volvieron a su vez y lo miraron fijamente. Era tal la intensidad de sus miradas que Pitt sintió un escalofrío.

Se volvió hacia Cassy.

—Salgamos de aquí —dijo—. Creo que vuelvo a estar paranoico. No sé qué me hace estar tan seguro, pero no me cabe duda de que Marjorie y Costa estaban hablando de nosotros.

Beau nunca había estado en Santa Fe. No obstante, le habían hablado bien de ella y siempre había querido visitarla. Y no le decepcionó. La ciudad le gustó desde el primer momento.

Había llegado al modesto aeropuerto a la hora prevista y lo había recogido un todoterreno con ruedas de camión. Era la primera vez que veía un vehículo de ese tipo y al principio le pareció cómico. Con el tiempo, no obstante, decidió que su altura probablemente lo hacía superior a una limusina, aunque en su vida había viajado en limusina.

Por muy bonita que a Beau le pareciera Santa Fe, ésta no era más que el preludio de la belleza de los terrenos de Cipher Software. Después de cruzar la verja de seguridad, Beau pensó que el lugar semejaba más un balneario de lujo que una empresa. Mantos de césped lozanos y ondulados se extendían entre edificios muy distanciados entre sí, de diseño moderno y proporcionados. Densos bosques de coníferas y estanques diáfanos completaban el cuadro.

El coche se detuvo frente al edificio principal, una construcción, como el resto, de granito y cristales tintados. Beau fue recibido por varias personas a quienes ya conocía y quienes le comunicaron que el señor Randy Nite le esperaba en su despacho.

Mientras cruzaban un vestíbulo repleto de plantas

en dirección al ascensor de cristal, le preguntaron si quería comer o beber algo. Beau respondió que no deseaba nada.

El enorme despacho de Randy Nite ocupaba la mayor parte del ala oeste de la tercera y última planta del edificio. De unos cincuenta metros cuadrados, estaba limitado en tres de sus lados por cristales que se alzaban hasta el techo. La mesa de Randy, un bloque de mármol negro y dorado de diez centímetros de espesor, descansaba en el centro de este amplio escenario.

Randy estaba al teléfono cuando Beau entró en el despacho, pero enseguida se levantó y le indicó que se acercara y tomara asiento en una butaca de cuero negro de diseño. Con gestos le comunicó que sólo le haría esperar unos minutos. Los escoltas se retiraron en silencio.

Beau había visto el rostro de Randy en numerosas fotografías y en televisión. En persona parecía igualmente joven, con ese cabello pelirrojo y un montón de simpáticas pecas esparcidas por un rostro ancho y saludable. Los ojos, de un gris verdoso, desprendían un brillo alegre. Tenía la misma estatura que Beau, pero su constitución era menos musculosa. Con todo, parecía en buena forma.

—El nuevo software saldrá a la venta el mes que viene —estaba diciendo Randy—, y la campaña publicitaria comenzará la próxima semana. Será explosiva. Las cosas no podían estar saliendo mejor. Este software va a crear sensación. Confía en mí.

Randy colgó y esbozó una amplia sonrisa. Vestía ropa informal: chaqueta azul, tejanos lavados y calzado deportivo. No era una casualidad que Beau fuera vestido de un modo similar.

—Bienvenido —dijo Randy tendiendo una mano que Beau estrechó—. Confieso que mi equipo jamás había recomendado a nadie con tanto ardor. Durante las últimas cuarenta y ocho horas sólo he oído cosas buenas de usted. Me tiene intrigado. ¿Cómo es posible que un universitario de último año pueda obtener un informe tan brillante?

—Imagino que es una mezcla de suerte, interés y trabajo duro —respondió Beau.

Randy sonrió.

—Buena respuesta. También he oído que le gustaría empezar como ayudante personal en lugar de pasar primero por el departamento de envíos.

—Todo el mundo ha de empezar por algún sitio.

Randy soltó una carcajada.

—Me gusta —dijo—. Seguridad en sí mismo y sentido del humor. En cierto modo me recuerda a mí en mis comienzos. Venga conmigo. Le enseñaré el complejo.

—Parece que hay movimiento en urgencias —observó Cassy.

—Nunca había visto nada igual —dijo Pitt.

Ambos estaban cruzando el aparcamiento hacia la entrada de urgencias, donde había varias ambulancias con las luces de emergencia destellando. Había coches estacionados de cualquier manera y los guardias de seguridad del hospital trataban de poner orden. La gente que no cabía en la sala de espera se había apiñado en la entrada.

Llegaron al mostrador de recepción abriéndose paso a empujones.

—¿Qué demonios pasa aquí? —gritó Pitt a Cheryl Watkins.

—Nos ha invadido la gripe —respondió ésta antes de estornudar—. Por desgracia, el personal también se ha visto afectado.

—¿Está la doctora Miller por aquí?

—Está trabajando junto con todos los demás.

—Espera aquí —le dijo a Cassy—. Voy a buscarla.

—Date prisa —suplicó ella—. Nunca me han gustado los hospitales.

Pitt se puso una bata blanca y se enganchó la tarjeta identificativa en el bolsillo superior izquierdo. Empezó a recorrer las crujías. Finalmente encontró a la doctora Miller hablando con una anciana que quería ingresar en el hospital. La mujer estaba en una silla de ruedas, lista para volver a su casa.

—Lo siento —dijo la doctora, y terminó de rellenar el informe e introdujo la tablilla en el bolsillo trasero de la silla de ruedas—. Sus síntomas gripales no justifican su ingreso. Lo que tiene que hacer es meterse en la cama, tomarse un analgésico y beber mucho líquido. Su marido vendrá a recogerla de un momento a otro.

—No quiero ir a casa —protestó la mujer—. Quiero quedarme en el hospital. Mi marido me da miedo. Ha cambiado. No es la misma persona.

En ese momento apareció el marido. Un ordenanza le había telefoneado para que viniera a recogerla. Aunque tenía la misma edad que su esposa, parecía más ágil y despierto.

—No, por favor, no —gimió la mujer al verlo.

La anciana trató de agarrarse a la manga de la doctora Miller mientras el marido la arrastraba hacia la salida.

—Tranquilízate, querida —dijo suavemente el hombre—. Debemos dejar que estos excelentes doctores hagan su trabajo.

La doctora Miller estaba quitándose los guantes de látex cuando reparó en Pitt.

—Tenía razón cuando dijo que esta gripe iba en aumento. ¿Ha oído la conversación de esa anciana?

Pitt asintió y dijo:

—Se diría que el marido ha sufrido un cambio de personalidad.

—Eso parece —repuso Sheila arrojando los guantes al contenedor—. Aunque no debemos olvidar que la gente mayor tiende a desvariar.

—Sé que está muy ocupada, pero ¿le importaría dedicarme unos minutos? A una amiga y a mí nos gustaría hablar con usted. No sabemos a quién más recurrir.

Pese al caos de la sección de urgencias, Sheila aceptó. Las hipótesis que Pitt planteara el día anterior estaban cumpliéndose. La doctora Miller estaba ahora convencida de que aquella gripe era diferente. En primer lugar, todavía no habían aislado el virus.

Sheila los llevó a su despacho, cuya tranquilidad contrastaba con el bullicio exterior. Sheila se sentó, agotada.

Cassy le contó todo lo referente a la transformación de Beau después de la enfermedad. Aunque le cohibía explicar ciertos detalles, no se dejó nada. También relató lo ocurrido la noche anterior, lo de la bola de luz, la reunión clandestina y el hecho de que los ojos de todos los congregados brillaban.

Cuando Cassy hubo terminado, Sheila guardó silencio. Había estado haciendo garabatos con un lápiz. Finalmente levantó la vista.

—En circunstancias normales te habría enviado a un psiquiatra. No sé qué pensar de todo esto, pero es preciso establecer todos los hechos. ¿Dices que Beau contrajo la enfermedad hace tres días?

Cassy y Pitt asintieron al mismo tiempo.

—Debería examinarlo —dijo Sheila—. ¿Crees que estaría dispuesto a venir aquí para un reconocimiento?

—Dijo que lo haría —respondió Cassy—. Yo misma le pedí que visitara a un profesional.

—¿Podrías hacerle venir hoy mismo?

Cassy negó con la cabeza.

—Está en Santa Fe.

—¿Cuándo volverá?

Cassy sintió un vuelco en el corazón.

—No lo sé —logró farfullar—. No me lo dijo.

—Éste es uno de mis lugares favoritos —explicó Randy—. Lo llamamos la Zona.

Randy detuvo el carrito de golf y bajó. Beau siguió al magnate de la informática hasta lo alto de una colina. Desde la cima la vista era espectacular.

Frente a ellos se extendía un lago cristalino poblado de patos y, más allá, un bosque virgen con las montañas Rocosas al fondo.

—¿Qué le parece? —preguntó Randy con orgullo.

—Impresionante —dijo Beau—. Es una prueba de lo que la consideración por el medio ambiente puede hacer y proporciona un rayo de esperanza. Me parece una tragedia indecible que una especie inteligente como el ser humano haya podido infligir tanto daño a este maravilloso planeta. Contaminación, disensiones políticas, divisiones raciales, superpoblación, mal uso de la reserva genética...

Randy asintió y miró de reojo a Beau, pero éste estaba absorto en la contemplación de las montañas. Randy se preguntó qué había querido decir Beau con lo de «el mal uso de la reserva genética», pero antes de que pudiera preguntárselo, éste continuó:

—Es preciso controlar esas fuerzas negativas, y puede hacerse. Estoy convencido de que existen recursos adecuados para invertir el daño infligido a este planeta. Sólo que necesita un gran visionario que lleve la batuta, alguien que conozca los problemas, tenga el poder y no tema ejercerlo.

Una sonrisa de reconocimiento iluminó involuntariamente el rostro de Randy. Beau la captó con el rabillo del ojo y comprendió que tenía a Randy justo donde quería.

—Son ideas muy peculiares para un estudiante de último año —comentó Randy—. ¿Realmente piensa que la naturaleza humana puede controlarse lo bastante para hacer factibles esas ideas?

—He llegado a la conclusión de que la naturaleza humana es un obstáculo —admitió Beau—. Pero con los recursos económicos y las conexiones a nivel mundial que usted ha acumulado a través de Cipher Software, creo que los obstáculos pueden superarse.

—Es bueno tener sueños.

Pese a considerar a Beau excesivamente idealista, Randy estaba impresionado. Mas no lo bastante como para contratarlo como ayudante personal. Beau empezaría por el departamento de envíos y habría de ganarse el ascenso como todos sus ayudantes.

—¿Qué hay en esa pila de grava? —preguntó Beau.

—¿Dónde?

Beau caminó hasta ella y se agachó. Fingió recoger un disco negro que en realidad había extraído de su bolsillo. Meciéndolo en la palma de la mano, regresó junto a Randy.

—No sé qué es —dijo éste—, pero últimamente he visto a algunos de mis ayudantes con objetos similares. ¿De qué está hecho?

—Lo ignoro. Podría ser metal, porque pesa bastante. Cójalo. Tal vez usted pueda deducirlo.

Randy cogió el objeto y calculó su peso.

—Es muy compacto —observó—, y muy suave. Fíjese en los bultos dispuestos simétricamente en torno a la periferia.

—¡Ay! —gritó Randy.

Dejó caer el disco para cogerse el dedo. Enseguida apareció una gota de sangre.

—¡El muy hijo de puta me ha picado!

—Qué extraño —dijo Beau—. Déjeme ver.

—Hay más personas que han mostrado cambios de personalidad —explicó Cassy a Sheila—. Por ejemplo, el director del instituto donde hago prácticas como maestra se comporta de forma totalmente diferente desde que tuvo la gripe. Me han hablado de otros individuos, pero no los he visto en persona.

—Estos cambios son los que me tienen más preocupada —dijo Sheila.

Cassy, Pitt y Sheila caminaban hacia el despacho del doctor Halprin. Armada con nuevos datos, Sheila confiaba en que el director del hospital reaccionara de forma diferente al día anterior. No obstante, les esperaba una decepción.

—Lo lamento. El doctor Halprin llamó esta mañana y dijo que iba a tomarse el día libre —explicó la señora Kapland.

—El doctor Halprin no ha faltado al trabajo un solo día de su vida —repuso Sheila—. ¿Le dijo el motivo?

—Dijo que él y su esposa necesitaban tiempo para estar juntos —explicó—. Pero dijo que telefonearía. ¿Quiere dejarle un mensaje?

—Que volveremos.

La doctora Miller giró sobre sus talones y se marchó. Cassy y Pitt le dieron alcance en el ascensor.

—¿Qué hacemos ahora? —preguntó Pitt.

—Es hora de que alguien telefonee a la gente que debería estar investigando este asunto —dijo Sheila—. Me extraña mucho que el doctor Halprin se haya tomado el día libre por motivos personales.

—Odio los suicidios —dijo Vince mientras giraba por Main Street.

Delante había una aglomeración de coches patrulla y vehículos de emergencia. Una cinta amarilla mantenía a raya a los mirones. Empezaba a anochecer.

—¿Más que los homicidios? —preguntó Jesse.

—Sí. En los homicidios las víctimas no pueden elegir, mientras que en los suicidios es todo lo contrario. Debe de ser tremendo quitarse la vida. Sólo de pensarlo se me pone piel de gallina.

—Qué raro eres —dijo Jesse.

Para Jesse era justamente al revés. Era la inocencia de la víctima asesinada lo que le afectaba. No podía sentir la misma compasión por un suicida. Si una persona quería quitarse la vida, allá ella. El verdadero problema era cerciorarse de que el suicidio era un suicidio y no un homicidio camuflado.

Vince aparcó tan cerca de la escena del crimen como le fue posible. Una tela encerada de color amarillo cubría los restos del muerto sobre la acera. El único rastro de sangre visible era un hilillo rojo que corría hacia el bordillo.

Bajaron del coche y miraron hacia arriba. En el alféizar del sexto piso había varios chicos de la sección criminal fisgoneando.

Vince estornudó con violencia.

—Salud —dijo distraídamente Jesse.

El teniente se acercó a un agente uniformado que se hallaba junto a la barrera que contenía a los mirones.

—¿Quién está al cargo del caso? —preguntó Jesse.

—El capitán.

—¿El capitán Hernández está aquí? —inquirió sorprendido Jesse.

—Sí, arriba —dijo el agente.

Jesse y Vince se miraron sorprendidos mientras se dirigían al edificio. El capitán casi nunca acudía al lugar de los hechos.

El edificio pertenecía a Serotec Pharmaceuticals y acogía las instalaciones de administración e investigación. La división industrial estaba situada fuera de la ciudad.

Una vez en el ascensor, Vince comenzó a toser. Jesse se apartó tanto como se lo permitía la estrecha cabina.

—¡Caray! —protestó Jesse—. ¿Qué te ocurre?

—No lo sé. Puede que sea una alergia.

—Pues tápate la boca cuando tosas.

Llegaron al sexto piso. La parte frontal la ocupaba un laboratorio. Varios policías holgazaneaban junto a una ventana abierta. Jesse preguntó por el paradero del capitán y los policías señalaron una puerta lateral.

—No creo que os necesitemos —dijo el capitán Hernández cuando vio entrar a Jesse y Vince—. La escena ha sido grabada por entero.

Hernández presentó a Jesse y Vince a los seis empleados de Serotec que se hallaban en la habitación y al investigador criminal que había encontrado la cinta. Se llamaba Tom Stockman.

—Vuelva a pasar la cinta —ordenó el capitán.

La secuencia había sido filmada en blanco y negro con una cámara de seguridad provista de un objetivo gran angular. Las voces hacían eco. La pantalla mostraba un hombre de baja estatura con una bata blanca situado de cara a la cámara. Había retrocedido hasta la ventana y parecía angustiado. De repente aparecieron varios empleados de Serotec vestidos también con batas blancas. Como estaban de cara al hombre sólo se les veía la espalda. Jesse supuso que se trataba de la misma gente que había ahora en el despacho.

—Se llama Sergei Kalinov —dijo Hernández—. El tipo había empezado a gritar a todo el mundo que lo dejaran en paz. Sale al principio de la cinta. Como veis, nadie le está tocando o amenazando.

—Simplemente enloqueció —dijo uno de los empleados de Serotec—. No sabíamos qué hacer.

Sergei comenzó a sollozar y a decir que sabía que estaba infectado y que no podía soportarlo. Luego se vio a un empleado de Serotec acercarse a Sergei.

—Es Mario Palumbo, el técnico jefe —aclaró el capitán Hernández—. Está intentando calmar a Sergei. Apenas se le oye porque está hablando con mucha suavidad.

—Le estaba diciendo que queríamos ayudarle —explicó Mario.

Sergei se volvió hacia la ventana. El frenesí con que la abrió indicaba que temía una intromisión. Pero nadie, ni siquiera Mario, trató de detenerlo. Una vez abierta la ventana, Sergei se subió al alféizar. Con una última mirada a la cámara, saltó al vacío.

—Oh, no —gimió Vince desviando la mirada.

Hasta Jesse sintió un vuelco en el estómago al ver a aquel hombrecillo quitarse la vida. La cinta proseguía. Varios empleados de Serotec, entre ellos Mario, se acercaron a la ventana y miraron hacia abajo. Su comportamiento, no obstante, no era el de alguien horrorizado. Más bien parecía moverles la curiosidad.

Entonces, para sorpresa de Jesse, los empleados cerraron la ventana y volvieron al trabajo.

Tom detuvo la cinta. Jesse observó a los empleados. Después de haber visto la terrible escena por segunda vez, habría esperado de ellos alguna reacción. Pero no hubo ninguna. Sus rostros permanecieron extrañamente imperturbables.

Tom extrajo la cinta. Se disponía a meterla en una bolsa con el correspondiente resguardo cuando el capitán Hernández se la arrebató.

—Yo me ocuparé de ella —dijo.

—Pero eso no es...

—He dicho que me ocuparé de ella —repitió el capitán con tono autoritario.

—De acuerdo —cedió Tom, sabiendo que no era el procedimiento usual.

Jesse observó cómo el capitán salía de la habitación con la cinta en la mano y luego miró a Tom.

—Es el capitán —dijo éste a la defensiva.

Vince tosió violentamente sobre la espalda de Jesse. Éste se volvió y le clavó una mirada asesina.

—Joder, si no te tapas la boca acabarás por contagiarnos a todos.

—Lo siento. Me encuentro fatal. ¿Hace frío aquí dentro?

—No —dijo Jesse.

—Mierda. Eso significa que debo de tener fiebre —se lamentó Vince.

—¿No preferirías ir a un restaurante mejicano? —sugirió Pitt.

—No; me apetece cocinar —dijo Cassy—. Me tranquiliza.

Estaban paseando bajo las bombillas desnudas del mercado de estilo europeo. Establecido al aire libre, en él se vendían principalmente verduras y frutas frescas traídas directamente de granjas remotas, pero había otros puestos que ofrecían desde pescado hasta antigüedades y objetos de arte. Se respiraba un ambiente festivo y popular, lleno de colorido. A esa hora de la tarde hervía de gente.

—¿Y bien? ¿Qué quieres preparar? —preguntó Pitt.

—Pasta primavera —dijo Cassy.

Pitt sostuvo la bolsa mientras Cassy seleccionaba el producto. Con los tomates era especialmente exigente.

—No sé qué haré cuando Beau regrese —dijo Cassy—. No quiero ni verlo mientras no me cerciore de que ha vuelto a la normalidad. Este asunto cada día me asusta más.

—Tengo acceso a un apartamento —dijo Pitt.

—¿De veras?

—Está cerca del bar de Costa. El propietario es una especie de primo segundo mío. Enseña en el departamento de química, pero se ha tomado un semestre sabático en Francia. Suelo ir a su apartamento para dar de comer a los peces y regar las plantas. Me ofreció quedarme, pero en aquel momento el traslado me dio pereza.

—¿Crees que no le importaría que me aloje en su casa? —preguntó Cassy.

—Desde luego que no. Es un apartamento muy grande. Tiene tres habitaciones. Si quieres puedo quedarme contigo.

—¿Piensas que estoy llevando las cosas demasiado lejos?

—Qué va —respondió él—. Después de la actuación de Beau en el partido de baloncesto, hasta yo recelo de él.

—Caray, no puedo creer que estemos hablando así de Beau —dijo acongojada Cassy.

Instintivamente, Pitt la abrazó. E, instintivamente, ella hizo lo mismo. Quedaron enlazados, ajenos a los transeúntes que se arremolinaban alrededor. Cassy miró intensamente a Pitt y durante un instante ambos experimentaron la sensación de lo que hubiera podido ser. Luego, súbitamente cohibidos, se soltaron y volvieron a concentrarse en la selección de los tomates.

Hechas las compras, que incluían una botella de vino italiano, emprendieron el regreso al coche. La ruta les llevó por el mercado de segunda mano. De repente, Pitt se detuvo frente a un tenderete.

—¡Ostras! —exclamó.

—¿Qué ocurre? —preguntó Cassy, lista para echar a correr. Nerviosa como estaba, esperaba lo peor.

—¡Mira! —dijo él señalando los estantes del puesto.

Los ojos de Cassy recorrieron la abigarrada colección de trastos que el letrero denominaba antigüedades. La mayoría eran objetos pequeños, como ceniceros y animalitos de cerámica, pero había algunos artículos de mayor tamaño, como estatuas de yeso para jardines y lámparas de noche. También había varias cajas de cristal que contenían joyas de bisutería.

—¿Qué se supone que tengo que ver? —preguntó Cassy.

—Ahí, en el estante superior, entre la jarra de cerveza y los sujetalibros.

Se aproximaron más al puesto. Ella finalmente comprendió a qué se refería Pitt.

—Qué extraño.

Sobre el estante, formando una hilera perfecta, había seis discos negros como el encontrado por Beau en el aparcamiento de Costa.

Cassy alargó la mano para coger uno pero Pitt la detuvo.

—¡No lo toques! —advirtió.

—No pensaba hacerle nada malo. Sólo quería saber cuánto pesa.

—Pero él sí puede hacerte algo malo —dijo Pitt—. A Beau le picó, o eso pensó él. Qué casualidad que hayamos tropezado con estos discos. Me había olvidado por completo de ellos.

Se inclinó y los examinó detenidamente. Recordó que él y Beau no habían logrado determinar su composición.

—Anoche vi el disco de Beau —dijo Cassy—. Lo tenía delante del ordenador mientras cargaba un montón de datos de Internet.

Pitt trató de atraer la atención del propietario para interrogarle sobre los discos, pero el hombre estaba atendiendo a otro cliente.

Mientras observaban los discos a la espera de que el vendedor pudiera atenderles, una pareja formada por una mujer y un hombre corpulento se detuvo a su lado.

—Ésas son las piedras negras de las que Gertrude hablaba ayer noche —dijo la mujer.

El hombre gruñó.

—Gertrude dijo que había encontrado cuatro en su jardín —prosiguió la mujer. Y con una risita añadió—: Pensó que podían ser valiosas, hasta que descubrió que muchas personas habían encontrado otras iguales.

La mujer cogió una de las piedras.

—¡Caray, cómo pesa! —dijo. Cerró los dedos en torno a ella—. Está fría.

Iba a tendérsela a su amigo cuando de repente soltó un grito y la devolvió bruscamente al estante. El disco resbaló y cayó sobre un cenicero de cristal. El cenicero se hizo añicos.

El estrépito atrajo la atención del propietario. Al ver lo ocurrido, exigió a la mujer que le pagara el cenicero.

—Ni lo sueñe —repuso ésta indignada—. Ese chisme negro me ha hecho un corte en el dedo.

La mujer levantó el dedo corazón herido con expresión desafiante. El propietario, interpretando el gesto como una provocación, se puso furioso.

Mientras el hombre y la mujer discutían, Pitt y Cassy se miraron sorprendidos. Por un momento, el dedo de la mujer había irradiado una tenue irisación azul.

—¿Qué crees que ha podido provocarla? —susurró Cassy.

—¿Me lo preguntas a mí? —dijo Pitt—. Ni siquiera estoy seguro de que haya ocurrido. Sólo duró un instante.

—Pero ambos la vimos.

El hombre y la mujer tardaron veinte minutos en llegar a un acuerdo. Cuando la mujer y su amigo se hubieron marchado, Pitt interrogó al propietario sobre los discos.

—¿Qué quiere saber? —refunfuñó el hombre. Sólo le habían pagado medio cenicero.

—¿Sabe qué son? —inquirió Cassy.

—No tengo ni idea.

—¿Cuánto pide por ellos?

—Ayer me daban hasta diez dólares por cada uno —explicó el hombre—, pero ahora los están fabricando en madera y han saturado el mercado. Éstos, no obstante, son de una calidad excepcional. Le dejo los seis por diez dólares.

—¿Han herido a otras personas? —preguntó Pitt.

—Bueno, uno de ellos me picó a mí también —contestó encogiéndose de hombros—. No fue nada, sólo un pinchazo, pero no me explico cómo ocurrió. —Cogió un disco—. Si se fija, son suaves como el culito de un bebé.

Pitt agarró a Cassy de la mano y echó a andar.

—¡Oiga! —gritó el hombre—. Se los dejo por ocho.

Pitt lo ignoró. Luego explicó a Cassy lo de la niña de urgencias que había sido reprendida por su madre porque decía haber sido mordida por una piedra negra.

—¿Crees que lo hizo uno de esos discos? —preguntó Cassy.

—Eso es lo que me estoy preguntando, porque la niña tenía la gripe. Por eso acudió a urgencias.

—¿Insinúas que el disco negro tuvo algo que ver con el hecho de que la niña contrajera la gripe?

—Sé que parece una locura —dijo Pitt—, pero su proceso fue similar al de Beau. Primero le picó el disco y horas después enfermó.

11

—¿Dónde oíste lo de esa conferencia de prensa de Randy Nite? —preguntó Cassy.

—En el programa *Today* de esta mañana —dijo Pitt—. El presentador dijo que la NBC iba a emitirla en directo.

—¿Y dices que mencionaron el nombre de Beau?

—Eso fue lo que me alucinó —dijo Pitt—. Se fue a Santa Fe para una entrevista y ahora interviene en una conferencia de prensa. Todo esto es muy raro.

Cassy y Pitt estaban en la sala de estar de los médicos de urgencias mirando un pequeño televisor. Sheila Miller había telefoneado a Pitt para que acudiera al centro acompañado de Cassy. La sala, aunque destinada en principio a los médicos, era el lugar que todo el personal de urgencias utilizaba para descansar y consumir sus almuerzos.

—¿Para qué hemos venido? —preguntó Cassy—. Odio perderme clases.

—No me lo dijo —respondió Pitt—, pero creo que la doctora Miller ha pasado por encima del doctor Halprin y se ha puesto en contacto con una persona con quien quiere que hablemos.

—¿Crees que deberíamos contarle lo de ayer noche? —preguntó Cassy.

Pitt levantó una mano para silenciar a Cassy. El presentador de televisión anunciaba en ese momento que Randy Nite había entrado en la sala. El rostro aniñado y familiar de Randy llenó la pantalla.

Randy giró la cabeza y tosió. Luego regresó al micrófono y se disculpó diciendo:

«Estoy recuperándome de una gripe. Les ruego tengan paciencia conmigo.»

—Oh, oh —dijo Pitt—, también él.

«Buenos días a todos —saludó Randy—. Para quienes no me conozcan, me llamo Randy Nite y soy vendedor de software.»

Una risa discreta emanó del público que llenaba la sala. Randy hizo una pausa que el presentador aprovechó para elogiar su sentido del humor. Randy era uno de los hombres más ricos del mundo y era muy poca la gente de los países industrializados que no había oído hablar de él.

«He convocado esta conferencia de prensa para anunciar que estoy a punto de emprender una nueva aventura... a decir verdad la aventura más importante y apasionante de mi vida.»

Hubo un murmullo de excitación. El público esperaba una gran noticia y por lo visto no iba a llevarse una decepción.

«Esta nueva aventura —prosiguió Randy— se llamará Instituto para un Nuevo Comienzo y estará respaldada por todo el conjunto de recursos de Cipher Software. Para describir tan audaz empresa me gustaría presentarles a un joven de una formidable clarividencia. Damas y caballeros, les ruego den la bienvenida a mi nuevo ayudante personal, el señor Beau Stark.»

Cassy y Pitt se miraron estupefactos.

—No me lo puedo creer —dijo Cassy.

Beau se dirigió a la tarima entre aplausos. Llevaba

un traje de diseño y el pelo peinado hacia atrás. Todo él destilaba una seguridad de político.

«Gracias por venir —dijo Beau con una sonrisa arrebatadora. Los ojos azules centelleaban como zafiros sobre su rostro bronceado—. El Instituto para un Nuevo Comienzo no podía llevar mejor nombre. Vamos a buscar a los mejores y más brillantes expertos en el campo de la ciencia, la medicina, la ingeniería y la arquitectura. Nuestro objetivo consistirá en dar marcha atrás a las tendencias negativas que nuestro planeta ha experimentado hasta ahora. ¡Podemos terminar con la contaminación! ¡Podemos terminar con las contiendas políticas y sociales! ¡Podemos crear un mundo adecuado para una nueva humanidad! ¡Podemos hacerlo y lo haremos!»

Los periodistas prorrumpieron en preguntas. Beau alzó una mano para silenciarlos.

«Hoy no responderemos a ninguna pregunta. Esta reunión tenía como única finalidad anunciar el proyecto. Dentro de una semana celebraremos otra conferencia de prensa para explicar con detalle nuestro programa. Gracias por su asistencia.»

Ajeno al torbellino de preguntas de los medios de comunicación, Beau bajó de la tarima, abrazó a Randy Nite y juntos abandonaron el escenario.

El presentador trató de llenar el hueco causado por la brevedad de la conferencia. Comenzó a especular sobre los posibles objetivos del nuevo instituto y sobre lo que Randy Nite había querido decir con lo de una aventura respaldada por todos los recursos de Cipher Software. Comentó que dichos recursos eran cuantiosos, superiores al PNB de muchos países.

—¡Dios mío, Pitt! —exclamó Cassy—. ¿Qué le está pasando a Beau?

—Parece que la entrevista le fue bien —dijo él tratando de ser gracioso.

—El asunto no tiene gracia —se lamentó Cassy—. Estoy asustada. ¿Qué le vamos a decir a la doctora Miller?

—Por ahora creo que ya le hemos contado bastante.

—¡Pero qué dices! Tenemos que explicarle lo de los discos negros. Tenemos que...

—Para el carro, Cassy —espetó Pitt cogiéndola por los hombros—. Imagina por un segundo lo que podría pensar la doctora Miller. Ella es nuestra única oportunidad de conseguir que alguien importante se interese por el asunto. Creo que no debemos apretar demasiado las tuercas.

—Pero la doctora Miller sólo sabe que existe una gripe extraña.

—A eso me refiero precisamente. Hemos conseguido que se interese por la gripe y por el hecho de que podría ocasionar cambios de personalidad. Si empezamos a contar que esa gripe la propagan unos discos negros diminutos o que hemos visto una luz azul en el dedo de una mujer después de que uno de ellos le picara, dejará de escucharnos. La doctora Miller ya nos amenazó con enviarnos al psiquiatra.

—Pero vimos esa luz —insistió Cassy.

—*Creemos* que la vimos. Escúchame bien. Lo primero que tenemos que hacer es despertar el interés de otras personas. Una vez hayan investigado esta gripe y comprendan que algo extraño está pasando, lo contaremos todo.

Sheila asomó la cabeza por la puerta.

—El hombre con quien quiero que habléis acaba de llegar —dijo—, pero estaba hambriento y lo envié a la cafetería. Le esperaremos en mi despacho.

Cassy y Pitt se levantaron y siguieron a Sheila.

—Vosotros dos —dijo Nancy Sellers a Jonathan y Candee— esperaréis en la furgoneta mientras hablo con la madre de Candee. ¿De acuerdo?

Ambos asintieron con la cabeza.

—Se lo agradezco de veras, señora Sellers —dijo Candee.

—No hay nada que agradecer. El hecho de que tus padres estuvieran demasiado ocupados anoche para hablar conmigo por teléfono y no me telefonearan más tarde demuestra que algo va mal. Ni siquiera sabían que estabas en mi casa pasando la noche.

Nancy se despidió con la mano y echó a andar hacia la entrada principal de Serotec Pharmaceuticals. Todavía se apreciaba la mancha que había dejado el señor Kalinov al golpear la acera. Nancy conocía muy poco al hombre, pues era un empleado relativamente nuevo y trabajaba en el departamento de bioquímica, pero la noticia la había entristecido. Sabía que tenía esposa y dos hijas adolescentes.

Entró en el edificio sin saber qué esperar. Ignoraba qué atmósfera iba a respirarse en la compañía tras la tragedia del día anterior. Para esa tarde estaba prevista una misa. No obstante, enseguida tuvo la sensación de que todo había vuelto a la normalidad.

El departamento de contabilidad estaba en la cuarta planta. Mientras subía en el concurrido ascensor, Nancy escuchó algunas conversaciones informales e incluso algunas risas. Al principio agradeció que la gente se hubiera tomado tan bien el asunto. Mas cuando el ascensor al completo estalló en una carcajada por un comentario que Nancy no había oído, empezó a sentirse incómoda. Tanta jovialidad le parecía una falta de respeto.

Nancy no tuvo problemas para encontrar a Joy Taylor. Siendo una de las empleadas más antiguas del departamento, tenía su propio despacho. Joy estaba trabajando en su ordenador cuando ella asomó por la puerta abierta. Se trataba, tal como Nancy recordaba, de una mujer tímida, de su misma estatura pero mucho más delgada. Supuso que Candee debía de haber salido a su padre.

—¿Se puede? —preguntó Nancy.

Joy levantó la cabeza. En sus chupadas facciones se dibujó una mueca de irritación por la interrupción, pero enseguida desapareció y la mujer sonrió.

—Hola —dijo Joy—. ¿Cómo está?

—Muy bien. Temía que no se acordara de mí. Soy Nancy Sellers. Mi hijo Jonathan y su hija Candee son compañeros de clase.

—Por supuesto que la recuerdo.

—Menuda tragedia la de ayer —comentó Nancy mientras pensaba en cómo abordar el asunto que la había llevado hasta allí.

—Depende —repuso Joy—. Una tragedia para la familia, de eso no hay duda, pero el señor Kalinov padecía una grave enfermedad renal.

—Oh —dijo Nancy, desconcertada por el comentario.

—Oh, sí —continuó Joy—. Llevaba años sometiéndose a una diálisis semanal. Incluso se habló de hacerle un trasplante. El problema era la mala calidad de sus genes. A su hermano le pasaba lo mismo.

—No sabía que el señor Kalinov tuviera problemas de salud.

—¿Puedo ayudarla en algo?

—Pues sí —respondió Nancy mientras tomaba asiento—. Bueno, en realidad lo que quería era hablar con usted. Seguro que no es nada serio, pero pensé que debía mencionárselo. Yo habría querido que usted hiciese lo mismo por mí si Jonathan hubiese acudido a usted.

—¿Candee ha acudido a usted? ¿Por qué?

—Está preocupada. Y la verdad, yo también. —Nancy observó que el rostro de Joy se endurecía ligeramente.

—¿Y qué le preocupa tanto a Candee? —preguntó.

—Tiene la sensación de que en su casa las cosas han cambiado —explicó Nancy—. Dice que usted y su marido llevan ahora una vida social muy intensa y que eso la hace sentirse insegura. Por lo visto, algunos de sus invitados han merodeado incluso en su habitación.

—Es cierto que tenemos una intensa vida social. Últimamente mi marido y yo nos hemos metido en actividades destinadas a la defensa del medio ambiente. Exige mucho trabajo y sacrificio, pero estamos dispuestos a ello. ¿Le gustaría asistir a nuestra reunión de esta noche?

—Gracias. Quizá en otra ocasión —se disculpó Nancy.

—Si alguna vez quiere venir, sólo tiene que decírmelo. Y ahora, si me disculpa, tengo trabajo.

—Hay otra cosa —prosiguió Nancy. La conversación no iba bien. Pese a sus esfuerzos diplomáticos, Joy no se mostraba receptiva. Era hora de hablar con franqueza—. Mi hijo y su hija creen que el otro día usted y su marido los animaron a que durmieran juntos. Sepa que la idea no me parece bien. De hecho, estoy totalmente en contra.

—Pero son muchachos sanos y sus genes hacen buena pareja.

Nancy se esforzó por mantener la serenidad. En su vida había oído un comentario tan absurdo. No alcanzaba a comprender la relajada postura de Joy con respecto a ese asunto, y aún menos teniendo en cuenta que cada vez eran más los embarazos entre adolescentes. Igualmente irritante resultaba la ecuanimidad de Joy frente a su visible nerviosismo.

—Estoy segura de que Jonathan y Candee hacen una buena pareja —se obligó a decir Nancy—, pero sólo tienen diecisiete años y no están preparados para asumir las responsabilidades de la vida adulta.

—Respeto su opinión, pero mi marido y yo creemos que existen problemas mucho más graves de los que preocuparse, por ejemplo la destrucción de las selvas tropicales.

Aquello fue demasiado para Nancy. Estaba claro que no iba a tener una conversación razonable con Joy Taylor. Se levantó.

—Gracias por atenderme —dijo con frialdad—. Le aconsejo que preste más atención al estado anímico de su hija. Está preocupada.

Nancy se volvió para marcharse.

—Un momento —dijo Joy.

Nancy vaciló.

—Parece usted muy alterada —prosiguió Joy—. Creo que puedo ayudarla. —Abrió el cajón superior de su escritorio y extrajo un disco negro. Lo colocó en la palma de su mano y se lo tendió—. Acepte este pequeño obsequio.

A Nancy ya no le cabía duda de que Joy Taylor era una excéntrica, y el ofrecimiento gratuito de un talismán sólo consiguió incrementar esa impresión. Se inclinó para examinar el objeto.

—Cójalo —la animó Joy.

Llevada por la curiosidad, Nancy alargó la mano, pero enseguida se lo pensó mejor y la retiró.

—No, gracias —dijo—. Debo irme.

—Cójalo —insistió Joy—. Cambiará su vida.

—Me gusta mi vida tal como es —espetó Nancy.

Se volvió y salió del despacho. Una vez en el ascensor, analizó la sorprendente conversación que acababa de mantener. No tenía nada que ver con lo que había esperado. ¿Qué iba a decirle a Candee? Con Jonathan la cosa era más fácil. Simplemente le diría que no se acercara a la casa de los Taylor.

La puerta del despacho de la doctora Miller se abrió y Pitt y Cassy se levantaron. Un hombre con una ligera calvicie pero relativamente joven entró seguido de la doctora. Vestía un traje barato y arrugado. Sobre su ancha nariz descansaban unas gafas de montura ligera.

—Éste es el doctor Clyde Horn —dijo Sheila—, delegado del departamento de investigación epidemiológica del Centro para el Control de las Enfermedades de Atlanta. Está especializado en la gripe. —Luego hizo las presentaciones.

—Sois los médicos residentes más jóvenes que he visto en mi vida —comentó Clyde.

—Yo no soy médico residente —aclaró Pitt—. De hecho no empezaré la carrera de medicina hasta el otoño.

—Yo soy maestra de instituto en prácticas —dijo Cassy.

—Ya —repuso Clyde visiblemente desconcertado.

—Pitt y Cassy están aquí para explicarle el problema desde un punto de vista personal —aclaró Sheila al tiempo que ofrecía asiento a Clyde.

Todos se sentaron.

Seguidamente, Sheila expuso los casos de gripe que habían atendido en la sección de urgencias. Tenía algunos cuadros y gráficos que enseñó a Clyde. El más impresionante era el que mostraba el vertiginoso aumento del número de casos de gripe producido en los últimos tres días. El segundo en importancia hacía referencia al número de fallecimientos en personas con los mismos síntomas asociados a enfermedades crónicas como diabetes, cáncer, problemas renales, artritis reumatoide y dolencias hepáticas.

—¿Ha podido determinar la cepa? —preguntó Clyde—. Cuando hablé con usted por teléfono me dijo que todavía estaba por determinar.

—Y todavía lo está —respondió Sheila—. A decir verdad, aún no hemos aislado el virus.

—Qué extraño —comentó Clyde.

—El único aspecto constante que hemos observado es un aumento significativo de las linfocinas en la sangre —explicó Sheila tendiendo a Clyde otro cuadro.

—Caray, son valores muy altos —dijo Clyde—. ¿Dice que los síntomas son todos típicamente gripales?

—Así es —respondió Sheila—, aunque más intensos de lo normal y generalmente localizados en la vía respiratoria superior. No hemos apreciado síntomas de neumonía.

—Es evidente que ha estimulado los sistemas inmunológicos —comentó Clyde mientras examinaba el cuadro de las linfocinas.

—La duración de la enfermedad es bastante breve —prosiguió Sheila—. A diferencia de una gripe normal, alcanza su punto álgido en cinco o seis horas. Transcurridas doce horas los pacientes afirman encontrarse perfectamente.

—Incluso mejor que antes de enfermar —puntualizó Pitt.

Clyde arrugó la frente.

—¿Mejor?

Sheila asintió.

—Es cierto —dijo—. Una vez recuperado, el paciente muestra una suerte de euforia con niveles de energía crecientes. Pero lo realmente preocupante es que muchos se comportan como si hubiesen experimentado un cambio de personalidad. Ésa es la razón por la que ellos están aquí. Tienen un amigo común que al parecer comenzó a comportarse como si fuera otra persona después de recuperarse de la gripe. Su caso podría resultar particularmente importante, pues es probable que sea la primera persona que contrajo esta curiosa enfermedad.

—¿Se han llevado a cabo análisis neurológicos? —preguntó Clyde.

—Desde luego —respondió Sheila—, en varios pacientes. Pero dieron resultados normales, incluido el del líquido cerebrospinal.

—¿Y el de vuestro amigo, comoquiera que se llame?

—Se llama Beau —dijo Cassy.

—Todavía no lo hemos sometido a un examen neurológico —explicó Sheila—. Tenemos previsto hacerlo, pero por ahora no está disponible.

—¿En qué aspectos ha cambiado la personalidad de Beau? —preguntó Clyde.

—En todos —respondió Cassy—. Antes de tener la gripe nunca faltaba a clase. Desde que se curó no ha vuelto a la facultad. El otro día se levantó a medianoche y salió a la calle para reunirse con gente extraña. Cuando le pregunté de qué habían hablado, me dijo que del medio ambiente.

—¿Conserva el sentido del tiempo, el espacio y la gente? —preguntó Clyde.

—Sí —dijo Pitt—. De hecho, su mente está especialmente despierta. Por otro lado, parece mucho más fuerte.

—¿Físicamente? —preguntó Clyde.

Pitt asintió con la cabeza.

—Los cambios de personalidad después de una gripe son poco habituales —dijo Clyde acariciándose distraídamente la calva—. Esta gripe también se sale de lo normal en otros aspectos. Nunca he oído hablar de una duración tan breve. ¡Qué extraño! ¿Sabe si los demás hospitales de la zona han tenido casos similares?

—Lo ignoramos —dijo Sheila—. Pero al CCE le resultaría fácil averiguarlo.

Un fuerte golpe en la puerta hizo brincar a Sheila de la silla. Había dicho que nadie les molestara, por lo que supuso que se trataba de una emergencia. Por la puerta apareció el doctor Halprin, seguido de Richard Wainwright, el técnico jefe del laboratorio que había ayudado a elaborar los informes que Sheila acababa de mostrar al doctor Clyde Horn. Richard tenía el rostro sonrojado y trasladaba nerviosamente el peso del cuerpo de un pie a otro.

—Hola, doctora Miller —saludó alegremente Halprin. Parecía totalmente recuperado y rebosaba salud—. Richard me ha dicho que tenemos una visita oficial.

Halprin entró y se presentó a Clyde como el director del hospital. Richard se mantuvo tímidamente en el umbral de la puerta.

—Me temo que ha sido convocado bajo pretextos del todo injustificados —dijo Halprin. Luego, sonriendo indulgente, añadió—: Como director jefe del hospital, toda solicitud de ayuda al CCE debe pasar por mi despacho. Así lo especifica el reglamento, a menos, claro está, que se trate de una enfermedad grave, y la gripe no lo es.

—Lo lamento —se disculpó Clyde al tiempo que se ponía en pie—. Creía que la solicitud era oficial. No era mi intención entrometerme.

—No se preocupe —le tranquilizó Halprin—. Es sólo un pequeño malentendido. El caso es que no necesitamos los servicios del CCE. Pero venga a mi despacho. Allí podremos deshacer el entuerto.

Rodeó con un brazo el hombro de Clyde y lo condujo hasta la puerta.

Sheila puso los ojos en blanco. Cassy, presintiendo que estaban a punto de perder una oportunidad importante, terció:

—Por favor, doctor Horn, tiene que escucharnos.

En esta ciudad está ocurriendo algo extraño. La gente está cambiando a causa de esa enfermedad, una enfermedad que se está propagando con rapidez.

—¡Cassy! —exclamó severamente Sheila.

—Es cierto —insistió Cassy—. No escuche al doctor Halprin. Él también ha pasado la gripe. ¡Es uno de ellos!

—¡Cassy, ya basta! —dijo Sheila. Cogiéndola de un brazo, la apartó de la puerta.

—Lo lamento, Clyde —se disculpó suavemente el doctor Halprin—. ¿Puedo llamarle Clyde?

—Desde luego —respondió éste mirando nerviosamente por encima de su hombro, temeroso de sufrir una agresión.

—Como ve, este problemilla ha causado serios trastornos emocionales —continuó Halprin mientras conducía a Clyde hasta el vestíbulo—. Por desgracia, ha obnubilado el raciocinio de algunas personas. Pero hablaremos de ello en mi despacho. Desde allí pediremos un coche para que lo traslade al aeropuerto. Por lo demás, tengo algo que me gustaría que se llevara a Atlanta. Algo que estoy seguro interesará al CCE.

Sheila cerró la puerta y se apoyó contra ella.

—Cassy, lo que has hecho ha sido una imprudencia.

—Lo siento. No pude evitarlo.

—Es por Beau —explicó Pitt—. Él y Cassy están prometidos.

—No tienes por qué disculparte —dijo Sheila—. También yo estaba indignada. Lo malo es que ahora estamos como al principio.

La finca era magnífica. Aunque con los años había quedado reducida a menos de dos hectáreas, la casa seguía en pie y en buen estado. Construida a principios de siglo, imitaba a un *château* francés. La piedra era granito de la zona.

—Me gusta —dijo Beau.

Comenzó a girar por el amplio salón de baile con los brazos extendidos. *Rey* estaba sentado junto a la puerta, como si temiera que fueran a dejarlo solo en esa mansión. Randy y Helen Bryer, la agente inmobiliaria, estaban hablando en un recodo.

—Exactamente dos hectáreas —dijo la señora Bryer—. No es mucho terreno para una casa tan grande, pero linda con la propiedad de Cipher, de modo que el terreno real es mucho mayor.

Beau se paseó por los enormes ventanales, dejando que el sol lo inundara. La vista era extraordinaria. El estanque diáfano le recordaba al paisaje que se divisaba desde el otero de la propiedad de Cipher.

—Oí su comunicado de esta mañana —dijo la señora Bryer—. Sinceramente, señor Nite, creo que su Instituto para un Nuevo Comienzo es una idea maravillosa. La humanidad se lo agradecerá.

—La nueva humanidad —puntualizó Randy.

—Sí, claro —dijo ella—. Una nueva humanidad consciente de las necesidades del medio ambiente. Creo que esto tendría que haber ocurrido hace mucho, mucho tiempo.

—No imagina cuánto —vociferó Beau desde los ventanales. Se acercó lentamente a Randy—. Esta casa es perfecta para el instituto. ¡Nos la quedamos!

—¿Cómo dice? —preguntó la señora Bryer pese a haberlo oído perfectamente.

Se aclaró la garganta y miró a Randy en busca de una confirmación. Randy asintió con la cabeza. Beau sonrió y salió de la habitación seguido de *Rey*.

—¡Fantástico! —dijo emocionada la señora Bryer en cuanto hubo recuperado el habla—. Es una finca preciosa. ¿Pero no desea saber cuánto pide el propietario?

—Póngase en contacto con mis abogados —dijo

Randy mientras le entregaba una tarjeta—. Que ellos se encarguen de preparar los documentos.

Randy salió a reunirse con Beau.

—Lo que usted diga, señor Nite —resonó la voz de la señora Bryer en la vacuidad del salón.

La mujer parpadeó y sonrió para sus adentros. Había sido la venta más extraña de su vida. No obstante, ¡menuda comisión!

La lluvia golpeaba como granos de arena la ventana situada a la derecha del escritorio de Jesse. Los truenos contribuían al ambiente. Jesse amaba las tormentas. Le recordaban los veranos de su infancia en Detroit.

Atardecía y bajo circunstancias normales Jesse estaría preparándose para volver a casa. Por desgracia, esa mañana Vince Garbon había acudido a la comisaría enfermo y Jesse se había visto obligado a hacer el trabajo de ambos. Con otra hora de papeleo por delante, cogió su taza vacía y se levantó. Sabía por experiencia que otro café no conseguiría desvelarle a la hora de dormir pero sí le ayudaría a pasar el resto de la tarde.

Camino de la cafetera le llamó la atención el gran número de compañeros que tosían, estornudaban o sorbían por la nariz. Para colmo, había muchos enfermos, entre ellos Vince. Algo flotaba en el aire y Jesse se alegró de seguir sano.

Mientras regresaba a su mesa, miró hacia el despacho del capitán. Para su sorpresa, éste se hallaba de pie junto a la ventana, de cara a la oficina, con las manos a la espalda y una sonrisa de satisfacción en el rostro. El capitán reparó en Jesse y le saludó con la mano esbozando una sonrisa de oreja a oreja.

Jesse saludó a su vez, pero mientras se sentaba se dijo que algo extraño le ocurría al capitán. En primer lugar, nunca se quedaba hasta tan tarde a menos que hubiese alguna operación especial. En segundo lugar, por la tarde siempre se ponía de mal humor. Jesse jamás le había visto sonreír después de las doce.

De nuevo en su asiento y con el bolígrafo suspendido sobre uno de los innumerables impresos, Jesse se aventuró a echar otro vistazo al despacho del capitán. Comprobó sorprendido que el hombre seguía en la misma postura y con la misma sonrisa. Cual *voyeur*, Jesse lo observó detenidamente mientras trataba de adivinar por qué demonios sonreía. No era una sonrisa de regocijo, sino más bien de satisfacción.

Sacudiendo la cabeza, Jesse se concentró en la pila de impresos que tenía delante. Odiaba el papeleo, pero tenía que hacerse.

Media hora después, y habiendo cumplimentado algunos impresos, volvió a levantarse. Esta vez era la llamada de la naturaleza. Como siempre, el café le había recorrido el cuerpo a una velocidad vertiginosa.

Mientras se dirigía al lavabo situado al final del pasillo echó otra ojeada al despacho del capitán y comprobó aliviado que estaba vacío. Una vez en el lavabo, actuó con rapidez. Hizo lo que tenía que hacer y se marchó sin perder tiempo. El lavabo estaba lleno de compañeros que no paraban de toser, estornudar y sonarse.

Se dirigió a la fuente para enjuagar su silbato. Para ello tenía que pasar por el mostrador de objetos personales. El sargento Alfred Kinsella lo vio a través de la rejilla metálica de su cubículo.

—¡Eh, Jesse! —gritó—. ¿Qué hay de nuevo?

—Poca cosa —respondió Jesse—. ¿Cómo va tu problema sanguíneo?

—Como siempre —dijo Alfred, y se aclaró la garganta—. Todavía tienen que hacerme transfusiones.

Jesse asintió con la cabeza. Como la mayoría de los compañeros del cuerpo, había donado sangre a Alfred.

El hombre le daba pena. Tenía que ser muy duro padecer una enfermedad grave que los médicos no sabían diagnosticar.

—¿Quieres ver algo curioso? —preguntó Alfred. Se aclaró de nuevo la garganta y tosió con violencia. Se llevó una mano al pecho.

—¿Estás bien? —preguntó Jesse.

—Creo que sí. Pero desde hace una hora me noto un poco mal.

—Tú y todos los demás —observó Jesse—. ¿Qué es eso tan curioso?

—Estos chismes —dijo Alfred.

Jesse se acercó al mostrador, que le llegaba a la altura del pecho, y vio una hilera de discos negros, cada uno de unos cuatro centímetros de diámetro.

—¿Qué son? —preguntó Jesse.

—No tengo ni puñetera idea. En realidad, esperaba que tú me lo dijeras.

—¿De dónde los has sacado?

—¿Has oído hablar de esos tipos que fueron fichados durante las dos últimas noches por cosas tan absurdas como conducta obscena o celebrar reuniones multitudinarias en lugares públicos sin autorización?

Jesse asintió. Todo el mundo hablaba de ello, y últimamente el propio Jesse había observado algunas conductas extrañas.

—Pues cada uno de ellos llevaba uno de estos discos voladores.

Jesse acercó la cara a la rejilla para verlos mejor. Parecían tapones de envases. Había unos veinte.

—¿De qué están hechos? —preguntó.

—Ni idea, pero pesan mucho para su tamaño —respondió Alfred. Estornudó varias veces y se sonó la nariz.

—Déjame ver uno —dijo Jesse.

Pasó un brazo por la ventanilla de la jaula con la intención de coger un disco, pero Alfred lo detuvo.

—¡Cuidado! —advirtió—. Parecen muy suaves pero pueden picar. Es un verdadero misterio, porque no tienen ningún canto afilado. Sin embargo, ya me han picado varias veces. Es como la picadura de una abeja.

Haciendo caso de la advertencia, Jesse cogió un bolígrafo del bolsillo y lo utilizó para empujar un disco. Comprobó con sorpresa que no era fácil. El objeto pesaba mucho. Ni siquiera pudo darle la vuelta. Finalmente se rindió.

—Me temo que no puedo ayudarte —dijo—. No tengo ni idea de lo que son.

—Gracias de todos modos —dijo Alfred entre tos y tos.

—Me parece que has empeorado desde que estoy aquí —observó Jesse—. Deberías irte a casa.

—Lo soportaré. Hace poco que entré de servicio.

Jesse se dirigía a su escritorio con la idea de trabajar otra media hora, pero no llegó muy lejos. Detrás de él se oyó una fuerte tos seguida de un golpe seco.

Se volvió y comprobó que Alfred había desaparecido. Mientras corría hacia el cubículo oyó el sonido de alguien que daba patadas contra los armarios. Jesse se encaramó al mostrador y miró. Alfred se hallaba en el suelo con la espalda arqueada, temblando. Estaba sufriendo un ataque epiléptico.

—¡Venid aquí! —gritó Jesse—. Tenemos una emergencia en objetos personales.

Jesse saltó por encima del mostrador tirando al suelo cuanto encontró a su paso, incluidos los veinte discos negros. Absorto en la figura espasmódica de Alfred, no advirtió que los discos aterrizaban en el suelo con suma suavidad.

Jesse cogió las llaves de Alfred y las arrojó al mostrador para que sus compañeros abrieran la puerta del cubículo. Muy poca gente tenía llave de esa puerta. Acto seguido introdujo una libreta entre los dientes de

Alfred fuertemente apretados. Iba a desabrocharle el botón de la camisa cuando vio algo que lo paralizó. De los ojos de Alfred rezumaba espuma.

Jesse retrocedió estupefacto. En su vida había visto una cosa igual. Parecía un baño de burbujas.

Instantes después llegaron los refuerzos. Los agentes contemplaron con igual asombro el torrente de espuma.

—¿Qué demonios es eso? —preguntó un agente.

—¡Qué importa eso ahora! —espetó Jesse, rompiendo el estado hipnótico de los presentes—. Llamad a una ambulancia. ¡Rápido!

El trueno estalló justo cuando la camilla golpeaba las puertas de la sección de urgencias del centro médico de la universidad. Empujada por dos fornidos camilleros, a pocos metros les seguía Jesse Kemper. Alfred Kinsella seguía dando bandazos. Tenía la cara morada y de sus ojos, como de dos botellas de champán agitadas, todavía borboteaba espuma.

Sheila, Pitt y Cassy salieron disparados del despacho. Habían pasado allí la mayor parte del día cotejando los casos de gripe, incluidos los atendidos durante ese día. Sheila había oído el alboroto y reaccionó de inmediato. La enfermera jefe la había avisado de que estaba en camino un caso extraño. La ambulancia había telefoneado al centro antes de abandonar la comisaría.

Sheila detuvo la camilla y examinó a Alfred. Al ver la espuma ordenó que lo llevaran a la crujía de casos contagiosos. Jamás había visto nada igual y no quería correr ningún riesgo. Luego pidió a la enfermera jefe que localizara a un neurólogo por el busca.

Jesse asió a Sheila del brazo.

—¿Me recuerda? Soy el teniente Jesse Kemper. ¿Qué le ocurre al agente Kinsella?

Ella se soltó con brusquedad.

—Eso es justamente lo que queremos averiguar. Pitt, acompáñame. Estamos ante una prueba de fuego. Cassy, lleva al teniente a mi despacho. En la sala de espera no cabe ni un alfiler.

Sheila y Pitt se alejaron presurosos por el pasillo en pos de la camilla.

—Me alegro de no ser médico —comentó Jesse.

—Y yo —convino Cassy—. Venga. Le enseñaré dónde puede esperar.

Al cabo de media hora Sheila y Pitt entraban en el despacho con expresión de pesar. El desenlace no era difícil de adivinar.

—No ha habido suerte, ¿verdad? —dijo Cassy.

Pitt negó con la cabeza.

No volvió a recuperar el conocimiento —dijo Sheila.

—¿Tenía la misma gripe? —preguntó Cassy.

—Probablemente. Su nivel de linfocinas era muy alto —explicó Pitt.

—¿Qué es una linfocina? —preguntó Jesse—. ¿Es eso lo que lo ha matado?

—Las linfocinas forman parte del sistema defensivo del cuerpo contra las invasiones —dijo Sheila—. Son la respuesta a una enfermedad, no la causa. Pero dígame, ¿padecía el señor Kinsella alguna enfermedad crónica, por ejemplo diabetes?

—No tenía diabetes —respondió Jesse—, pero sí un serio problema sanguíneo. Tenía que hacerse transfusiones de vez en cuando.

—Quisiera preguntarle algo —intervino Cassy—. ¿Le mencionó alguna vez el sargento Kinsella algo sobre un disco negro de este tamaño? —Cassy formó con los dedos pulgar e índice de ambas manos un círculo de unos cuatro centímetros de diámetro.

—¡Cassy! —gimió Pitt.

—¡Calla! —espetó Cassy—. A estas alturas poco tenemos que perder y mucho que ganar.

—¿De qué está hablando? —preguntó Sheila.

Pitt puso los ojos en blanco.

—La hemos jodido —comentó.

—¿Te refieres a un disco negro con la base plana y la superficie redondeada, con unos bultitos en la periferia? —preguntó Jesse.

—Exacto —dijo Cassy.

—Sí, me enseñó un montón antes de sufrir el ataque.

Cassy lanzó una mirada triunfal a Pitt, cuya expresión había pasado en cuestión de segundos de la exasperación a un profundo interés.

—¿Comentó si alguno de esos discos le había picado? —preguntó Pitt.

—Sí, varias veces —respondió Jesse—. Estaba muy extrañado porque no había encontrado ningún canto afilado. Y ahora que lo dices, recuerdo que al capitán Hernández también le picó uno.

—¿Le importaría a alguien explicarme de qué va todo esto? —dijo Sheila.

—Hace unos días encontramos un disco negro —explicó Cassy—. Bueno, en realidad lo encontró Beau. Estaba en el suelo de un aparcamiento.

—Yo estaba allí cuando lo encontró —intervino Pitt—. No sabíamos qué era. Pensé que se había caído del coche de Beau.

—Poco después Beau dijo que el disco le había picado —continuó Cassy—, y al cabo de unas horas contraía la gripe.

—La verdad es que nos habíamos olvidado por completo del disco —dijo Pitt—. Pero luego, aquí en urgencias examiné a una niña con gripe y me contó que la había mordido una piedra negra.

—Pero lo que realmente nos hizo empezar a sospechar de ellos fue algo que ocurrió anoche —dijo Cassy.

Describió el incidente del mercado. También describió la tenue irisación azul que ella y Pitt habían creído ver.

Cuando Cassy hubo terminado, se hizo el silencio.

—Esto es una locura —dijo finalmente Sheila con los labios tensos—. Como ya dije, en circunstancias normales os enviaría a los dos directamente a un psiquiatra, pero llegados a este punto estoy dispuesta a investigar lo que haga falta.

—¿Reconoce Beau que está actuando de forma diferente? —preguntó Jesse.

—Él dice que no —respondió Cassy—, pero me cuesta creerlo. Hace cosas que jamás había hecho antes.

—Es cierto —intervino Pitt—. Hace una semana estaba en contra de criar perros grandes en la ciudad y ahora tiene uno.

—Y fue a buscarlo sin consultarme antes —dijo Cassy—. Verá, es que vivimos juntos. ¿Por qué lo pregunta?

—Sería interesante averiguar si la gente afectada está fingiendo deliberadamente —declaró Sheila—. Debemos actuar con discreción. Lo primero que tenemos que hacer es conseguir uno de esos discos.

—Podríamos volver al mercado —propuso Pitt.

—Yo podría conseguir uno del cubículo de objetos personales —ofreció Jesse.

—Intentad ambas cosas —dijo Sheila.

Extrajo dos tarjetas de su bolsillo y anotó en el dorso su número de teléfono personal. Entregó una a Jesse y otra a Pitt y Cassy.

—El primero que consiga el disco me llama. Pero no olvidéis que debemos actuar con discreción. Un asunto así podría hacer cundir el pánico.

Antes de separarse, Pitt entregó a Sheila y a Jesse el número de teléfono del apartamento de su primo. Dijo que él y Cassy se alojaban allí. Cassy lo miró intrigada, pero no dijo nada.

—¿En qué dirección crees que estaba el puesto de antigüedades? —preguntó Pitt.

Habían entrado en el mercado a la misma hora que la tarde anterior. La superficie cubría dos manzanas y con tantos tenderetes era difícil orientarse.

—Recuerdo el puesto donde compramos los tomates —dijo Cassy—. Volvamos allí y repitamos el recorrido de ayer.

—Buena idea.

Encontraron el puesto de tomates con relativa facilidad.

—¿Qué hicimos después de los tomates? —preguntó Pitt.

—Compramos la fruta —respondió Cassy—. Estaba en esa dirección. —Señaló por encima del hombro de Pitt.

Después de dar con el puesto de fruta, ambos recordaron el camino que los había llevado a la sección de objetos de segunda mano. Al poco rato estaban frente al tenderete que buscaban. Por desgracia, estaba vacío.

—Perdone —dijo Cassy al propietario del puesto contiguo—. ¿Sabe dónde está el hombre que dirige este puesto?

—Está enfermo. Hablé con él esta mañana. Tiene la gripe, como la mayoría de nosotros.

—Gracias —dijo Cassy—. ¿Qué hacemos ahora? —susurró a Pitt.

—Confiar en que el teniente Kemper tenga más suerte que nosotros —respondió.

Jesse fue directamente a la comisaría desde el hospital, pero una vez allí decidió no entrar. Estaba seguro de que la noticia de la muerte de Kinsella había llegado hasta la comisaría y que la gente estaría afectada. Pensó que no era el momento de fisgonear en el cubículo de Kinsella, y aún menos si el capitán seguía rondando por allí. Las declaraciones de Cassy y Pitt le habían hecho reflexionar sobre la extraña actitud del capitán.

Así pues, se fue a casa. Vivía a un kilómetro y medio de la comisaría, en una casa pequeña pero suficiente para una persona. Hacía ocho años que vivía solo, desde que su mujer falleciera de cáncer de mama. Tenía dos hijos, pero ambos preferían el bullicio de Detroit.

Jesse se preparó una cena sencilla. Al cabo de unas horas comenzó a barajar la idea de regresar a la comisaría. Sabía que su presencia iba a causar extrañeza, pues nunca aparecía por allí a esas horas de la noche salvo en circunstancias extraordinarias. Mientras trataba de elaborar una excusa, se preguntó si Cassy y Pitt habrían conseguido el disco. De ser así, podría ahorrarse la molestia.

Rebuscó entre los papeles de su bolsillo hasta que encontró el número de teléfono. Llamó y Pitt contestó.

—Fue un fracaso —se lamentó Pitt—. El tipo que vendía los discos está enfermo. Preguntamos en otros puestos y nos dijeron que el mercado se había saturado de esos objetos, de modo que ya nadie los vende.

—Maldita sea —gimió Jesse.

—¿Tampoco usted lo ha conseguido?

—Todavía no lo he intentado. —De pronto se le ocurrió una idea—. Oye, ¿podríais acompañarme a la comisaría? Quizá te parezca una tontería, pero si entro solo la gente se extrañará, en cambio si entro fingiendo que estoy investigando un caso nadie se hará preguntas.

—Por mí, de acuerdo —dijo Pitt—. Espere un momento. Le preguntaré a Cassy.

Jesse jugó con el cable del teléfono mientras esperaba.

—Está dispuesta a hacer cualquier cosa por ayudar —dijo finalmente Pitt—. ¿Dónde quiere que nos encontremos?

—Iré a buscaros al apartamento, pero no antes de medianoche. Quiero que la gente de la tarde se haya ido para entonces. Será más fácil actuar con el turno de noche. Hay menos personal merodeando.

Cuanto más pensaba Jesse en la idea, más acertada le parecía.

Era la una y cuarto de la madrugada cuando Jesse entró en el aparcamiento de la comisaría. Se detuvo en su plaza y apagó el motor.

—Muy bien, muchachos —dijo—. Os diré lo que vamos a hacer. Cuando lleguemos a la puerta principal tendréis que pasar por el detector de metales. Después iremos directamente a mi mesa. Si alguien os pregunta qué hacéis ahí, decid que vais conmigo. ¿Entendido?

—¿Es peligroso? —preguntó Cassy. Nunca imaginó que pudiera inquietarle entrar en una comisaría.

—No, en absoluto —la tranquilizó Jesse.

Bajaron del coche y entraron. Mientras pasaban por el detector de metales, Pitt y Cassy escucharon la conversación telefónica del policía de recepción.

—Sí, señora, estaremos ahí lo antes posible. Sé que los mapaches son a veces peligrosos. Por desgracia, con tanta gripe andamos cortos de personal...

Al poco rato estaban sentados frente a la mesa de Jesse. La oficina estaba vacía.

—Las cosas están saliendo mejor de lo que esperaba —dijo Jesse—. Estamos prácticamente solos.

—Ha llegado el momento de robar el banco —bromeó Pitt.

—No tiene gracia —espetó Cassy.

—Muy bien, vayamos al cubículo de objetos personales —propuso Jesse—. Pitt, coge mi bolígrafo. Si es necesario, fingiremos que lo estamos registrando.

El cubículo de objetos personales estaba cerrado a cal y canto. Tan sólo lo iluminaba la luz del vestíbulo que entraba a través de la rejilla.

—Esperad aquí —dijo Jesse.

Abrió la puerta con su llave. Miró el suelo y comprobó que alguien había recogido los discos y demás objetos que él había volcado al saltar por encima del mostrador para socorrer a Alfred.

—Maldita sea.

—¿Qué ocurre? —preguntó Pitt.

—Alguien ha estado haciendo limpieza —dijo Jesse—. Ha debido de guardar los discos en sobres.

—¿Qué va a hacer?

—Abrir todos los sobres. Hay cientos. ¿Qué otra cosa puedo hacer?

Jesse puso manos a la obra. El trabajo era arduo. Tenía que retorcer las grapas, abrir el sobre y mirar en su interior.

—¿Podemos ayudarle? —se ofreció Pitt.

—Muy bien. De lo contrario estaremos aquí toda la noche.

Los muchachos entraron y, siguiendo el ejemplo del teniente, empezaron a abrir sobres.

—Tienen que estar aquí —dijo irritado Jesse.

Trabajaban en silencio.

—¡Quietos! —susurró Jesse de repente.

Se levantó lentamente para mirar por encima del mostrador. Le había parecido oír pasos. De pronto el corazón le dio un vuelco. Abrió bien los ojos para asegurarse de que no estaba viendo una aparición. Era el capitán, y se dirigía hacia ellos.

Jesse se agachó.

—Mierda, se acerca el capitán. Escondeos debajo del mostrador y no os mováis.

En cuanto los chicos lo hicieron, Jesse se levantó. Como todavía disponía de tiempo, salió del cubículo.

Caminando a paso ligero, interceptó al capitán en el vestíbulo.

—El agente me dijo que lo encontraría aquí —dijo Hernández—. ¿Qué demonios hace? Son casi las dos de la madrugada.

Jesse estuvo tentado de invertir la pregunta, pues la presencia del capitán resultaba aún más extraña. No obstante, se mordió la lengua y dijo:

—Estoy investigando el caso en el que hay dos jóvenes implicados.

—¿En la oficina de objetos personales? —preguntó el capitán mirando por encima del hombro de Jesse.

—Estoy buscando pruebas —explicó Jesse, y para cambiar de tema añadió—: Qué tragedia la muerte de Kinsella.

—No lo crea —replicó el capitán—. Tenía una enfermedad crónica en la sangre. Por cierto, Kemper, ¿qué tal se encuentra usted?

—¿Yo? —inquirió, desconcertado por la respuesta del capitán referente a Kinsella.

—Sí, usted. ¿Acaso estoy hablando con alguien más?

—Bien —respondió Jesse—, por suerte.

—Qué extraño. Pase por mi despacho antes de irse. Tengo algo para usted.

—De acuerdo, capitán.

Hernández miró una vez más por encima del hombro de Jesse antes de marcharse hacia su despacho. Jesse lo vio alejarse preguntándose qué querría darle.

Cuando el capitán desapareció de su vista, regresó al cubículo.

—Hay que encontrar uno de esos discos y salir de aquí cuanto antes —dijo.

Cassy y Pitt abandonaron su escondite y los tres volvieron a la tarea.

—¡Ajá! —exclamó Jesse mirando el interior de un sobre especialmente pesado—. ¡Por fin!

Alargó una mano para extraer el disco.

—¡No lo toque! —gritó Cassy.

—Pensaba cogerlo con cuidado —repuso Jesse.

—La picadura es rápida —dijo Pitt.

—Entonces no lo tocaré. Lo dejaré en el sobre. Firmaré el resguardo y podremos irnos.

Poco después estaban de vuelta en el escritorio de Jesse. La oficina estaba prácticamente vacía. Jesse observó el despacho del capitán. La luz estaba encendida, pero no había rastro de Hernández.

—Echemos un vistazo a ese chisme —dijo Jesse.

Retiró la grapa del sobre y deslizó el disco sobre una hoja de papel secante.

—Parece inofensivo. —Empujó el objeto con un bolígrafo—. No tiene ninguna abertura. ¿Cómo es posible que pueda picar?

—Las dos veces que le he visto hacerlo la persona estaba tocando la periferia con los dedos o la palma de la mano —explicó Pitt.

—Pero si no hay ninguna grieta es imposible que pique —insistió Jesse—. Tal vez hay algunos que pican y otros que no. —Se puso las gafas de lectura, que detestaba por cuestiones de vanidad, y se inclinó sobre el disco para examinarlo de cerca—. Parece de ónice, aunque menos brillante. —Acarició la superficie abovedada con la yema de un dedo.

—Yo no haría eso —advirtió Pitt.

—Está frío —dijo Jesse, ignorando la advertencia de Pitt—. Y es muy suave.

Con tiento, deslizó el dedo hacia la periferia con intención de palpar los bultitos que la circundaban. El cierre repentino de la puerta de un armario en la zona de recepción le sobresaltó y le hizo apartar la mano.

—Me temo que estoy algo nervioso —se excusó Jesse.

—Tiene buenos motivos para estarlo —dijo Pitt.

Con precaución, Jesse tocó uno de los bultos. No ocurrió nada. Con igual cuidado procedió a deslizar la punta del dedo por la periferia del disco. Había recorrido un cuarto del camino cuando se produjo un fenómeno extraordinario. En la superficie lisa del margen del disco se abrió una hendidura de un milímetro de ancho.

Jesse apartó la mano a tiempo de ver cómo una aguja cromada de varios milímetros de longitud asomaba rápidamente por la hendidura y de la punta brotaba una gota amarillenta. Acto seguido la aguja retrocedió y la hendidura desapareció. La escena había durado apenas un segundo.

Tres pares de ojos perplejos se elevaron para mirarse.

—¿Habéis visto eso? —preguntó Jesse—. ¿O es que me estoy volviendo loco?

—Yo lo he visto —dijo Cassy—, y esa mancha húmeda en el papel secante es prueba de ello.

Jesse se inclinó nerviosamente y, con sus lentes de aumento como él llamaba a sus gafas, examinó el área donde se había formado la hendidura.

—No hay rastro de ella.

—No se acerque tanto —le previno Pitt—. Ese líquido podría ser infeccioso.

Como buen hipocondríaco, la advertencia de Pitt fue cuanto Jesse necesitó para retroceder varios pasos.

—¿Qué hacemos?

—Necesitamos unas tijeras y un recipiente, a ser posible de cristal —dijo Pitt—. También un poco de lejía clorada.

—¿Serviría el bote de la leche en polvo? —sugirió Jesse—. Veré si hay lejía en el armario del conserje. Las tijeras están en el cajón superior.

—El bote de la leche en polvo servirá —dijo Pitt—. ¿Tiene guantes desechables?

—Sí, también tenemos —dijo Jesse—. Vuelvo enseguida.

Jesse consiguió reunir todo lo que Pitt necesitaba. Pitt recortó con las tijeras el pedazo de papel secante que contenía la mancha húmeda y lo introdujo en el bote. Aunque el dorso del papel estaba seco, desinfectó la mesa con la lejía. Los guantes y las tijeras fueron a parar a una bolsa de plástico.

—Creo que deberíamos llamar a la doctora Miller —opinó Pitt cuando hubo terminado.

—¿Ahora? —preguntó Jesse—. Son más de las dos de la madrugada.

—Seguro que querrá conocer lo ocurrido —dijo Pitt— y hacer un cultivo con el contenido de la muestra.

—Muy bien, tú llamas —dijo Jesse—. Tengo que ir a ver al capitán. A mi vuelta ya sabrás si debo llevaros al centro médico o a casa.

Camino del despacho del capitán la mente de Jesse era un torbellino de pensamientos inconexos. Habían sucedido tantas locuras en tan poco tiempo, como lo de la hendidura surgida en el disco por arte de magia, que se sentía confundido. También estaba agotado, pues su hora de acostarse había pasado hacía rato. Nada parecía real, ni siquiera el hecho de dirigirse al despacho del capitán a las dos de la madrugada.

Encontró la puerta entreabierta. Se detuvo en el umbral. El capitán estaba sentado frente a su mesa, escribiendo a conciencia como si fueran las diez de la mañana. Jesse tuvo que reconocer que, pese a lo avanzado de la hora, Hernández tenía mejor aspecto que nunca.

—Capitán —dijo Jesse—. ¿Deseaba verme?

—Entre —dijo el capitán. Con una sonrisa, indicó que se acercara—. Le agradezco que haya venido. Dígame, ¿cómo se encuentra ahora?

—Bastante cansado, señor.

—¿No se encuentra mal?

—Pues no —repuso Jesse.

—¿Ha solucionado el problema con los dos muchachos?

—Todavía no.

—Le he hecho venir porque quería recompensarle por su dedicación al trabajo —explicó el capitán.

Abrió el cajón central de su escritorio y sacó un disco negro.

Jesse lo observó estupefacto.

—Quiero obsequiarle con este símbolo de un nuevo comienzo —declaró el capitán, sosteniendo el disco en la palma de la mano.

Alargó el brazo. El pánico se apoderó de Jesse.

—Gracias, señor, pero no puedo aceptarlo.

—Claro que puede —insistió el capitán—. No parece gran cosa, pero cambiará su vida. Créame.

—Oh, no lo dudo, señor. Pero no me lo merezco.

—Tonterías. Cójalo.

—Gracias, pero no. Estoy muy cansado y necesito dormir.

—Le ordeno que lo coja —dijo el capitán con voz repentinamente áspera.

—Como quiera, señor —cedió el teniente.

Mientras alargaba una mano temblorosa, en su mente apareció la imagen de la fulgurante aguja. También recordó que para estimular el mecanismo era preciso tocar el margen del disco. Observó entonces que el capitán no lo tocaba, sino que el disco descansaba sobre la palma de su mano.

—Cójalo, amigo mío —insistió.

Jesse abrió la palma de la mano y la acercó a la del capitán. Éste le miró fijamente a los ojos y Jesse advirtió que tenía las pupilas increíblemente dilatadas.

Finalmente, y con sumo cuidado, el capitán deslizó su dedo pulgar por debajo del disco y posó el dedo índice sobre la giba. Era evidente que intentaba evitar el contacto con el canto. Levantó el disco y lo depositó en la palma de Jesse.

—Gracias.

Sin mirar el maldito objeto, Jesse se alejó a toda prisa.

—¡Me lo agradecerá! —gritó el capitán.

Jesse corrió hasta su mesa temeroso de que el disco le picara en cualquier momento. Pero no ocurrió así, y Jesse lo hizo resbalar por su mano sin problemas. El disco chocó contra su colega con el mismo sonido que dos bolas de billar.

—¿Qué demonios...? —comenzó Pitt.

—¡Yo qué sé! —dijo Jesse—. Sólo puedo decirte que el capitán no está de nuestro lado.

Con el bote de cristal sujeto a contraluz, Sheila examinó el trozo de papel secante.

—Podría ser la prueba que necesitamos —dijo—. Pero volved a contarme qué ocurrió exactamente.

Cassy, Pitt y Jesse empezaron a hablar al mismo tiempo.

—¡Un momento! —exclamó Sheila—. Hablad por turno.

Cassy y Pitt cedieron la palabra a Jesse. El teniente relató una vez más el episodio mientras los jóvenes añadían algunos detalles. Al llegar a la parte de la hendidura, Jesse abrió los ojos de par en par y apartó raudamente la mano, recreando lo ocurrido.

Sheila dejó el bote sobre la mesa y miró por el microscopio binocular. Sobre la bandeja descansaba un disco.

—Esto es muy raro —dijo—. La superficie no tiene la menor irregularidad. Juraría que el disco está formado por una sola pieza.

—Lo parece, pero no es así —dijo Cassy—. Tiene un mecanismo. Todos vimos la hendidura.

—Y la aguja —añadió Pitt.

—¿Quién querría crear una cosa así? —preguntó Jesse.

—¿Quién *podría* crear una cosa así? —preguntó a su vez Cassy.

Los cuatro se miraron en silencio. La pregunta de Cassy era inquietante.

—En fin, no podremos responder ninguna pregunta mientras no sepamos qué es el líquido que empapó el papel secante —dijo Sheila—. Lo malo es que tendré que trabajar sola. Richard, el técnico jefe del laboratorio, ya ha contado a la junta directiva lo de nuestro visitante del CCE. No puedo fiarme del personal del laboratorio.

—Tenemos que involucrar a más gente —opinó Cassy.

—Sí, necesitamos un virólogo —dijo Pitt.

—Teniendo en cuenta lo ocurrido con el doctor Horn, no será fácil —se lamentó Sheila—. Es difícil saber quién ha pasado la gripe y quién no.

—A menos que sea gente que conocemos bien —intervino Jesse—. Yo me di cuenta de que el capitán se comportaba de forma extraña porque lo conozco.

—No podemos excusarnos en el miedo a no saber quién ha estado enfermo y quién no para cruzarnos de brazos —dijo Cassy—. Tenemos que prevenir a la gente que todavía no ha sido infectada. Conozco a una pareja que podría sernos de gran ayuda. Ella es viróloga y él físico.

—Eso sería perfecto, siempre y cuando no estén infectados —puntualizó Sheila.

—Creo que podré averiguarlo —dijo Cassy—. Su hijo es alumno mío y sospecha que algo extraño está ocurriendo. Por lo visto, los padres de su novia han sido infectados.

—Hay algo que me preocupa —dijo Sheila—. De

acuerdo con lo que Jesse ha contado sobre el capitán, tengo la desagradable sensación de que las personas infectadas intentan ganar adeptos.

—Así es —aseguró Jesse—. El capitán no habría aceptado un no por respuesta. Estaba decidido a darme ese disco sea como fuere. Quería que enfermara, de eso no hay duda.

—Tendré cuidado —aseguró Cassy—, y como dijo antes, seré discreta.

—En ese caso, adelante —la animó Sheila—. Entretanto realizaré unas pruebas preliminares con el líquido.

—¿Qué vamos a hacer con los discos? —preguntó Jesse.

—La pregunta sería qué van a hacer ellos con nosotros —repuso Pitt contemplando el que se hallaba bajo el microscopio.

12

Era una mañana hermosa, con un cielo despejado y de un azul cristalino. A lo lejos, la silueta dentada de las montañas color púrpura semejaban cristales de amatista bañados por una luz dorada.

Frente a la entrada de la finca se había formado una multitud expectante. Había gente de todas las edades y ocupaciones, desde mecánicos hasta científicos espaciales, desde amas de casa hasta empresarios, desde estudiantes de bachillerato hasta profesores de universidad. Todos estaban felices, ilusionados y rebosantes de salud. Se respiraba un ambiente festivo.

Beau salió de la casa acompañado de *Rey*, bajó la escalinata, avanzó quince metros y se volvió. La vista le complació enormemente. Durante la noche habían confeccionado una gran pancarta que iba de un lado a otro de la fachada. En ella se leía: «Bienvenidos al Instituto para un Nuevo Comienzo.»

Beau contempló los vastos terrenos. Había hecho un gran trabajo en sólo veinticuatro horas. Se alegró de que, salvo por alguna cabezada que otra, ya no necesitara dormir. De lo contrario no habría sido posible.

A la sombra de un árbol o paseando por los prados salpicados de sol, Beau vio docenas de perros de diferentes razas. Casi todos eran grandes y ninguno llevaba correa. Beau comprobó que mostraban una actitud tan vigilante como la de un centinela y sonrió.

Con paso alegre regresó al porche para reunirse con Randy.

—Estamos listos para comenzar —dijo Beau.

—Es un gran día para la Tierra —declaró Randy.

—Que entre el primer grupo —dijo Beau—. Empezarán por el salón de baile.

Randy marcó un número en su teléfono móvil y ordenó a sus hombres que abrieran la verja. Gritos de entusiasmo horadaron el fresco aire de la mañana. Beau y Randy no podían ver la verja desde donde estaban, pero oían el vocerío de la gente.

La multitud corrió hasta la casa entre murmullos de excitación y formó un semicírculo espontáneo en torno a la entrada.

Beau extendió un brazo, al estilo de un cónsul romano, y se hizo el silencio.

—¡Bienvenidos! —gritó—. ¡Nos hallamos ante un nuevo comienzo! Vuestra presencia da fe de que compartimos las mismas ideas y sueños. Todos sabemos lo que debemos hacer, así que ¡hagámoslo!

La multitud estalló en vítores y aplausos. Beau se volvió hacia Randy, que sonreía feliz y también aplaudía. Le indicó que entrara en la casa y Beau lo siguió.

—Ha sido un momento cargado de energía positiva —declaró Randy mientras caminaban hacia el florido salón de baile.

—Como si fuéramos un enorme organismo —repuso Beau asintiendo con la cabeza.

Ambos entraron en el vasto salón bañado de sol y se hicieron a un lado. Los seguidores llenaron la estancia y, respondiendo a una orden tácita, procedieron a desmontarla.

Cassy suspiró aliviada cuando la puerta de la casa de los Sellers se abrió y Jonathan apareció en el umbral. Esperando lo peor, había previsto enfrentarse a Nancy Sellers desde el primer momento.

—¡Señorita Winthrope! —exclamó Jonathan con una mezcla de sorpresa y alegría.

—Me has reconocido fuera de la escuela —observó Cassy—. Estoy impresionada.

—¿Cómo no voy a reconocerla? —reveló impulsivamente Jonathan, esforzándose por evitar que sus ojos descendieran por el escote de Cassy—. Entre.

—¿Están tus padres en casa?

—Sólo mi madre.

Cassy examinó la cara del muchacho. Parecía el de siempre, con aquel pelo rubio caído sobre la frente y aquellos ojos que revoloteaban de pura timidez. También la vestimenta la tranquilizó. Llevaba una camiseta enorme y unos pantalones holgados.

—¿Cómo está Candee? —preguntó Cassy.

—No sé nada de ella desde ayer.

—¿Y sus padres?

Jonathan sonrió.

—Como una chota. Mi madre estuvo hablando con la madre de Candee, pero no sirvió de nada.

—¿Y qué me dices de tu madre? —preguntó Cassy.

Trató de penetrar en los ojos de Jonathan, pero era como intentar examinar una pelota de ping pong en pleno partido.

—Está bien. ¿Por qué lo pregunta?

—Últimamente mucha gente actúa de forma extraña. Ya me entiendes, como los padres de Candee o el señor Partridge.

—Lo sé, pero no es el caso de mi madre.

—¿Y tu padre?

—También está bien.

—Estupendo —dijo Cassy—. Y ahora, si no te importa, aceptaré tu invitación de pasar. He venido para hablar con tu madre.

Jonathan cerró la puerta y gritó que había visita. La voz resonó en toda la casa y Cassy se estremeció. Aunque trataba de actuar con serenidad, estaba más tensa que la cuerda de una guitarra.

—¿Le apetece tomar algo? —preguntó Jonathan.

Antes de que Cassy pudiera responder, Nancy apareció en la barandilla del primer piso. Vestía unos tejanos lavados y una blusa holgada.

—¿Quién es, Jonathan? —preguntó.

Podía ver a Cassy, pero por la forma en que el sol entraba por la ventana su rostro se perdía en la penumbra.

Jonathan respondió a voces e indicó a Cassy que lo siguiera hasta la cocina. Tan pronto Cassy se sentó en el banco apareció Nancy.

—Qué sorpresa —dijo—. ¿Te apetece una taza de café?

—Sí, gracias.

Cassy observó a la mujer mientras ésta se acercaba a la encimera para coger la cafetera y pedía a Jonathan que sacara una taza del armario. Por ahora Nancy guardaba la misma apariencia y actuaba del mismo modo que cuando Cassy la conoció.

Cassy estaba empezando a relajarse cuando Nancy alargó la mano para servirle café. Llevaba puesta una tirita en el dedo índice. A Cassy le dio un vuelco el corazón. Una herida en la mano era lo último que deseaba ver.

—¿A qué debemos tu visita? —preguntó Nancy mientras se servía media taza de café.

—¿Qué le ha pasado en el dedo? —barboteó Cassy.
Nancy contempló la tirita como si fuera la primera vez que la veía.

—Me he cortado —dijo.

—¿Con un utensilio de cocina? —preguntó Cassy.
Nancy la miró intrigada.

—¿Acaso importa? —preguntó.

—Pues... —balbuceó Cassy—. Pues sí, y mucho.

—Mamá, la señorita Winthrope esta preocupada porque hay gente que está cambiando —dijo Jonathan, socorriendo una vez más a Cassy—. Gente como la madre de Candee, ya sabes. Le he contado que hablaste con ella y llegaste a la conclusión de que está como una cabra.

—¡Jonathan! —exclamó Nancy—. Tu padre y yo acordamos que no hablaríamos de los Taylor fuera de esta casa. Al menos hasta que...

—Me temo que no podemos esperar —interrumpió Cassy. La reacción de Nancy la había convencido de que no estaba infectada—. Hay otra gente que está cambiando en esta ciudad, no sólo los Taylor. Puede que incluso esté ocurriendo en otras ciudades. Es algo que no sabemos. El cambio se produce a causa de una enfermedad parecida a la gripe. Según hemos podido comprobar, se propaga a través de unos pequeños discos negros que pican a la gente en la mano.

Nancy la miró fijamente.

—¿Estás hablando de unos discos negros de unos cuatro centímetros de diámetro con una joroba en el centro?

—Exacto. ¿Ha visto alguno? Muchas personas lo tienen.

—La madre de Candee trató de regalarme uno —explicó Nancy—. ¿Por eso te llamó la atención mi tirita?

Cassy asintió.

—Fue un cuchillo —aclaró Nancy—. Un cuchillo y un panecillo reacio.

—Disculpe mi suspicacia —dijo Cassy.

—Es comprensible. Bien, ¿para qué has venido?

—Para pedirle ayuda —dijo Cassy—. Formo parte de un pequeño grupo que intenta averiguar qué está pasando, pero necesitamos ayuda. Hemos obtenido una pequeña muestra de un líquido que sueltan esos discos, y como usted es viróloga pensamos que tal vez sabría qué hacer con ella. No nos atrevemos a utilizar el laboratorio del hospital porque muchos de sus empleados están infectados.

—¿Crees que se trata de un virus? —inquirió Nancy.

Cassy se encogió de hombros.

—No soy médico, pero la enfermedad se parece mucho a la gripe. Tampoco sabemos nada de los discos. Pensamos que su marido podría ayudarnos por ese lado. No sabemos cómo funcionan, ni siquiera de qué están hechos.

—Tendré que hablarlo con él —dijo Nancy—. ¿Cómo puedo ponerme en contacto contigo?

Cassy le dio el teléfono del apartamento del primo de Pitt donde había pasado la noche. También le dio el número directo de la doctora Miller.

—Bien —dijo Nancy—. Te llamaré más tarde.

Cassy se levantó.

—Gracias. Y repito, les necesitamos. Esta enfermedad se está propagando como una plaga.

La calle estaba a oscuras. La única luz provenía de algunas farolas muy distanciadas entre sí. A lo lejos se acercaban dos hombres acompañados de dos pastores alemanes. Tanto los unos como los otros actuaban como si estuvieran patrullando la calle. Giraban constantemente la cabeza de un lado a otro, como si buscaran algo.

Un sedán oscuro se detuvo junto a ellos. La ventanilla se abrió y reveló el rostro pálido de una mujer. Los hombres la miraron, pero nadie habló. Parecían comunicarse sin necesidad de hablar. Al cabo, la ventanilla se cerró silenciosamente y el coche se alejó.

Los dos hombres reanudaron su paseo. Cuando los ojos de uno de ellos pasaron por la línea de visión de Jonathan, a éste le pareció que brillaban.

Jonathan se apartó rápidamente de la ventana y dejó caer la cortina. Ignoraba si el hombre le había visto.

Luego, lentamente, separó las cortinas con un dedo, dejando una pequeña abertura. Como la habitación estaba a oscuras, no temía que la luz lo delatara.

Acercó un ojo a la abertura y comprobó que la pareja y los perros seguían paseando. Jonathan suspiró aliviado. No le habían visto.

Salió del cuarto de baño y se reunió con los demás en la sala de estar. Él y sus padres habían acudido al apartamento del primo de Pitt. La espaciosa vivienda, de tres dormitorios, formaba parte de un complejo residencial con jardín. Jonathan estaba encantado. El apartamento tenía una colección impresionante de acuarios y plantas tropicales.

Pensó en contar lo que había visto, pero estaban todos demasiado preocupados. Todos salvo su padre, que permanecía de pie junto a la chimenea con el codo apoyado en la repisa, manteniéndose al margen del grupo. Jonathan conocía muy bien esa expresión condescendiente, la misma que adoptaba cuando le pedía ayuda con las matemáticas.

Jonathan había sido presentado a los demás. Conocía y admiraba al policía negro. Jesse Kemper había visitado el instituto Anna C. Scott el otoño anterior para dar una charla sobre su profesión. A la doctora Miller no la conocía, pero no le inspiraba confianza. Pese a ser rubia, le recordaba a la madrastra del vídeo de

Blancanieves que sus padres le obligaban a ver cuando era niño. A diferencia de Cassy, no había nada de femenino en ella. Las largas uñas no engañaban a nadie, pues se las pintaba de un color demasiado oscuro.

El amigo de Cassy parecía un buen tipo, aunque Jonathan estaba algo celoso. Ignoraba si eran novios, pero al parecer vivían en el mismo apartamento. Jonathan deseó parecerse físicamente a Pitt y hasta ser moreno de pelo si así le gustaba a Cassy.

Sheila se aclaró la garganta.

—En resumen —dijo—, nos enfrentamos a un agente infeccioso que ha contaminado con suma rapidez a las cobayas, aunque éstas no han producido microorganismos detectables, concretamente virus. La enfermedad no se transmite por el aire, o de lo contrario todos estaríamos infectados. Cuando menos yo, que prácticamente vivo en la sección de urgencias. Durante los dos últimos días he estado rodeada de gente que no paraba de toser y estornudar.

—¿Ha inoculado algún cultivo tisular? —preguntó Nancy.

—No —respondió Sheila—. No tengo suficiente experiencia en ese campo.

—De modo que cree que la enfermedad se transmite por la sangre —dijo Nancy.

—Así es —confirmó Sheila—. A través de estos discos negros.

Los discos estaban dentro de una fiambrera sin tapadera sobre la mesa del café. Con un tenedor, Nancy comenzó a moverlos para examinarlos. Trató de girar uno, pero como no quería tocarlo con los dedos le fue imposible. Finalmente desistió.

—Me cuesta creer que estas cosas puedan picar. Tienen una superficie demasiado uniforme.

—Pues pueden —aseguró Cassy—. Lo vimos con nuestros propios ojos.

—Justo en el canto se abre una hendidura —explicó Jesse señalando con el tenedor— y aparece una aguja de cromo.

—No veo por dónde puede abrirse una grieta —replicó Nancy.

Jesse se encogió de hombros.

—Lo mismo nos preguntamos nosotros.

—La enfermedad es única —prosiguió Sheila reconduciendo la conversación—. Los síntomas parecen gripales, pero el período de incubación es de pocas horas. También el tiempo que dura la enfermedad es breve, apenas unas horas, salvo en personas con enfermedades crónicas como la diabetes. Por desgracia, para esa gente es mortal.

—Y en personas con enfermedades sanguíneas —añadió Jesse en memoria de Alfred Kinsella.

—Cierto —convino Sheila.

—Hasta ahora no se ha aislado ningún virus de la gripe procedente de las víctimas —declaró Pitt.

—Así es —dijo Sheila—. Pero lo más increíble y perturbador de esta enfermedad es que la personalidad de los pacientes cambia una vez se han curado. Incluso se encuentran mejor de como se encontraban antes de enfermar. Y les da por hablar de problemas ecológicos. ¿No es cierto, Cassy?

Ella asintió.

—Descubrí a mi prometido conversando con gente extraña en mitad de la noche. Me dijo que hablaban del medio ambiente. Al principio pensé que bromeaba, pero estaba equivocada.

—Joy Taylor me contó que ella y su marido celebraban cada noche una reunión para hablar del medio ambiente —explicó Nancy—. Luego sacó a relucir el tema de la destrucción de las selvas tropicales.

—¡Un momento! —dijo Eugene—. Como científico, sólo estoy oyendo rumores y anécdotas. Estáis sacando las cosas de quicio.

—No es cierto —repuso Cassy—. Vimos cómo el disco se abría y disparaba la aguja. También hemos visto cómo picaba a algunas personas.

—Aun así, carecéis de pruebas que demuestren que la picadura es la causante de la enfermedad —objetó Eugene.

—Quizá tengamos pocas pruebas, pero es innegable que las cobayas enfermaron —dijo Sheila.

—Bajo circunstancias controladas es preciso establecer la causalidad —repuso Eugene—. Es el método científico. De lo contrario, sólo pueden hacerse generalizaciones. Necesita pruebas reproducibles.

—Tenemos los discos —intervino Pitt—. No son producto de nuestra imaginación.

Eugene se acercó a la mesa para observar de cerca los discos.

—A ver si lo he entendido bien. Intentas decirme que en esta pieza sólida se abrió una hendidura a pesar de que no se ve ninguna marca o resquicio microscópico.

—Sé que parece una locura —dijo Jesse—. Yo tampoco lo creería si no fuera porque los tres lo vimos. Fue como si se hubiese abierto una cremallera que luego se soldó a sí misma.

—Acabo de recordar un suceso extraño producido en el hospital —dijo Sheila—. Un hombre del equipo de limpieza murió con un orificio en la mano que ignoramos cómo se produjo. Los muebles de la habitación donde fue encontrado estaban extrañamente deformados. ¿Lo recuerda, teniente? Usted estaba allí.

—¿Cómo iba a olvidarlo? —dijo Jesse—. Corrió el rumor de una posible radiación, pero no encontraron rastro de ella.

—Era la misma habitación donde mi prometido estuvo ingresado —añadió Cassy.

—Si ese suceso tiene relación con esta gripe y los discos negros, nos enfrentamos a un problema más grave de lo que imaginamos —declaró Sheila.

Todos excepto Eugene, que había regresado junto a la chimenea, contemplaron fijamente los discos, reacios a aceptar la conclusión obvia. Finalmente habló Cassy:

—Tengo la impresión de que todos estamos pensando lo mismo pero nadie se atreve a decirlo. Por tanto, lo diré yo: puede que estos discos no sean de aquí, de este planeta.

Salvo por Eugene, que suspiró impaciente, el comentario de Cassy fue recibido con un silencio sepulcral. Tan sólo se oía la respiración de los presentes y el tictac del reloj de pared. Del exterior llegó el sonido lejano de un claxon.

—Ahora que lo pienso —dijo finalmente Pitt—, la noche antes de que Beau encontrara el disco mi televisor estalló. De hecho, muchos estudiantes perdimos televisores, radios, ordenadores y otros aparatos eléctricos que teníamos enchufados en ese momento.

—¿A qué hora ocurrió eso? —preguntó Sheila.

—A las diez y cuarto.

—Justo cuando mi aparato de vídeo explotó —dijo Sheila.

—También a esa hora estalló mi radio —dijo Jonathan.

—¿Qué radio? —preguntó Nancy. Era la primera vez que oía hablar del asunto.

—Quería decir la radio de Tim —corrigió Jonathan.

—¿Cree que todos esos sucesos podrían estar relacionados con los discos? —preguntó Pitt.

—Podría ser —respondió Nancy—. Eugene, ¿se ha encontrado alguna explicación a la sobretensión de las ondas de radio de aquella noche?

—No —reconoció Eugene—, pero yo no emplearía esa excusa para apoyar una teoría a medio cocer.

—Ya —dijo Nancy—, pero en mi opinión resulta sospechoso.

—¡Uau! —exclamó Jonathan—. Eso querría decir que estamos hablando de un virus extraterrestre. ¡Genial!

—¡No tiene nada de genial! —espetó Nancy—. Sería terrible.

—Un momento —interrumpió Sheila—. No dejemos volar tanto la imaginación. Si empezamos a sacar conclusiones precipitadas y a hablar de una cepa de Andrómeda, nos será muy difícil encontrar ayuda.

—Eso precisamente intentaba deciros —dijo Eugene—. Estáis empezando a sonar como una panda de chiflados paranormales.

—Venga de la Tierra o del espacio, la enfermedad existe —dijo Jesse—. En vez de discutir tanto, deberíamos tratar de averiguar qué es y qué podemos hacer al respecto. No hay tiempo que perder. Si es cierto que se propaga con tanta rapidez, podríamos llegar demasiado tarde.

—Tiene toda la razón —convino Sheila.

—Aislaré el virus, si es que está en la muestra —dijo Nancy—. Puedo utilizar mi propio laboratorio. Nadie se entrometerá en mi trabajo. Una vez tengamos el virus, podremos llevar el caso a Washington y a las autoridades sanitarias.

—Suponiendo que las autoridades sanitarias no hayan sido infectadas para cuando obtengamos los resultados —puntualizó Cassy.

—Buena observación —dijo Nancy.

—De todos modos no tenemos elección —sentenció Sheila—. Eugene tiene razón. Si damos la alarma sin más fundamento que rumores y conjeturas, nadie nos creerá.

—Iniciaré el aislamiento del virus mañana por la mañana —dijo Nancy.

—¿Puedo ayudar de algún modo? —preguntó Pitt—. Estoy especializado en química, pero he estudiado microbiología y trabajado en el laboratorio del hospital.

—Claro que sí —dijo Nancy—. He observado que algunas personas de Serotec se comportan de forma extraña. No sabré en quién confiar.

—Me gustaría ayudar a averiguar qué son estos discos negros —dijo Jesse—, pero no sabría por dónde empezar.

—Me los llevaré a mi laboratorio —se ofreció Eugene—. Valdrá la pena perder parte de mi tiempo aunque sólo sea para demostrar que no proceden de Andrómeda.

—Recuerde que no debe tocar los cantos —le previno Jesse.

—No se preocupe —dijo Eugene—. Tenemos medios para manipular estos discos a distancia, como si fueran radiactivos.

—Es una pena que no podamos hablar directamente con alguna persona infectada —comentó Jonathan—. Podríamos preguntarles qué está ocurriendo. Quizá ellos lo sepan.

—Sería peligroso —repuso Sheila—. Hay razones para creer que están reclutando gente. En realidad quieren que todos nos infectemos. Es posible que hasta nos consideren enemigos.

—Tiene razón —dijo Jesse—. Creo que el capitán se está dedicando a infectar a la gente de la brigada que todavía no ha enfermado.

—Podría resultar peligroso, pero también revelador —dijo Cassy.

De repente se quedó pensativa, mirando al vacío.

—Cassy —dijo Pitt—, ¿en qué estás pensando? No me gusta la expresión de tu cara.

13

6.30 h.

—Vienen conmigo —dijo Nancy Sellers.

Nancy, Sheila y Pitt estaban en el mostrador de vigilancia nocturna de Serotec Pharmaceuticals. El guarda estaba manoseando el carnet de Nancy. La mujer ya lo había mostrado en la barrera antes de entrar en el aparcamiento.

—¿Llevan algún documento de identidad? —preguntó a Sheila y Pitt.

Extrajeron sus respectivos carnets de conducir y el vigilante quedó satisfecho. El trío se encaminó al ascensor.

—El cuerpo de seguridad todavía está nervioso por lo del suicidio —explicó Nancy.

Nancy les había hecho madrugar para no encontrarse con los demás empleados. Y había hecho bien. Eran los primeros y la cuarta planta estaba desierta. Reservada a la investigación biológica, en un recodo había incluso una pequeña colección de animales experimentales.

Nancy abrió con su llave la puerta de su laboratorio privado y entraron. Cerró de nuevo con llave. No quería que nadie les interrumpiera ni hiciera preguntas.

—¡Perfecto! —dijo Nancy—. Nos pondremos trajes de contención y todo se hará bajo una estructura de nivel tres. ¿Alguna pregunta?

Ni Sheila ni Pitt tenían preguntas.

Nancy los llevó a la habitación contigua, donde estaban los vestidores individuales. Entregó a cada uno un traje de su talla y los dejó cambiarse. Ella también se cambió.

De nuevo en el laboratorio, dijo:

—Bien, veamos las muestras.

Sheila sacó el bote de cristal que contenía el recorte de papel secante y varias muestras de sangre perteneciente a personas que habían contraído la gripe. Las muestras se habían tomado en diferentes etapas de la enfermedad.

—Muy bien —dijo Nancy frotándose los guantes con impaciencia—. En primer lugar os mostraré cómo se inocula un cultivo tisular.

—¿De dónde demonios has sacado eso? —preguntó Carl Maben a su jefe, Eugene Sellers.

Carl era un aspirante a doctor que trabajaba en el departamento de física.

Eugene miró asombrado a Jesse Kemper, al cual había invitado a presenciar el análisis de un disco. Jesse explicó que se lo había confiscado a un individuo detenido por conducta impúdica.

La historia despertó el interés de Eugene y Carl.

—Ignoro los detalles —dijo Jesse.

Eugene y Carl se mostraron decepcionados.

—Sólo sé que el hombre fue arrestado por follar en un parque.

—Caray, a la gente le gusta el riesgo —comentó Carl—. Si pasear por el parque de noche ya es peligroso, imagínate follar.

—No era de noche —corrigió Jesse—. Ocurrió a mediodía.

—Debieron de pasar un mal rato —supuso Eugene.

—Todo lo contrario —dijo Jesse—, protestaron por la interrupción. Dijeron que la policía tenía cosas más importantes de qué preocuparse, como el aumento del dióxido de carbono en la atmósfera y el efecto invernadero resultante.

Eugene y Carl se echaron a reír.

De pronto, Jesse recordó la conversación del día anterior sobre el interés que mostraban las personas infectadas por los temas ecológicos. En ningún momento había pensado que los amantes estuvieran infectados.

Centrando la atención en la tarea que tenían entre manos, Carl dijo a Eugene:

—No creo que funcione.

Al otro lado del cristal tintado un rayo láser de alta potencia estaba bombardeando el disco negro para desprender algunas moléculas. Habían introducido un cromatógrafo para analizar el gas resultante. Por desgracia, el láser no estaba comportándose como era de esperar.

—Apágalo —dijo Eugene.

El haz de luz coherente se extinguió nada más cortar la fuerza. Los dos científicos contemplaron extrañados el disco.

—A eso llamo yo una superficie dura —comentó Carl—. ¿De qué crees que está hecho?

—Ni idea —confesó Eugene—. Pero te aseguro que pienso averiguarlo. Al que lo hizo más le vale tener la patente, porque de lo contrario voy a quitársela.

—¿Qué hacemos ahora? —preguntó Carl.

—Utilizaremos un taladro para diamantes —propuso Eugene—. Luego volatilizaremos las virutas y dejaremos que el cromatógrafo haga el resto.

Llevándose a la boca un antiácido, Cassy salió de la terminal del aeropuerto y esperó su turno en la cola de taxis. Esa mañana, nada más despertarse, la angustia se había apoderado de ella y a medida que se acercaba a Santa Fe se había hecho más intensa. Para colmo, había empeorado la situación tomándose un café en el avión. Ahora tenía un nudo en el estómago.

—¿Adónde la llevo, señorita? —preguntó el taxista.

—¿Ha oído hablar del Instituto para un Nuevo Comienzo?

—Cómo no. Aunque lo acaban de inaugurar, es el destino de la mitad de mis clientes. ¿Quiere ir allí?

—Sí, por favor —dijo Cassy.

Se recostó en el asiento y miró distraídamente el paisaje que pasaba frente a la ventanilla. Pitt se había mostrado contrario a la idea de que Cassy visitara a Beau. Pero una vez que a ella se le metía algo en la cabeza, era imposible hacerla cambiar de parecer. Aunque reconocía, como bien había dicho Sheila, que podía ser peligroso, el corazón le decía que Beau era incapaz de hacerle daño.

—Tengo que dejarla en la verja —dijo el taxista al llegar al instituto—. No quieren tubos de escape cerca de la casa. Pero no está lejos. Sólo tendrá que andar unos doscientos metros.

Cassy pagó la carrera y bajó del coche. Era una finca inmaculada. Rodeada de una cerca blanca, parecía un rancho de caballos.

A la entrada del camino había una barrera medio levantada. Dos hombres bien vestidos de la edad de Cassy hacían guardia junto a ella. Tenían la piel bronceada y rebosaban salud. Sonreían plácidamente, pero cuando Cassy se acercó sus sonrisas no se alteraron. Era como si sus rostros estuvieran congelados en una expresión de regocijo.

Aunque las sonrisas eran artificiales, la pareja se

mostró muy amable. Cuando ella les dijo que deseaba ver a Beau Stark, le indicaron el camino hasta la casa.

Algo intimidada, Cassy siguió el tortuoso camino que se abría entre los árboles. De tanto en tanto, bajo la sombra de algún árbol, descansaba un perro enorme. Aunque todos se volvían para mirarla, ninguno le ladró.

Cuando las sombras de los pinos dieron paso a los majestuosos mantos de césped que rodeaban la mansión, Cassy quedó maravillada pese a su nerviosismo. El único detalle que estropeaba la espléndida vista era la enorme pancarta que pendía de la fachada.

Estaba subiendo por la escalinata de la entrada cuando apareció una mujer que debía de tener su misma edad. Lucía la misma sonrisa que los vigilantes de la verja. Del interior de la casa llegaban ruidos de obras.

—He venido a ver a Beau Stark —dijo Cassy.

—Lo sé —respondió la mujer—. Sígame, por favor.

Bajaron de nuevo la escalinata y rodearon el edificio.

—Es una casa preciosa —comentó Cassy para dar conversación.

—¿Verdad que sí? Y esto es sólo el principio. Estamos muy ilusionados.

Una amplia terraza con pérgolas cubiertas de hiedra dominaba la parte posterior. Al fondo de la terraza había una piscina. Una enorme sombrilla junto a la piscina protegía del sol una mesa ocupada por ocho personas. Beau presidía la mesa. A unos seis metros de él estaba tumbado *Rey*.

Mientras se acercaba, Cassy observó detenidamente a Beau. Tenía que reconocer que estaba imponente. En su vida había tenido tan buen aspecto. Su espesa cabellera tenía un brillo especial y su piel resplandecía como recién salida de un refrescante baño en el mar. Vestía una camisa blanca y holgada cuidadosamente planchada. El resto de los presentes, menos dos mujeres, llevaba traje y corbata.

Sobre varios caballetes descansaban altas pilas de papel de ordenador. Las páginas superiores mostraban ecuaciones misteriosas e incomprensibles. La mesa estaba cubierta de papeles con similar contenido. Había media docena de ordenadores portátiles encendidos.

Cassy jamás se había sentido tan insegura. La angustia le fue aumentando a medida que se acercaba a Beau. No sabía qué iba a decirle. Para colmo, estaba interrumpiendo una reunión que parecía importante. Los congregados eran todos mayores que Beau y parecían profesionales expertos, como abogados o médicos.

Antes de que Cassy llegara a la mesa Beau se volvió y, reconociéndola, esbozó una sonrisa de oreja a oreja. Se levantó de la silla y, sin decir palabra, corrió hasta Cassy y le tomó las manos. Le brillaban los ojos. Ella creyó que iba a desmayarse. Por un momento sintió que podía zambullirse en aquellas enormes pupilas.

—Cuánto me alegro de verte —dijo él—. Estaba deseando hablar contigo.

Las palabras de Beau la despertaron de su momentánea impotencia.

—¿Por qué no me llamaste? —inquirió. Era una pregunta que no había osado formularse hasta ese momento.

—Porque he estado ocupado las veinticuatro horas del día. Ha sido una locura.

—En ese caso supongo que debería estar agradecida por poder verte —repuso Cassy mientras advertía que el grupo esperaba pacientemente, incluido *Rey*, que ahora estaba sentado—. Te has convertido en un hombre importante.

—Tengo ciertas responsabilidades —admitió él.

Se alejaron unos metros y Beau señaló la casa. Su otra mano todavía sostenía la de Cassy.

—¿Qué te parece? —preguntó con orgullo.

—Estoy un poco abrumada —dijo Cassy—. No sé qué pensar.

—Lo que ves aquí es sólo el principio, la punta del iceberg. Es emocionante.

—¿Sólo el principio de qué? —preguntó Cassy—. ¿Qué estáis haciendo aquí?

—Vamos a arreglar las cosas —dijo Beau—. ¿Recuerdas estos últimos seis meses, cuando te decía que tendría un papel importante en el mundo si conseguía un trabajo con Randy Nite? Pues está ocurriendo, y de un modo que jamás imaginé. Beau Stark, el muchacho de Brookline, ayudará a dirigir el mundo hacia un nuevo comienzo.

Cassy se sumergió en los ojos de Beau. Sabía que él estaba allí. Deseaba llegar al ser que se ocultaba tras esa fachada megalómana. Bajando el tono de voz y sin apartar la mirada, dijo:

—Sé que no eres tú quien habla, Beau. No eres tú quien actúa. Algo... algo te está controlando.

Beau echó la cabeza hacia atrás y rió con fuerza.

—Oh, Cassy, siempre tan escéptica. Nadie me está controlando, créeme. Soy Beau Stark, el mismo tipo a quien quieres y que te quiere.

—Sí, te quiero, Beau —dijo Cassy con súbita vehemencia—, y creo que tú también me quieres. Y por el bien de ese amor te pido que vuelvas a casa. Vayamos al centro médico. Hay una doctora que quiere examinarte para averiguar qué te ha hecho cambiar. Cree que todo empezó con esa gripe. Tienes que luchar contra ello, Beau, sea lo que sea.

Pese a su promesa de mantener a raya las emociones, Cassy estalló. De los ojos le brotaron lágrimas que formaron hilillos en sus mejillas. No quería llorar, pero no le quedaban fuerzas para impedirlo.

—Te quiero —logró balbucir.

Beau le enjugó las lágrimas y la miró con genuina ternura. Atrayéndola hacia sí, la envolvió con sus brazos y apretó su cara contra la de ella.

Al principio ella se resistió, pero al sentir la fuerza de Beau cedió. También ella lo abrazó y, cerrando los ojos, lo estrechó con fuerza. No quería dejarlo ir, nunca.

—Te quiero —susurró Beau. Sus labios rozaban la oreja de Cassy—. Y quiero que te unas a nosotros. Quiero que te conviertas en uno de nosotros, porque no podrás detenernos. ¡Nadie podrá!

Cassy se puso rígida. Aquellas palabras le habían atravesado el corazón como un cuchillo. Desconcertada, abrió los ojos. Con el rostro todavía presionado contra el de Beau, reparó en la extraña forma de su oreja. Pero lo que le heló la sangre fue la pequeña zona de piel gris azulada que tenía detrás de la oreja. Instintivamente, alzó la mano y acarició la zona. Era áspera, de textura casi escamosa, y estaba fría. ¡Beau estaba sufriendo una mutación!

Presa de un asco repentino, trató de liberarse del abrazo, pero él la apretó con más fuerza. Parecía más fuerte de lo que Cassy recordaba.

—Pronto serás uno de nosotros —susurró Beau sin reparar en el forcejeo de Cassy—. ¿Por qué no ahora? ¡Por favor!

Cambiando de táctica, ella dejó de resistirse y se escurrió por debajo de sus brazos. Cayó al suelo y se levantó de un brinco. El amor y la preocupación se habían transformado en pavor. Retrocedió unos pasos. Lo único que le impidió huir fueron las lágrimas que en ese momento se formaron en los ojos de Beau.

—¡Por favor! —suplicó él—. Únete a nosotros, amor mío.

Pese a aquella inesperada muestra de emotividad, Cassy se apartó y cruzó a todo correr la pérgola más próxima en dirección al fondo de la casa.

La mujer que la había recibido en el porche se acercó a Beau. Durante la conversación entre ambos se había mantenido discretamente alejada. Miró a Beau y señaló con la cabeza la difusa figura de Cassy.

Él comprendió el gesto. La mujer le estaba preguntando si debía enviar a alguien en pos de Cassy. Vaciló. Luchó consigo mismo y finalmente negó con la cabeza. Se volvió hacia los hombres y mujeres que le aguardaban.

Habiendo encontrado casi todos los artículos que figuraban en la lista, Jonathan se premió con un cargamento de coca-cola. Acto seguido, recorrió el pasillo de las patatas fritas y seleccionó sus sabores favoritos. Iba camino de la carnicería cuando su carrito chocó con el de Candee.

—¡Caray, Candee! —exclamó—. ¿Dónde te habías metido? Te he llamado veinte veces.

—¡Jonathan! Cuánto me alegro de verte —dijo jovialmente ella—. Te he echado mucho de menos.

—¿De veras?

A Jonathan le fue imposible no fijarse en su espléndido aspecto. La muchacha vestía una minifalda y una camiseta ajustada que marcaban cada curva de su cuerpo prieto y ágil.

—De veras —respondió Candee—. He pensado mucho en ti.

—¿Por qué no fuiste al colegio? Te estuve buscando.

—Yo también te he estado buscando —dijo Candee.

Jonathan consiguió finalmente levantar la mirada hacia aquel rostro mágico. Fue entonces cuando reparó en su sonrisa. Había algo extraño en ella, aunque no sabía qué.

—Quería decirte que estaba equivocada con respecto a mis padres —prosiguió—. Totalmente equivocada.

Antes de que él pudiera digerir tan imprevisto cambio de parecer, los padres de Candee aparecieron por el fondo del pasillo y se acercaron. Stan, el padre, posó una mano sobre el hombro de su hija y sonrió.

—¿No te parece un bombón? —preguntó con orgullo—. Créeme si te digo que estos ovarios tienen unos genes excelentes.

Candee miró a su padre con adoración.

Jonathan desvió la mirada, desconcertado. Esa gente estaba como un cencerro.

—Te hemos echado de menos en casa —dijo Joy, la madre de Candee—. ¿Por qué no vienes esta noche? Los mayores tenemos una reunión, pero eso no significa que vosotros no podáis pasar un buen rato juntos.

—Eh... sí, sería fantástico —dijo Jonathan.

De pronto notó que Joy se colocaba a su lado, acorralándolo contra la estantería, y se asustó. Candee y Stan le bloqueaban el paso por delante.

—¿Vendrás? —preguntó Joy.

Jonathan echó una rápida mirada a Candee. La muchacha seguía esbozando la misma sonrisa y él comprendió qué había de extraño en ella: era una sonrisa falsa, esa que la gente pone cuando le dicen que sonría. No era el reflejo de un sentimiento genuino.

—Tengo que estudiar —se excusó Jonathan mientras retrocedía con el carro.

Joy examinó las compras de Jonathan.

—Por lo que veo has estado muy ocupado. ¿También tú tienes una reunión esta noche? Quizá deberíamos acudir todos.

—No, qué va —respondió nervioso Jonathan—. Son sólo cosillas para picar mientras veo la tele. —Se preguntó si los Taylor sabían algo de su pequeño grupo.

Contemplando una vez más las falsas sonrisas, Jonathan se estremeció y decidió que era hora de largarse. Tiró bruscamente del carro hacia atrás y, exclamando que tenía que irse, se encaminó con paso ligero hacia la caja registradora. Mientras se alejaba sintió los ojos de la familia Taylor clavados en su espalda.

—Ésta es la calle.

Pitt estaba indicando a Nancy el camino al apartamento de su primo, donde todos habían acordado reunirse de nuevo. Sheila iba en el asiento trasero de la furgoneta, aferrada a una pila de papeles.

Había anochecido y las farolas estaban encendidas. Al acercarse al complejo de apartamentos ajardinados, Nancy redujo la velocidad.

—Hay mucha gente en la calle esta noche —observó Nancy.

—Parece que estemos en el centro de la ciudad en lugar de en las afueras —comentó Pitt.

—Es lógico que las personas que tienen perro salgan a pasear —dijo Sheila—. Pero ¿qué hace toda esa otra gente? ¿Caminar sin rumbo fijo?

—Sí, es muy extraño —admitió Pitt—. No se hablan pero todos sonríen.

—¿Qué hago? —preguntó Nancy.

Ya casi estaban en su destino.

—Da una vuelta a la manzana —sugirió Sheila—. Veamos si se fijan en nosotros.

Durante el recorrido nadie pareció prestarles atención.

—Entremos —dijo Sheila.

Nancy aparcó la furgoneta. Pitt dejó que las mujeres se adelantaran. Para cuando llegó al portal ya habían alcanzado la escalera interior. Pitt miró atrás. Por el camino había tenido la sensación de que alguien le observaba, pero cuando se volvió no vio a nadie mirando en su dirección.

Pitt llamó a la puerta y Cassy abrió. Contento de verla, el rostro del muchacho se iluminó.

—¿Cómo te fue el viaje? —preguntó.

—No muy bien —reconoció Cassy.

—¿Viste a Beau?

—Sí, pero ahora no me apetece hablar de ello.

—Como quieras.

Era evidente que Cassy estaba angustiada. Pitt la siguió hasta la sala de estar.

—Por fin ya estamos todos —dijo Eugene.

Llevaba el cuello de la camisa de batista azul abierto y se había aflojado el nudo de la corbata de punto. Su oscura mirada saltaba de una persona a otra. Estaba tenso, lo que contrastaba con su actitud condescendiente del día anterior.

Sentados en torno a la mesa del café estaban Jesse, Nancy y Sheila. Sobre la mesa, junto a un amplio surtido de patatas fritas, descansaba la fiambrera con los dos discos negros. Jonathan estaba junto a la ventana, por la que miraba de vez en cuando. Pitt y Cassy acercaron dos sillas.

—Hay un mogollón de gente paseando por la calle —comentó Jonathan.

—Jonathan, habla con propiedad —le reprendió Nancy.

—Los hemos visto —dijo Sheila—, pero nadie se fijó en nosotros.

—¿Puedo reclamar vuestra atención? —preguntó Eugene—. Me quedaría corto si os digo que he tenido un día interesante. Carl y yo hemos disparado contra este disco cuanto teníamos a mano. Es increíblemente duro.

—¿Quién es Carl? —preguntó Sheila.

—Mi ayudante —respondió Eugene.

—Pensé que habíamos acordado guardar el secreto —dijo Sheila—, por lo menos hasta que sepamos a qué nos enfrentamos.

—Carl es de confianza —repuso Eugene—, pero

tienes razón, hubiera debido trabajar solo. He de reconocer que ayer tenía mis dudas con respecto a este asunto, pero ya no las tengo.

—¿Qué has averiguado? —preguntó Sheila.

—El disco no está hecho de una materia natural —explicó Eugene—. Es un tipo de polímero. De hecho, algo parecido a una cerámica pero sin ser una auténtica cerámica, porque contiene un elemento metálico.

—Contiene hasta diamante —dijo Jesse.

Eugene asintió.

—Diamante, silicona y un metal que aún no hemos identificado.

—¿Y eso qué significa? —preguntó Cassy.

—Que está hecho de una sustancia que nuestra tecnología actual no puede imitar.

—Habla claro, papá —intervino Jonathan—. Es extraterrestre, ¿verdad?

La cruda afirmación pilló a todos por sorpresa, aunque todos excepto Eugene esperaban algo así.

—Nosotras también hemos hecho ciertas averiguaciones —dijo Sheila mirando a Nancy.

—Hemos localizado un virus —declaró Nancy.

—¿Un virus alienígena? —preguntó Eugene mientras su rostro empalidecía.

—Sí y no —respondió Sheila.

—Dejaos de rodeos e id al grano —protestó Eugene.

—De acuerdo con mis investigaciones iniciales —dijo Nancy—, e insisto en lo de iniciales, existe un virus, pero dicho virus no ha llegado en estos discos negros. Al menos no ahora. Este virus lleva mucho tiempo aquí en la Tierra, porque se halla en todos los organismos que he analizado. Me atrevería a decir que está en todo organismo terrestre poseedor de un genoma lo bastante grande para alojarlo.

—¿Insinúas que no llegó en estas naves espaciales? —preguntó decepcionado Jonathan.

—Si no es un virus, ¿qué hay en el líquido infeccioso? —quiso saber Eugene.

—Una proteína —dijo Nancy—. Una especie de prión. Ya sabes, como la que causa la enfermedad de las vacas locas. Pero no se trata exactamente de la misma, porque ésta reacciona con el ADN viral. De hecho, así es como encontré tan fácilmente el virus, utilizando la proteína como sonda.

—La proteína desenmascara el virus —explicó Sheila.

—Así pues, los síntomas gripales son una reacción del cuerpo a esta proteína —dijo Eugene.

—Eso creo —respondió Nancy—. La proteína es antigénica y provoca una especie de respuesta inmunológica excesiva. Por eso la producción de linfocinas es tan alta, y de hecho las linfocinas son las verdaderas responsables de los síntomas.

—Una vez desenmascarado el virus, ¿qué hace? —preguntó Eugene.

—Necesitamos investigar un poco más antes de responder a esa pregunta —reconoció Nancy—. Pero creemos que, a diferencia de un virus normal, que sólo toma posesión de una célula, éste es capaz de hacerse con todo un organismo, en particular con el cerebro. Por consiguiente, sería un error llamarlo virus. Pitt tuvo una buena sugerencia. Lo llamó megavirus.

Pitt se ruborizó.

—Fue sólo una idea —dijo.

—Al parecer este megavirus lleva mucho tiempo rondando por nuestro planeta, desde mucho antes de que apareciera el hombre —dijo Sheila—. Nancy lo encontró en un segmento de ADN muy bien conservado.

—Un segmento que los investigadores han ignorado —prosiguió Nancy—. Es uno de esos segmentos sin codificación, o eso pensaba la gente. Y es grande. Mide cientos de miles de pares de longitud.

—De modo que ese megavirus simplemente estaba esperando —dijo Cassy.

—Eso pensamos —repuso Nancy—. Tal vez una raza viral alienígena, o una raza alienígena capaz de adoptar una forma viral para viajar por el espacio, visitó la Tierra hace eones, cuando la vida comenzaba a dar sus primeros pasos. Los virus se plantaron en el ADN como centinelas a la espera de comprobar qué tipo de vida evolucionaba. Supongo que es posible despertarlos con estas pequeñas naves espaciales. Sólo necesitan la proteína promotora.

—Y ahora resulta que hemos evolucionado en algo que ellos desean habitar —dijo Eugene—. Quizá eso explique el bombardeo de ondas de radio de la otra noche. A lo mejor estos discos pueden comunicarse con el lugar de donde proceden.

—Un momento —intervino Jonathan—. ¿Insinúas que ese virus está dentro de mí en estado de hibernación?

—Eso creemos —respondió Sheila—, suponiendo que nuestras impresiones iniciales sean correctas. La capacidad del virus para expresarse está en nuestros genomas, del mismo modo que un oncógeno tiene el poder de expresarse como un cáncer. Sabemos que en nuestro ADN anidan trocitos de virus ordinarios. Lo que ocurre es que este virus es un trocito *humongus*.

Durante unos minutos la sala estuvo dominada por un silencio de pavor y respeto. Pitt cogió una patata. Los crujidos sonaron extrañamente fuertes. De repente se dio cuenta de que todos lo observaban.

—Lo siento —dijo.

—Tengo el presentimiento de que a estos megavirus no les basta con invadirnos —habló de repente Cassy—. Me temo que tienen el poder de provocar mutaciones en los organismos.

Todas las miradas se volvieron hacia Cassy.

—¿Cómo lo sabes? —preguntó Sheila.

—Porque hoy fui a ver a Beau Stark, mi prometido.

—Me temo que cometiste una imprudencia —espetó irritada Sheila.

—Tenía que hacerlo —se defendió la joven—. Tenía que intentar hablar con él y hacerle volver para que se sometiera a un reconocimiento.

—¿Le hablaste de nosotros? —inquirió Sheila.

Cassy negó con la cabeza. Recordando la visita, hizo un esfuerzo por no llorar.

Pitt se acercó a Cassy y le rodeó los hombros con un brazo.

—¿Qué te hizo pensar en una mutación? —preguntó Nancy—. Te refieres a una mutación somática, como que su cuerpo está cambiando, ¿es eso?

—Sí —dijo Cassy. Tomó la mano de Pitt—. La piel de detrás de su oreja ha cambiado, no es piel humana. Nunca había acariciado una textura semejante.

La nueva revelación provocó otro silencio. La amenaza parecía ahora aún mayor. En cada uno de ellos se ocultaba un monstruo.

—Tenemos que hacer algo —dijo Jesse—, y tenemos que hacerlo ya.

—Estoy de acuerdo —convino Sheila—. Tenemos algunos datos, aunque no sean muchos.

—Tenemos la proteína —recordó Nancy—, aunque aún no sepamos mucho de ella.

—Y tenemos los discos con el análisis preliminar de su composición —añadió Eugene.

—Lo malo es que no sabemos quién está infectado y quién no —observó Sheila.

—Tendremos que correr el riesgo —dijo Cassy.

Nancy asintió.

—No tenemos elección. Reuniremos toda la información en un informe más o menos formal. Podemos hacerlo en mi despacho de Serotec. Allí nadie nos molestará y tendremos acceso a tratamientos de texto, impresoras y fotocopiadoras. ¿Qué decís?

—Digo que no podemos perder más tiempo —declaró Jesse levantándose del sofá.

Eugene guardó la fiambrera en una mochila que también contenía los informes de las pruebas que había realizado. Se la echó al hombro y siguió a los demás.

El grupo se apiñó en la furgoneta de los Sellers, con Nancy al volante. Mientras se alejaban, Jonathan miró por la ventana de atrás. Algunas personas los estaban mirando, pero la mayoría los ignoraba.

En menos de una hora estaban trabajando a fondo. Habían dividido la tarea de acuerdo con las habilidades de cada uno. Cassy y Pitt se encargaban de teclear en los ordenadores con la asistencia técnica de Jonathan. Nancy y Eugene hacían copias de los resultados de sus análisis. Sheila cotejaba los cuadros de cientos de casos de gripe. Jesse estaba al teléfono.

—Opino que deberías ser tú quien hablara —dijo Nancy a Sheila—. Eres médico.

—Es cierto —dijo Eugene—. Resultarás más convincente que nosotros. Nancy y yo podemos respaldarte proporcionando los datos que hagan falta.

—Es mucha responsabilidad —repuso Sheila.

Jesse colgó el auricular.

—Hay un vuelo a Atlanta dentro de una hora y diez minutos. He reservado tres billetes. Supuse que sólo irían Sheila, Nancy y Eugene.

Nancy miró a Jonathan.

—Eugene, creo que uno de los dos debería quedarse —dijo.

—¡Mamá! —gimió Jonathan.

—Creo que es importante que me acompañéis los dos —opinó Sheila—. A fin de cuentas, vosotros habéis hecho las pruebas.

—Jonathan puede quedarse con nosotros —sugirió Cassy.

El rostro de Jonathan se iluminó.

Frente al edificio de Serotec frenaron varios coches. Algunos transeúntes detuvieron su paseo y se acercaron. Ayudaron a abrir las puertas. Del primer coche salió el capitán Hernández. El conductor bajó por la otra puerta; era Vince Garbon. Del segundo vehículo salieron dos policías vestidos de paisano así como Candee y sus padres.

Los peatones señalaron las ventanas iluminadas de la cuarta planta. Dijeron al capitán que los «no mutados» estaban allí arriba. El capitán asintió con la cabeza e indicó a los demás que le siguieran. Entraron en el edificio.

Cassy había terminado de redactar los informes y esperaba junto a la impresora, viéndola vomitar las hojas. Jonathan se acercó.

—Sigo sin comprender por qué Atlanta —dijo—. ¿Por qué no acudimos a las autoridades sanitarias locales?

—Porque no sabemos de qué lado están —explicó Cassy—. El problema se está produciendo aquí, en esta ciudad, y no podemos arriesgarnos a desvelar todo lo que sabemos a alguien que podría ser uno de ellos.

—¿Cómo sabes que no está ocurriendo también en Atlanta? —preguntó Jonathan.

—No lo sabemos, pero esperemos que no.

—Además —intervino Pitt—, el CCE es el organismo que mejor puede tratar este tipo de problemas. Al ser una organización internacional, tiene poder para poner en cuarentena esta ciudad o incluso todo el estado si es necesario. Y lo que es más importante, pueden hacer que el asunto se haga público. Todo ha ocurrido con tanta rapidez que los medios de comunicación todavía no saben nada.

—O eso, o la gente que controla los medios de comunicación está infectada —sugirió Cassy.

Cassy apiló las hojas y las unió a las de Pitt. Estaba grapándolas cuando las luces parpadearon.

—¿Qué coño ha sido eso? —preguntó Jesse. Estaba tenso, como todos.

Nadie se movió. Las luces se apagaron. La única luz provenía ahora de las pantallas de los ordenadores provistos de batería.

—Tranquilos —dijo Nancy—. El edificio tiene sus propios generadores.

Jonathan se acercó a la ventana, la abrió y sacó la cabeza. Entonces advirtió que de las demás plantas salía luz. Preocupado, informó del hecho a los demás.

—Esto no me gusta nada —dijo Jesse.

De pronto se oyó el suave ronroneo del ascensor. El aparato se acercaba a la cuarta planta.

—¡Salgamos de aquí! —gritó Jesse.

Reunieron rápidamente los papeles y los guardaron en un maletín de piel antes de abandonar la sala a todo correr. Una vez en el oscuro vestíbulo, comprobaron por el indicador de plantas que el ascensor estaba a punto de llegar.

Nancy indicó que la siguieran. El grupo corrió por el pasillo y cruzó la puerta que daba a la escalera. Comenzaron a bajar, pero justo en ese momento oyeron una puerta que se abría tres pisos más abajo, en la planta baja.

Jesse, que ahora iba en cabeza, giró por el pasillo de la tercera planta. El resto lo siguió.

Corrieron hacia la escalera del otro extremo del pasillo y Jesse esperó a que Sheila cerrara la marcha. Se disponía a abrir la puerta cuando miró por la ventanilla y vio que alguien subía. Se agachó e indicó a los demás que lo imitaran. Todos oyeron los pasos contundentes de varias personas que se dirigían al cuarto piso.

En cuanto la puerta de la cuarta planta se cerró, Jesse abrió la puerta que tenía frente a él. Miró hacia arriba y comprobó que la escalera estaba despejada. Indicando a los demás que lo siguieran, comenzó a bajar.

Desembocaron ante una puerta que advertía que disponía de alarma y que sólo se utilizara en caso de emergencia.

—¿Estamos todos? —preguntó Jesse.

—Todos —respondió Eugene.

—Subiremos a la furgoneta y saldremos disparados —comunicó Jesse— Yo conduciré. Pasadme las llaves.

Nancy obedeció gustosamente.

—Muy bien. ¡Vamos!

Jesse atravesó la puerta y la alarma se disparó. Los demás corrieron tras él con el cuerpo medio encorvado. En pocos segundos estaban dentro del coche con el motor en marcha.

—Agarraos fuerte —advirtió Jesse.

Pisó el acelerador y, con un chirrido de neumáticos, salió como un cohete del aparcamiento. Se abstuvo de detenerse en la barrera de seguridad y la furgoneta arrancó de cuajo la barra de madera blanca y negra.

Jonathan miró por la ventanilla de atrás. En medio de la oscuridad del cuarto piso vislumbró varios pares de ojos que brillaban. Eran como ojos de gato reflejando la luz de un faro.

Jesse conducía con rapidez y determinación pero respetando el límite de velocidad. Había visto varios coches patrulla y no quería llamar la atención.

Al llegar al primer semáforo el grupo comenzó a serenarse lo bastante para especular sobre la identidad de la persona que había intentado acorralarlos en el edificio de Serotec. Nadie sabía quién era. Tampoco quién les había delatado. Nancy se preguntó si el vigilante nocturno era uno de «ellos».

Cuando llegaron al segundo semáforo, Pitt contempló el coche que se había detenido al lado. El conductor lo miró a su vez con una expresión de reconocimiento. Pitt advirtió que alargaba el brazo hacia el teléfono móvil.

—Aunque parezca increíble —dijo Pitt—, creo que ese tipo nos ha reconocido.

Jesse optó por hacer caso omiso de la luz roja. Se abrió paso entre los coches y se desvió de la calle principal. Desembocaron en una callejuela.

—¿No estamos yendo en dirección contraria al aeropuerto? —preguntó Sheila.

—Tranquila —dijo Jesse—, conozco la ciudad como la palma de mi mano.

Hicieron algunos giros sorprendentes más por calles estrechas y apartadas y salieron, para asombro de todos, a una entrada a la autopista cuya existencia sólo Jesse conocía.

El resto del trayecto transcurrió en silencio. Empezaban a comprender hasta dónde llegaba la conspiración y el hecho de que no podían bajar la guardia.

Jesse condujo hasta la terminal de salidas del aeropuerto y detuvo el coche en la C. Todos bajaron del vehículo.

—A partir de aquí ya podemos cuidarnos solos —dijo Sheila mientras cogía el maletín que contenía los informes—. ¿Por qué no volvéis todos a casa?

—No nos iremos hasta que hayáis subido al avión —dijo Jesse—. Quiero asegurarme de que no habrá más problemas.

—¿Y qué hacemos con la furgoneta? —preguntó Pitt—. Puedo quedarme aquí fuera con ella.

—No —dijo Jesse—. Entraremos todos.

A esa hora la terminal se hallaba casi vacía. El equipo de limpieza estaba puliendo el suelo. El mostrador de Delta era el único abierto. Las pantallas informaban que el vuelo de Atlanta iba a salir puntual.

—Voy a buscar los billetes —dijo Jesse—. Nos veremos en la puerta de embarque. Tened a mano el carnet de identidad.

El grupo cruzó la terminal y se detuvo en el control de equipajes. Otros pasajeros esperaban su turno para poner su equipaje de mano en el detector de rayos X.

—¿Dónde están los discos negros? —susurró Cassy a Pitt.

—En la mochila de Eugene.

En ese instante éste dejó la mochila sobre la cinta transportadora, que desapareció en el interior de la máquina. Eugene pasó por el detector de metales.

—¿Y si los discos disparan la alarma? —preguntó Cassy.

—Me preocupa más que el personal de seguridad sea de *ellos* y reconozca los discos a través de la pantalla —dijo Pitt.

Pitt y Cassy contuvieron la respiración al ver que la agente de seguridad detenía la máquina y clavaba la mirada en la pantalla de rayos X. Tras lo que pareció una eternidad, la mujer conectó de nuevo la cinta transportadora. Cassy suspiró aliviada. Ella y Pitt pasaron por el detector de metales y dieron alcance a los demás.

Mientras se dirigían a la puerta de embarque trataron de evitar la mirada de los demás pasajeros. Era angustioso no saber quién estaba infectado. Como si hubiera leído el pensamiento de los demás, Jonathan dijo:

—Creo que es posible saber si son de ellos por la sonrisa y los ojos.

—¿A qué te refieres? —preguntó Nancy.

—Si tienen una sonrisa falsa o les brillan los ojos —explicó—. Claro que lo de los ojos sólo puede verse en la oscuridad.

—Creo que tienes razón, Jonathan —dijo Cassy.

Ella había visto ambas cosas.

Llegaron a la puerta de embarque. Casi todos los pasajeros habían subido ya al avión. Se hicieron a un lado para esperar a Jesse.

—¿Veis a esa mujer de ahí? —dijo Jonathan señalándola con un dedo—. Fijaos en su estúpida sonrisa. Apuesto cinco pavos a que es una de ellos.

—Jonathan —susurró enérgicamente Nancy—, sé más disimulado.

Vince Garbon detuvo el coche de policía camuflado justo detrás de la furgoneta de los Sellers.

—No hay duda de que están aquí —dijo el capitán Hernández mientras salía del coche.

Detrás de ellos aparcó un segundo coche. De él bajaron Candee, sus padres y dos agentes vestidos de paisano.

Como limaduras de hierro atraídas por un imán, varios trabajadores del aeropuerto infectados se acercaron inmediatamente al capitán.

—Puerta 5, terminal C —informó uno de ellos—. Vuelo 917 con destino a Atlanta.

—Vamos —ordenó Hernández.

Cruzó la puerta automática de la terminal e indicó a los demás que le siguieran.

—¿Dónde está Jesse? —preguntó Sheila. Miró atrás y lo buscó por la terminal—. No me gustaría perder el avión.

—Eugene —susurró Nancy—, con tantos problemas estoy empezando a pensar que no deberíamos dejar solo a Jonathan. Quizá uno de nosotros debería quedarse.

—Yo cuidaré de él —dijo Jesse. Había asomado por detrás del grupo a tiempo para oír el comentario de Nancy—. Vosotros tenéis trabajo que hacer en Atlanta. A Jonathan no le pasará nada.

—¿De dónde sale? —preguntó Sheila.

Jesse señaló la puerta lisa que había a su espalda.

—He estado tantas veces en el aeropuerto investigando delitos que lo conozco mejor que mi propio sótano.

Entregó los billetes a Nancy, Eugene y Sheila. Nancy dio a su hijo un último abrazo. Jonathan estaba rígido, con los brazos caídos a los lados.

—¡Mamá! —protestó.

—Vamos —dijo Sheila—. Es el último aviso.

Con Sheila a la cabeza y Nancy cerrando la marcha para dar a su hijo un último adiós, el trío presentó los billetes en la puerta, mostró sus respectivos carnets de identidad y desapareció por el tubo. Poco después el tubo se apartaba del avión y éste se alejaba lentamente.

Jesse se volvió con un suspiro de alivio.

—Ya están en camino, gracias a Dios —dijo—. Pero ahora...

No llegó a terminar la frase. Por el centro de la terminal se acercaban a paso raudo el capitán Hernández y Vince Garbon, seguidos de un tropel de gente.

Cassy advirtió que el rostro de Jesse se ensombrecía y le preguntó qué ocurría. Jesse no respondió. En lugar de eso, empujó bruscamente al grupo contra la puerta lisa.

—¿Qué ocurre? —preguntó Pitt.

Jesse ignoró la pregunta y se apresuró a marcar el código en el teclado numérico que había junto al picaporte. La puerta se abrió.

—¡Por aquí! —ordenó.

Cassy fue la primera en entrar, seguida de Jonathan y Pitt. Jesse cerró la puerta tras de sí.

—¡Seguidme! —susurró enérgicamente.

Bajó un tramo de escalones metálicos y echó a correr por un pasillo hasta detenerse frente a una puerta que daba al exterior. Junto a ella había unos ganchos de los que pendían varios chubasqueros amarillos con capucha. Arrojando uno a cada uno, les ordenó que se los pusieran con capucha y todo.

El trío obedeció. Cassy preguntó a Jesse a quién había visto.

—Al jefe de policía —respondió Jesse—, y sé a ciencia cierta que es uno de ellos.

Tecleó por segunda vez el código y la puerta se abrió. El grupo salió al exterior. Se hallaban justo debajo del tubo de la puerta de embarque 5.

—¿Veis ese vehículo portaequipajes? —preguntó Jesse señalando una especie de tractor unido a una hilera de cinco plataformas. Estaba aparcado a unos quince metros de distancia—. Caminaremos hasta él con naturalidad, pues se nos verá desde las ventanas de arriba. Cuando lleguemos, subiréis a una de las plataformas. Luego, si Dios lo quiere, conduciremos hasta la terminal A.

—Pero el coche está en la terminal C —dijo Pitt.

—Dejaremos el coche aquí —repuso Jesse.

—¿De veras? —preguntó Jonathan desconcertado. Era el coche de sus padres.

—Como que dos y dos son cuatro —dijo Jesse—. ¡Vamos!

Llegaron al vehículo sin incidentes. Aunque todos estuvieron tentados de mirar hacia las ventanas, nadie lo hizo.

Jesse puso en marcha el motor mientras los demás subían, agradeciendo el carácter firme de Jesse. El ve-

227

hículo giró cual serpiente y, una vez enfiló la terminal A, suspiraron con alivio.

Pasaron junto a algunos trabajadores de las líneas aéreas, pero nadie reparó en ellos. Una vez más se estaban beneficiando de los conocimientos de Jesse con respecto a la distribución y los procedimientos del aeropuerto. A los pocos minutos se hallaban en el sector de llegadas esperando el autobús.

—Volveremos a la ciudad en autobús —dijo Jesse—. Una vez allí podré coger mi coche.

—¿Qué haremos con la furgoneta de mis padres? —preguntó Jonathan.

—Me ocuparé de ella mañana —respondió el teniente.

Los reactores de un gigantesco avión tronaron sobre sus cabezas, imposibilitando momentáneamente la conversación.

—Probablemente sean ellos —dijo Jonathan en cuanto el estruendo hubo amainado.

—Ya sólo cabe esperar que en el CCE encuentren personas que les escuchen —dijo Pitt.

—Tienen que encontrarlas —dijo Cassy—. Podría ser nuestra única oportunidad.

Beau ocupaba la habitación principal de la casa, con vistas a la terraza y la piscina. La puertaventana del balcón estaba entreabierta y una suave brisa nocturna removía los papeles que descansaban sobre la mesa. Randy Nite y algunos de sus empleados más antiguos estaban allí, revisando el trabajo de ese día.

—Estoy realmente encantado —declaró Randy.

—Y yo —dijo Beau—. Las cosas no pueden ir mejor.

Se mesó el pelo y sus dedos rozaron el trozo de piel mutante que tenía detrás de la oreja derecha. Lo rascó y sintió placer.

El teléfono sonó. Uno de los ayudantes de Randy contestó y, tras una breve conversación, pasó el auricular a Beau.

—Capitán Hernández —dijo jovialmente Beau—, me alegro de oírle.

Randy trató de oír las palabras del capitán, pero no pudo.

—De modo que se dirigen al CCE de Atlanta —dijo Beau—. Le agradezco la llamada, pero le aseguro que no habrá ningún problema.

Beau cortó la comunicación pero no colgó el auricular. Marcó otro número con el prefijo 404 delante. Al oír una voz al otro lado de la línea, Beau dijo:

—Doctor Clyde Horn, soy Beau Stark. La gente de quien le hablé va camino de Atlanta. Imagino que aparecerán en el CCE mañana por la mañana, de modo que manéjelos como acordamos.

Beau colgó.

—¿Crees que habrá problemas? —preguntó Randy.

Beau sonrió.

—En absoluto.

—¿Estás seguro de que hiciste bien dejando marchar a esa Cassy Winthrope?

—Caray, Randy, esta noche estás muy aprensivo —protestó Beau—. Pero sí, estoy seguro. Ha sido una persona especial para mí y decidí que no quería presionarla. Quiero que se sume a la causa voluntariamente.

—No entiendo por qué te importa tanto esa chica —dijo Randy.

—Yo tampoco. Pero basta de palabras. Salgamos. Es casi la hora.

Ambos salieron al balcón. Tras examinar el cielo nocturno, Beau se asomó a la habitación y pidió a un ayudante que bajara a apagar las luces de la piscina.

Poco después la piscina quedaba a oscuras. El efecto fue espectacular. Las estrellas brillaban con mucha mayor intensidad, sobre todo las del núcleo galáctico de la Vía Láctea.

—¿Cuánto falta? —preguntó Randy.

—Dos segundos.

Y al punto el cielo se iluminó con una profusión de estrellas fugaces. Miles de astros descendieron como una lluvia gigante de fuegos artificiales.

—Hermoso, ¿no crees? —dijo Beau.

—Maravilloso —respondió Randy.

—Es la última señal. ¡La última señal!

14

—En mi vida he visto nada igual —dijo Jesse—. Pero decidme, ¿cuánto tiempo necesitan tres jóvenes para arreglarse antes de salir a desayunar?

—La culpa es de Cassy —dijo Pitt—. Se ha pasado dos horas en el baño.

—Eso es mentira —protestó la joven—. No he tardado ni la mitad que Jonathan. Además, tenía que lavarme el pelo.

—Yo apenas he tardado —se defendió Jonathan.

—Desde luego que has tardado —dijo Cassy.

—¡Basta! —ordenó Jesse. Y bajando el tono de voz añadió—: Había olvidado lo que es estar entre niños.

Juzgándolo el lugar más seguro, el grupo había pasado la noche en el apartamento del primo segundo de Pitt. Y se las habían arreglado bastante bien. Pitt y Jonathan habían compartido una habitación. El único problema era que sólo había un cuarto de baño.

—¿Dónde podríamos desayunar? —preguntó Jesse.

—Generalmente vamos al bar de Costa —dijo Cassy—, pero creo que la camarera está infectada.

—Encontraremos gente infectada allá donde vayamos —dijo Jesse—. Vamos al bar de Costa, así evitaré encontrarme con mis compañeros de trabajo.

Hacía una mañana preciosa. Los muchachos esperaron en el portal mientras Jesse examinaba su coche. Tras comprobar que seguía intacto, hizo señas de que se acercaran.

—Tengo que poner gasolina —dijo Jesse al salir a la carretera.

—Sigue habiendo mucha gente paseando por la calle —observó Jonathan—, igual que anoche. No hay quien les quite esa sonrisa de gilipollas.

—Ya no está de moda decir palabrotas —le amonestó Cassy.

—Ostras, hablas como mi madre —dijo Jonathan.

Llegaron a una gasolinera. El teniente bajó del coche para llenar el depósito. Pitt lo imitó.

—¿Has notado lo mismo que yo? —preguntó Jesse.

La gasolinera estaba muy animada a esa hora de la mañana.

—¿Se refiere a que todo el mundo parece tener la gripe?

—Exacto.

Casi todas las personas tosían, estornudaban o tenían mal aspecto.

Poco antes de llegar al bar, Jesse detuvo el coche frente a un quiosco y pidió a Pitt que comprara un periódico. Pitt bajó y esperó su turno. El quiosco estaba tan animado como la gasolinera. Sobre cada una de las pilas de periódicos había un disco negro.

Pitt preguntó al propietario por los pisapapeles.

—Son bonitos, ¿eh?

—¿De dónde los ha sacado? —preguntó Pitt.

—Los encontré esta mañana desparramados por el jardín de mi casa.

Con el periódico en la mano, Pitt regresó al coche y explicó a los demás lo ocurrido.

—¡Estupendo! —exclamó Jesse con tono sarcástico. Leyó los titulares: «Brote de gripe leve»—. Como si no lo supiéramos.

Cassy, que iba en el asiento de atrás, cogió el periódico y leyó el artículo mientras Jesse conducía.

—Dice que la enfermedad es fastidiosa pero breve —comentó—, al menos para las personas sanas. A la gente con enfermedades crónicas se les aconseja que busquen atención médica al primer síntoma.

—Como si fuera a servirles de mucho —comentó Pitt.

Una vez en el bar de Costa, eligieron una mesa próxima a la entrada. Pitt y Cassy buscaron a Marjorie con la mirada pero no la vieron. Cuando un muchacho de la edad de Jonathan se acercó para anotar los pedidos, Cassy le preguntó por la camarera.

—Está en Santa Fe —explicó el muchacho—. Muchos de nuestros empleados se han ido allí, por eso estoy trabajando. Soy Stephanos, el hijo de Costa.

Cuando Stephanos regresó a la cocina, Cassy contó a los demás lo que había visto en Santa Fe.

—Están todos trabajando en esa especie de castillo —añadió.

—¿Qué hacen? —preguntó Jesse.

La joven se encogió de hombros.

—Lo pregunté con naturalidad, pero Beau se fue por la tangente y empezó a hablarme de un nuevo comienzo y de arreglar las cosas. A saber de qué demonios estaba hablando.

Pitt consultó su reloj por enésima vez desde que entraran en el local.

—Deben de estar a punto de llegar al CCE.

—Probablemente esperarán a que abran —dijo Cassy—. Ya llevan en Atlanta varias horas, pero con la diferencia horaria es posible que el CCE tarde una o dos horas más en abrir.

Una familia de cuatro miembros sentada en la mesa contigua comenzó a toser y estornudar casi simultáneamente. La gripe se estaba propagando con rapidez. Pitt los miró y reconoció ese aspecto pálido y febril, particularmente en el padre.

—Ojalá pudiera prevenirles —dijo.

—¿Y qué les dirías? —repuso Cassy—. ¿Que tienen un monstruo dentro del cuerpo que está siendo activado y que mañana ya no serán ellos?

—Tienes razón —admitió Pitt—. A estas alturas poco se puede decir. La prevención es la clave.

—Por eso hemos recurrido al CCE —dijo Cassy—. La prevención es lo suyo. Sólo nos queda cruzar los dedos para que se lo tomen en serio antes de que sea demasiado tarde.

Sentado a su escritorio, el doctor Marchand se recostó sobre el alto respaldo del sillón y cruzó los brazos sobre su prominente abdomen. Jamás había seguido las recomendaciones de su organización en lo referente a dieta y ejercicio físico. Parecía más el propietario de una cervecería del siglo diecinueve que el director del Centro para el Control de las Enfermedades.

El doctor Marchand había convocado urgentemente a algunos de sus jefes de departamento para una reunión. Con él estaban los doctores Isabel Sánchez, jefa del departamento de gripe; Delbert Black, jefe de patógenos especiales; Patrick Delbanco, jefe de virología; y Hamar Eggans, jefe de epidemiología. Marchand habría reunido a algunos más, pero estaban fuera de la ciudad o tenían otros compromisos.

—Gracias —dijo Marchand a Sheila, que acababa de finalizar una encendida exposición del problema.

Miró a sus jefes de departamento, abocados y absortos en la lectura del informe que Sheila les había entregado.

Sheila miró a Eugene y Nancy, sentados a su derecha. La sala se había quedado en silencio. Nancy asintió con la cabeza para comunicar a Sheila que había hecho un excelente trabajo. Eugene se encogió de hombros y enarcó las cejas como respuesta al silencio imperante. Se estaba preguntando cómo era posible que aquellos jefazos del CCE pudieran asimilar semejante información con tanta serenidad.

—Disculpen —dijo finalmente Eugene, incapaz de soportar por más tiempo el largo silencio—. Como físico, debo destacar que estos discos negros están hechos de un material que no puede haberse fabricado en la Tierra.

El doctor Marchand cogió la fiambrera que tenía sobre la mesa y aguzó la mirada para examinar los objetos.

—Y se trata sin duda de una fabricación —continuó Eugene—. Quiero decir que no son naturales. En otras palabras, tienen que proceder de una cultura avanzada... ¡una cultura alienígena!

Era la primera vez que utilizaban la palabra «alienígena». La habían dado a entender, pero habían evitado ser explícitos.

Marchand sonrió para indicar a Eugene que comprendía su planteamiento. Tendió la fiambrera al doctor Black.

—Pesan mucho —comentó Black antes de pasar el recipiente al doctor Delbanco.

—¿Y dice que en su ciudad hay muchos objetos como éstos? —preguntó Marchand.

Llevada por la exasperación, Sheila alzó los brazos y se puso en pie. No podía seguir sentada.

—Podría haber miles —dijo—, pero ésa no es la cuestión. La cuestión es que nos hallamos en los albores de una epidemia provocada por un provirus que habita en nuestros genomas. De hecho, se encuentra en los genomas de todos los animales que hemos analizado, lo que sugiere que podría llevar en este planeta mil millones de años. Y lo más espeluznante es que ha de ser, por fuerza, de origen extraterrestre.

—Cada elemento, cada átomo y cada partícula de nuestro cuerpo es extraterrestre —puntualizó severamente Black—. Toda nuestra estructura ha sido forjada en la supernova de estrellas agonizantes.

—Ya —repuso Eugene—, pero no estamos hablando de meros átomos, sino de una forma de vida.

—Exacto —dijo Sheila—, de un organismo parecido a un virus que ha estado dormitando en los genomas de las criaturas terrestres, incluidos los seres humanos.

—Un organismo que, según usted, fue transportado a la Tierra en esas diminutas naves espaciales que hay en la fiambrera —apuntó Marchand con escepticismo.

Sheila se frotó la mejilla para no perder el control. Estaba cansada y emocionalmente agotada y, al igual que Nancy y Eugene, no había pegado ojo en toda la noche.

—Sé que resulta inverosímil —dijo con lentitud deliberada—, pero está ocurriendo. Estos discos negros inyectan un líquido en los organismos vivos. Tuvimos la suerte de obtener una gota de ese líquido, de la cual hemos aislado una proteína que creemos funciona como un prion.

—Los priones sólo transportan una de las encefalopatías espongiformes —declaró el doctor Delbanco con una amplia sonrisa—. Dudo que su proteína sea un prión.

—¡Dije «como un prión»! —especificó Sheila con enojo—. No dije que fuera un prión.

—La proteína reacciona con el segmento de ADN que hasta hace poco se consideraba sin codificación

—intervino Nancy, consciente de que Sheila empezaba a enfadarse—. Quizá sea preferible decir que funciona como un promotor.

—Creo que es hora de un descanso —dijo Sheila—. Necesito un café.

—No faltaba más —dijo el doctor Marchand—. Ha sido un descuido por mi parte.

Beau frotó enérgicamente las orejas de *Rey* y contempló los verdes terrenos que se extendían frente al instituto. Desde la balconada de hierro forjado de la biblioteca él y *Rey* podían divisar un largo tramo del camino antes de que desapareciera entre los árboles. El camino hervía de nuevos conversos que avanzaban pacientemente hacia el *château*. Algunos saludaron a Beau con la mano. Beau devolvió el saludo.

Paseando la mirada por el resto de la propiedad, comprobó que sus amigos caninos cumplían con su deber y se alegró. No quería interrupciones.

Entró de nuevo en la casa y bajó al salón de baile. La estancia estaba llena de personas trabajando con entusiasmo. Prácticamente desmantelada ahora, tenía un aspecto muy diferente al del día anterior.

Los trabajadores formaban un grupo diverso, integrado por personas de todas las profesiones y edades. No obstante, trabajaban como un equipo de natación sincronizada. Para Beau era una estampa digna de contemplar y la viva imagen de la eficiencia. Nadie necesitaba dar órdenes. Como células individuales de un organismo complejo, cada persona tenía en su mente la heliografía de todo el proyecto.

Beau encontró a Randy trabajando animadamente en una mesa improvisada en el centro de la sala. El equipo de Randy era especialmente dispar, con edades que iban desde los diez años hasta los ochenta. Estaban trabajando en una sofisticada batería de material electrónico. Cada obrero llevaba una careta de aumento que le daba aspecto de un oftalmólogo.

Beau se acercó.

—¡Hola, Beau! —saludó jovialmente Randy—. ¡Un gran día!

—Maravilloso —respondió Beau con igual entusiasmo—. Lamento interrumpirte, pero esta tarde voy a necesitarte. Tus abogados vendrán con más documentos que firmar. Quiero que firmes el traspaso de tus fondos al instituto.

—Cuenta con ello —dijo Randy mientras se quitaba el polvo de escayola que tenía en la frente—. Creo que deberíamos retirar el material electrónico. Hay escombros por todas partes.

—Probablemente —reconoció Beau—, pero la demolición ya casi ha terminado.

—El otro problema es que estos instrumentos no son lo bastante sofisticados para satisfacer nuestras necesidades.

—Sacaremos de ellos lo que podamos. Sabíamos que su grado de precisión era limitado. Lo que no tengamos habremos de crearlo nosotros mismos.

—Como quieras —respondió Randy sin demasiada convicción.

—Ánimo —dijo Beau—. ¡Relájate! Todo va a salir bien.

—Por lo menos están haciendo un gran trabajo con el salón. —Randy paseó la mirada por la habitación—. Parece otro. La agente inmobiliaria me dijo que esta estancia era una réplica de un salón de baile de un famoso palacio francés.

—Será mucho más útil cuando lo hayamos terminado —aseguró Beau al tiempo que le daba una amistosa palmada en la espalda—. No te entretengo más. Te veré cuando lleguen los abogados.

Stephanos recogió los platos de Jesse, Cassy y Pitt. El teniente pidió otro café.

—¿Oísteis cómo tosía antes de acercarse a la mesa? —preguntó Cassy.

Pitt asintió.

—Está claro que la ha pillado, pero no es de extrañar. La última vez que estuvimos aquí pensamos que su padre estaba infectado.

—A la porra con el café —dijo Jesse—. Este lugar me está poniendo carne de gallina. Salgamos de aquí.

El grupo se levantó. Jesse dejó una propina sobre la mesa.

—Invito yo —dijo.

Recogió la cuenta y se dirigió a la caja registradora situada junto a la salida.

—¿Qué crees que estará haciendo Beau en estos momentos? —preguntó Pitt mientras el grupo seguía a Jesse.

—No quiero pensar en ello —dijo Cassy.

—No puedo creer que mi mejor amigo sea el cabecilla de todo esto —comentó el joven.

—¡No es el cabecilla! —espetó ella—. No es Beau. Lo controla un virus.

—Tienes razón —admitió Pitt, consciente de que había tocado un punto doloroso para Cassy.

—¿Crees que el CCE encontrará una vacuna? —preguntó ésta.

—Las vacunas sirven para prevenir enfermedades, no para curarlas.

Cassy se detuvo en seco y lo miró con ojos desesperados.

—¿No crees que encontrarán un remedio?

—Bueno, existen los fármacos antivirales —repuso Pitt tratando de sonar optimista—. Sí, es posible que lo encuentren.

—Oh, Pitt, eso espero —dijo ella con voz entrecortada.

Él sintió un nudo en la garganta. Sus sentimientos hacia Cassy hacían que su parte egoísta celebrara que Beau hubiese desaparecido del mapa. Pero le afectaba la angustia de su amiga. Se acercó y la abrazó. Ella correspondió al abrazo.

—Eh, chicos, mirad esto —dijo Jesse tocando distraídamente el hombro de Pitt.

El teniente tenía la mirada puesta en el pequeño televisor situado detrás de la caja registradora.

«Noticia de última hora en la CNN —dijo el presentador—. Ayer noche se produjo una lluvia de meteoritos sin precedentes que fue vista en medio mundo, desde el extremo este de Europa hasta Hawai. Los astrónomos creen que su alcance fue mundial, si bien la otra mitad del planeta no pudo verla a causa del sol. Se desconoce la causa, pues el fenómeno sorprendió a los astrónomos desprevenidos. Volveremos a informarles en cuanto dispongamos de más datos.»

—¿Creéis que tiene relación con lo que ya sabéis? —preguntó Jonathan.

—¿Más discos negros? —sugirió Jesse—. Probablemente.

—¡Dios mío! —exclamó Pitt—. Eso significa que el mundo entero está afectado.

—No habrá quien lo pare —se lamentó Cassy sacudiendo la cabeza.

—¿Algún problema, muchachos? —preguntó Costa, el dueño del bar.

Jesse se hallaba en la cola y le había llegado el turno de pagar.

—No —respondió Pitt—. Estaba todo sumamente delicioso.

El teniente pagó la cuenta y salieron a la calle.

—¿Habéis visto esa sonrisa? —preguntó Jonathan—. ¿Visteis qué falsa era? Apuesto cinco pavos a que está infectado.

—Tendrás que buscarte a otros con quien apostar —dijo Pitt—. Ya sabíamos que era uno de ellos.

Tras un breve descanso que Sheila y Nancy aprovecharon para ir al lavabo, el trío regresó al despacho del doctor Marchand. Sheila seguía irritada, de modo que fue Nancy quien habló.

—Sabemos que cuanto hemos dicho es en gran medida anecdótico y que nuestro informe es parco en datos reales —declaró—. Pero lo cierto es que somos tres profesionales con referencias impecables que estamos aquí porque el asunto nos preocupa. Este fenómeno está ocurriendo de verdad.

—No ponemos en duda su buena fe —dijo el doctor Marchand—, sino sus conclusiones. Dado que ya enviamos a un investigador epidemiológico al lugar de los hechos, es lógico que nos mostremos recelosos. Tenemos su informe aquí. —Levantó un memorándum de una sola página—. En opinión de nuestro enviado, ustedes están sufriendo el brote de una forma leve de gripe. El informe describe una larga entrevista que el doctor Horn mantuvo con el director de su hospital, el doctor Halprin.

—La visita del doctor Horn tuvo lugar antes de que supiéramos a qué nos enfrentamos —dijo Sheila—. Además, Halprin ya había contraído la enfermedad. Intentamos dejárselo bien claro a su investigador.

—Su informe, señores, es bastante impreciso —declaró el doctor Eggans al tiempo que lo arrojaba sobre la mesa tras haberlo leído—. Demasiadas conjeturas y poca sustancia. Sin embargo...

Sheila tuvo que controlarse para no levantarse y abandonar la sala. No entendía que semejante panda de ineptos hubiera ascendido hasta sus actuales cargos dentro de la burocracia del CCE.

—Sin embargo —repitió Eggans acariciándose pensativamente la barba—, creo que es suficientemente convincente para justificar una investigación sobre el terreno.

Sheila miró a Nancy. No estaba segura de haber oído bien. Nancy alzó el pulgar en señal de victoria.

—¿Han repartido este informe por otras agencias gubernamentales? —preguntó Halpran. Recogió el informe y lo hojeó distraídamente.

—No —respondió Sheila—. Pensamos que el CCE era el lugar de partida idóneo.

—¿No lo han enviado al Departamento de Estado o a las autoridades sanitarias?

—No —insistió Nancy.

—¿Han intentado determinar la secuencia de aminoácidos de la proteína? —preguntó Delbanco.

—Todavía no —respondió Nancy—, pero no será difícil.

—¿Han determinado si es posible aislar el virus de los pacientes una vez éstos se han recuperado? —prosiguió el doctor Delbanco.

—¿Y qué nos dicen de la naturaleza de la reacción entre la proteína y el ADN? —preguntó la esbelta doctora Sánchez.

Nancy sonrió y levantó las manos satisfecha por el repentino interés.

—Uno a uno —dijo—. No puedo responder todas las preguntas al mismo tiempo.

El interrogatorio fue rápido y expositivo. Nancy respondió como mejor supo y Eugene la ayudó. Sheila, al principio, estaba tan satisfecha como Nancy, pero al ver que las preguntas eran cada vez más hipotéticas comenzó a decepcionarse.

Respiró profundamente. Quizá estaba demasiado cansada. Quizá, después de todo, las preguntas eran razonables teniendo en cuenta que venían de profesionales centrados en la investigación. Pero Sheila había esperado acción, no intelectualización. En ese momento los doctores estaban preguntando a Nancy cómo se le había ocurrido utilizar la proteína como una sonda de ADN.

Sheila paseó la mirada por la habitación. Las paredes estaban decoradas con la típica ristra de diplomas profesionales, licencias y premios académicos. Había fotografías del doctor Marchand con el presidente y otros políticos. De repente, sus ojos se detuvieron en una puerta que estaba abierta unos treinta centímetros. Al otro lado había un hombre. Sheila reconoció al doctor Clyde Horn, en parte por la brillante calvicie.

Horn la miró y esbozó una amplia sonrisa. Sheila cerró los ojos y al abrirlos vio que Horn ya no estaba. Volvió a cerrarlos. ¿Estaba alucinando debido a la fatiga y la tensión? No estaba segura, mas la imagen del doctor Horn le había traído a la memoria el momento en que éste abandonó su despacho en compañía del doctor Halprin. Con la misma claridad que si hubiese ocurrido una hora antes, oyó a Haprin decir: «Por otro lado, tengo algo que me gustaría que se llevara a Atlanta. Algo que estoy seguro interesará al CCE.»

Sheila abrió los ojos. Con súbita clarividencia y total certeza cayó en la cuenta de qué era ese algo. Un disco negro. Sheila miró a los jefes del CCE y con igual certeza comprendió que todos estaban infectados. Su interés en la epidemia no iba dirigido a contenerla. Estaban interrogando a Nancy y Eugene para averiguar cómo habían descubierto lo que sabían.

Sheila se levantó, agarró a Nancy por un brazo y tiró de ella.

—Vamos, Nancy, es hora de tomarnos un descanso.

Sorprendida por la interrupción, Nancy se liberó bruscamente de Sheila.

—Ahora estamos consiguiendo algo —susurró enérgicamente.

—Eugene, necesitamos dormir un poco —dijo Sheila—. Debes comprenderlo aun cuando Nancy no lo comprenda.

—¿Ocurre algo, doctora Miller? —preguntó Marchand.

—En absoluto. Sólo que estamos agotados y no deberíamos robarles más tiempo hasta que hayamos dormido un poco. Hablaremos con más lógica tras un pequeño descanso. Sabemos que hay un Sheraton cerca de aquí. Será lo mejor para todos.

Sheila se acercó a la mesa y alargó una mano hacia el informe que ella y los Sellers habían traído consigo. El doctor Marchand la detuvo.

—Si no le importa, me gustaría leerlo con detenimiento mientras ustedes descansan.

—Como quiera —dijo Sheila.

Retrocedió y volvió a tirar del brazo de Nancy.

—Sheila, creo que... —comenzó Nancy, pero al levantar la mirada reparó en el nerviosismo y la determinación de su amiga.

Nancy se levantó. Había comprendido que Sheila sabía algo que Eugene y ella ignoraban.

—¿Qué les parece si volvemos a reunirnos después de comer? —propuso Sheila—. Digamos entre la una y las dos.

—De acuerdo —respondió Marchand. Miró a sus jefes de departamento y todos asintieron.

Eugene cruzó las piernas. No había presenciado el intercambio tácito de miradas entre su esposa y Sheila.

—Yo me quedo —dijo.

—Tú te vienes —ordenó Nancy, levantándolo de la silla. Luego sonrió a sus anfitriones y éstos le devolvieron la sonrisa.

Los tres abandonaron el despacho del doctor Marchand con Sheila en cabeza. Cruzaron la secretaría y el impersonal pasillo de color verde claro.

Mientras esperaban el ascensor, Eugene empezó a protestar pero Nancy le ordenó callar.

—Por lo menos hasta que lleguemos al coche —susurró Sheila.

Entraron en el ascensor y sonrieron a los demás ocupantes. Éstos sonrieron a su vez y comentaron que hacía un día precioso.

Para cuando llegaron al coche, Eugene estaba visiblemente irritado.

—¿Qué demonios os pasa? —preguntó mientras introducía la llave en el contacto—. Tardamos una hora en despertar el interés de esos tipos y de repente, paff, tenemos que descansar. ¿Os habéis vuelto locas?

—Están infectados —dijo Sheila—. Todos.

—¿Estás segura? —preguntó horrorizado Eugene.

—Completamente.

—Supongo que del Sheraton nada —dijo Nancy.

—¡Desde luego que no! —respondió Sheila—. Directos al aeropuerto. Volvemos a estar como al principio.

Los periodistas se habían reunido frente a la verja del instituto. Pese a no haber sido invitados, Beau había previsto su llegada. Cuando los guardas comunicaron a Beau la presencia de los periodistas, éste les ordenó que los entretuvieran durante quince minutos para tener tiempo de llegar al punto en que el camino desaparecía entre los árboles. Beau no quería periodistas en el salón de baile, por lo menos de momento.

Cuando Beau se acercó a recibir al grupo, se sorprendió del número. Había esperado diez o quince personas, pero había más de cincuenta. Pertenecían a periódicos, revistas y cadenas de televisión. Les acompañaban diez cámaras de televisión. Todos llevaban micrófono.

—Bienvenidos al Instituto para un Nuevo Comienzo —dijo Beau señalando el *château*.

—Tenemos entendido que está llevando a cabo muchas reformas en el edificio —comentó un periodista.

—No tantas. Pero sí, estamos realizando algunos cambios para adaptarlo a nuestras necesidades.

—¿Podemos ver el interior? —preguntó otro periodista.

—Hoy no —dijo Beau—. Interrumpirían el trabajo.

—De modo que hemos venido hasta aquí para nada —comentó un tercero.

—Yo no diría eso. Pueden comprobar que el instituto es una realidad, no un producto de nuestra imaginación.

—¿Es cierto que todos los fondos de Cipher Software los controla ahora el Instituto para un Nuevo Comienzo?

—La mayor parte —respondió vagamente Beau—, pero esa pregunta debería hacérsela al señor Randy Nite.

—Eso querríamos, pero nunca está disponible. Llevo veinticuatro horas intentando conseguir una entrevista con él.

—Está muy ocupado, lo sé —dijo Beau—. Se ha entregado de lleno a los objetivos del instituto. Pero creo que podré convencerle para que hable con ustedes en un futuro próximo.

—¿Qué es el «nuevo comienzo»? —preguntó un periodista escéptico.

—Exactamente eso —dijo Beau—. La idea ha nacido de la necesidad de tomarnos en serio la administración de este planeta. Los humanos han hecho un terrible trabajo hasta ahora, tal como demuestra la contaminación, la destrucción de los ecosistemas, las constantes disensiones y las guerras. La situación exige un cambio o, si lo prefieren, un nuevo comienzo, y el instituto será quien dirija dicho cambio.

El periodista sonrió con ironía.

—Pura retórica —comentó—. Suena presuntuoso y, aunque hasta sea cierto que los humanos han hecho barbaridades con este planeta, la idea de un instituto capaz de conseguir un cambio desde aquí, desde una mansión aislada, resulta ridícula. La operación, con todos esos cerebros lavados, recuerda más a una secta que a otra cosa.

Beau miró fijamente al periodista y sus pupilas se dilataron. Caminó hacia el hombre ajeno a la gente que le bloqueaba el paso. La mayoría se echó a un lado. Beau tuvo que empujar a algunos, pero lo hizo con suavidad.

Llegó hasta el periodista, el cual le miraba a su vez con expresión desafiante. El grupo calló y se dispuso a observar la confrontación. Beau estuvo tentado de agarrar por el cuello a aquel imbécil y exigirle que mostrara más respeto, pero en lugar de eso decidió llevárselo al instituto e infectarlo.

Mas luego pensó que sería más fácil infectarlos a todos. Entregaría a cada uno un regalo de despedida. Un disco negro.

—¡Beau! —gritó de repente una atractiva mujer.

Se llamaba Verónica Paterson. Había llegado corriendo desde la casa y resoplaba. Vestía un seductor mono de espándex, tan ajustado que parecía que lo hubieran pegado sobre su ágil y curvada figura. Los periodistas contemplaron a la mujer con curiosidad.

Verónica se llevó a Beau a un lado para comunicarle que tenía una llamada importante en el instituto.

—¿Crees que podrás manejar a estos periodistas? —preguntó él.

—Desde luego —respondió Verónica.

—No dejes que pasen de aquí.

—No te preocupes —dijo ella.

—Y tienen que marcharse con un regalo —dijo

Beau—. Entrega un disco negro a cada uno. Diles que es nuestro emblema.

Verónica sonrió.

—Una idea fantástica.

—Escúchenme todos —dijo Beau—. Ha surgido un imprevisto y tengo que dejarles, pero no me cabe duda de que volveremos a vernos. La señorita Paterson responderá al resto de preguntas. También les entregará un pequeño obsequio como recuerdo de su paso por el instituto.

El anuncio generó un torrente de preguntas. Beau se limitó a sonreír y se alejó dando una palmada. *Rey*, que se había mantenido a distancia mientras su amo hablaba con los periodistas, corrió a su lado.

Beau reunió a los demás perros con un silbido agudo y, chasqueando los dedos, señaló al grupo de periodistas. Los perros tomaron posiciones en torno al grupo y se sentaron sobre sus patas traseras.

De vuelta en la casa, fue directamente a la biblioteca y marcó el número de teléfono del doctor Marchand.

—Han escapado —dijo Marchand—. Fue una estratagema inesperada. Nos dijeron que iban al hotel a descansar, pero no era verdad.

—¿Tiene el informe? —preguntó Beau.

—Desde luego.

—Destrúyalo.

—¿Qué quiere que hagamos con ellos? ¿Los detenemos?

—Por supuesto. No debería hacer preguntas cuyas respuestas conoce perfectamente.

Marchand sonrió.

—Tiene razón —dijo—. Por lo visto se me ha pegado esa extraña tendencia de los humanos a ser diplomáticos.

Aunque el tráfico de Atlanta por la mañana no era excesivo comparado con el de la hora punta, Eugene no estaba acostumbrado a él.

—La gente de aquí conduce de forma muy agresiva —protestó.

—Lo estás haciendo muy bien, cariño —le animó Nancy, quien no había advertido cuán cerca había estado Eugene de chocar con otro coche en el cruce anterior.

Sheila iba mirando por la ventanilla trasera.

—¿Nos sigue alguien? —preguntó Eugene mirándola por el retrovisor.

—Creo que no. Supongo que se tragaron el cuento de que necesitábamos descansar. Después de todo, no era ninguna tontería. Lo que me preocupa es que ahora saben que lo sabemos. O quizá debería decir «sabe» que lo sabemos.

—Hablas como si se tratara de un solo ente —dijo Eugene.

—Las personas infectadas tienen tendencia trabajar en grupo —dijo Sheila—. Es aterrador. Son como los virus, todos trabajando para el bien común. O como una colonia de hormigas, donde cada hormiga sabe lo que las demás están haciendo y lo que, por consiguiente, ella debería estar haciendo.

—Eso significa que existe una red de conexión entre las personas infectadas —comentó él—. Quizá su constitución alienígena sea un compuesto de organismos diversos, lo que significaría que nos enfrentamos a una forma de organización singular. Quién sabe, quizá necesitan un número finito de organismos infectados para alcanzar una masa crítica.

—El físico se está poniendo demasiado teórico para mi gusto —protestó Sheila—. ¡Concéntrate en la carretera! Has estado a punto de rozar al coche rojo de al lado.

—De una cosa no hay duda —dijo Nancy—. Sea cual sea el nivel de organización, no debemos olvidar que nos enfrentamos a una forma de vida, y eso significa que la autoconservación es una de sus prioridades.

—Y la autoconservación depende de poder reconocer y destruir al enemigo —añadió Sheila—. Es decir, ¡nosotros!

—Una idea tranquilizadora —ironizó Nancy sintiendo un escalofrío.

—¿Adónde iremos una vez lleguemos al aeropuerto? —preguntó Eugene.

—Estoy abierta a cualquier sugerencia —dijo Sheila—. Todavía tenemos que dar con alguna persona u organización dispuesta a tomar cartas en el asunto.

El coche rojo les estaba adelantando. Al ver la cara del conductor, Sheila se quedó sin respiración.

—¡Dios mío! —exclamó.

Nancy se giró bruscamente.

—¿Qué ocurre?

—El conductor del coche rojo es el tipo de la barba, el epidemiólogo del CCE. ¿Cómo se llamaba?

—Hamar Eggans —dijo Nancy volviéndose de nuevo hacia delante para mirar—. Tienes razón, es él. ¿Crees que nos ha visto?

En ese momento el coche hizo un viraje brusco y se colocó delante de Eugene. Éste comenzó a soltar improperios. Los parachoques habían estado a punto de tocarse.

—Tenemos un coche negro a la izquierda —anunció Nancy—. Creo que es Delbanco.

—¡Oh, no! Y un coche blanco a la derecha —dijo Sheila—. Es el doctor Black. Estamos rodeados.

—¿Qué hago? —preguntó aterrorizado Eugene—. ¿Tenemos a alguien detrás?

—Varios coches —dijo Sheila—, pero no reconozco a nadie.

Sin pensárselo dos veces, Eugene pisó el freno a fondo. El pequeño coche de alquiler comenzó a derrapar. Los neumáticos de los coches de detrás chirriaron contra el asfalto.

Aunque Eugene no se había detenido del todo, el coche de atrás le dio un golpe. Con todo, había conseguido lo que quería, que los tres coches del CCE se adelantaran antes de poder reaccionar, dándole la posibilidad de girar a la derecha. Nancy soltó un grito al darse cuenta de que venían coches por su lado.

Eugene pisó el acelerador para evitar la colisión y se zambulló en un callejón repleto de escombros y cubos de basura. La anchura del mismo estaba hecha a la medida del pequeño coche, de modo que los desperdicios, las cajas de cartón y los cubos de basura se unieron en las alturas formando una explosión de despojos voladores.

—¡Dios santo, Eugene! —gritó Nancy cuando el coche arremetió contra un pesado cubo que salió volando y rebotó sobre el techo.

Eugene trató de enderezar la trayectoria pese a los obstáculos. El coche, no obstante, seguía rebotando contra las paredes de cemento con un chirrido estremecedor, como el de uñas al rayar una pizarra.

Hacia el final del callejón el camino se despejaba. Eugene se atrevió a mirar por el retrovisor y observó horrorizado que el morro del coche rojo asomaba por la boca de la callejuela.

—¡Eugene, cuidado! —gritó Nancy.

Él desvió la mirada del retrovisor a tiempo de ver que una valla contra ciclones se les echaba encima. Tras decidir que no tenía elección, gritó a las mujeres que se agarraran fuerte y pisó el acelerador a fondo.

El coche ganó velocidad y arrolló la valla. Eugene y Nancy fueron lanzados contra el cinturón de seguridad mientras Sheila salía despedida hacia el asiento delantero.

Pese a los fragmentos de valla que arrastraba, el coche aterrizó en un campo rodeado de una nube de polvo. Derrapó varias veces, pero Eugene consiguió finalmente enderezar el volante.

El terreno medía unos cien metros cuadrados y no tenía árboles. Delante había una pequeña colina salpicada de matorrales y más allá un poblado barrio. Sobre la cresta de la colina se veían automóviles avanzando lentamente en el denso tráfico.

Con la boca seca y los brazos doloridos, Eugene echó otro vistazo por el retrovisor. El coche rojo intentaba abrirse paso por el espacio abierto en la valla mientras el coche blanco le seguía.

Eugene concibió precipitadamente un plan. Subirían hasta lo alto de la colina y se mezclarían con el tráfico. El terreno, no obstante, tenía otras intenciones. La tierra del montículo estaba especialmente reblandecida, de modo que cuando las ruedas delanteras del coche golpearon la base, se hundieron. El coche giró hacia la izquierda y, tras un fuerte bandazo, se detuvo en seco envuelto en una nube de polvo.

Eugene fue el primero en recuperarse de la violenta sacudida. Alargó el brazo para tocar a su mujer. Nancy respondió como si despertara de un mal sueño. Eugene se volvió para mirar a Sheila, que estaba aturdida pero ilesa. Eugene se desabrochó el cinturón de seguridad y con piernas temblorosas bajó del coche. Miró hacia la valla. El coche rojo estaba atrapado en el mellado orificio. Desde donde estaban podía oírse el chirrido de los neumáticos.

—¡Es el momento de escapar! —gritó a las mujeres—. Subiremos hasta lo alto de la colina y entraremos en la ciudad.

Ambas bajaron del coche mientras él vigilaba nerviosamente el coche rojo. En ese momento el hombre de la barba se apeó.

—¡Rápido! —las urgió Eugene.

Convencido de que el hombre echaría a correr tras ellos, le sorprendió ver que extraía algo del coche. Cuando lo alzó, Eugene reconoció la fiambrera que habían traído a Atlanta.

Desconcertado, siguió observando al hombre mientras Nancy y Sheila se ayudaban a subir por la colina. De pronto, Eugene se encontró mirando fijamente un disco negro, para su sorpresa, suspendido en el aire delante de su cara.

—¡Vamos, Eugene! —gritó Nancy—. ¿A qué esperas?

—Es un disco negro —replicó él.

Advirtió que el disco giraba a gran velocidad. Los bultos en torno al canto semejaban ahora una diminuta cordillera. El disco se acercó más a su cara. Eugene sintió un hormigueo.

—¡Eugene! —gritó Nancy.

Él retrocedió un paso sin apartar la vista del disco, que ahora estaba rojo y emanaba calor. Se quitó la chaqueta, la enrolló y la lanzó contra el disco con intención de derribarlo. Pero no ocurrió así. El disco perforó la chaqueta con tal celeridad que Eugene no notó ninguna resistencia, como si un cuchillo hubiera cortado un trozo de mantequilla.

—¡Eugene! —aulló Nancy—. ¡Ven!

Como físico, Eugene estaba perplejo. Su estupefacción aumentó cuando alrededor del disco comenzó a formarse una corona y el color pasó del rojo al blanco. Eugene sentía un hormigueo cada vez mayor.

La corona se expandió hasta formar una bola de luz tan deslumbradora que la imagen del disco se desvaneció.

Nancy no podía ver lo que estaba entreteniendo a Eugene. Se disponía a gritarle de nuevo cuando vio cómo una bola de luz se dilataba y engullía a su marido. El grito de Eugene fue rápidamente ahogado por un silbido ensordecedor que duró un instante y cesó con tal brusquedad que Nancy y Sheila sintieron una fuerte sacudida, como si se hubiera producido una explosión silenciosa.

Eugene había desaparecido. El coche de alquiler parecía el casco de un barco hundido. Había quedado extrañamente retorcido, como si algo lo hubiese derretido y arrastrado hacia el lugar donde había estado Eugene.

Nancy echó a correr colina abajo pero Sheila la detuvo.

—¡No! —gritó—. ¡No podemos!

Se estaba formando otra bola de luz cerca de los despojos del coche.

—¡Eugene! —gritó desesperada Nancy con lágrimas en los ojos.

—Se ha ido —dijo Sheila—. Tenemos que salir de aquí.

La segunda bola de luz se estaba dilatando para envolver el coche.

Sheila cogió a Nancy del brazo y la arrastró por la pendiente en dirección a la ciudad. Frente a ellas circulaba un tráfico intenso y, por fortuna, miles de peatones. A sus espaldas sonó una vez más el extraño silbido y otra sacudida.

—¿Qué ha sido eso? —preguntó Nancy entre lágrimas.

—Creo que suponían que estábamos en el coche —dijo Sheila—. Y puestos a suponer, me parece que acabamos de presenciar la creación de dos diminutos agujeros negros.

—¿Por qué no han llamado? —preguntó Jonathan. Su preocupación había ido en aumento a medida que avanzaba el día. Ahora que había oscurecido, estaba muy inquieto—. Es tarde incluso en Atlanta.

Jonathan, Jesse, Cassy y Pitt circulaban lentamente por la calle de Jonathan. Habían pasado por delante de la casa de los Sellers dos veces. Jesse se había mostrado reacio a visitarla, pero había cedido cuando Jonathan insistió en que necesitaba ropa limpia y su ordenador portátil. También quería comprobar si sus padres habían llamado o dejado un mensaje en el ordenador.

—Probablemente tus padres y la doctora Miller estén muy ocupados —dijo Cassy. Su corazón, no obstante, rechazaba esa explicación. También ella estaba preocupada.

—¿Qué opina usted, teniente? —preguntó Pitt mientras pasaban frente a la casa de Jonathan por tercera vez—. ¿Cree que es prudente?

—No veo moros en la costa —dijo Jesse—. De acuerdo, entraremos, pero hay que actuar con rapidez.

Penetraron en el sendero de entrada y apagaron los faros. Por insistencia de Jesse, aguardaron unos minutos para ver si se producía algún cambio en las casas vecinas o en los vehículos estacionados en la calle. Reinaba la calma.

—Muy bien —dijo Jesse—, adelante.

Entraron por la puerta principal y Jonathan corrió a su habitación del primer piso. El teniente encendió el televisor de la cocina y encontró cerveza fría en la nevera. Ofreció una a Cassy y Pitt. Pitt aceptó. El televisor estaba sintonizado en el canal de la CNN.

«Noticia de última hora —anunció el presentador—. Hace unos instantes la Casa Blanca canceló la cumbre internacional sobre terrorismo alegando que el presidente tenía la gripe. El secretario de prensa de la Casa Blanca, Arnold Lerstein, dijo que la reunión se habría llevado a cabo sin el presidente si no fuera porque casi todos los demás líderes también han contraído la misma enfermedad. El médico personal del presidente dijo estar convencido de que éste padecía la misma gripe "breve" que corre por Washington desde hace unos días y que reanudaría sus actividades por la mañana.»

Pitt sacudió la cabeza consternado.

—Se está apoderando de todo el mundo, del mismo modo que un virus del sistema nervioso central invade a su portador. Está yendo directamente al cerebro.

—Necesitamos una vacuna —dijo Cassy.

—La necesitábamos ayer —puntualizó Jesse.

El teléfono les sobresaltó. Cassy y Pitt miraron a Jesse preguntándose si debían contestar. Antes de que el teniente tuviera tiempo de responder, Jonathan contestó desde su habitación.

Seguido de Cassy y Pitt, Jesse echó a correr escaleras arriba e irrumpió en el cuarto de Jonathan.

—Un momento —dijo Jonathan a su interlocutor al verlos—. Es la doctora Miller —les informó.

—Conéctala al altavoz —ordenó Jesse.

Jonathan apretó el botón.

—Estamos todos aquí —dijo el teniente—. Te oímos por el altavoz. ¿Cómo os ha ido?

—Fatal —confesó Sheila—. Nos tendieron una trampa. Tardé varias horas en darme cuenta de que estaban todos infectados. Lo único que querían saber era cómo habíamos averiguado lo que estaba pasando.

—¡Mierda! —masculló Jesse—. ¿Os costó mucho escapar? ¿Intentaron deteneros?

—Al principio no. Les dijimos que nos íbamos al hotel a dormir un poco. Debieron de seguirnos porque nos interceptaron cuando nos dirigíamos al aeropuerto.

—¿Tuvisteis problemas?

—Sí —reconoció Sheila—. Lamento decir que perdimos a Eugene.

Los chicos se miraron unos a otros. Cada uno tuvo una interpretación diferente de lo que quería decir «perder». Sólo Jesse comprendió el significado auténtico.

—¿Lo habéis buscado? —preguntó Jonathan.

—Se produjo el mismo fenómeno que en la habitación del hospital —dijo Sheila—, ya me entendéis.

—¿Qué habitación? ¿Qué hospital? —preguntó Jonathan, empezando a asustarse.

Cassy le rodeó los hombros con un brazo.

—¿Dónde estáis? —preguntó Jesse.

—En el aeropuerto de Atlanta. Nancy no se encuentra bien, como podéis imaginar, aunque nos las estamos arreglando. Hemos decidido volver a casa, pero necesitamos que otra persona nos consiga billetes. Tenemos miedo de utilizar nuestras tarjetas de crédito.

—Haré la reserva enseguida —dijo Jesse—. Nos veremos a vuestro regreso.

El teniente cortó la comunicación y se apresuró a marcar el número de las oficinas de la compañía aérea. Mientras hacía las reservas, Jonathan preguntó a Cassy si le había ocurrido algo a su padre.

Cassy asintió con la cabeza.

—Me temo que sí, pero ignoro qué. Tendrás que esperar a que llegue tu madre para preguntárselo.

Jesse colgó y miró a Jonathan. Buscó palabras de aliento, pero antes de pronunciarlas llegó hasta ellos el chirrido de unos neumáticos. Por la ventana entraba el parpadeo de unas luces de colores.

Jesse corrió hasta la ventana y separó las cortinas. En la calle, detrás de su coche, había un coche patrulla con las luces encendidas. Unos agentes uniformados bajaban en ese momento del vehículo en compañía de Vince Garbon. Cada uno llevaba un pastor alemán atado a una correa corta.

Aparecieron otros coches de policía, algunos con

identificación y otros camuflados, entre ellos un vehículo celular. Se detuvieron delante de la casa de los Sellers y bajaron.

—¿Qué ocurre? —preguntó Pitt.

—La policía —dijo Jesse—. Debían de estar vigilando el lugar. Hasta ha venido mi antiguo compañero, o lo que queda de él.

—¿Se dirigen hacia aquí? —preguntó Cassy.

—Me temo que sí. Apagad las luces.

El grupo recorrió a toda prisa la casa apagando las pocas luces que habían encendido. Se reunieron en la cocina. Luces de linternas atravesaban como cuchillos las ventanas. Era una imagen estremecedora.

—Seguro que saben que estamos aquí —dijo Cassy.

—¿Qué hacemos? —preguntó Pitt.

—Me temo que no tenemos mucho donde elegir —respondió Jesse.

—Esta casa tiene una salida secreta en el sótano —dijo Jonathan—. Solía escaparme por ella por las noches.

—¿A qué esperamos? —dijo Jesse—. ¡Vamos!

Jonathan dirigió la expedición portando su ordenador en la mano. Avanzaron lenta y sigilosamente, evitando los haces de las linternas. Cuando llegaron a la escalera del sótano, cerraron la puerta y se sintieron un poco menos vulnerables. La oscuridad, no obstante, dificultaba el avance. No querían encender las luces porque el sótano tenía ventanucos.

Caminaban en fila, pegados unos a otros para no perderse. Jonathan los condujo hasta la pared del fondo. Una vez allí, abrió una puerta que rechinó sobre las bisagras. Un aire frío les acarició los tobillos.

—Es un refugio antiaéreo construido en los años cincuenta —dijo Jonathan—. Mis padres lo utilizan como bodega.

Entraron y Jonathan pidió al último que cerrara la puerta. Ésta encajó en la jamba con un ruido sordo.

Jonathan encendió una luz. Se hallaban en un pasadizo de cemento flanqueado por estantes de madera. Había algunas cajas de vino esparcidas desordenadamente.

—Por aquí —indicó Jonathan.

Llegaron hasta otra puerta. Al otro lado había una habitación de cuatro metros cuadrados provista de literas y con una pared de armarios. También disponía de un depósito de agua y un pequeño lavabo.

La siguiente habitación era una cocina. Al fondo había otra puerta sólida. Ésta conducía a un segundo pasillo que daba al exterior, a un cauce seco situado detrás de la casa de los Sellers.

—¡Caray! —exclamó Jesse—. Parece el pasadizo secreto de un castillo medieval. Es genial.

15

—Nancy, ya hemos llegado —dijo Sheila con suavidad.

Nancy despertó sobresaltada.

—¿Qué hora es? —preguntó tras comprender dónde estaba.

Sheila se lo dijo.

—Me encuentro fatal —dijo Nancy.

—Yo también.

Habían pasado la noche caminando arriba y abajo por el aeropuerto internacional de Hartsfield, Atlanta, dominadas por el temor de que alguien las reconociera. El embarque en el avión a primera hora de la mañana había supuesto un alivio para ambas. Una vez en el aire, las dos se habían sumido en un sueño profundo.

—¿Qué voy a decirle a mi hijo? —preguntó Nancy sin esperar una respuesta.

Cada vez que recordaba la brutal desaparición de su marido se le llenaban los ojos de lágrimas.

Ambas recogieron sus cosas y bajaron del avión. Tenían la sensación de que todo el mundo las miraba. Cuando salieron del pasadizo Nancy vio a Jonathan y corrió hacia él. Madre e hijo se fundieron en un largo abrazo mientras Sheila saludaba a Jesse, Pitt y Cassy.

—Salgamos de aquí —dijo el teniente dando una palmadita a la apesadumbrada pareja.

Caminaron hacia la terminal. La cabeza de Jesse giraba sin cesar, evaluando a la gente de alrededor. Se alegró de que nadie les prestara atención, en especial el personal de seguridad del aeropuerto.

Quince minutos después se hallaban en la furgoneta de Jesse camino de la ciudad. Sheila y Nancy describieron con detalle el dramático viaje. Con voz temblorosa, Nancy relató los últimos momentos de Eugene. La tragedia fue recibida con un dolorido silencio.

—Tenemos que decidir adónde vamos —dijo Jesse.

—Nuestra casa será el lugar más cómodo —propuso Nancy—. Aunque carece de lujos, es muy espaciosa.

—No creo que sea una buena idea —repuso Jesse, y explicó a Nancy y Sheila lo ocurrido la noche anterior.

Nancy se sintió ultrajada.

—Sé que es muy egoísta por mi parte estar tan enfadada por una casa teniendo en cuenta lo que está pasando —dijo—, pero se trata de mi hogar.

—¿Dónde dormisteis ayer? —preguntó Sheila.

—En el apartamento de mi primo —respondió Pitt—. Sólo tiene tres dormitorios y un cuarto de baño.

—Dadas las circunstancias, la comodidad es un lujo que no podemos permitirnos —declaró Sheila.

—En *Today* de esta mañana una pandilla de médicos de Sanidad dijo que el brote de gripe no es preocupante —explicó Cassy.

—Probablemente eran del CCE —dijo Sheila—. ¡Cabrones!

—Lo que me inquieta es que los medios de comunicación no han dicho ni una palabra sobre los discos negros —dijo Pitt—. ¿Por qué nadie ha cuestionado la presencia de esos discos, y aún más después de que aparecieran tantos?

—Para la gente son una curiosidad inofensiva —explicó Jesse—. Se habla de ellos, pero nadie los considera importantes para convertirlos en noticia. Por desgracia, no encontrarán motivos para relacionar los discos con la gripe hasta que sea demasiado tarde.

—Tenemos que buscar un modo de alertar a la gente —dijo Cassy—. No podemos esperar más.

—Cassy tiene razón —convino Pitt—. Es hora de que salgamos a la luz, ya sea a través de la televisión, la radio o la prensa. La gente tiene que enterarse.

—Al diablo la gente —espetó Sheila—. Lo que necesitamos es la intervención de la comunidad científica y médica. Dentro de poco no quedará nadie con la formación necesaria para encontrar un modo de detener esa cosa.

—Creo que los chicos tienen razón —intervino Jesse—. Lo intentamos con el CCE y no funcionó. Tenemos que buscar personas de los medios de comunicación que no estén infectadas para que anuncien al mundo entero la noticia. No conozco a nadie en ese campo, salvo algunos detestables periodistas de sucesos.

—Sheila tiene razón... —comenzó Nancy.

Jonathan se apartó de la discusión. Estaba destrozado por la pérdida de su padre. A su edad, la idea de la muerte era totalmente irreal. En cierto modo no podía aceptar lo que le habían contado. Se dedicó a contemplar la ciudad. Las calles parecían llenas de gente a todas horas del día y la noche. Y todos mostraban aquella estúpida y falsa sonrisa.

Estaban atravesando el centro de la ciudad cuando Jonathan se percató de algo. La gente se ayudaba mutuamente. Desde el peatón que ayudaba a un obrero a descargar sus herramientas hasta el niño que transportaba el paquete de un anciano, todo el mundo trabajaba en grupo. La ciudad tenía el aspecto de una colmena.

La discusión en el interior del coche alcanzó su punto álgido cuando Sheila elevó la voz para ahogar la de Pitt.

—¡Basta ya! —gritó Jonathan.

Para su sorpresa, el grito funcionó. Todos le miraron, incluso Jesse, que conducía.

—Esta discusión no tiene sentido —dijo Jonathan y, señalando la calle con un movimiento de la cabeza, añadió—: Tenemos que trabajar en grupo. Como ellos.

Vapuleados por un adolescente, todos aceptaron la sugerencia y miraron por las ventanillas del coche. Comprendiendo a qué se refería Jonathan, se calmaron.

—Es aterrador —comentó Cassy—. Parecen autómatas.

Jesse giró por la calle del apartamento del primo de Pitt. Había aminorado la marcha cuando de repente divisó dos coches sin identificación que supo eran de la policía. No le cabía duda de que estaban vigilando el lugar. Los coches, aunque camuflados, parecían proclamarlo a gritos.

—Es ahí —dijo Pitt al ver que Jesse iba a pasarse de largo el edificio.

—No voy a detenerme —dijo el teniente y señaló a su derecha—. ¿Ves esos dos Ford último modelo? Sus ocupantes son policías vestidos de paisano.

Cassy se giró para mirar.

—¡No mires! —advirtió Jesse—. Lo último que queremos es atraer su atención. —Siguió conduciendo.

—Podríamos ir a mi apartamento —sugirió Sheila—, aunque sólo tiene un dormitorio y está muy alto.

—Tengo un lugar mejor —dijo Jesse—. De hecho, es el lugar idóneo.

Beau y un grupo de ayudantes de confianza se dirigían en dos de los Mercedes de Randy Nite al Observatorio Donaldson construido en lo alto de la montaña Jackson. La vista desde la cima era espectacular, sobre todo en un día despejado como aquél.

El observatorio, una enorme cúpula situada justo encima de la cúspide rocosa de la montaña, era tan impresionante como su ubicación. Pintado de un blanco brillante, el sol se reflejaba en él con una luz cegadora. La persiana de la cúpula estaba cerrada para proteger el enorme telescopio reflector.

Nada más detenerse el coche, Beau bajó de un salto seguido de Alexander Dalton. Alexander había sido abogado en su anterior vida. Verónica Paterson descendió por el lado del conductor, luciendo todavía su ajustado mono de espándex.

Beau vestía una camisa de manga larga con un estampado oscuro. Llevaba el cuello levantado y los puños abotonados.

—Espero que el equipo merezca el esfuerzo —comentó Beau.

—Tengo entendido que es lo último en tecnología —dijo Alexander.

Era un hombre alto y enjuto con unos dedos especialmente largos y delgados. Actualmente era uno de los ayudantes de más confianza de Beau.

El segundo Mercedes aparcó y de él salió un equipo de técnicos portando sus propias herramientas.

—Hola, Beau Stark —dijo una voz.

El equipo se giró y vio a un hombre de unos ochenta años y pelo blanco, de pie bajo la puerta abierta de la base del observatorio. Tenía el rostro poblado de arrugas y agrietado como una pasa a causa del fuerte sol de la montaña.

Beau se acercó al doctor Carlton Hoffman, le estrechó la mano y le presentó a Verónica y Alexander.

Luego comunicó a sus ayudantes que acababan de conocer al rey de la astronomía norteamericana.

—Eres muy amable —dijo Carlton—. Entremos y empecemos a trabajar.

Beau indicó a sus técnicos que entraran en el observatorio. El equipo lo hizo en silencio.

—¿Necesitas algo? —preguntó Carlton.

—Creo que hemos traído cuanto necesitamos —dijo Beau.

Sin más tardanza, los técnicos procedieron a desmontar el inmenso telescopio.

—¡Ante todo me interesa la cápsula de observación de enfoque primario! —gritó Beau a uno de los técnicos. Luego se volvió hacia Carlton—: Sabes que siempre serás bienvenido en el instituto.

—Gracias. Iré cuando estéis preparados.

—No falta mucho —dijo Beau.

—¡Alto! —gritó una voz que resonó en la cúpula del observatorio. El proceso de desmontaje se detuvo en seco—. ¿Qué están haciendo? ¿Quiénes son ustedes?

Todos los ojos se volvieron hacia la puerta de la esclusa de aire. Bajo el umbral había un hombrecillo de aspecto tímido. Tosía violentamente pero sin apartar la vista de los obreros, que ya habían desmontado algunas piezas del telescopio.

—¡Fenton, estamos aquí! —gritó Carlton—. No pasa nada. Ven, quiero que conozcas a alguien.

El nombre del recién llegado era Fenton Tyler. Ocupaba el cargo de astrónomo auxiliar y, como tal, era el heredero forzoso de Carlton Hoffman. Fenton dirigió una rápida mirada a Carlton, pero enseguida se desvió hacia los obreros para asegurarse de que no desenroscaran un tornillo más.

—Acércate, Fenton, te lo ruego —insistió Carlton. Fenton avanzó de lado sin apartar los ojos de su amado telescopio. Mientras se acercaba, Beau y los demás advirtieron que estaba enfermo.

—Tiene la gripe —susurró Carlton a Beau—. No esperaba que viniera por aquí.

Beau asintió.

—Entiendo —dijo.

Fenton llegó junto a su jefe. Estaba pálido y tenía fiebre. Estornudó con vehemencia.

Carlton hizo las presentaciones y explicó que Beau estaba tomando prestadas algunas piezas del telescopio.

—¿Prestadas? —repitió Fenton desconcertado—. No entiendo nada.

Carlton posó una mano sobre el hombro de Fenton.

—Es lógico —dijo—, pero te prometo que acabarás entendiéndolo, y antes de lo que imaginas.

—¡Muy bien! —exclamó Beau—. Volved al trabajo. Terminemos cuanto antes.

Pese a los comentarios de Carlton, Fenton se sentía horrorizado ante el desmontaje que estaba presenciando y expresó su desacuerdo. Carlton se lo llevó a un recodo para intentar explicarle la situación.

—Ha sido una suerte que el doctor Hoffman estuviera aquí —dijo Alexander.

Beau asintió, pero ya no pensaba en la interrupción. Estaba pensando en Cassy.

—Alexander, ¿conseguiste localizar a la mujer de quien te hablé? —preguntó.

—Cassy Winthrope —dijo Alexander, comprendiendo a quién se refería Beau—. No la hemos localizado. Está claro que todavía no es uno de nosotros.

—Mmmm —murmuró pensativamente Beau—. No debí dejarla marchar cuando vino a verme. No sé qué me ocurrió. Supongo que todavía conservaba algún vestigio de romanticismo humano. Tienes que encontrarla cueste lo que cueste.

—La encontraremos —respondió Alexander—, te lo aseguro.

El último kilómetro fue duro, pero la furgoneta de Jesse consiguió navegar con éxito por los baches del deteriorado camino de tierra.

—La cabaña está justo después de la próxima curva —anunció Jesse.

—¡Menos mal! —protestó Sheila.

La furgoneta se detuvo al fin. Al abrigo de un bosquecillo de enormes pinos vírgenes se alzaba una cabaña de troncos. El sol penetraba entre las acículas formando haces de sorprendente fulgor.

—¿Dónde estamos? —preguntó Sheila—. ¿En Timbuktu?

—Ni mucho menos —rió Jesse—. Aquí disponemos de electricidad, teléfono, televisión, agua corriente y retrete.

—Hablas como si fuera un hotel de cinco estrellas —ironizó Sheila.

—A mí me encanta —dijo Cassy.

—Seguidme —dijo Jesse—. Os enseñaré el interior y el lago que hay detrás.

Bajaron del coche con el cuerpo entumecido, sobre todo Sheila y Nancy, y recogieron las escasas pertenencias que habían traído consigo. Jonathan cogió su ordenador portátil.

El aire, limpio y quebradizo, olía a pino. La fresca brisa suspiraba suavemente a través de las elevadas copas de hoja perenne. En todas partes se oía el canto de los pájaros.

—¿Cómo se te ocurrió comprar esta cabaña? —preguntó Pitt mientras subían al porche.

Los postes y la barandilla eran troncos de árbol. Toscos tablones de pino conformaban el suelo.

—Compramos este lugar básicamente por la pesca —explicó Jesse—. Annie era la pescadora, no yo. Cuando murió fui incapaz de venderlo, aunque lo cierto es que durante los dos últimos años apenas he venido.

Abrió la puerta principal. Dentro olía ligeramente a humedad. La estancia estaba presidida por una enorme chimenea construida con piedra del lugar que llegaba hasta el techo. A la derecha había una cocina de fogones con una bomba manual que vertía sobre una pila de piedra. A la izquierda había dos dormitorios. La puerta del cuarto de baño se hallaba a la derecha de la chimenea.

—Es encantadora —comentó Nancy.

—Y es cierto que está en el quinto pino —dijo Sheila.

—Dudo que hubiéramos podido encontrar un lugar mejor —dijo Cassy.

—Vamos a ventilarla —propuso Jesse.

Durante la siguiente media hora el grupo se afanó en acondicionar la cabaña. Por el camino se habían detenido en un supermercado para aprovisionarse de comida. Los hombres sacaron las provisiones del coche y las mujeres las guardaron.

Aunque no hacía frío, Jesse insistió en encender un fuego.

—Para que se coma la humedad —explicó—. Cuando anochezca os alegraréis de tener un fuego. Aquí siempre refresca por las noches, incluso en esta época del año.

Finalmente todos cayeron derrengados sobre los sofás de guinga y las sillas de capitán, en torno a la chimenea. Pitt estaba utilizando el ordenador de Jonathan.

—Aquí estaremos seguros —comentó Jonathan mientras masticaba una patata frita.

—Al menos durante un tiempo —dijo Jesse—. Que

yo sepa, ninguno de mis compañeros conoce la existencia de esta cabaña. Pero no hemos venido aquí de vacaciones. ¿Qué vamos a hacer con lo que está ocurriendo en el mundo?

—¿Con qué rapidez puede extenderse esa gripe? —preguntó Cassy.

—¿Con qué rapidez? —repitió Sheila—. Creo que lo ha demostrado con creces.

—Se extiende como el fuego, básicamente porque el período de incubación es de pocas horas, se trata de una dolencia breve y la gente infectada intenta infectar a los demás —dijo Pitt sin dejar de escribir en el ordenador—. Podría hacer un cálculo preciso si supiera cuántos discos negros han aterrizado en la Tierra. Pero aun tirando por lo bajo, la cosa tiene mal aspecto.

Pitt giró la pantalla para mostrarla a los demás. En ella aparecía un gráfico de sectores con una cuña de color rojo.

—Esto es sólo después de unos días —dijo.

—Estamos hablando de millones y millones de personas —observó Jesse.

—Teniendo en cuenta el espíritu de equipo con que trabajan las personas infectadas y su tendencia evangelizadora, no tardarán en ser miles de millones —dijo Pitt.

—¿Y los animales? —preguntó Jonathan.

Pitt suspiró.

—No he pensado en ellos —admitió—, pero seguro que son igual de vulnerables, como cualquier organismo que tenga el virus en su genoma.

—Así es —dijo Cassy pensativamente—. Beau debió de infectar a su perro. Desde el principio tuve la impresión de que el animal actuaba de forma extraña.

—Por tanto estos alienígenas invaden los cuerpos de otros organismos —dijo Jonathan.

—De la misma forma que un virus normal invade

células individuales —observó Nancy—. Por eso Pitt lo llamó megavirus.

Todos se alegraron de oír la voz de Nancy. Llevaba horas sin abrir la boca.

—Los virus son parásitos —continuó—, de modo que necesitan un organismo huésped. Solos no pueden hacer nada.

—Está claro que necesitan un huésped —dijo Sheila—, y esta extraña raza todavía más. Es imposible que un virus microscópico construyera esas naves espaciales.

—Estoy de acuerdo —dijo Cassy—. El virus alienígena debió de infectar a otras especies de algún otro lugar del universo que poseen los conocimientos, el tamaño y la capacidad para construir esos discos.

—Yo no estaría tan segura —repuso Nancy—. Cabe que los construyeran ellos mismos. Recuerda cuando sugerí que los alienígenas podrían ser capaces de adoptar una forma viral para resistir el viaje intergaláctico. Lo que significa que su forma normal puede ser muy diferente de la viral. Antes de desaparecer, Eugene sugirió la posibilidad de que un número finito de humanos infectados pudieran alcanzar la conciencia alienígena si trabajaban en común.

—Cada vez entiendo menos de lo que habláis —comentó Jesse.

—Sea como sea —dijo Jonathan—, es posible que estos alienígenas controlen millones de formas de vida alrededor de la galaxia.

—Y ahora ven a los humanos como un hogar agradable donde vivir y crecer —añadió Cassy—. ¿Pero por qué ahora? ¿Qué tiene de especial el momento presente?

—Yo diría que es pura casualidad —dijo Pitt—. Quizá tengan como norma enviar cada varios millones de años una nave espacial a la Tierra para comprobar qué forma de vida ha evolucionado aquí.

—Si es así —dijo Jesse—, el informe debió de ser excelente, porque ahora hay montones de ellas.

—Tiene sentido —opinó Cassy—. Y Beau debió de ser el primer huésped.

—Probablemente —convino Sheila—. Pero si el guión es correcto, podría haberle tocado a cualquiera en cualquier lugar.

—Teniendo en cuenta los hechos —dijo Cassy dirigiéndose más a Pitt que a los demás—, Beau tuvo que ser el primero. ¿Y sabéis una cosa? De no haber sido por Beau ahora nos hallaríamos en la misma situación que el resto de la gente. Ignoraríamos por completo lo que está pasando.

—O seríamos uno de ellos —dijo Jesse.

El discurso fue recibido con un silencio. Durante un rato sólo se oyó el chisporroteo de la madera candente y el gorjeo de los pájaros al otro lado de las ventanas abiertas.

—¡Eh! —exclamó Jonathan rompiendo el silencio—. ¿Vamos a quedarnos de brazos cruzados?

—¡Por supuesto que no! —dijo Pitt—. Tenemos que hacer algo. Es hora de contraatacar.

—Estoy de acuerdo —dijo Cassy—. Es nuestra responsabilidad. A fin de cuentas, es posible que seamos las personas de este mundo que más sabemos sobre el desastre que se nos viene encima.

—Necesitamos un anticuerpo —dijo Sheila—. Un anticuerpo y probablemente una vacuna, ya sea para el virus o para la proteína promotora. O tal vez un medicamento antivírico. ¿Qué opinas tú, Nancy?

—No se pierde nada por intentarlo. Pero necesitamos instrumental y mucha suerte.

—Podríamos crear un laboratorio aquí mismo —propuso Sheila—. Necesitaremos cultivos tisulares, incubadoras, microscopios, centrifugadores. Disponemos de todo eso, sólo hay que traerlo hasta aquí.

—Haced una lista con todo lo que necesitéis —dijo Jesse—. Probablemente pueda conseguir casi todo.

—Necesito ir a mi laboratorio —dijo Nancy.

—Y yo —dijo Sheila—. Necesitamos muestras de sangre de los pacientes que murieron de gripe, así como la muestra del líquido del disco.

—Haremos un resumen del informe que elaboramos para el CCE y lo difundiremos —declaró Cassy.

—Eso es —dijo Pitt comprendiendo las intenciones de Cassy—. Lo difundiremos por Internet.

—Buena idea —dijo Jonathan.

—Empecemos por enviarlo a los laboratorios de virología más importantes —propuso Sheila.

—Desde luego —dijo Nancy—. Y a las empresas farmacéuticas que se dedican a la investigación. Es imposible que todas esas fuentes estén infectadas. Estoy segura de que encontraremos a alguien que nos escuche.

—Puedo establecer una red de enlaces —dijo Jonathan—. Si los voy cambiando nadie podrá localizarnos.

Se miraron unos a otros. Estaban marcados a la vez que abrumados por la magnitud y dificultad de lo que estaban a punto de emprender. Cada uno había elaborado su propio cálculo de las probabilidades de éxito, pero, dejando a un lado las valoraciones personales, todos estaban de acuerdo en que había que hacer algo. A esas alturas la inacción habría resultado, a nivel psicológico, mucho más dura.

El sol acababa de ponerse cuando Nancy, Sheila y Jesse salieron de la cabaña y subieron a la furgoneta. Cassy, Jonathan y Pitt se despidieron desde el porche.

El grupo había decidido, después de una merecida siesta por parte de Sheila y Nancy, hacer una incursión en la ciudad para recoger instrumental de investigación. También habían decidido que los jóvenes permanecieran en la cabaña para tener espacio en la furgoneta. Al principio los muchachos habían protestado, sobre todo Jonathan, pero tras una larga discusión comprendieron que era lo mejor.

Jonathan regresó al interior de la cabaña en cuanto la furgoneta se hubo perdido de vista. Cassy y Pitt fueron a dar un paseo. Bordearon la cabaña y bajaron por el pinar hasta el lago. Caminaron hasta el final de un pequeño muelle y contemplaron en silencio la belleza natural del paisaje. La noche caía rauda, salpicando los montes con pinceladas de color púrpura y azul perla.

—En medio de este maravilloso lugar el asunto parece un mal sueño —comentó Pitt—, como si fuera irreal.

—Lo sé —dijo Cassy—. Por otro lado, el hecho de saber que es real y que toda la raza humana está en peligro me hace sentir unida a ella de una forma nueva para mí. Quiero decir que existe una relación entre todos nosotros. Por primera vez siento que los seres humanos somos una gran familia. Y cuando pienso en cómo nos hemos tratado unos a otros... —Se estremeció.

Pitt la rodeó con sus brazos para consolarla y darle calor. Cumpliendo las previsiones de Jesse, la temperatura había bajado nada más ponerse el sol.

—El temor a perder tu identidad también te hace reflexionar sobre tu vida —prosiguió Cassy—. Me resulta muy difícil tener que renunciar a Beau, pero no me queda más remedio. Me temo que el Beau que conocía ya no existe. Es como si hubiera muerto.

—Quizá desarrollemos un anticuerpo.

Pitt la miró y deseó fervientemente besarla, pero no se atrevió.

—Ya —repuso ella con desdén—, y Papá Noel vendrá a vernos mañana.

—¡Venga, Cassy! —exclamó zarandeándola ligeramente—. ¡No puedes rendirte!

—¿Quién ha hablado de rendirse? Simplemente estoy intentando aceptar la realidad de la mejor forma posible. Todavía quiero al viejo Beau, y probablemente siempre le querré. Pero con el tiempo me he dado cuenta de otra cosa.

—¿De qué? —preguntó inocentemente Pitt.

—De que siempre te he querido a ti también —dijo Cassy—. No pretendo violentarte, pero cuando tú y yo salíamos juntos siempre creí que en el fondo no te importaba, que mantenías conmigo una relación informal a propósito, de modo que nunca me detuve a analizar mis sentimientos. No obstante, durante estos dos últimos días he recibido una impresión diferente sobre tus sentimientos hacia mí y he comprendido que quizá estaba equivocada.

De lo más profundo de Pitt brotó una sonrisa que se elevó hasta extenderse por todo su rostro como una aurora.

—Si pensabas que no me importabas —dijo—, te aseguro que estabas absoluta y rigurosamente equivocada.

Ambos se miraron en medio de la creciente penumbra. Pese a la situación, estaban experimentando una inesperada euforia. La magia del momento se vio interrumpida por un grito agudo.

—¡Eh, chicos, venid aquí enseguida! —Era Jonathan—. ¡Tenéis que ver esto!

Temiendo lo peor, echaron a correr hacia la cabaña. Durante los escasos minutos que habían estado en el lago había oscurecido considerablemente bajo los encumbrados pinos y tropezaron varias veces con las raíces. Al irrumpir en la cabaña encontraron a Jonathan delante del televisor con una pierna colgando del brazo del sofá, comiendo patatas fritas mecánicamente.

—Escuchad —farfulló señalando el televisor.

«...todo el mundo coincide en que el presidente posee un vigor y una energía desconocidas en él hasta ahora. Según palabras de un empleado de la Casa Blanca, "es otro hombre".»

La presentadora empezó a toser. Tras disculparse, prosiguió:

«Entretanto, la curiosa gripe sigue extendiéndose por la capital. Algunos ministros, así como la mayoría de los miembros clave de ambas cámaras del Congreso, se han visto afectados por esta repentina enfermedad. El país entero lamenta la muerte del senador Pierson Canmore. Diabético declarado, fue toda una inspiración para la gente con enfermedades crónicas.»

Jonathan bajó el volumen con el mando a distancia.

—Por lo visto controlan casi todo el gobierno —dijo.

—Ya nos habíamos dado cuenta de eso —dijo Cassy—. ¿Qué hay del resumen que elaboramos esta tarde? Pensaba que ibas a tenerlo listo para difundirlo por Internet.

—Ya lo he introducido —dijo Jonathan.

Giró con un dedo el ordenador, que descansaba sobre la mesa del café, para que Cassy viese la pantalla. La máquina estaba conectada a la línea telefónica.

—Todo listo.

—En ese caso, lánzalo —dijo Cassy.

Jonathan pulsó una tecla y la primera descripción y advertencia de lo que estaba ocurriéndole al mundo salió a la vasta autopista electrónica. El mensaje estaba ahora en Internet.

16

10.30 h.

Beau estaba sentado frente a los monitores que había hecho instalar en la librería. Las pesadas cortinas de terciopelo de los ventanales estaban corridas para facilitar la visualización. Verónica, detrás de él, le masajeaba los hombros.

Los dedos de Beau pasearon por el cuadro de mandos y las pantallas se iluminaron. Subió el volumen del monitor situado en el ángulo superior izquierdo. La NBC estaba emitiendo unas declaraciones de Arnold Lertein, secretario de prensa de la Casa Blanca.

«No hay motivos para alarmarse. Así lo afirman el presidente y la secretaria de Salud Pública, la doctora Alice Lyons. La gripe ha alcanzado niveles epidémicos, pero se trata de una dolencia breve sin efectos secundarios. Lo cierto es que la mayoría de la gente que la ha contraído afirma sentirse más enérgica después de superar la enfermedad. Sólo las personas con enfermedades crónicas deberían...»

Beau trasladó el sonido al siguiente monitor. El entrevistado, de origen claramente británico, estaba diciendo:

«...sobre las islas Británicas. Si usted o algún familiar empieza a mostrar síntomas, no se alarme. Lo único que la persona tiene que hacer es meterse en la cama, beber tisanas y controlar la fiebre».

Beau comenzó a saltar de un monitor a otro. El mensaje era el mismo ya hablaran en ruso, chino, español o cualquiera de los cuarenta y tantos idiomas representados.

—La plaga se está extendiendo como habíamos previsto —comentó.

Verónica asintió con la cabeza y continuó con su masaje.

Beau saltó al monitor de vigilancia de la verja de entrada al instituto. El plano mostraba a un grupo de unos cincuenta manifestantes acribillando a preguntas al equipo reforzado de jóvenes guardas. Detrás, algunos perros del instituto permanecían al acecho.

—Mi esposa está ahí dentro y exijo verla —vociferó un manifestante—. No tenéis derecho a retenerla.

Las sonrisas de los guardas permanecían inmutables.

—Sé que mis dos hijos están ahí dentro —protestó otro manifestante—. Quiero hablar con ellos. Quiero asegurarme de que están bien.

Mientras los manifestantes gritaban, una riada de gente sonriente y tranquila cruzaba la verja. Eran personas infectadas que habían sido convocadas para prestar sus servicios al instituto. Los guardas las reconocían sin necesidad de hablar.

El hecho de que a ciertas personas se les permitiera la entrada sin más aumentó la furia de los manifestantes, que se habían sentido ignorados desde el principio. De repente arremetieron contra la verja.

Estalló una refriega con gritos y empujones. Hubo incluso algunos puñetazos. Fueron los perros, no obstante, quienes decidieron rápidamente el resultado. Se abalanzaron sobre la verja y cargaron contra los manifestantes. Era tal el ensañamiento con que gruñían y desgarraban ropas, que el ánimo de los manifestantes se aplacó rápidamente. El grupo retrocedió.

Beau apagó los monitores e inclinó la cabeza para que Verónica pudiera masajearle la nuca. Sólo había dormido una hora de las dos que necesitaba.

—Deberías estar contento —dijo ella—. Las cosas no podían ir mejor.

—Lo estoy —respondió Beau. Y cambiando de tema preguntó—: ¿Está Alexander Dalton en el salón de baile? ¿Lo viste allí?

—La respuesta a ambas preguntas es sí. Está haciendo lo que le dijiste. Alexander jamás quebrantaría tus órdenes.

—En ese caso iré a verle.

Enderezó el cuello y se levantó. Un escueto silbido atrajo rápidamente a *Rey* a su lado y juntos bajaron por la escalinata central.

El nivel de actividad en el vasto salón había aumentado con respecto al día anterior, así como el número de trabajadores. Las vigas del techo, al igual que los tachones de las paredes, estaban ahora al descubierto. Las inmensas arañas de luces y las cornisas decorativas habían desaparecido. Los ventanales en arco estaban en su mayoría precintados. En el centro de la estancia se erigía una complicada estructura electrónica. La estaban construyendo con piezas obtenidas del observatorio, de algunas empresas de electrónica y del departamento de física de la universidad local.

Beau sonrió al observar la precisión con que se llevaban a cabo los trabajos destinados a tan magnífico fin. Le parecía increíble que ese salón hubiera sido utilizado en otros tiempos para algo tan frívolo como el baile.

Alexander vio a Beau y corrió a reunirse con él.

—Está quedando muy bien, ¿no te parece?

—Es una maravilla.

—Tengo buenas noticias. Estamos efectuando el cierre de las fábricas más contaminantes de los Grandes Lagos. Dentro de una semana ya no quedará ninguna abierta.

—¿Y Europa del Este? —preguntó Beau—. Es la zona que más me preocupa.

—También, sobre todo Rumanía. Para la próxima semana ya estarán todas cerradas.

—Excelente.

Randy Nite vio a Beau y se acercó.

—¿Qué te parece? —preguntó mientras contemplaba con orgullo la estructura central.

—Está quedando perfecta —dijo Beau—, pero agradecería un poco más de celeridad.

—Para eso necesitaría más ayuda —repuso Randy.

—Toma cuanta ayuda necesites. Debemos estar listos para la llegada.

Randy sonrió agradecido antes de volver a su trabajo.

Beau se volvió hacia Alexander.

—¿Qué sabes de Cassy Winthrope? —preguntó con tono repentinamente seco.

—Todavía nada. La policía y los funcionarios de la universidad están haciendo cuanto está en su mano para ayudarnos. No te preocupes, aparecerá, puede que incluso voluntariamente.

Beau lo cogió por el antebrazo con tal fuerza que le cortó el riego sanguíneo.

Desconcertado por la repentina hostilidad del gesto, Alexander contempló la mano que lo sujetaba. No era una mano humana. Los dedos alargados le envolvían el brazo como si fueran pequeñas serpientes.

—Mi deseo de encontrar a esa chica no es un capricho —dijo Beau mirando a Alexander con unos ojos que eran todo pupilas—. Quiero a la chica ya.

Alexander levantó la vista. Sabía que no debía oponer resistencia.

—A partir de ahora será un asunto de máxima prioridad —respondió.

Jesse había aparcado la furgoneta junto al cobertizo y la había cubierto con ramas de pino cortadas del bosque adyacente. Desde fuera la cabaña hubiese parecido abandonada de no ser por la columna de humo que escapaba por la chimenea.

La placidez exterior contrastaba con el interior de la cabaña, convertido en una bulliciosa estación de trabajo. El improvisado laboratorio biológico ocupaba casi todo el espacio.

Nancy se hallaba al mando en estrecha colaboración con Sheila. Todos intuían que Nancy estaba vertiendo su profundo dolor por la pérdida de Eugene en la tarea de encontrar una forma de detener el virus alienígena. Estaba poseída.

Pitt, delante de un ordenador personal, trataba de elaborar un cálculo más preciso con la información emitida por las cadenas de televisión. Los medios de comunicación habían recogido al fin la historia de los discos negros, pero no en relación con la plaga de gripe. La historia estaba planteada de tal forma que pretendía despertar el interés del público por salir a buscarlos.

Jesse reconoció que su contribución había de ser más bien de tipo logístico, especialmente en cuestiones prácticas como cocinar y alimentar el fuego de la chimenea. Actualmente estaba dando los últimos retoques a una de sus especialidades: chile con carne.

Cassy y Jonathan trabajaban con el ordenador portátil en la mesa del comedor. Para alegría de Jonathan, se había producido una clara inversión de papeles: ahora él era el maestro. También para placer de Jonathan, Cassy llevaba puesto uno de sus finos vestidos de algodón. Puesto que era evidente que no llevaba sujetador, al adolescente le resultó muy difícil concentrarse.

—¿Y ahora qué hago? —preguntó Cassy.

—¿Qué? —dijo Jonathan como despertando de un sueño.

—¿Te estoy aburriendo?

—No, no —se apresuró a contestar Jonathan.

—Preguntaba si debo cambiar las tres últimas letras en el URL —dijo Cassy mirando la pantalla de cristal líquido, ajena al efecto que sus atributos físicos ejercían en Jonathan. Venía de nadar en el lago y sus pezones sobresalían como canicas.

—Sí... esto... sí —farfulló Jonathan—. Teclea G O V. Luego...

—Luego retroceso, *6 0 6*, R mayúscula, *g* minúscula y retroceso —prosiguió Cassy—. Y después *intro*.

Cassy miró a Jonathan y observó que estaba colorado.

—¿Ocurre algo? —preguntó.

—No.

—¿Aprieto? —preguntó Cassy.

Jonathan asintió y ella pulsó *intro*. La impresora se puso en marcha al instante y empezó a vomitar páginas.

—*Voilà!* —dijo Jonathan—. Hemos entrado en nuestro buzón sin que nadie haya podido localizarnos.

Cassy sonrió y le dio un codazo cariñoso.

—Eres un buen maestro.

Jonathan volvió a sonrojarse y desvió la mirada. Se puso a recoger las páginas que salían de la impresora. Cassy se levantó y se acercó a Pitt.

—La comida estará lista dentro de tres minutos —anunció Jesse. Nadie respondió—. Lo sé, lo sé —añadió—, estáis todos muy ocupados, pero tenéis que comer. Pondré el guiso en la mesa para quien lo quiera.

Cassy posó las manos en los hombros de Pitt y

contempló la pantalla del ordenador. Mostraba otro gráfico de sectores, y ahora la cuña roja era mayor que la azul.

—¿Es ésta la situación actual? —preguntó Cassy.

Pitt le cogió la mano y la estrechó con fuerza.

—Me temo que sí —dijo—. Aun cuando los datos que recogí de la televisión estuvieran por debajo de la realidad, las proyecciones sugieren que el sesenta y ocho por ciento de la población mundial está infectada.

Jonathan dio una palmadita a Nancy en la espalda.

—Siento molestarte, mamá —dijo—, pero tengo el último informe del web.

—¿Dice algo el grupo de Winnipeg sobre la secuencia de aminoácidos de la proteína? —preguntó Sheila.

—Sí.

Jonathan buscó la hoja correspondiente al grupo de Winnipeg y se la entregó a Sheila, que dejó lo que estaba haciendo para leerla.

—También he conectado con un grupo de Trondhiem, en Noruega —prosiguió el joven—. Están trabajando en un laboratorio oculto bajo el gimnasio de la universidad local.

—¿Les has enviado nuestros datos originales? —preguntó Nancy.

—Sí, como hice con los demás.

—Oye, los de Winnipeg han hecho progresos —observó Sheila—. Ya tenemos la secuencia completa de los aminoácidos de la proteína, lo que significa que podemos empezar a crear la nuestra.

—La gente de Noruega envió esto —dijo Jonathan.

Tendió la hoja a Nancy pero Sheila se la arrebató. Tras una rápida lectura hizo una pelota con ella.

—Ninguna novedad —protestó—. Menuda pérdida de tiempo.

—Han estado trabajando totalmente aislados —replicó Cassy en defensa de los noruegos.

—¿Qué tiene que decir el grupo francés? —preguntó Pitt.

—Mucho —respondió Jonathan. Separó las páginas francesas y se las entregó a Pitt—. Parece que la plaga está extendiéndose en Francia a un ritmo menor que en los demás países.

—Será por el vino —ironizó Sheila.

—Quizá sea un dato significativo —dijo Nancy—. Si no se trata de un simple bache fortuito en la curva y podemos determinar el motivo, podría resultar de gran ayuda.

—Y ahora las malas noticias —anunció Jonathan mostrando otro folio—. Cada vez son más las personas afectadas de diabetes, hemofilia, cáncer y otras enfermedades crónicas que mueren en todo el mundo.

—Se diría que el virus está limpiando deliberadamente la reserva de genes —comentó Sheila.

Jesse apareció con la cazuela de chile y pidió a Pitt que retirara el ordenador de la mesa. Mientras esperaba, preguntó a Jonathan con cuántos centros de investigación del mundo había conectado el día anterior.

—Con ciento seis —respondió Jonathan.

—¿Y hoy?

—Con noventa y tres.

—¡Uau! —exclamó el teniente dejando el guiso sobre la mesa—. Una tasa decreciente muy alta —dijo mientras regresaba a la cocina en busca de platos y cubiertos.

—Puede que tres de ellos valieran la pena —repuso Jonathan—, pero empezaron a hacer demasiadas preguntas sobre quiénes éramos y dónde estábamos, de modo que corté la comunicación.

—Ante todo prudencia —declaró Pitt.

—Aún así sigue siendo una tasa muy alta —insistió Jesse.

—¿Qué hay del hombre que se hace llamar doctor M? —preguntó Sheila—. ¿Ha dicho algo?

—Muchas cosas —respondió Jonathan.

—¿Quién es ese M? —quiso saber Jesse.

—La primera persona que respondió a nuestra carta difundida por Internet —explicó Cassy—. No había pasado todavía una hora. Creemos que está en Arizona, pero ignoramos exactamente dónde.

—Nos ha pasado un montón de información útil —dijo Nancy.

—Tanta que me parece sospechoso —dijo Pitt.

—Todos a la mesa —ordenó Jesse—. La comida se está enfriando.

—Yo sospecho de todo el mundo —dijo Sheila. Se acercó a la mesa y ocupó su sitio de siempre en uno de los extremos—. Pero si alguien está dispuesto a difundir información útil, no seré yo quien la rechace.

—Siempre y cuando la conexión no revele nuestra ubicación —puntualizó Pitt.

—Evidentemente —replicó Sheila con tono condescendiente.

Cogió las hojas del doctor M que Jonathan le tendía y, sosteniéndolas con una mano, comenzó a leer al tiempo que con la otra mano comía. Parecía una estudiante de bachillerato preparando un examen para el día siguiente.

Los demás se sentaron de forma algo más civilizada y extendieron las servilletas sobre sus respectivos regazos.

—Jesse, esta vez te has superado —dijo Cassy después de catar el guiso.

—Se agradece el cumplido.

El grupo comió en silencio durante un rato. Finalmente Nancy se aclaró la garganta y dijo:

—Odio sacar el tema, pero se nos están acabando las provisiones del laboratorio. No podremos trabajar mucho más tiempo si no hacemos otra incursión en la ciudad. Sé que es peligroso, pero no tenemos elección.

—No te preocupes —la tranquilizó Jesse—. Hazme una lista de lo que necesitáis y me encargaré de conseguirlo. Es importante que tú y Sheila sigáis trabajando. Además, también necesitamos comida.

—Iré contigo —dijo Cassy.

—Y yo —dijo Pitt.

—Y yo —dijo Jonathan.

—Tú te quedas —ordenó Nancy.

—¡Venga ya, mamá! —protestó su hijo—. Estoy metido en esto tanto como los demás.

—Si tú vas, yo voy también —dijo Nancy—. En cualquier caso, Sheila o yo deberíamos ir. Somos las únicas que sabemos exactamente qué necesitamos.

—¡Ostras! —exclamó Sheila de repente.

—¿Qué ocurre? —preguntó Cassy.

—Ese doctor M nos preguntó ayer qué habíamos descubierto sobre el porcentaje de sedimentación de la sección de ADN que sabíamos contenía el virus.

—Ya le enviamos nuestros cálculos, ¿no es cierto? —preguntó Nancy.

—Envié exactamente lo que me diste —respondió Jonathan—, incluido el hecho de que nuestro centrifugador no puede alcanzar tantas revoluciones por minuto.

—Pues por lo visto él tiene acceso a un centrifugador que sí puede —informó Sheila.

—Déjame ver —dijo Nancy cogiendo la hoja—. ¡Vaya! Estamos más cerca de aislar el virus de lo que pensábamos.

—Así es —repuso Sheila—. El aislamiento del virus no es lo mismo que un anticuerpo o una vacuna, pero supone un paso importante. Quizá el único.

—¿Qué hora es? —preguntó Jesse.

—Las diez y media —contestó Pitt sosteniendo el reloj frente a su cara para ver la esfera.

La oscuridad reinaba bajo los árboles de los riscos que dominaban el campus de la universidad. Jesse, Pitt, Cassy, Nancy y Jonathan estaban en la furgoneta. Llevaban ahí media hora porque Jesse había insistido en esperar. Quería entrar en el centro médico durante el cambio de turno de las once a fin de aprovechar ese momento de confusión para encontrar lo que necesitaban y llevárselo.

—Nos pondremos en marcha a las diez cuarenta y cinco —informó Jesse.

Desde los riscos se divisaba el asfalto levantado de algunos aparcamientos de la universidad. En los nuevos solares, ahora iluminados, había gente infectada plantando hortalizas.

—No hay duda de que están bien organizados —comentó Jesse—. Fijaos con qué compenetración trabajan.

—¿Dónde aparcará ahora la gente? —preguntó Pitt—. Creo que están llevando lo del medio ambiente demasiado lejos.

—Puede que su intención sea acabar con los coches —opinó Cassy—. Después de todo, los coches son una fuente importante de contaminación.

—Hay que reconocer que están dejando la ciudad bien limpia —dijo Nancy.

—Probablemente estén limpiando todo el planeta —señaló Cassy—. Están consiguiendo darnos mala imagen. Supongo que hacía falta alguien de fuera para hacernos valorar lo que tenemos.

—Ya basta —espetó Jesse—. Empiezas a hablar como si estuvieras de parte de ellos.

—Es casi la hora —dijo Pitt—. A ver que os parece mi plan. Jonathan y yo nos encargaremos del laboratorio del hospital. Conozco el lugar y Jonathan sabe de ordenadores. Entre los dos podremos decidir qué necesitamos y sacarlo de allí.

—Iré con vosotros —dijo Nancy.

—¡Mamá! —gimió Jonathan—. Tú tienes que ir a la farmacia y no hay nada que yo pueda hacer allí. Pitt me necesita.

—Es cierto —dijo éste.

—Cassy y yo acompañaremos a Nancy —propuso Jesse—. Iremos al supermercado y mientras ella consigue de la farmacia los medicamentos que necesita, nosotros reuniremos provisiones.

—De acuerdo —dijo Pitt—. Nos encontraremos aquí dentro de treinta minutos.

—Que sean cuarenta y cinco —sugirió Jesse—. El supermercado cae más lejos que el centro médico.

—Muy bien. En marcha.

El grupo bajó de la furgoneta. Nancy dio un fugaz abrazo a Jonathan. Pitt tomó a Cassy del brazo.

—Ten cuidado —le dijo.

—Tú también —repuso ella.

—Y sobre todo —advirtió Jonathan—, sonreíd en todo momento como gilipollas.

—¡Jonathan! —le reprendió su madre.

Antes de partir, Cassy besó a Pitt en los labios. Luego corrió en dirección a Nancy y Jesse mientras Pitt daba alcance a Jonathan. El grupo se alejó en medio de la noche.

La fotografía era de Cassy y había sido tomada seis meses antes en un prado cubierto de flores silvestres. Cassy estaba tumbada, la espesa melena extendida formando una oscura aureola en torno a su cabeza. Sonreía a la cámara con picardía.

Beau alargó una mano arrugada que parecía de goma. Con sus dedos de reptil envolvió el marco y se lo acercó a la cara. El brillo de sus ojos iluminó el retrato, permitiéndole apreciar con mayor claridad las facciones de Cassy. Estaba sentado en la biblioteca del primer piso con las luces apagadas. También los monitores estaban apagados. La única fuente de luz provenía de un débil rayo de luna que se filtraba por los ventanales.

Beau advirtió que alguien había entrado en la habitación.

—¿Puedo encender la luz? —preguntó Alexander.

—Si no hay más remedio.

La sala se iluminó y Beau entrecerró los ojos.

—¿Te ocurre algo? —preguntó Alexander antes de reparar en la fotografía que sostenía Beau.

Éste no respondió.

—No quiero parecer entrometido —dijo Alexander—, pero creo que no deberías dejarte obsesionar por esa persona. No es nuestro estilo. Va en contra del bien colectivo.

—Lo he intentado, pero no puedo evitarlo. —Golpeó la mesa con el marco de la fotografía y el cristal se hizo añicos.

—Se supone que a medida que produzco ADN éste va reemplazando mi ADN humano. No obstante, los cables de mi cerebro todavía evocan emociones humanas.

—Yo he sentido algo parecido, pero mi ex novia tenía un defecto genético y no superó la etapa del despertar. Supongo que eso facilitó las cosas.

—La emotividad es una debilidad espantosa —dijo Beau—. Nuestra raza jamás había tropezado con una especie con semejantes lazos interpersonales. Carezco de precedentes que puedan orientarme.

Deslizó una mano por debajo del marco quebrado. Un fragmento de cristal le hizo un corte en un dedo y de éste brotó una espuma verde.

—Te has cortado.

—No es nada —repuso Beau. Levantó el marco y contempló la fotografía—. Tengo que encontrarla e infectarla. Sólo entonces me sentiré satisfecho.

—Hemos corrido la voz —insistió Alexander—. En cuanto la localicen nos lo harán saber.

—Probablemente esté escondida. Me estoy volviendo loco, soy incapaz de concentrarme.

—En cuanto al Pórtico...

—¡Déjate de pórticos! Tienes que encontrar a Cassy Winthrope —gritó Beau.

—¿Qué demonios ha pasado aquí? —preguntó Jesse.

El aparcamiento del supermercado Jefferson estaba a rebosar de coches abandonados con las puertas entreabiertas, como si sus ocupantes hubiesen echado a correr para salvar la vida.

Los escaparates estaban rotos y había cristales esparcidos por toda la acera. El interior estaba iluminado únicamente por las luces de emergencia, las cuales bastaban para comprender que el supermercado había sufrido un saqueo.

—¿Qué ha ocurrido aquí? —preguntó Cassy.

La escena recordaba a un país tercermundista en plena guerra civil.

—A saber —dijo Nancy.

—Puede que cundiera el pánico entre las pocas personas que todavía no han sido infectadas —sugirió Jesse—. Quizá lo que conocemos como fuerzas de orden público ya no existan.

—¿Qué hacemos? —preguntó Cassy.

—Lo que habíamos planeado —respondió Jesse—. A decir verdad, nos han facilitado las cosas. Pensaba que tendríamos que forzar la puerta.

El grupo se acercó a un escaparate roto y miró. Dentro reinaba una extraña quietud.

—Menudo desastre, aunque no parece que se hayan llevado mucha cosa —dijo Nancy—. Al parecer los saqueadores estaban más interesados en las cajas registradoras.

Desde donde estaban podían ver los cajones de todas las cajas registradoras abiertos.

—¡Qué imbéciles! —espetó Jesse—. Si la autoridad civil desaparece, los billetes dejarán de tener valor. —Echó otro vistazo al aparcamiento. No había un alma—. Me pregunto por qué no hay nadie —dijo—. Debe de ser el único lugar de la ciudad donde no hay gente. Pero a caballo regalado no le mires la dentadura. Vamos.

Entraron por el escaparate roto y se dirigieron al pasillo central que conducía a la farmacia, al fondo del local. La tenue luz dificultaba el trayecto, pues el suelo estaba cubierto de latas, botellas y cajas de víveres arrojadas de los estantes.

La farmacia estaba separada del resto del local por una persiana de rejilla que iba del suelo al techo y estaba cerrada con candado. Los saqueadores de la sección de alimentación habían irrumpido también en la farmacia. La persiana mostraba una tosca abertura hecha con unas grandes tenazas que descansaban en el suelo.

Jesse separó los bordes mellados de la abertura para que Nancy pudiera pasar.

—¿Qué aspecto tiene? —preguntó el teniente desde fuera.

—Los narcóticos han desaparecido, pero no importa —dijo Nancy—. Todavía siguen aquí los medicamentos antivirales y los antibióticos. Necesito diez minutos para reunir lo preciso.

Jesse se volvió hacia Cassy.

—Vamos a buscar provisiones.

Cassy y Jesse regresaron al vestíbulo del supermercado. Cogieron algunas bolsas y partieron en busca de lo que necesitaban. Cassy seleccionaba los artículos mientras Jesse hacía de porteador.

En un pasillo Jesse resbaló con el contenido de una botella rota. El suelo parecía una pista de hielo.

Cassy le agarró del brazo para ayudarle a recuperar el equilibrio, pero los pies de Jesse seguían resbalando. Finalmente optó por caminar con las piernas totalmente separadas. La escena parecía salida de una película de Charlot.

Cassy examinó la botella.

—No me extraña —dijo—, es aceite de oliva. Ve con cuidado.

—Me llaman Prudencio —bromeó él—. ¿Cómo, si no, crees que he durado treinta años en la policía? —Sonrió y sacudió la cabeza—. Es curioso, siempre pensé que me caería un gran caso antes de retirarme, pero este asunto supera en mucho mis predicciones.

—Supera en mucho las predicciones de todos.

Doblaron y enfilaron el pasillo de los cereales. Cassy tuvo que abrirse paso por una enorme pila de cajas de gran tamaño. De repente dio un grito. Jesse corrió a su lado.

—¿Qué ocurre? —preguntó.

Cassy señaló con el dedo. En medio de lo que había sido una choza construida con cajas de cereales apareció el rostro de un niño de unos cinco años. Estaba sucio y tenía las ropas desgarradas.

—¡Dios! —exclamó Jesse—. ¿Qué está haciendo aquí?

Instintivamente, Cassy se inclinó para levantar al niño, pero el teniente la detuvo con un brazo.

—Espera —dijo—. No sabemos nada de él.

Cassy intentó liberarse pero él le sujetó con más fuerza.

—Es sólo un niño —dijo ella—. Está aterrorizado.

—Pero no sabemos...

—No podemos dejarle aquí.

A regañadientes, Jesse soltó a Cassy y ésta se inclinó para sacar al muchacho de su hogar de cartón. El niño se cogió rápidamente a Cassy y hundió la cara en la curva de su cuello.

—¿Cómo te llamas? —preguntó ella mientras le acariciaba la espalda. Se sorprendió de la fuerza con que la sujetaba.

Cassy y Jesse se miraron. Ambos estaban pensando lo mismo. ¿Qué efecto iba a tener este nuevo acontecimiento en su ya desesperada situación?

—Ya estás a salvo —le dijo Cassy—, pero necesitamos saber cómo te llamas para poder hablar contigo.

Lentamente, el chico echó el cuerpo hacia atrás.

Cassy sonrió con ternura. Se disponía a tranquilizarlo cuando se percató de que sonreía como si estuviera en éxtasis. Lo más sorprendente, no obstante, eran sus ojos. Tenían unas pupilas enormes y brillaban como con una luz interior.

Sintiendo un rechazo instintivo, Cassy se inclinó para dejarlo en el suelo. Trató de sujetarle la mano, pero el chico era más fuerte de lo que había imaginado y consiguió soltarse. Luego echó a correr hacia la salida.

—¡Eh! —gritó Jesse—. ¡Vuelve aquí!

El teniente fue tras el muchacho.

—Está infectado —vociferó Cassy.

—Lo sé, por eso no quiero que se escape.

Jesse tenía problemas para correr por el sombrío pasillo, pues las suelas de sus zapatos conservaban restos de aceite. Para colmo estaban todas aquellas latas, botellas y cajas esparcidas por el suelo.

El niño, que no parecía tener dificultades para salvar los obstáculos, llegó al vestíbulo mucho antes que Jesse. Tras colocarse delante de un escaparate roto, levantó una mano regordeta y desplegó los dedos. De su palma se elevó un disco negro que desapareció en la noche.

Jesse llegó hasta el niño casi sin resuello a causa de los tropiezos y resbalones sufridos por el camino. Para colmo, se había golpeado la cadera y cojeaba ligeramente. Había caído cerca de una caja registradora y aplastado una lata de salsa de tomate.

—De acuerdo, hijo —dijo tratando de recuperar el aliento—. ¿Qué estás haciendo aquí?

Sin abandonar su desmedida sonrisa, el muchacho alzó la vista hacia Jesse. No dijo nada.

—Venga, muchacho. No pido tanto.

Cassy se acercó.

—¿Qué ha hecho? —preguntó.

—Nada que yo sepa —respondió Jesse—. Corrió hasta aquí y se detuvo. Ojalá dejara de sonreír así. Tengo la sensación de que se está burlando de nosotros.

Ambos divisaron los faros al mismo tiempo. Un coche había entrado en el aparcamiento del supermercado y se acercaba a ellos.

—¡Oh, no! —exclamó Jesse—. Tenemos compañía, justo lo que necesitábamos.

El vehículo se aproximaba a gran velocidad. Cassy y Jesse retrocedieron unos pasos. Con un agudo chirrido de neumáticos, el coche se detuvo en seco delante de la tienda. La luz cegadora de los faros inundó el interior. Cassy y Jesse se protegieron los ojos con las manos. El niño corrió hacia la luz y desapareció en medio del resplandor.

—¡Ve a buscar a Nancy y salid por la puerta de atrás! —ordenó Jesse.

—¿Y tú?

—Voy a entretenerles un rato. Si no he vuelto al punto de encuentro dentro de quince minutos, marchaos sin mí. Ya buscaré algún coche para regresar a la cabaña.

—¿Estás seguro?

A ella no le hacía gracia dejarlo solo.

—Claro que lo estoy. Y ahora vete.

Los ojos de Cassy se habían acostumbrado lo suficiente a la luz como para divisar dos figuras que en ese momento bajaban del coche. El resplandor de los faros todavía le impedía apreciar los detalles.

Cassy dio media vuelta y se adentró en el supermercado. A mitad del pasillo miró atrás y vio a Jesse cruzar el escaparate roto en dirección a la luz.

Cassy cogió carrera y arremetió deliberadamente contra la persiana de la farmacia. La agarró y comenzó a sacudirla y a gritar el nombre de Nancy. Nancy asomó la cabeza por detrás del mostrador y enseguida reparó en la luz procedente de la fachada del supermercado.

—¿Qué ocurre? —preguntó.

—Tenemos problemas —respondió entre jadeos—. Hay que salir de aquí.

—De acuerdo. Ya tengo todo lo que necesito.

Rodeó el mostrador e intentó cruzar la persiana, pero quedó enganchada en el canto mellado de la abertura.

—Cógela —dijo Nancy tendiendo la bolsa de los medicamentos a Cassy.

Trató de salir empujando la rejilla con ambas manos, pero sin éxito.

La luz que llegaba del vestíbulo se hizo más intensa. De pronto se oyó un silbido que aumentó con rapidez, hasta hacerse ensordecedor. Luego, el silbido cesó con tal brusquedad que la consecuente sacudida volcó algunos artículos de las estanterías.

—¡Oh, no! —gimió Nancy.

—¿Qué ocurre?

—Es el mismo silbido que oímos cuando Eugene desapareció ¿Dónde está Jesse?

—¡Vamos! —gritó Cassy—. Tenemos que salir de aquí.

Dejó la bolsa de medicamentos en el suelo y trató de agrandar el hueco de la rejilla. La luz de varias linternas empezó a barrer el interior de la tienda.

—¡Vete! —gritó Nancy—. Coge la bolsa y corre.

—No me iré sin ti —dijo Cassy mientras bregaba con la persiana.

—De acuerdo. Empuja por este lado y yo empujaré por el otro.

El esfuerzo conjunto logró finalmente liberar a Nancy. Cogieron la bolsa y, siguiendo la pared del fondo de la tienda, echaron a correr sin rumbo. Seguras de que el local dispondría de una puerta trasera, cuanto encontraron fue una enorme nevera de alimentos congelados.

Al llegar al final doblaron por el primer pasillo. Confiaban en que si seguían el contorno del edificio tarde o temprano tropezarían con una puerta. Pero no llegaron muy lejos. En ese momento varios individuos con linternas asomaron por el otro extremo del pasillo.

Cassy y Nancy soltaron un grito de pavor. Lo que daba al grupo un aire especialmente terrorífico eran los ojos, que brillaban en la penumbra como lejanas estrellas en un cielo oscuro.

Cassy y Nancy retrocedieron, sólo para tropezar con un segundo grupo que se acercaba por la otra punta del pasillo. Acurrucadas la una contra la otra, vieron cómo ambos grupos las rodeaban. Ahora estaban suficientemente cerca para advertir que había tantos hombres como mujeres, tantos viejos como jóvenes, y que todos poseían el mismo brillo en los ojos y la misma sonrisa de plástico.

Los infectados rodearon a las mujeres, pero eso fue cuanto ocurrió durante unos instantes. Espalda contra espalda, Cassy y Nancy se cubrieron la boca con las manos. La bolsa de las medicinas cayó al suelo.

Horrorizada ante la idea de que la tocaran, Cassy

soltó un chillido cuando uno de los infectados la cogió de la muñeca.

—Cassy Winthrope, ¿verdad? —dijo el hombre con una carcajada—. Es un verdadero placer conocerla. Se le ha echado mucho de menos.

Pitt tamborileó el volante con los dedos. Jonathan se revolvió en el asiento trasero de la furgoneta. Estaban preocupados.

—¿Cuánto tiempo ha pasado? —preguntó Jonathan.

—Veinticinco minutos —dijo Pitt.

—¿Qué vamos a hacer?

—Ni idea. Pensaba que los problemas los íbamos a tener nosotros.

—A nadie le importó lo que hacíamos porque no dejamos de sonreír —dijo Jonathan.

—Quédate aquí —ordenó Pitt—. Tengo que ir a ese supermercado. Si no he vuelto dentro de quince minutos regresa a la cabaña sin mí.

—¿Y cómo volverás tú? —repuso Jonathan.

—Hay un montón de coches abandonados para elegir —dijo Pitt—. No te preocupes.

—Pero...

—Haz lo que te digo.

Pitt salió de la furgoneta y descendió por el risco. Tras dejar atrás la arboleda, desembocó en una calle desierta y emprendió el camino hacia el supermercado. Calculó que tenía unas seis manzanas por delante antes de girar.

De un edificio salió un individuo que echó a andar en dirección a Pitt, que reparó en el brillo de sus ojos. Reprimiendo las ganas de salir corriendo, esbozó una amplia sonrisa, la misma que él y Jonathan habían mostrado en el centro médico. Los músculos de la cara le dolían de tanto sonreír.

Para Pitt, la experiencia de caminar directamente hacia el individuo resultaba desquiciante. No sólo debía concentrarse en sonreír, sino en mantener la mirada al frente. Él y Jonathan habían aprendido que el contacto con los ojos levantaba sospechas.

El hombre pasó de largo y Pitt suspiró aliviado. Vaya vida, rumió con tristeza. ¿Cuánto tiempo iban a ser capaces de soportar aquel juego del ratón y el gato?

Dobló en la esquina y puso rumbo al supermercado. Desde lejos divisó un grupo de coches estacionados frente a la entrada. El hecho de que los faros estuvieran encendidos le inquietó. Se acercó un poco más y comprobó que también los motores estaban encendidos.

Pitt se detuvo en el margen exterior del aparcamiento. En ese momento varias personas salieron del supermercado y subieron a los coches. Luego se oyó el ruido de puertas al cerrarse.

Caminando con paso rápido, Pitt se ocultó en el oscuro portal del edificio que lindaba con la entrada del aparcamiento del supermercado. Los coches se pusieron en marcha y giraron en dirección a Pitt. Poco a poco fueron formando una sola fila. Pitt se acurrucó en su escondite en el momento en que los faros del primer coche le rozaban.

El primero de los seis coches pasó a unos cinco metros de Pitt. El vehículo se detuvo un instante antes de girar, dándole la oportunidad de divisar los rostros sonrientes de sus ocupantes.

Los coches fueron pasando. Al llegarle el turno al último, Pitt quedó petrificado y un escalofrío le recorrió la espalda. Sentada en el asiento de atrás iba Cassy.

Incapaz de contenerse y sin pensar en las consecuencias, dio un paso al frente, como si pretendiera echar a correr hacia el coche y abrir la portezuela. La luz de la calle lo envolvió y en ese momento Cassy miró en su dirección.

Por una milésima de segundo sus ojos se encontraron. Pitt hizo ademán de avanzar, pero Cassy sacudió la cabeza y el instante pasó. Con un brusco bandazo, el coche aceleró y se esfumó en la noche.

Temblando, Pitt se apoyó contra el portal. Estaba furioso consigo mismo por no haber actuado, aunque en el fondo sabía que no habría servido de nada. Cada vez que cerraba los ojos veía el rostro de Cassy enmarcado en la ventanilla del coche.

17

Sombras violáceas iluminaban el cielo del desierto, hasta ahora bañado de estrellas, anunciando la llegada de un nuevo día por el horizonte del este. Amanecía.

Beau había pasado la noche en la terraza de sus aposentos, disfrutando del aire mientras saboreaba la buena noticia. Ahora esperaba pacientemente a que transcurrieran los últimos minutos. El encuentro iba a producirse de un momento a otro, pues había visto acercarse el coche por el camino y desaparecer frente a la mansión.

Se oyeron pisadas y luego el ruido de las puertaventanas de la terraza al abrirse. Beau no se volvió. Mantuvo la mirada fija en el punto del horizonte donde el sol se disponía a despuntar para dar vida a un nuevo día, a un nuevo comienzo.

—Tienes visita —dijo Alexander, y cerró las puertaventanas tras de sí.

Beau contempló el resplandor de los primeros rayos de sol. Sentía una extraña agitación en el cuerpo, una agitación que por un lado comprendía pero por otro encontraba misteriosa y amenazadora.

—Hola, Cassy —dijo Beau rompiendo el silencio.

Se volvió lentamente. Vestía un albornoz de terciopelo oscuro. Cassy levantó las manos para protegerse del sol que perfilaba el rostro de Beau. No podía verle las facciones.

—¿Eres tú, Beau? —preguntó.

—Claro que soy yo —dijo él, y avanzó hacia ella.

Cassy podía ahora vislumbrar su rostro con claridad y se asustó. La mutación de Beau se había intensificado. El pequeño trozo de piel detrás de la oreja que Cassy descubriera en su primera visita se había extendido hasta la garganta y le subía por la mandíbula. Surcos de esa piel le alcanzaban las mejillas a modo de erupción. El cuero cabelludo era un mosaico de finos cabellos y piel alienígena. Los labios, aunque sonreían, estaban chupados y tensos, y los dientes, ahora amarillentos, habían retrocedido. Los ojos eran dos agujeros negros sin iris que parpadeaban continuamente, siendo el párpado inferior y no el superior el que subía.

Cassy retrocedió aterrorizada.

—No tengas miedo —dijo Beau.

Se acercó y la abrazó.

Ella se puso rígida. Los dedos de Beau le recorrían el cuerpo como serpientes. Había un olor salvaje indescriptible.

—No temas, cariño, te lo ruego —suplicó Beau—. Soy yo, Beau.

Cassy no respondió. Estaba tratando de vencer el deseo de gritar.

Beau echó la cabeza hacia atrás, obligándola a contemplar de nuevo su metamorfosis.

—Te he echado mucho de menos —dijo.

Sintiendo un súbito impulso, Cassy gritó y retrocedió con brusquedad. Beau la miró desconcertado.

—¿Cómo puedes decir que me has echado de menos? —gritó ella—. Tú ya no eres Beau.

—Sí lo soy —repuso suavemente él—. Siempre lo

seré, lo que pasa es que ahora soy algo más. Soy una mezcla de mi antiguo ser humano y de una especie casi tan antigua como la propia galaxia.

Cassy lo miró con incredulidad. Una parte de ella quería huir, mientras que otra estaba paralizada por el horror.

—Serás parte de una nueva vida —prosiguió Beau—. Todo el mundo lo será, o por lo menos las personas que no tengan defectos genéticos irreparables. Yo tuve el honor de ser el primero, pero el hecho fue fortuito. Podría haberle tocado a cualquiera; a ti, por ejemplo.

—¿Estoy hablando con Beau ahora? ¿O estoy hablando con la conciencia del virus a través de Beau?

—La respuesta, como ya he dicho, es con ambos —replicó él pacientemente—. Pero la conciencia alienígena aumenta con cada persona que cambia. La conciencia alienígena es un compuesto de todos los humanos infectados, del mismo modo que el cerebro humano es un compuesto de sus células individuales.

Beau alargó un brazo con cuidado para no asustar a Cassy más de lo que ya estaba. Ocultando sus dedos largos y tortuosos en una especie de puño, le acarició la mejilla.

Cassy tuvo que hacer acopio de valor para reprimir el asco que le provocaban las caricias de semejante criatura.

—Tengo que confesarte algo —dijo Beau—. Al principio me esforcé por no pensar en ti, lo cual me resultó fácil porque había mucho trabajo que hacer. No obstante, tu imagen seguía irrumpiendo en mis pensamientos, y entonces comprendí cuán fuerte era el poder de la emotividad humana. Una debilidad única en la galaxia. El ser humano que hay en mí te ama, Cassy, y me emociona la posibilidad de poder ofrecerte otros mundos. Estoy deseando que quieras ser uno de nosotros.

—No vienen —dijo Sheila—. Aunque resulte doloroso, me temo que debemos aceptar la realidad.

Se levantó para desperezarse. No había dormido en toda la noche.

Por las ventanas de la cabaña se veía el sol bañando las copas de los árboles de la orilla oeste del lago. La superficie del agua estaba cubierta por una neblina que el sol no tardaría en disipar.

—Y si ésta es la realidad —añadió Sheila—, tenemos que salir pitando de aquí antes de que recibamos una visita imprevista.

Ni Pitt ni Jonathan respondieron. Estaban sentados en sendas butacas, el uno frente al otro, cogiéndose el mentón con las manos y los codos apoyados en las rodillas. Sus rostros reflejaban una mezcla de agotamiento, incredulidad y dolor.

—No tenemos tiempo de recoger muchas cosas —decía Sheila—, pero por lo menos deberíamos llevarnos la información obtenida hasta ahora y los cultivos tisulares que teóricamente están produciendo viriones.

—¿Y mi madre? —preguntó Jonathan—. ¿Y Cassy y Jesse? ¿Y si vuelven?

—Ya hemos discutido ese asunto —dijo Sheila—. No me lo pongas más difícil de lo que está.

—Yo tampoco creo que debamos irnos —opinó Pitt.

Aunque había perdido la esperanza de recuperar a Cassy, todavía confiaba en que Nancy y Jesse aparecieran.

—Escuchadme los dos —dijo Sheila—. Hace dos horas acordamos esperar hasta el amanecer y ya ha amanecido. Cuanto más esperemos más probabilidades hay de que nos atrapen.

—¿Pero adónde podemos ir? —preguntó Pitt.

—Tendremos que guiarnos por nuestro instinto. Arriba los dos. Es hora de recoger.

Pitt se levantó y miró a Sheila. Sus ojos reflejaban un profundo dolor. La doctora se ablandó y le dio un abrazo.

Con súbita determinación, Jonathan se puso en pie y caminó hasta su ordenador portátil. Lo abrió y comenzó a escribir con celeridad. Enviado el mensaje, quedó absorto contemplando la pantalla. A los pocos minutos llegó una respuesta.

—Vaya, he conectado con el doctor M. Ha cambiado de idea. Quiere vernos. ¿Qué decís a eso?

—No me fío un pelo —repuso Sheila—. Me parece un disparate encomendar nuestras vidas a alguien a quien sólo conocemos por el nombre de doctor M. No obstante, hay que reconocer que nos ha enviado información muy interesante.

—No tenemos mucho para elegir —repuso Jonathan.

—Déjame ver su mensaje —dijo Pitt. Se acercó y lo leyó. Cuando hubo terminado, miró a Sheila—. Creo que deberíamos arriesgarnos. Me cuesta creer que el doctor M no sea un tipo cabal. Maldita sea, él ha estado desconfiando de nosotros tanto como nosotros de él.

—Es preferible eso a coger la carretera y empezar a dar vueltas —opinó Jonathan—. Además, M está conectado a Internet, lo que significa que podemos dejar un mensaje aquí para que mi madre o los demás, si vuelven, puedan ponerse en contacto con nosotros.

—De acuerdo —cedió Sheila—. Supongo que es una solución intermedia. Iremos a ver a ese doctor M, pero para eso tenemos que largarnos ya.

—Cassy, sé que no es fácil —dijo Beau—. Yo ni siquiera me miro ya al espejo, pero has de intentar superarlo.

Ella estaba apoyada en la barandilla, contemplando

la hermosa vista del instituto. El sol había despuntado y el rocío de la mañana comenzaba a remitir. Por el camino avanzaba una interminable fila de individuos infectados llegados de todo el mundo.

—Estamos construyendo un entorno extraordinario —continuó Beau—, un entorno que pronto se extenderá a todo el planeta. Es un nuevo comienzo auténtico.

—A mí me gustaba el mundo de antes —dijo Cassy.

—No lo dices en serio. ¿Con todos los problemas que había? Los seres humanos han conducido a la Tierra a un enfrentamiento autodestructivo, sobre todo durante la segunda mitad de este siglo. Y no debería ser así, porque la Tierra es un lugar extraordinario. La galaxia tiene innumerables planetas, pero ninguno tan cálido, húmedo y atractivo como éste.

Cassy cerró los ojos. Estaba agotada y necesitaba dormir, pero algunas de las cosas que Beau estaba diciendo tenían sentido para ella. Se obligó a pensar.

—¿Cuándo llegó el virus por primera vez a la Tierra? —preguntó.

—¿La primera invasión? Hace unos tres mil millones de años telúricos, cuando las condiciones en la Tierra alcanzaron tal nivel que la vida empezó a evolucionar a un ritmo muy rápido. Una nave exploradora vertió los viriones en los principales mares y éstos se incorporaron al ADN.

—¿Es ésta la primera vez que una nave espacial regresa a nuestro planeta? —preguntó Cassy.

—Cielos, no. Cada cien millones de años telúricos regresaba una nave para despertar el virus y comprobar qué forma de vida había evolucionado en el planeta.

—¿Y en esas ocasiones la conciencia del virus no permanecía?

—En cada ocasión el virus permanecía —dijo Beau—, pero la conciencia desaparecía porque los organismos nunca eran los adecuados.

—¿Cuándo fue la última visita?

—Hace unos cien millones de años. Fue una visita desastrosa. La Tierra estaba plagada de una suerte de reptiles gigantes que se devoraban entre sí.

—¿Te refieres a los dinosaurios? —preguntó Cassy.

—Sí, creo que así los llamáis vosotros. Se llamen como se llamen, era una situación totalmente inaceptable para la conciencia. Así pues, la infectación se detuvo, pero se llevaron a cabo ajustes genéticos para que los reptiles murieran a fin de permitir la evolución de otras especies.

—Especies como el ser humano —dijo Cassy.

—Exacto. Cuerpos increíblemente versátiles con cerebros razonablemente grandes. El único inconveniente son las emociones.

Cassy soltó una carcajada. Encontraba ridícula la idea de que una cultura alienígena capaz de controlar la galaxia tuviera problemas con la emotividad humana.

—Es cierto —prosiguió él—. La primacía de las emociones da lugar a una importancia exagerada del individuo, hecho que va en contra del bien colectivo. Desde mi punto de vista dual, me parece increíble que los humanos hayan conseguido tantas cosas. En una especie en que cada individuo se afana por potenciar su circunstancia por encima y más allá de sus necesidades básicas. Las guerras y disensiones son inevitables. La paz se convierte en una aberración.

—¿Cuántas especies de la galaxia han sido invadidas por el virus?

—Miles. La invasión se produce cada vez que encontramos un envoltorio adecuado.

Ella seguía contemplando el infinito. No quería mirar a Beau porque su aspecto le resultaba tan perturbador que le impedía pensar, y quería pensar. Creía que cuanto más supiera más posibilidades tendría de mantener el control y evitar que la infectaran. Estaba aprendiendo muchas cosas. Cuanto más hablaba con Beau menos escuchaba el lado humano y más el lado alienígena.

—¿De dónde vienes? —preguntó Cassy.

—¿Dónde está nuestro planeta? —repuso Beau como si no hubiera oído la pregunta. Trató de recurrir a la información colectiva que poseía, mas no encontró respuesta—. Supongo que lo ignoro. Ni siquiera sé cuál era nuestra forma física original. ¡Qué extraño! Nunca nos habíamos planteado esa pregunta.

—¿Se le ha ocurrido alguna vez al virus que no está bien invadir un organismo que ya tiene conciencia propia? —preguntó Cassy.

—No si ofrecemos algo mucho mejor.

—¿Cómo puedes estar tan seguro?

—Muy sencillo —dijo Beau—, remontándome a la historia del ser humano. Mira lo que os habéis hecho mutuamente y lo que le habéis hecho a este planeta durante vuestro breve reinado.

Cassy asintió. Una vez más, las palabras de Beau estaban cargadas de sentido.

—Ven conmigo —dijo Beau—, quiero enseñarte algo.

Abrió la puerta que daba al dormitorio y la sujetó con una mano.

Armándose de valor, Cassy se volvió y se enfrentó a la imagen de Beau, la cual encontró tan perturbadora como al principio.

—Está en la planta baja —dijo.

Descendieron por la escalinata. La planta baja, a diferencia de la tranquilidad del primer piso, hervía de gente atareada y sonriente. Nadie prestó atención a la pareja. Beau la condujo hasta el salón de baile donde la actividad era casi frenética. Resultaba difícil creer que tanta gente pudiera trabajar al unísono.

El suelo, las paredes y el techo del enorme salón estaban cubiertos por un laberinto de cables. En medio de la habitación descansaba una enorme estructura cuyo diseño parecía de otro mundo. En su centro se erigía un inmenso cilindro de acero que recordaba vagamente a un explorador gigante. Vigas de acero salían en direcciones diversas. La superestructura soportaba lo que a Cassy le pareció un equipo destinado al almacenamiento y transmisión de electricidad de alta tensión. A un lado había un centro de control que contenía un número apabullante de monitores, cuadrantes e interruptores.

Beau dejó que Cassy se dejara abrumar por la escena.

—Está casi terminado —dijo finalmente.

—¿Qué es?

—Lo llamamos el Pórtico. Permite la conexión formal con otros mundos que hemos infectado.

—¿Qué quieres decir con lo de conexión? —preguntó Cassy—. ¿Se trata de un dispositivo de comunicación?

—No; de transporte.

Cassy tragó saliva. Tenía la garganta seca.

—¿Insinúas que otras especies de otros planetas que tú, quiero decir el virus, ha infectado podrán venir aquí, a la Tierra?

—Y nosotros a sus planetas —añadió triunfalmente Beau—. La Tierra, de este modo, quedará conectada con esos otros mundos y su aislamiento habrá terminado. Pasará a formar parte de la galaxia.

Cassy sintió que las piernas le flaqueaban. Al temor de lo que pudiera pasarle a ella se sumaba ahora el temor de que la Tierra fuera invadida por criaturas alienígenas. Combinado con el torbellino de actividad que la rodeaba y su agotamiento físico, emocional y mental, empezó a marearse. La habitación comenzó a dar vueltas y oscureció. Finalmente, Cassy se desmayó.

Cuando recobró el conocimiento, ignoraba cuánto tiempo había permanecido inconsciente. Lo primero que sintió fue una leve náusea que se disipó tras un escalofrío. Luego notó que su mano estaba cerrada en un puño que alguien sujetaba con fuerza.

Cassy abrió los ojos. Estaba tumbada en el suelo del salón de baile, mirando el artilugio futurista que supuestamente era capaz de transportar criaturas alienígenas a la Tierra.

—Te pondrás bien —dijo Beau.

Cassy se estremeció. Era lo que solía decirse a los pacientes independientemente de su pronóstico. Miró a Beau, que estaba arrodillado junto a ella sujetándole el puño. De repente, Cassy notó que tenía algo en la mano, un objeto pesado y frío.

—¡No! —gritó. Trató de liberarse, pero él se lo impidió—. No, por favor.

—No tengas miedo —dijo suavemente Beau—. Al final me lo agradecerás.

—Beau, si realmente me quieres no lo hagas...

—Tranquilízate. Te quiero.

—Si conservas algún control sobre tus acciones, suéltame la mano —rogó Cassy—. Quiero ser yo misma.

—Lo serás —repuso Beau con convicción—, serás mucho más que eso. Controlo mis acciones y estoy haciendo lo que quiero hacer. Quiero el poder que se me ha otorgado y te quiero a ti.

—¡Ahhh! —aulló Cassy.

Beau le soltó la mano. Cassy se enderezó y con un grito de asco lanzó el disco negro lejos de ella. Éste patinó por el suelo antes de chocar contra una maraña de cables.

Cassy se cogió la mano herida y contempló la gota de sangre que crecía lentamente en la base de su dedo índice. El disco la había asaeteado. Dándose cuenta de lo que ello significaba, se desplomó de nuevo. De sus párpados brotaron sendas lágrimas. Ahora era uno de ellos.

18

9.15 h.

La gasolinera parecía salida de una película de los años treinta o de la portada de un antiguo ejemplar del *Saturday Evening Post*. Sobre la superficie curvada de dos viejos surtidores que semejaban dos rascacielos en miniatura, todavía se adivinaba, pese al mal estado de la pintura, un Pegaso rojo.

El edificio pertenecía a la misma época. Por increíble que pareciera, todavía seguía en pie. Durante los últimos cincuenta años la arena del desierto había borrado de los tablones todo vestigio de pintura. Tan sólo el techo, construido con tejas de cemento, conservaba cierta entereza. La brisa caliente zarandeaba la puerta de rejilla sin rejilla: un homenaje vertical a la longevidad de su estructura.

Pitt detuvo la furgoneta en el lado opuesto de la carretera para examinar la gasolinera.

—Un lugar dejado de la mano de Dios —comentó Sheila mientras se enjugaba el sudor de los ojos.

El sol del mediodía comenzaba a mostrar su furia.

Se hallaban en una carretera de dos carriles que en otros tiempos había sido una ruta importante en el desierto de Arizona. Pero la autopista interestatal situada a unos treinta kilómetros al sur había cambiado las cosas. Actualmente pocos coches se aventuraban por aquel asfalto cubierto de baches, tal como demostraban los vestigios de arena que lo invadían.

—Dijo que se reuniría con nosotros aquí —comentó Jonathan—. El sitio coincide con la descripción, incluida la puerta sin rejilla.

—¿Dónde está entonces? —preguntó Pitt mirando hacia el lejano horizonte.

Salvo por algunas dunas aisladas, el desierto era plano en todas las direcciones. El único movimiento perceptible provenía de las matas rodadoras.

—Lo mejor será esperar —sugirió Jonathan.

La falta de sueño le hacía difícil mantener los ojos abiertos.

—No veo ningún refugio —protestó Pitt—. Este lugar me pone la piel de gallina.

—Quizá deberíamos entrar en el edificio —opinó Sheila.

Pitt puso en marcha el motor, atravesó la carretera y aparcó entre los surtidores y el ruinoso edificio. Contemplaron el inmueble con inquietud. El continuo balanceo de la puerta le daba un aire tenebroso. Ahora que la tenían delante podían oír el chirrido de las bisagras oxidadas. El cristal de las ventanas, sorprendentemente intacto, estaba demasiado sucio para poder ver a través de él.

—Echemos un vistazo al interior —dijo Sheila.

Bajaron de la furgoneta y caminaron con cautela hasta el porche. Sobre él había dos mecedoras con el asiento de mimbre ya podrido. Cerca de la puerta descansaba la armazón oxidada de una vieja nevera de coca-cola. La cubierta estaba descorrida y dentro se apiñaba toda clase de escombros.

Pitt tiró de la puerta de rejilla y fue a abrir la puerta

principal. No estaba cerrada con llave y sólo necesitó un empujón.

—¿Venís o no? —preguntó Pitt.

—Tú primero —dijo Sheila.

Pitt entró seguido de Jonathan y Sheila. El grupo se detuvo en el umbral y miró en derredor. Apenas entraba luz por las mugrientas ventanas. A la derecha había un escritorio de metal y detrás de él un calendario. Era del año 1938. El suelo estaba cubierto de polvo, arena, botellas rotas, periódicos, latas de aceite vacías y viejas piezas de automóvil. De las vigas del techo pendían telarañas. A la izquierda había una puerta entreabierta.

—Se diría que hace siglos que nadie viene por aquí —comentó Pitt—. ¿Creéis que nos ha tendido una trampa?

—Lo dudo —opinó Jonathan—. Quizá nos esté observando desde algún lugar del desierto para asegurarse de que somos de confianza.

—¿Desde dónde? —preguntó Pitt—. El desierto es llano como una tabla.

Fue hasta la puerta y acabó de abrirla. Las bisagras protestaron con rabia. La segunda estancia era todavía más oscura, pues sólo contaba con una pequeña ventana. Por las estanterías de las paredes supo que se trataba del almacén.

—¿Qué importa ya si damos o no con él? —dijo Sheila, desanimada. Apartó unos escombros de una patada—. Creía que después de facilitarnos tan interesante información dispondría de un laboratorio. Es imposible trabajar en un lugar así. Creo que deberíamos irnos.

—Esperemos un poco más —dijo Jonathan—. Estoy seguro de que ese tipo es legal.

—Dijo que estaría aquí cuando llegáramos —recordó Sheila—. O nos ha mentido o...

—¿O? —preguntó Pitt.

—O le han descubierto —dijo Sheila—. Puede que a estas alturas ya sea uno de ellos.

—Una idea alentadora —comentó Pitt.

—Tenemos que ser realistas —dijo ella.

—Un momento —dijo Pitt—. ¿Habéis oído eso?

—¿Qué? —preguntó Sheila—. ¿La puerta?

—No, no —repuso Pitt—. Como una especie de roce.

Jonathan se llevó una mano a la cabeza.

—Me ha caído algo. —Alzó la vista—. Oh, oh, hay alguien arriba.

Pitt y Sheila levantaron la vista. Sólo entonces comprobaron que la habitación no tenía techo. La oscuridad allá en lo alto era aún mayor, pero ahora que sus ojos se habían acostumbrado a la penumbra pudieron divisar una figura de pie sobre las vigas.

Pitt se inclinó y recogió de entre los escombros una palanca de hierro.

—Tira eso —ordenó una voz áspera desde arriba.

Columpiándose con una sola mano, la figura saltó al suelo con una celeridad pasmosa. En la otra mano sostenía un Colt del 45. Examinó detenidamente a los visitantes. Se trataba de un hombre de algo más de sesenta años, de rostro rubicundo, pelo gris rizado y constitución nervuda.

—Tira eso —repitió.

Pitt arrojó el hierro con gran estruendo y levantó las manos.

—Soy Gato Veloz —dijo emocionado Jonathan golpeándose el pecho—. Así me hago llamar en Internet. ¿Es usted el doctor M?

—Puede —respondió el hombre.

—Mi verdadero nombre es Jonathan Sellers.

—Yo soy la doctora Sheila Miller.

—Y yo, Pitt Henderson.

—¿Estaba espiándonos? —preguntó Jonathan—. ¿Por eso se ocultaba ahí arriba?

—Puede —dijo el hombre.

Con una mano indicó a sus tres invitados que entraran en el almacén.

—Somos amigos, se lo juro. Somos gente normal —dijo Pitt.

—¡Entra! —ordenó el hombre apuntando con su revólver hacia la cara de Pitt.

Pitt no había visto un Colt 45 en su vida, y todavía menos a través de su oscuro e intimidante cañón.

—Está bien —dijo Pitt.

—Los tres —dijo el hombre.

El grupo se apiñó en el cuartito.

—Ahora giraos y miradme a los ojos —ordenó el hombre.

Temiendo lo peor, obedecieron. Con la garganta reseca, miraron al individuo que se había abalanzado literalmente sobre ellos. El hombre los miró a su vez. Hubo un momento de silencio.

—Sé lo que está haciendo —dijo Pitt—. Está comprobando si nos brillan los ojos.

El hombre asintió con la cabeza.

—Tienes razón, y me alegra comunicaros que no os brillan en absoluto. ¡Estupendo! —El hombre enfundó la pistola—. Me llamo McCay. Doctor Harlan McCay. Supongo que a partir de ahora trabajaremos juntos. No sabéis cuánto me alegro de veros.

Aliviados, Pitt y Jonathan siguieron al hombre hasta el exterior, donde se estrecharon las manos con entusiasmo. Sheila apareció instantes después, irritada por el recibimiento inicial. Se quejó de que el hombre la había asustado.

—Lo siento —se disculpó Harlan—, no era mi intención, pero con los tiempos que corren hay que ser precavido. Ya ha pasado todo. Os llevaré al lugar donde vamos a trabajar. No nos queda mucho tiempo.

—¿Dispone de un laboratorio? —preguntó Sheila con renovado ánimo.

—Sí, tengo un pequeño laboratorio a unos veinte minutos de aquí.

Harlan descorrió la puerta de la furgoneta y entró. Pitt se sentó al volante. Sheila ocupó el asiento del copiloto y Jonathan se instaló junto a Harlan.

Pitt encendió el motor.

—¿Hacia dónde? —preguntó.

—Todo recto —dijo Harlan—. Ya te avisaré cuando tengas que girar.

—¿Se dedicaba a la práctica privada antes de todo este jaleo? —preguntó Sheila mientras salían a la carretera.

—Sí y no. La primera parte de mi vida profesional la pasé en un puesto académico en la UCLA. Había estudiado medicina interna y me había especializado en inmunología. Hace cinco años comprendí que estaba quemado, de modo que me vine aquí y abrí una consulta de medicina general en una pequeña localidad llamada Paswell, un puntito diminuto en el mapa. Trabajé mucho con los indios americanos de las reservas.

—¡Inmunología! —exclamó impresionada Sheila—. Ahora entiendo por qué nos envió información tan interesante.

—Lo mismo le digo a usted —repuso Harlan—. ¿Cuál es su especialidad?

—Principalmente y por desgracia, medicina de urgencias —contestó Sheila—, aunque hice mi residencia en medicina interna.

—¡Medicina de urgencias! —exclamó Harlan—. En ese caso soy yo quien debería estar impresionado por la sofisticación de sus datos. Creía que me estaba comunicando con un colega inmunólogo.

—Me temo que el mérito no es mío —repuso ella—.

La madre de Jonathan estaba con nosotros entonces. Era viróloga. Ella hizo la mayor parte del trabajo.

—Habla como si no debiera preguntar dónde se encuentra ahora —dijo Harlan.

—No lo sabemos —se apresuró a responder Jonathan—. Anoche fue a una farmacia a buscar medicamentos y no regresó.

—Lo siento —dijo Harlan.

—Se pondrá en contacto conmigo a través de Internet —aseguró Jonathan, dispuesto a no perder la esperanza.

Hubo un largo silencio. Nadie quería contradecir a Jonathan.

—¿Nos dirigimos a Paswell? —preguntó Sheila.

Le atraía la idea de ir a un pueblo. Necesitaba una ducha y una cama.

—¡Cielos, no! —replicó Harlan—. Todos los habitantes de Paswell están infectados.

—¿Cómo consiguió evitar que le infectaran? —preguntó Pitt.

—Al principio fue una cuestión de suerte. Estaba con un amigo en el momento en que uno de esos discos negros le picó y desde entonces los evité como si tuvieran la peste. Más tarde, cuando empecé a sospechar lo que estaba pasando y comprendí que no podía hacer nada para impedirlo, me vine al desierto. Y aquí he estado desde entonces.

—¿Cómo es posible que pueda solicitar y enviar semejantes datos hallándose en medio del desierto? —preguntó Sheila.

—Ya se lo he dicho. Tengo un pequeño laboratorio.

Sheila miró por la ventanilla de la furgoneta. La monotonía del desierto se extendía hasta las lejanas montañas. No se veía ningún edificio y aún menos un laboratorio biológico. Se preguntó si Harlan McCay había perdido la chaveta.

—Tengo noticias alentadoras —prosiguió Harlan—. Cuando me proporcionaron la secuencia de los aminoácidos de la proteína promotora fui capaz de reproducir algunos y elaboré una especie de anticuerpo monoclonal.

Sheila se volvió rápidamente hacia Harlan y estudió con recelo el curtido rostro de ojos azules y barba de tres días.

—¿Está seguro? —preguntó.

—Seguro —afirmó Harlan—. Pero no se haga ilusiones, porque no es tan específico como desearía. Lo importante es que he demostrado que la proteína es lo suficientemente antigénica como para provocar la reacción de un anticuerpo en un ratón. Sólo tengo que escoger el linfocito B adecuado para hacer mi célula hibridoma.

Pitt miró a Sheila de reojo. Pese a sus cursos de biología avanzada, no tenía ni idea de lo que estaba hablando Harlan, ni siquiera de si lo que decía tenía sentido. Sheila, por el contrario, estaba visiblemente impresionada.

—Para crear un anticuerpo monoclonal se necesitan reactivos y material sofisticados, como una fuente de células de mieloma —declaró.

—Efectivamente —dijo Harlan—. Pitt, gira a la derecha justo después del cactus.

—Pero si no hay carretera.

—Gira de todos modos —dijo Harlan.

Cassy despertó de una breve siesta, se levantó de la cama y caminó hasta la ventana. Se hallaba en una de las habitaciones de invitados situadas en el primer piso de la mansión y orientadas al sur. A su izquierda podía ver el camino por donde avanzaba la fila de peatones. Si miraba al frente, la vista de los terrenos quedaba interrumpida por un árbol alto y frondoso. A la derecha se apreciaba el extremo de la terraza que rodeaba la piscina y unos cien metros de terreno verde que desembocaban en un bosque de pinos.

Cassy consultó su reloj. Se preguntó cuándo empezaría a notarlo. Trató de recordar el tiempo transcurrido entre el momento en que Beau recibió la picadura y la aparición de los primeros síntomas, pero no lo consiguió. Beau sólo le había dicho que empezaron cuando se encontraba en clase. Cassy ignoraba qué clase.

Regresó a la puerta y giró de nuevo el pomo. Seguía cerrada con llave. Se apoyó contra la puerta y contempló la estancia. Era una habitación espléndida, de techo alto, pero la cama era su único mobiliario. Y la cama no era otra cosa que un mero colchón y un muelle.

La siesta la había reanimado ligeramente. Presa de una mezcla de depresión y rabia, pensó en tumbarse de nuevo, pero sabía que no podría dormir. Así pues, regresó a la ventana.

Viendo que no había cerrojo, trató de levantar el marco. Para su sorpresa, la ventana se abrió. Asomó la cabeza. Abajo, a unos seis metros de ella, un pasillo enlosetado con una baranda de piedra caliza conectaba la terraza de atrás con la parte frontal de la casa. Aunque el aterrizaje sería doloroso si decidía saltar, pensó seriamente en la idea. Tal vez la muerte fuera preferible a convertirse en uno de ellos. Por desgracia, una caída de seis metros sólo conseguiría lisiarla, no matarla.

Cassy levantó la vista y contempló el árbol con más detenimiento. Le llamó la atención una rama especialmente robusta que nacía del tronco principal, avanzaba hacia la ventana formando un arco y luego se desviaba hacia la derecha. Se fijó en un pequeño tramo horizontal que se hallaba a unos dos metros de ella.

Cassy se preguntó si podría saltar hasta la rama. En la vida había hecho nada igual y le sorprendió la ocurrencia. No obstante, se hallaba bajo circunstancias anormales y enseguida sintió curiosidad por averiguarlo. A fin de cuentas, no era una proeza del todo imposible, sobre todo después de los ejercicios de pesa que había realizado durante los últimos seis meses por recomendación de Beau.

Además, pensó Cassy, ¿qué importaba si fallaba? Su porvenir ya era deprimente de por sí. Estrellarse contra la baranda no era mucho peor y quizá con eso conseguiría algo más que lesionarse.

Cassy trepó hasta el alféizar y subió la ventana por completo, creando una abertura de cincuenta centímetros cuadrados. Desde esa posición la altura parecía aún mayor.

Cerró los ojos. Respiraba con rapidez y el corazón le latía con fuerza. De repente le flaqueó el ánimo. Se recordó de niña en el circo, contemplando a los trapecistas y pensando que ella nunca podría hacer una cosa así. Luego pensó en Eugene y Jesse y en la mutación de Beau. Pensó en el pavor que le causaba la idea de perder su identidad.

Con súbita determinación, abrió los ojos y saltó al vacío.

Le pareció que pasaba una eternidad antes de notar el contacto. Tal vez inspirada por un instinto que ignoraba poseer, Cassy había calculado la distancia al milímetro. Sus manos entraron en perfecto contacto con la rama y se aferraron a ella. Ahora el problema era aguantar mientras su cuerpo se balanceaba en el aire.

Tras unos instantes de pánico, el balanceo cesó. ¡Lo había conseguido! Con todo, todavía se hallaba a seis metros del suelo, si bien ahora estaba suspendida sobre una superficie de césped.

Columpiando las piernas para ayudarse, avanzó por la rama hasta que pudo posar un pie sobre una rama inferior. A partir de ahí apenas tuvo problemas para descender por el árbol y saltar al césped.

Tan pronto sus pies tocaron tierra, Cassy se levantó y echó a andar, conteniendo el impulso de salir corriendo por la extensa explanada. Sabía que con ello sólo conseguiría llamar la atención. Saltó la baranda y se obligó a caminar con paso ocioso. Siguió el pasillo que conducía a la fachada de la casa.

Con una sonrisa amplia, la mirada al frente y el andar relajado, Cassy se mezcló con la multitud infectada que se dirigía a la salida. Tenía un nudo en el estómago y estaba aterrorizada, pero nadie se fijó en ella. Lo que más le costaba era ignorar el entorno y los perros.

—¿Cómo sabe adónde vamos? —preguntó Pitt.

Habían recorrido varios kilómetros por un sendero que en algunos tramos se confundía con el desierto.

—Falta poco —dijo Harlan.

—¡Ya! —espetó impaciente Sheila—. Estamos en medio del maldito desierto, en un lugar mucho más dejado de la mano de Dios que aquella gasolinera. ¿Se trata de una broma?

—No es ninguna broma. ¡Tenga paciencia! Le estoy dando la oportunidad de ayudar a salvar a la raza humana.

Sheila miró a Pitt, pero éste tenía la atención puesta en el sendero. La doctora suspiró ruidosamente. Justo ahora que había empezado a confiar en Harlan, al hombre le daba por jugar al escondite. No había ningún laboratorio en el desierto. La situación era del todo absurda.

—Muy bien —dijo Harlan—. Para junto a ese cactus florecido.

Pitt lo hizo.

—Y ahora, todo el mundo abajo.

Harlan abrió la puerta y bajó. Jonathan le imitó.

—Vamos, abajo —animó Harlan al resto.

Sheila y Pitt se miraron con escepticismo. Estaban en medio del desierto. Por los alrededores apenas si se veían algunos cantos rodados, un puñado de cactus y unas cuantas dunas.

Harlan se alejó unos seis metros antes de mirar atrás. Se sorprendió de que nadie le siguiera. Jonathan había bajado de la furgoneta, pero al ver que los demás seguían dentro se había detenido.

—¡Maldita sea! —protestó Harlan—. ¿Necesitáis una invitación especial?

Sheila suspiró y salió del coche. Pitt hizo otro tanto. El trío siguió con aire cansino a Harlan, que continuaba abriéndose paso entre la nada.

Sheila se enjugó la frente.

—Ya no sé qué pensar —susurró—. Este tipo tan pronto parece un regalo caído del cielo como un chiflado. Y para colmo hace un calor de mil demonios.

Harlan se detuvo para esperarlos. Señalando el suelo, dijo:

—Bienvenidos al Laboratorio Washburn-Kraft dedicado al estudio de las reacciones de las guerras biológicas.

Antes de que nadie pudiera responder a tan ridícula declaración, Harlan se puso en cuclillas y cogió una anilla que estaba camuflada. Tiró de ella y un fragmento circular de la superficie del desierto se alzó. Debajo había un orificio con un borde de acero inoxidable. A través de él se divisaba el extremo de una escalera.

Harlan agitó una mano.

—Toda esta zona, que comprende varios kilómetros en dirección a Paswell, está llena de edificios subterráneos. Teóricamente es un gran secreto, pero los indios americanos conocen su existencia.

—¿Se trata de un laboratorio en activo? —preguntó Sheila. Era demasiado bonito para ser verdad.

—Digamos que su actividad se hallaba en suspenso. Fue construido en plena guerra fría, pero cuando la amenaza de una guerra bacteriana por parte de Estados Unidos amainó, su existencia dejó de tener sentido. Salvo por algunos burócratas que se dedicaban al mantenimiento del lugar, todo el mundo se olvidó de él, o por lo menos ésa es mi impresión. Cuando comenzó todo este problema, logré entrar y lo puse en marcha. De modo que la respuesta es sí, es un laboratorio en activo.

—¿Y ésta es la entrada? —inquirió Sheila.

Miró por el orificio. Abajo había luz. La escalera, de unos diez metros, llegaba hasta el suelo.

—No. Es una salida de emergencia que hace las veces de respiradero —explicó Harlan—. La verdadera entrada está cerca de Paswell, pero no la utilizo por temor a que alguno de mis antiguos pacientes me vea.

—¿Podemos entrar? —preguntó Sheila.

—Para eso hemos venido —repuso Harlan—. Pero antes me gustaría camuflar la furgoneta.

Bajaron hasta un pasillo blanco de alta tecnología, iluminado por hileras de luces fluorescentes. Harlan extrajo una tela de camuflaje de la taquilla situada al pie de la escalera. Pitt le acompañó para ayudarle.

—Es genial —comentó Jonathan a Sheila mientras esperaban.

El pasillo se extendía sin fin en ambas direcciones.

—Genial es poco —repuso la doctora—, es una bendición. Resulta irónico que fuera construido para frustrar el ataque bacteriano de los rusos y acabe empleándose para combatir una invasión alienígena.

Cuando Harlan y Pitt estuvieron de vuelta, Harlan condujo al grupo hacia lo que denominó dirección norte.

—Tardaréis un tiempo en orientaros —dijo—, y hasta entonces os aconsejo que no os separéis.

—¿Dónde están los tipos que mantenían el lugar en funcionamiento? —preguntó Sheila.

—Venían por turnos, como los que cuidaban de los silos para misiles —respondió Harlan—. Pero una vez infectados, o bien se olvidaron del laboratorio o se mudaron a otro lugar. En Paswell corría el rumor de que mucha gente se marchaba a Santa Fe. El caso es que ya no rondan por aquí y a estas alturas dudo que vuelvan a aparecer.

Llegaron hasta una esclusa de aire. Harlan abrió la compuerta y el grupo descendió hasta una cámara donde había duchas y varios monos azules. Harlan cerró la puerta y giró los cierres herméticos. En la esclusa comenzó a entrar aire.

—Esta cámara se construyó para impedir que los agentes de la guerra bacteriana entraran en el laboratorio salvo en recipientes especiales —comentó Harlan—. Pero eso no nos preocupa ahora.

—¿De dónde proviene la energía? —preguntó Sheila.

—Es energía nuclear. Estamos en una especie de submarino nuclear. Este laboratorio funciona con total independencia del exterior.

El aumento de presión les obligó a destaponarse los oídos. Cuando la presión de la esclusa y la del laboratorio se igualaron, Harlan abrió una compuerta interior.

Sheila estaba atónita. En su vida había visto un laboratorio igual. Formado por tres salas espaciosas provistas de incubadoras y congeladores empotrados, le sorprendió aún más que el equipo fuera lo último en tecnología.

—Estos congeladores son un poco peligrosos —dijo Harlan dando una palmadita a una de las puertas de acero inoxidable—. Contienen prácticamente todos los agentes biológicos conocidos hasta ahora, tanto bacterianos como virales. —Señaló una puerta con grandes cerrojos que semejaba una caja fuerte—. La biblioteca de agentes químicos. Los enemigos de James Bond se lo pasarían en grande ahí dentro.

—¿Qué hay al otro lado de esas puertas? —preguntó Sheila señalando unas compuertas con ojos de buey.

—Salas de confinamiento y una enfermería —respondió Harlan—. Se vio la necesidad de construirlas por si la gente que trabajaba aquí sucumbía a aquello que trataba de derrotar.

—¡Mirad eso! —dijo Jonathan señalando una hilera de discos negros colocados debajo de una campana.

—¡No los toques! —advirtió Harlan.

—No se preocupe —le tranquilizó Jonathan—. Sabemos qué son.

El grupo se acercó y contempló la colección.

—Infectar a las personas es sólo parte del daño que pueden hacer —dijo Sheila.

—Dígamelo a mí —replicó Harlan—. Seguidme. Quiero mostraros algo.

Guió al grupo por un breve pasillo a cuyos lados había varias salas de rayos X así como una máquina para resonancias magnéticas. Abrió la puerta de la primera sala. La máquina de rayos X estaba deformada, como si se hubiera derretido y doblado hacia dentro.

—¡Dios mío! —exclamó Sheila—. Lo mismo ocurrió en una habitación del centro médico de la universidad. ¿Tiene idea de cómo sucedió?

—Creo que sí —dijo Harlan—. Intenté radiografiar uno de esos discos negros, pero la idea no le gustó. Tal vez parezca una locura, pero creo que el disco hizo un pequeño agujero negro. Tengo la impresión de que así es como vienen y se van.

—Genial —dijo Jonathan—. ¿Cómo lo hacen?

—Ojalá lo supiera —suspiró Harlan—. Pero te diré lo que pienso. Yo diría que estos discos pueden generar suficiente energía interna para crear un enorme campo gravitatorio instantáneo que les permite implosionar subatómicamente.

—¿Y adónde van? —preguntó Jonathan.

—Para entenderlo tendrías que liberar tu imaginación —dijo Harlan— y quizá aceptar la teoría del cosmos que habla de un universo paralelo.

—¡Uau! —dijo Jonathan.

—Es demasiado para mí —opinó Pitt.

—Y para mí —convino Sheila—. Volvamos al laboratorio.

Por el camino, preguntó:

—¿Disponemos de ratones y células de mieloma para producir el anticuerpo monoclonal?

—No sólo de ratones —dijo Harlan—, sino también de ratas, cobayas, conejos e incluso algunos monos. De hecho, me insume mucho tiempo darles de comer.

—¿Qué me dice de un lugar donde descansar? —preguntó Sheila.

Estaba cansada y sucia, y soñaba con una ducha y una siesta.

—Por aquí —dijo Harlan.

Llegaron al pasillo principal y cruzaron una puerta de doble hoja. La primera estancia era una sala de estar espaciosa con una pantalla de televisión enorme y toda una pared llena de libros. Junto a la sala de estar había una especie de comedor que lindaba con una cocina moderna. A ambos lados del pasillo había varios dormitorios para invitados, cada uno con su propio cuarto de baño.

—No está nada mal —dijo Jonathan al comprobar que cada dormitorio tenía su propio ordenador.

—Es fantástico —dijo Pitt echando un vistazo a la cama—, realmente fantástico.

Una vez lejos del instituto, Cassy no tuvo problemas para encontrar un coche. Había cientos de vehículos abandonados por las calles, como si la gente infectada ya no estuviera interesada en ellos y prefiriera caminar.

Se detuvo en la primera cabina telefónica que vio y llamó a la cabaña. Tras dejar que el teléfono sonara con insistencia, colgó. Era evidente que no había nadie, lo cual sólo podía significar una cosa: que habían sido descubiertos. Cassy sintió una terrible punzada en el corazón y durante una hora estuvo sentada en el coche, presa de una depresión que la tenía paralizada. Su deseo de hablar aunque sólo fuera una vez con Pitt y los demás se había frustrado.

Un repentino cosquilleo en la nariz seguido de varios estornudos la sacó finalmente de las profundidades de su letargo. Enseguida comprendió lo que estaba ocurriendo: los síntomas de la gripe alienígena habían comenzado.

Regresó a la cabina y, aun sabiendo que no obtendría respuesta, telefoneó de nuevo a la cabaña. Nadie contestó, pero mientras el teléfono sonaba se le ocurrió la posibilidad de que alguien hubiese logrado escapar. Fue entonces cuando recordó lo que Jonathan le había enseñado con tanta paciencia: cómo acceder a Internet.

Para cuando Cassy hubo regresado al coche, el malestar en la nariz se había extendido hasta la garganta. Comenzó a toser. Al principio fue un ligero carraspeo, pero pronto derivó en una fuerte tos.

Cassy se adentró en la ciudad. Aunque todavía transitaban algunos coches, el tráfico era ligero. En cambio había miles de personas paseando por la calle u ocupadas en satisfacer las necesidades básicas de la naturaleza. Mucha gente se dedicaba a la jardinería. Todos sonreían y apenas hablaban entre sí.

Aparcó el coche. Todavía había muchos comercios

en funcionamiento, pero otros estaban vacíos, como si en un momento dado los empleados se hubiesen levantado y, sin más, hubiesen salido por la puerta. Ninguno de esos locales estaba cerrado con llave.

Uno de los negocios abandonados era una tintorería. Cassy entró pero no encontró lo que buscaba. Lo encontró en el comercio contiguo, una fotocopiadora. Buscaba un ordenador conectado a un módem.

Se sentó y encendió la pantalla. Los empleados ni siquiera se habían molestado en apagar el ordenador antes de marcharse. Recordando el apodo de Jonathan en Internet, Gato Veloz, comenzó a escribir.

—¿Es todo lo que tiene? —preguntó Sheila a Harlan mientras sostenía un frasquito con un líquido transparente.

—Así es —admitió Harlan—, pero tengo toda una colección de ratones con hibridomas implantados en las cavidades peritoneales y un montón de cultivos celulares cociéndose en la incubadora. Podemos extraer más anticuerpos monoclonales, pero de efecto débil. Preferiría encontrar una célula productora de anticuerpos más ávida.

Sheila, Pitt y Jonathan habían descansado brevemente después de darse una ducha, pero la tensión les había impedido dormir. Sheila, ansiosa por poner manos a la obra, había instado a Harlan a que le mostrara cuanto había hecho.

Jonathan y Pitt les seguían de cerca. Pitt tenía problemas para asimilar las explicaciones de Harlan, mientras que Jonathan ni siquiera lo intentaba. Apenas había estudiado biología, por lo que todo le sonaba a chino. Finalmente acabó por ignorarlos. Se sentó frente a un ordenador y empezó a escribir.

—Le mostraré el proceso utilizado para seleccionar

linfocitos B del bazo emulsionado de un conejo —dijo Harlan—, siempre que me enseñe los viriones que usted y la madre de Jonathan aislaron.

—No estoy segura de que los viriones estén en el cultivo tisular —repuso Sheila—, sólo lo sospecho. Nos disponíamos a aislarlos cuando la madre de Jonathan desapareció.

—En ese caso será fácil averiguarlo —dijo Harlan.

—¡Ostras! —exclamó Jonathan.

Todos se volvieron. Jonathan tenía los ojos clavados en la pantalla.

—¿Qué ocurre? —preguntó Pitt.

—¡Es un mensaje de Cassy!

Pitt saltó por encima de un taburete para llegar junto a Jonathan. Miró la pantalla con ojos como platos.

—En estos momentos está escribiendo en mi buzón —dijo Jonathan—, quiero decir que lo está haciendo en directo.

—¡Es increíble! —logró farfullar Pitt.

—Qué gran chica —comentó Jonathan—. Lo está haciendo tal como le enseñé.

—¿Qué dice? —preguntó Sheila—. ¿Dice dónde está?

—No —contestó Jonathan—. Dice que está infectada.

—¡Mierda! —gimió Pitt.

—Dice que ya está notando los primeros síntomas de la gripe —continuó Jonathan—. Quiere desearnos buena suerte.

—¡Ponte en contacto con ella! —gritó Pitt—. Vamos, antes de que corte la transmisión.

—Olvídalo —dijo Sheila—. Sólo nos traerá problemas. ¡Está infectada!

—Por muy infectada que esté, es evidente que sigue siendo Cassy —repuso Pitt—, de lo contrario no estaría deseándonos buena suerte.

Pitt empujó a Jonathan a un lado y empezó a escribir con furia.

Jonathan miró a Sheila y ésta sacudió la cabeza. Aunque sabía que no era una buena idea, no tuvo el valor de detenerlo.

Para Cassy la imagen de la pantalla apareció momentáneamente borrosa. Los ojos se le habían llenado de lágrimas mientras escribía. Los cerró y trató de serenarse al tiempo que se enjugaba las lágrimas con el dorso de la mano. Quería dejar un último mensaje para Pitt. Quería decirle que le amaba.

Abrió los ojos y posó las manos nuevamente sobre el teclado. Estaba a punto de escribir la última frase cuando brotó un mensaje en la pantalla. Lo miró atónita. El mensaje decía: «Cassy, soy Pitt. ¿Dónde estás?»

Fueron los segundos más largos de la vida de Pitt. Con la mirada clavada en la pantalla, rogó que contestara. Respondiendo a sus plegarias, sobre el fondo luminoso comenzaron a despuntar caracteres negros.

—¡Bravo! —gritó Pitt lanzando un puño al aire—. Ya la tengo. Sabe que estoy aquí.

—¿Qué dice? —preguntó Sheila con aprensión, segura de que la conexión sólo iba a traer problemas y angustia.

—Dice que no está lejos de aquí. Voy a decirle que se reúna conmigo.

—¡No! —gritó Sheila—. Aunque todavía no sea uno de ellos, no tardará en serlo. No puedes correr ese riesgo, y aún menos poner en peligro el laboratorio.

Pitt la miró. Su dolor era patente y respiraba entrecortadamente.

—No puedo abandonarla —dijo—, sencillamente no puedo.

—Debes hacerlo —insistió Sheila—. Ya viste lo que le ocurrió a Beau.

Pitt tenía los dedos sobre el teclado. Jamás había sentido una indecisión tan dolorosa.

—Un momento —intervino Harlan—. Pregúntale cuánto hace que la infectaron.

—¿Qué importa eso? —espetó Sheila, molesta por la interferencia.

—Pregúntaselo —insistió Harlan mientras se acercaba a Pitt.

Éste tecleó la pregunta. La respuesta fue inmediata: unas cuatro horas. Harlan consultó su reloj y se mordió el labio.

—¿En qué está pensando? —inquirió Sheila mirándolo a los ojos.

—Tengo una pequeña confesión que hacer —dijo Harlan—. No he dicho toda la verdad sobre esos discos negros. Uno de ellos me picó cuando salí a recoger el último lote.

—¡Entonces usted es uno de ellos! —exclamó Sheila horrorizada.

—No, o por lo menos creo que no. Añadí el anticuerpo monoclonal a la proteína promotora y he estado inyectándomelo desde entonces. Estuve sorbiendo un tiempo por la nariz, pero no llegué a tener la gripe.

—¡Eso es fantástico! —exclamó Pitt—. Voy a decírselo a Cassy.

—¡Espera! —dijo Sheila—. ¿Cuánto tiempo llevaba infectado la primera vez que se suministró el anticuerpo?

—Eso es justamente lo que me preocupa. Unas tres horas. Estaba en Paswell cuando me infecté y tardé tres horas en regresar al laboratorio.

—Cassy ya lleva cuatro horas infectada —dijo Sheila—. ¿Qué opina?

—Opino que vale la pena intentarlo —respondió Harlan—. Podemos ponerla en una sala de aislamiento y ver qué ocurre. Si no funciona, no podrá salir de ella. Son como mazmorras.

Sin tiempo que perder, Pitt explicó a Cassy que tenían un anticuerpo contra la proteína y le indicó cómo llegar a la gasolinera abandonada.

—¿Por qué no nos dijo que un disco le había picado? —preguntó Sheila.

No sabía si enfadarse o alegrarse por el nuevo avance.

—Para serle sincero —dijo Harlan—, temía que no creyeran que estaba bien. Pensaba contárselo tarde o temprano. El hecho de que aparentemente haya funcionado me hace sentir optimista.

—¡No me extraña! —dijo Sheila—. Es la primera buena noticia que hemos tenido desde que todo esto empezó.

Pitt cerró su conexión con Cassy y se acercó a Sheila y Harlan.

—Espero que hayas sido discreto con las indicaciones —dijo Harlan—. No queremos que un camión cargado de infectados te esté aguardando a tu regreso.

—Lo intenté —repuso Pitt—, pero por otro lado quería asegurarme de que encontraba el lugar. Está muy aislado.

—La verdad es que el riesgo es ínfimo —dijo Harlan—. Creo que la gente infectada no está utilizando Internet. Puesto que todos saben lo que el otro está pensando, no lo necesitan.

—¿No me acompaña? —preguntó Pitt a Harlan.

—No me parece una buena idea. Sólo me queda una dosis de anticuerpos. He de obtener más para cuando tu amiga llegue. Tendrás que arreglártelas solo. ¿Crees que podrás?

—Qué remedio —dijo Pitt.

Harlan le entregó una jeringa y un frasquito con la dosis de anticuerpos que le quedaba.

—Espero que sepas poner inyecciones —dijo.

Pitt contestó que no le sería difícil, pues había trabajado en la recepción del hospital de la universidad durante tres años.

—Dásela por vía intravenosa —dijo Harlan—, pero si sufre una reacción anafiláctica, tendrás que hacerle el boca a boca.

Pitt tragó saliva pero asintió con la cabeza.

—Será mejor que te lleves esto —añadió Harlan mientras se desabrochaba la cartuchera del Colt 45—. No dudes en utilizarlo si es necesario. Recuerda que los infectados harán cualquier cosa por infectarte si descubren que no eres uno de ellos.

—Iré con Pitt —dijo Jonathan—. Podría tener problemas para encontrar el camino de vuelta. Cuatro ojos ven más que dos.

—Será mejor que te quedes —dijo Sheila mientras se subía las mangas del mono—. Hay mucho trabajo que hacer.

Una vez Cassy fue localizada, trasladada al instituto e infectada, la actividad en el Pórtico había recuperado su ritmo normal. Aunque no era preciso indicar a cada uno de los miles de trabajadores lo que tenía que hacer, las instrucciones provenían en última instancia de Beau. Así pues, éste estaba obligado a pasar mucho tiempo en los alrededores de la obra y su mente tenía que estar libre de pensamientos extraños. Con Cassy en la habitación de arriba y a punto de convertirse en uno de ellos, Beau encontró fácil cumplir con sus obligaciones.

El trabajo estaba tan avanzado que llegó el momento de activar brevemente una parte de la red eléctrica. La prueba fue un éxito, aunque demostró que algunas partes del sistema requerían un blindaje mayor. Tras dar las instrucciones, Beau se tomó un descanso.

Subió la escalinata como un bípedo normal aun sabiendo que a partir de ese momento iba a serle más fácil subir los escalones de seis en seis. Sus cuadríceps habían aumentado considerablemente.

Al llegar al rellano presintió que algo iba mal. No lo había notado mientras estaba en la planta baja porque el nivel de comunicación tácita referente al Pórtico era muy intenso. Pero ahora que estaba solo las cosas eran diferentes. A estas alturas debería estar recibiendo señales del desarrollo de una conciencia colectiva en Cassy. Al no ser así, Beau empezó a temer que estuviera muerta.

Beau aceleró el paso. Pensó en la posibilidad de que Cassy alojara un gen funesto todavía en estado latente, en cuyo caso el virus se habría autodestruido.

Presa de un pánico que no comprendía, giró torpemente la llave de la puerta. Dispuesto a hallar el cuerpo sin vida de Cassy sobre la cama, se sorprendió de que la habitación estuviera vacía.

Se acercó a la ventana y miró abajo. Divisó el pasillo y la baranda. Luego sus ojos recorrieron el árbol y se detuvieron en la rama. Entonces lo comprendió: Cassy había huido.

Con un aullido que resonó en toda la mansión, Beau corrió hacia la escalinata. Le dominaba la ira, y la ira no era buena para el bien colectivo. La conciencia colectiva raras veces experimentaba la sensación de ira y no sabía cómo manejarla.

Beau irrumpió en el salón de baile y la actividad se detuvo al instante. Todos los ojos se volvieron hacia él sintiendo la misma ira pero sin comprender la causa. Resoplando por la nariz, Beau buscó a Alexander con la mirada. Lo encontró en la consola del control de mandos.

Avanzó enérgicamente hacia él y le clavó los largos y tortuosos dedos en el brazo.

—¡Ha huido! —exclamó—. ¡Tienes que encontrarla!

19

00.45 h.

Pitt pateó las piedras del camino de entrada a la vieja gasolinera. Se agachó, recogió algunas y las arrojó distraídamente hacia los viejos surtidores. Las piedras chocaron con estruendo contra el metal oxidado.

Protegiéndose los ojos de un sol cuya fuerza era mucho mayor que dos horas antes, Pitt siguió con la mirada la carretera hasta que ésta se perdió en el horizonte. Empezaba a inquietarse. Había supuesto que Cassy le estaría aguardando.

Se disponía a retroceder a la sombra del porche cuando divisó el reflejo de un parabrisas de coche. Alguien se acercaba.

Pitt se llevó la mano a la culata del Colt. No podía estar seguro de que fuera Cassy.

Cuando el vehículo estuvo más cerca, distinguió un todoterreno de enormes neumáticos y portaequipajes empotrado en el techo. El coche se aproximaba a gran velocidad.

Siguiendo el ejemplo de Harlan, Pitt observó la escena oculto en el interior del inmueble, mas enseguida cambió de idea. A fin de cuentas, la furgoneta de Jesse estaba aparcada fuera, a la vista de todo el mundo.

El coche entró en la gasolinera. Pitt sólo supo que era Cassy cuando ésta abrió la puerta y lo llamó. El cristal de las ventanillas del coche era tintado.

Pitt llegó a tiempo para ayudar a Cassy a bajar. La chica tosía y tenía los párpados enrojecidos.

—No te acerques tanto —advirtió Cassy con voz nasal—. No estamos seguros de que esta enfermedad no pueda transmitirse como una infección.

Ignorando el comentario, Pitt la estrechó en un fuerte abrazo. La única razón que le instó a soltarla fue que quería administrarle el anticuerpo.

—He traído una dosis del medicamento de que te hablé —dijo—. Es preciso que llegue a tu organismo lo antes posible, de modo que te lo administraré por vía intravenosa.

—¿Dónde? —preguntó Cassy.

—En la furgoneta.

Rodearon el vehículo y se detuvieron frente a la puerta corredera.

—¿Cómo te encuentras? —preguntó Pitt.

—Fatal. El volante de ese todoterreno requiere mucha fuerza. Me duelen todos los músculos y tengo fiebre. Aunque no lo creas, pese al calor hace media hora estaba temblando.

Pitt abrió la puerta de la furgoneta y tumbó a Cassy en el asiento de atrás. Preparó la jeringa, pero tras colocar el torniquete en el brazo de Cassy confesó su inexperiencia en venipuntura.

—No me cuentes historias —protestó Cassy mirando hacia otro lado—. Simplemente hazlo. Quieres ser médico, ¿no es así?

Pitt había visto administrar medicamentos por vía intravenosa miles de veces, pero nunca lo había hecho personalmente. Le horrorizaba la idea de perforar la piel de otra persona, sobre todo de una persona a la que quería. Las consecuencias de no hacer tal cosa, no obstante, le hicieron superar el miedo. Finalmente realizó un buen trabajo y Cassy lo elogió.

—Lo dices para animarme —repuso Pitt.

—Va en serio. Apenas lo he notado.

En ese momento Cassy comenzó a toser con tanta fuerza que se le cortó la respiración.

Pitt temió que fuera una reacción a la inyección, tal como Harlan le había advertido. Pese a haber estudiado la respiración boca a boca, Pitt jamás la había puesto en práctica. Angustiado, sostuvo la muñeca de Cassy para tomarle el pulso. Afortunadamente era fuerte y regular.

—Lo siento —logró farfullar Cassy cuando recuperó el aliento.

—¿Estás bien?

Ella asintió con la cabeza.

Pitt tragó saliva para aliviar la sequedad de su garganta y luego dijo:

—Quédate aquí tumbada. Tenemos veinte minutos de camino.

—¿Adónde vamos? —preguntó Cassy.

—A un lugar caído del cielo —respondió Pitt—. Un laboratorio subterráneo construido para combatir guerras bacteriológicas y químicas. Es el lugar idóneo para llevar a cabo nuestro proyecto. Si no podemos hacerlo allí quiere decir que no puede hacerse. Además dispone de una enfermería donde podremos cuidar de ti.

Pitt iba a subir al coche cuando Cassy le cogió del brazo.

—¿Y si el anticuerpo no funciona? Tú mismo dijiste que se trata de un medicamento preliminar de efecto débil. ¿Qué haréis conmigo si me convierto en uno de ellos? No quiero perjudicar vuestro trabajo.

—No te preocupes. En el laboratorio hay un médico llamado Harlan McCay que recibió una picadura y sigue sano gracias al anticuerpo. En el peor de los casos, existen lo que él llama salas de aislamiento. Pero no te preocupes, todo irá bien —añadió y le acarició el hombro.

—Deja las frases hechas para otro momento, Pitt —replicó ella—. Teniendo en cuenta lo ocurrido hasta ahora, dudo que ese medicamento funcione.

Pitt se encogió de hombros. Sabía que Cassy tenía razón.

Se sentó al volante, encendió el motor y salió a la carretera. Cassy iba tumbada en el asiento de atrás.

—Espero que ese laboratorio tenga aspirinas —dijo. En su vida se había encontrado tan mal.

—Si la enfermería está a la altura del resto de las instalaciones, seguro que tiene de todo.

Recorrieron unos kilómetros en silencio. Pitt conducía concentrado en la carretera para no pasarse el desvío. Camino de la gasolinera había marcado el lugar con unas piedras, pero ahora temía no verlas. Las piedras eran pequeñas y del mismo color que el resto del paisaje.

—Creo que no ha sido una buena idea que haya venido —se lamentó Cassy tras sufrir otro ataque de tos.

—¡No digas tonterías! No me gusta que hables así.

—Ya han pasado seis horas, puede que incluso más. La verdad es que no estoy segura de la hora en que recibí la picadura. Han pasado tantas cosas...

—¿Qué les ocurrió a Nancy y Jesse? —Había intentado evitar la pregunta, pero quería cambiar de tema.

—A Nancy la infectaron delante de mí —explicó Cassy—. No entiendo por qué no me infectaron al mismo tiempo que a ella. Lo de Jesse es otra historia. Creo que le sucedió lo mismo que a Eugene, pero no estoy segura. No vi lo ocurrido, sólo lo oí. Hubo una especie de relámpago. Nancy dijo que era lo mismo que había sucedido en Atlanta.

—Harlan cree que esos discos negros pueden crear agujeros negros diminutos —dijo Pitt.

Cassy se estremeció. La idea de desaparecer en un agujero negro era el súmmum de la destrucción. Hasta los átomos de la persona desaparecerían del universo.

—Volví a ver a Beau —dijo.

Pitt se volvió para mirarla brevemente. Era lo último que había esperado oír.

—¿Cómo está?

—Horrible —respondió Cassy—. Su aspecto ha cambiado notablemente. Está sufriendo una mutación progresiva. La primera vez que lo vi sólo tenía aquella especie de parche de piel detrás de la oreja, pero ahora se le ha extendido por casi todo el cuerpo. Lo extraño es que las demás personas infectadas no parecen cambiar. Ignoro si lo harán más adelante o si tiene que ver con que Beau fuera el primero. No hay duda de que es el líder. Todos le obedecen.

—¿Tuvo algo que ver con la picadura que recibiste?

—Me temo que sí. Él mismo la provocó.

Pitt meneó la cabeza. No podía creer que su mejor amigo pudiera hacer una cosa así, aunque en realidad ya no era su mejor amigo. Era un alienígena.

—Lo que más me dolió fue comprobar que dentro de ese ser todavía había una parte del viejo Beau —prosiguió Cassy—. Hasta me dijo que me echaba de menos y me amaba. ¿Puedes creerlo?

—No —respondió Pitt, molesto por la idea de que Beau, incluso en su condición de alienígena, todavía estuviera intentado robarle a Cassy.

Beau estaba de pie a un lado de la mesa de mandos del Pórtico. Los ojos le brillaban con furia. Le era muy difícil concentrarse en los problemas actuales, pero tenía que hacerlo. El tiempo se acababa.

—Quizá deberíamos volver a cargar algunas redes de distribución —comentó Randy, sentado frente a la mesa de mandos.

Se había producido un leve fallo técnico y Beau todavía no había ofrecido una solución. Arrancado de su ensimismamiento sobre Cassy, trató de pensar. El problema había consistido, desde el principio, en crear suficiente energía para convertir en antigravedad la fuerte gravedad de un grupo de discos negros que trabajaran conjuntamente manteniendo al mismo tiempo la integridad del Pórtico. La reacción sólo tenía que durar un nanosegundo, esto es, el tiempo necesario para absorber materia de un universo paralelo e introducirla en la materia actual. Finalmente Beau encontró la respuesta: hacía falta más blindaje.

—De acuerdo —dijo Randy, contento de recibir instrucciones, y comunicó las órdenes a los trabajadores, quienes se apresuraron a trepar por la enorme estructura.

»¿Crees que funcionará? —preguntó Randy.

—Eso espero —respondió Beau.

Aconsejó que se aumentara la energía de las redes de distribución durante un breve instante en cuanto se hubiese terminado el blindaje.

—Lo que en realidad me preocupa fue que dijiste que los primeros visitantes tenían que llegar esta noche —dijo Randy—. Sería una catástrofe que no estuviéramos listos. Los individuos desaparecerían en el vacío como meras partículas primarias.

Beau gruñó. Le interesaba más el hecho de que Alexander acabara de entrar en la sala. Lo observó acercarse. No sintió buenas vibraciones. Enseguida comprendió que no había encontrado a Cassy.

—Le seguimos la pista —informó Alexander manteniéndose deliberadamente fuera del alcance de Beau—. Llegamos hasta el lugar donde cogió el coche. Lo estamos buscando.

—¡Tienes que encontrarla! —gritó Beau.

—Lo haré —repuso Alexander con tono tranquilizador—. A estas alturas su conciencia ya debe de estar dilatándose, lo cual nos será de gran ayuda.

—Encuéntrala —insistió Beau.

—No me lo explico —dijo Sheila.

Ella y Harlan estaban en el laboratorio, sentados en sendos taburetes giratorios que les permitían deslizarse de una mesa a otra.

Harlan tenía el mentón apoyado en una mano y se mordisqueaba el interior de la mejilla. La postura indicaba que estaba reflexionando.

—Quizá hayamos cometido un error —dijo Sheila.

Harlan negó con la cabeza.

—Hemos repasado el proceso varias veces.

—Repasémoslo otra vez —propuso Sheila—. Nancy y yo tomamos un cultivo tisular de células nasofaríngeas humanas y añadimos la proteína promotora.

—¿Cuál fue el vehículo de la proteína? —preguntó Harlan.

—Un medio de cultivo tisular normal —respondió Sheila—. Supimos que el virus se había activado porque la síntesis de ADN superó en mucho la necesaria para un repliegue celular.

—¿Cómo lo demostraron?

—Utilizamos un adenovirus desactivado para introducir en las células sondas de ADN marcadas con fluorescina.

—¿Y luego?

—Ahí nos quedamos —dijo Sheila—. Pusimos los cultivos a incubar con la esperanza de obtener virus.

—Es evidente que lo consiguieron —dijo Harlan.

—Así es, pero fíjese en la imagen del microscopio electrónico. Se diría que el virus ha pasado por una picadora de carne. No es un virus infeccioso. Algo lo mató, pero no había nada en el cultivo capaz de hacer tal cosa. No tiene sentido.

—No tiene sentido, pero intuyo que está intentando decirnos algo —repuso Harlan—. Simplemente somos demasiado estúpidos para verlo.

—Creo que deberíamos intentarlo de nuevo —dijo Sheila—. Puede que el cultivo se calentara demasiado durante el trayecto en coche.

—Estaba bien guardado —objetó Harlan—, así que dudo que ésa sea la respuesta. Pero sí, hagámoslo de nuevo. Además, he estado infectando algunos ratones y tal vez podríamos aislar el virus a partir de ellos.

—¡Buena idea! —exclamó Sheila—. Eso facilitará las cosas.

—No esté tan segura. Los ratones infectados son sumamente fuertes e inteligentes. He de mantenerlos separados y encerrados.

—¿Insinúa que los ratones se están convirtiendo en alienígenas?

—En cierto modo, sí —respondió Harlan—. Presiento que si hubiera suficientes ratones en un mismo lugar, podrían actuar como un único individuo inteligente.

—En ese caso, será mejor que nos limitemos a los cultivos tisulares —sugirió Sheila—. De una forma u otra tenemos que aislar virus vivos e infecciosos. Tendrá que ser el próximo paso si queremos hacer algo contra la plaga.

El mamómetro de la esclusa de aire emitió un silbido.

—Debe de ser Pitt —dijo Jonathan. Corrió hasta la esclusa y miró por la portilla—. ¡Y viene con Cassy!

Harlan cogió un frasco de anticuerpo monoclonal recién extraído.

—Creo que haré de médico durante un rato.

Sheila alargó el brazo e indicó a Harlan que le entregara el frasco.

—La medicina de urgencias es mi especialidad —dijo—. A usted le necesitamos como inmunólogo.

—Encantado —dijo Harlan—. Siempre he sido mejor investigador que médico.

La esclusa de aire se abrió. Jonathan ayudó a Cassy a cruzar la compuerta. Estaba pálida y tenía fiebre. El entusiasmo de Jonathan se apagó al instante. Cassy estaba más enferma de lo que había imaginado. Con todo, no pudo evitar preguntarle por su madre.

Cassy posó una mano sobre el hombro del muchacho.

—Lo siento —dijo—, nos separaron nada más apresarnos en el supermercado. No sé dónde está.

—¿La infectaron? —preguntó Jonathan.

—Me temo que sí.

—Vamos —dijo Sheila—, tenemos trabajo que hacer. —Colocó el brazo de Cassy sobre su hombro—. Te llevaremos a la enfermería.

Sheila y Pitt condujeron a Cassy por el laboratorio en dirección a la enfermería. Por el camino le presentaron a Harlan, que sostuvo la puerta para que pasaran.

—Es preferible alojarla en una sala de aislamiento —aconsejó Harlan mientras se adelantaba para mostrarles el camino.

La estancia semejaba una habitación de hospital salvo por la entrada, que tenía una esclusa de aire para mantener el cuarto a una presión menor que la del resto del recinto. La puerta interna podía trabarse y el cristal de la portilla era de dos centímetros de espesor.

Ayudada por Sheila y Pitt, Cassy se tumbó en la cama y suspiró aliviada.

Sheila enseguida puso manos a la obra. Con suma destreza, introdujo una dosis elevada de anticuerpo monoclonal en una jeringa y la inyectó en una vena de Cassy.

—¿Sufriste alguna reacción con la primera inyección? —preguntó mientras aceleraba la entrada de los últimos resquicios del anticuerpo en el organismo de Cassy.

Cassy negó con la cabeza.

—Tuvo un ataque de tos que me alarmó —explicó Pitt—, pero no creo que se debiera a la medicación.

Sheila conectó a Cassy a un monitor cardíaco. Los latidos eran normales y el ritmo regular.

—¿Notas alguna diferencia desde la primera inyección? —preguntó Harlan.

—No.

—Es lógico —dijo Sheila—. Los síntomas proceden básicamente de tus propias linfocinas, las cuales sabemos que se dispararon en las primeras fases.

—Gracias por acogerme —dijo Cassy—. Sé que represento un peligro para vosotros.

—Estamos contentos de tenerte aquí —aseguró Harlan, y le pellizcó una rodilla—. Quién sabe, puede que seas un valioso objeto de experimentación, como yo.

—Ojalá —dijo Cassy.

—¿Tienes hambre? —preguntó Sheila.

—No, pero no me iría mal una aspirina.

Sheila miró a Pitt.

—Creo que dejaré esa tarea en manos del doctor Henderson —dijo con una sonrisa irónica—. Los demás tenemos que volver al trabajo.

Harlan fue el primero en despedirse. Al salir, Sheila se volvió y miró a Jonathan.

—Vamos. Dejemos a la paciente en manos de su médico particular.

Jonathan obecedió a regañadientes.

—Tenías razón —dijo Cassy—, este lugar es increíble.

—Es justo lo que el médico te recetó —dijo Pitt—. Voy a por la aspirina.

Tardó unos minutos en encontrar la farmacia y otros

tantos en dar con las aspirinas. Cuando regresó a la sala de confinamiento Cassy dormía.

—Siento molestarte —se disculpó él.

—No te preocupes. —Cassy tomó la aspirina y volvió a tumbarse. Luego dio unas palmaditas en el colchón—. Siéntate. Tengo que contarte lo que he averiguado a través de Beau. La pesadilla está a punto de empeorar.

Las vibraciones del rotor y el rugido del motor del helicóptero militar Huey que sobrevolaba a baja altura el árido paisaje perturbó de súbito la tranquilidad del desierto. Vince Garbon escudriñaba el terreno con unos prismáticos. Había ordenado al piloto que siguiera la franja de alquitrán que cruzaba el desierto de horizonte a horizonte. En el asiento de atrás viajaban dos ex agentes de policía de la antigua brigada de Vince.

—Lo último que sabemos es que el vehículo circuló por esta carretera —gritó Vince al piloto.

El piloto asintió.

—Veo algo a lo lejos —dijo Vince—. Parece una gasolinera abandonada, y hay un vehículo que coincide con la descripción.

El piloto aminoró la velocidad. Vince tenía dificultades para mantener los prismáticos firmes.

—Sí, creo que es el coche que buscábamos. Bajemos a echar un vistazo.

El helicóptero levantó un remolino de arena y polvo antes de tocar tierra.

Vince bajó del aparato y fue a examinar el vehículo. Abrió la puerta y enseguida percibió que Cassy había estado allí. Miró en el portaequipajes. Estaba vacío.

Los ex policías entraron en el edificio. Vince se quedó fuera escudriñando el horizonte. El sol ardía con tal ferocidad que podía verse el calor elevándose en el aire.

Los policías salieron del inmueble y negaron con la cabeza. Cassy no estaba allí.

Vince se encaminó al helicóptero. La muchacha estaba cerca. Lo intuía. Después de todo, ¿cuán lejos podía llegarse a pie con ese calor?

Pitt entró en el laboratorio. Los demás estaban tan absortos en su trabajo que ni siquiera levantaron la cabeza.

—Se ha dormido —dijo.

—¿Trabaste la puerta? —preguntó Harlan.

—No —respondió Pitt—. ¿Cree que es necesario?

—Por supuesto —dijo Sheila—. No queremos sorpresas.

—Vuelvo enseguida —dijo Pitt.

Regresó a la sala de aislamiento y miró por la portilla. Cassy dormía plácidamente. La tos había remitido. Pitt aseguró la puerta.

Volvió al laboratorio y se sentó. Esta vez tampoco repararon en él. Sheila estaba absorta inoculando la proteína promotora en cultivos tisulares. Harlan estaba ocupado en extraer más anticuerpo. Jonathan llevaba puestos unos auriculares y estaba frente a un ordenador jugando con una palanca de control.

Pitt preguntó a Jonathan qué estaba haciendo. Éste se quitó los auriculares y dijo:

—Es fantástico. Harlan me enseñó a conectar con el equipo de seguridad exterior. Hay cámaras ocultas en cactus artificiales que pueden dirigirse con esta palanca de control. También hay dispositivos de escucha y sensores de movimiento. ¿Quieres probar?

Pitt rehusó la invitación y comunicó a los demás que Cassy le había explicado algunas cosas sorprendentes e inquietantes sobre los alienígenas.

—¿Qué cosas? —preguntó Sheila sin dejar de trabajar.

—La peor es que la gente infectada está construyendo una enorme máquina futurista que llaman el Pórtico.

—¿Y para qué sirve? —inquirió Sheila mientras giraba con precaución un frasco de tejido tisular.

—Es una especie de transportador que, según le contaron, trasladará a la Tierra toda clase de criaturas alienígenas procedentes de otros planetas.

—¡Dios santo! —exclamó la doctora dejando el frasco sobre la mesa—. No podemos enfrentarnos a tantos adversarios. Quizá deberíamos rendirnos.

—¿Cuándo entrará en funcionamiento ese Pórtico? —preguntó Harlan.

—No lo sabe. Presiente que es algo inminente. Beau le dijo que estaba casi terminado. Cassy me contó que había miles de personas trabajando en el proyecto.

Sheila soltó un bufido.

—¿Qué otras buenas noticias nos traes? —ironizó.

—Algunos datos interesantes. Por ejemplo, que el virus alienígena llegó a la Tierra hace tres mil millones de años. Fue entonces cuando introdujo su ADN en la vida que había en ese momento.

Sheila entornó los ojos.

—¿Tres mil millones de años?

Pitt asintió.

—Eso le contó Beau. También le dijo que los alienígenas enviaban la proteína promotora cada cien millones de años telúricos para «despertar» el virus a fin de observar qué tipo de vida había evolucionado en la Tierra y si valía la pena habitarla. Cassy no le preguntó a qué se refería con lo de años telúricos.

—Quizá tenga que ver con la capacidad del virus para trasladarse de un universo a otro —comentó Harlan—. Nosotros los terrestres tenemos una dimensión de tiempo/espacio limitada. Sin embargo, desde el punto de vista de otro universo, lo que aquí son mil millones de años allí puede equivaler a diez. Todo es relativo.

La explicación provocó un largo silencio. Pitt se encogió de hombros.

—Me cuesta entenderlo —reconoció.

—Es como una quinta dimensión —dijo Harlan.

—De acuerdo —repuso Pitt—, pero volviendo a lo que Cassy me contó, al parecer esos virus alienígenas son los responsables de las extinciones en masa que ha presenciado la Tierra. Cada vez que regresaban a nuestro planeta encontraban que las criaturas infectadas no eran adecuadas y se marchaban.

—¿Y todas las criaturas infectadas morían? —preguntó Sheila.

—Eso me ha parecido entender —respondió Pitt—. Probablemente el virus provocaba algún cambio mortal en el ADN, causando de ese modo la desaparición de especies enteras y generando la oportunidad de que nuevas criaturas evolucionaran. Cassy me dijo que Beau había mencionado los dinosaurios para ilustrar la idea.

—Adiós a la teoría de los asteroides y cometas —dijo Harlan.

—¿Cómo morían las criaturas? —preguntó Sheila—. ¿Existía una causa específica?

—No creo que Cassy lo sepa —respondió Pitt—, o por lo menos no me lo dijo. Puedo preguntárselo más tarde.

—Podría ser importante —dijo Sheila. Su mirada se perdió en el vacío. La mente le daba vueltas—. ¿Y dices que el virus llegó por primera vez a la Tierra hace tres mil millones de años telúricos?

—Eso dijo Cassy.

—¿En qué está pensando? —preguntó Harlan.

—¿Disponemos de bacterias anaeróbicas? —inquirió Sheila.

—Sí.

—Propongo que las infectemos con la proteína promotora —dijo Sheila con súbito entusiasmo.

—De acuerdo —convino Harlan poniéndose en pie—. ¿Qué le ronda por la cabeza? ¿Por qué quiere una bacteria que crece sin oxígeno?

—Confíe en mí —dijo Sheila—. Vaya a buscarla mientras yo preparo más proteína promotora.

Beau abrió las puertaventanas de la sala de estar que daban a la terraza de la piscina. Salió a grandes zancadas. Alexander le seguía.

—¡Beau, no te vayas, te lo ruego! Te necesitamos aquí.

—Han encontrado su coche —dijo Beau—. Eso significa que anda perdida por el desierto y sólo yo puedo encontrarla. Ya debe de faltarle poco para convertirse en uno de nosotros.

Beau bajó los escalones que descendían hasta el césped y echó a andar hacia el helicóptero que le aguardaba.

—Esa mujer no puede ser tan importante —dijo Alexander—. Puedes tener la mujer que quieras. No es un buen momento para abandonar el Pórtico. Todavía no hemos sometido las redes de distribución a una tensión máxima. ¿Y si fallan?

Beau se volvió con brusquedad. Sus finos labios estaban tensos de furia.

—Esa mujer me está volviendo loco. Debo encontrarla. Volveré, pero entretanto seguid trabajando sin mí.

—¿Por qué no esperas a mañana? —insistió Alexander—. Para entonces ya se habrá producido la llegada y podrás salir a buscarla. Tendrás todo el tiempo que necesites.

—Si se ha perdido en el desierto, mañana ya estará muerta —dijo Beau—. Estoy decidido.

Se volvió de nuevo y caminó hacia el helicóptero. Los dos últimos metros tuvo que recorrerlos con el torso inclinado para evitar las paletas del rotor. Se instaló en el asiento del copiloto, saludó con la mano a Vince, que estaba sentado detrás, y ordenó al piloto que despegara.

—¿Cuánto tiempo ha pasado? —preguntó Sheila.

—Alrededor de una hora —respondió Harlan.

—Eso debería bastar —dijo Sheila con impaciencia—. Una de las primeras cosas que descubrimos era la rapidez con que la proteína promotora funcionaba una vez era absorbida por una célula. Ahora daremos al cultivo una dosis suave de rayos X.

Harlan miró a Sheila de soslayo.

—Creo que empiezo a comprender —dijo—. Está utilizando el virus como si fuera un provirus. Y ahora quiere hacer que pase de su estado latente a su estado lítico. Pero ¿por qué una bacteria anaeróbica? ¿Por qué no oxígeno?

—Antes de explicárselo me gustaría ver qué ocurre. Cruce los dedos. Esto podría ser lo que estamos buscando, el punto flaco del virus alienígena.

Harlan y Sheila administraron la dosis de rayos X al cultivo bacteriano infectado sin perturbar su atmósfera de dióxido carbónico. Mientras preparaba los montajes para el microscopio electrónico, Sheila advirtió que las manos le temblaban de excitación. Deseó con todo su corazón que se hallaran a las puertas de un gran hallazgo.

Beau dio una patada a la puerta de la gasolinera abandonada. El golpe arrancó la hoja de cuajo y la envió contra la pared del fondo. Los ojos de Beau refulgieron al penetrar en la oscura habitación. El viaje en helicóptero no había conseguido calmar su furia.

Permaneció en medio de la penumbra unos instantes. Luego giró sobre sus talones y salió al deslumbrante sol.

—No ha estado aquí —declaró.

—Lo suponía —dijo Vince. Estaba inclinado sobre la arena, al otro lado de los surtidores—. Aquí hay otras huellas frescas de neumáticos. —Se levantó y miró hacia el este—. Es probable que la recogiera otro vehículo.

—¿Qué insinúas? —preguntó Beau.

—No ha sido vista en ninguna ciudad, o de lo contrario nos habríamos enterado, lo que significa que está aquí, en el desierto. Sabemos que hay grupos aislados de prófugos que han escapado a la infección y viven ocultos por esta zona. Puede que se uniera a uno de ellos.

—Pero ella está infectada —dijo Beau.

—Lo sé —convino Vince—, y he ahí el misterio. En cualquier caso, creo que deberíamos seguir la carretera en dirección este para ver si encontramos huellas de neumáticos que se desvíen hacia el interior del desierto. Tiene que haber algún campamento por los alrededores.

—De acuerdo —dijo Beau—, hagámoslo ya. No nos queda mucho tiempo.

Subieron al helicóptero y el aparato se elevó. Beau ordenó al piloto que intentara no levantar demasiada arena para poder ver si había huellas de neumáticos que se desviaban de la carretera.

—Dios mío, ahí está —dijo Harlan.

Habían enfocado un virión a sesenta mil aumentos. Era un virus largo y filamentoso, semejante a un filoviridae, con diminutas proyecciones a modo de cilios.

—Parece increíble que estemos contemplando una forma de vida alienígena de inteligencia superior —dijo Sheila—. Siempre hemos considerado los virus y las bacterias como seres primitivos.

—No creo que sea el alienígena en sí —comentó Pitt—. Cassy me explicó que la forma viral era lo que permitía al alienígena soportar el viaje espacial e infectar otras formas de vida de la galaxia. Por lo visto, Beau ignoraba qué aspecto tenía la forma alienígena original.

—Tal vez el Pórtico sea para eso —comentó Jonathan—. Tal vez al virus le ha gustado tanto esto que los propios alienígenas han decidido venirse.

—Podría ser —dijo Pitt.

—¿Y bien? —preguntó Harlan a Sheila—. El pequeño truco con la bacteria anaeróbica ha funcionado, hemos visto el virus. ¿Cuál es la misteriosa explicación?

—Al parecer el virus llegó a la Tierra hace tres mil millones de años —dijo Sheila—. En aquella época nuestro planeta era un lugar muy distinto. Había muy poco oxígeno en la atmósfera. Desde entonces las cosas han cambiado. El virus está bien cuando se halla en estado latente o incluso cuando ha sido promovido y ha transformado la célula. Pero si se le induce a formar viriones, el oxígeno lo destruye.

—Una idea interesante —dijo Harlan. Contempló la superficie del cultivo expuesta al aire de la habitación—. En ese caso, si hacemos otro montaje veremos un virus no infeccioso.

—Eso espero —dijo Sheila.

Sin perder tiempo, Sheila y Harlan procedieron a crear una segunda muestra. Pitt ayudó en lo que pudo. Jonathan volvió al sistema de seguridad dirigido por ordenador.

Cuando Harlan enfocó el nuevo montaje enseguida comprobó que la doctora tenía razón. Los virus estaban como carcomidos.

Ambos se levantaron de un brinco, chocaron manos y se abrazaron. Estaban extasiados.

—Qué idea tan brillante —comentó Harlan—. Mis más sinceras felicitaciones. Es un placer ver la ciencia en acción.

—Si realmente estuviéramos haciendo ciencia —dijo ella—, procederíamos a demostrar exhaustivamente nuestra hipótesis. Por ahora lo consideramos un valor preliminar.

—Oh, por supuesto. Con todo, tiene mucho sentido. El oxígeno es un agente muy tóxico, pero curiosamente muy poca gente lo sabe.

—Hay algo que no entiendo —terció Pitt—. ¿De qué modo puede ayudarnos ese descubrimiento?

Las sonrisas de Sheila y Harlan se apagaron. Se miraron y enseguida volvieron a sus asientos para perderse en sus propias reflexiones.

—Ignoro la forma en que este hallazgo puede ayudarnos —dijo finalmente Sheila—, pero tiene que hacerlo. Tiene que ser el punto flaco del virus.

—Así debieron matar a los dinosaurios —comentó Harlan—. Una vez decidieron poner fin a la infestación, todos los virus abandonaron su estado latente para convertirse en viriones. Y entonces, ¡bum!, chocaron contra el oxígeno y todo se fue al garete.

—No suena muy científico —dijo Sheila con una sonrisa.

Harlan rió.

—Ya, pero por lo menos es un indicio. Tenemos que inducir al virus de la gente infectada a abandonar su estado latente y salir de la célula.

—¿Cómo se induce a un virus latente? —preguntó Pitt.

Harlan se encogió de hombros.

—De muchas maneras —respondió—. En un cultivo tisular generalmente se hace mediante radiación electromagnética, ya sean rayos ultravioletas o rayos X como los que utilizamos con el cultivo bacteriano anaeróbico.

—También puede hacerse mediante algunos agentes químicos —añadió Sheila.

—Así es. Ciertos antimetabolitos y otros venenos celulares. Pero en nuestro caso no nos sirven, y tampoco los rayos X. No podemos radiografiar todo el planeta.

—¿Existen virus corrientes en estado latente? —preguntó Pitt.

—Muchos —respondió Sheila.

—Por ejemplo, el del sida —comentó Harlan.

—O toda la gama de virus del herpes —añadió Sheila—. Estos virus pueden permanecer inactivos durante toda la vida o causar problemas intermitentes.

—¿Como un herpes labial? —preguntó Pitt.

—Exacto —dijo Sheila—. El herpes labial es un herpes simple. Permanece en estado latente en algunas neuronas.

—¿Así que cuando aparece un herpes labial significa que un virus latente ha sido inducido a formar partículas virales? —inquirió Pitt.

—Exacto.

—Pues a mí me sale un herpes labial cada vez que me resfrío —repuso Pitt.

—Muy interesante —dijo Sheila—, pero creo que deberías dejarnos solos. Necesitamos pensar. Esto no es una clase de medicina.

—Un momento —intervino Harlan—. Pitt acaba de darme una idea.

—¿Yo? —preguntó inocentemente Pitt.

—¿Sabéis cuál es el mejor agente de inducción viral? —replicó Harlan—. Otra infección viral.

—¿Y de qué nos serviría? —inquirió Sheila.

Harlan señaló la enorme puerta del congelador situado al otro lado de la sala.

—Ahí dentro tenemos toda clase de virus. Estoy pensando que quizá deberíamos atacar con las mismas armas.

—¿Insinúa que deberíamos iniciar algún tipo de epidemia? —preguntó Sheila.

—Exacto. Algo extraordinariamente infeccioso.

—Pero ese congelador está lleno de virus diseñados para su uso en guerras bacteriológicas. Sería como escapar del fuego para dar en el relámpago.

—Ese congelador contiene tanto virus inofensivos como virus mortales —explicó Harlan—. Sólo tenemos que elegir el que más nos convenga.

—Ya... —musitó Sheila—. Probablemente nuestro cultivo tisular original fue inducido por el medio adenoviral que utilizamos para la prueba del ADN.

—Acompáñeme —dijo Harlan—. Le enseñaré el inventario.

Sheila se levantó. Aunque no le entusiasmaba la idea de luchar con las mismas armas, tampoco quería descartarla.

Junto al congelador había una mesa y encima un estante. Sobre el estante descansaban tres grandes carpetas de anillas. Harlan entregó una a Sheila y otra a Pitt. Él abrió la tercera.

—Parece la lista de vinos de un restaurante de lujo —bromeó Harlan—. Recordad que necesitamos algo infeccioso.

—¿Qué quiere decir? —preguntó Pitt.

—Capaz de transmitirse de una persona a otra a través del aire —dijo Harlan—, no como el sida o la hepatitis. Queremos una epidemia a nivel mundial.

—Caray —repuso mientras observaba el índice de su volumen—. Jamás imaginé que existieran tantos virus. Sale el filoviridae. ¡Uau, y el ébola!

—Demasiado virulento —objetó Harlan—. Buscamos una enfermedad que no mate para que el individuo infectado pueda transmitirla a tantas personas como sea posible. Lo creas o no, las enfermedades rápidamente mortales tienden a autolimitarse.

—Aquí sale el arenoviridae —dijo Sheila.

—Demasiado virulento —repuso Harlan.

—¿Qué me dice del ortomixoviridae? —preguntó Pitt—. La gripe es infecciosa y se han dado algunas epidemias de alcance mundial.

—Es una posibilidad, pero exige un período de incubación relativamente largo y además puede ser mortal. Me gustaría encontrar algo de rápida infección y un poco más benigno. Ya lo tengo... aquí está.

Harlan dejó la carpeta sobre la mesa, abierta por la página 99. Sheila y Pitt se inclinaron para verla.

—Picornaviridae —barboteó Pitt—. ¿Qué hace?

—Es este género el que me interesa —dijo Harlan señalando uno de los subgrupos.

—Rinovirus —leyó Pitt.

—Exacto. El resfriado común. ¿No resultaría irónico que un resfriado común salvara a la humanidad?

—No todo el mundo pilla el resfriado aunque esté en el aire —observó Pitt.

—Cierto —convino Harlan—. Cada persona posee niveles de inmunidad diferentes frente a los cientos de cepas existentes. Pero veamos a qué conclusiones han llegado nuestros microbiólogos contratados por el Pentágono.

Harlan fue girando páginas hasta llegar a la sección del rinovirus, que abarcaba treinta y siete folios. La primera hoja contenía el índice de los serotipos y un breve resumen.

Los tres leyeron en silencio. El resumen decía que los rinovirus tenían una utilidad limitada como agentes de guerras bacteriológicas, pues aunque las infecciones respiratorias superiores afectaban al rendimiento de un ejército, era de forma poco significativa y desde luego en un grado mucho menor que un enterovirus, el cual era capaz de provocar enfermedades diarreicas.

—No parece muy eficaz —comentó Pitt.

—Tienes razón —dijo Harlan—, pero nosotros no estamos intentando incapacitar un ejército. Sólo queremos que el virus provoque problemas metabólicos para que el virus alienígena salga a la luz.

—Aquí hay algo interesante —dijo Sheila señalando un apartado del índice referente a rinovirus artificiales.

—Eso es justamente lo que necesitamos —declaró entusiasmado Harlan.

Buscó la sección de rinovirus artificiales y comenzó a leer con rapidez. Pitt trató de imitarlo, pero para él era como leer chino. Todo eran tecnicismos.

—¡Es perfecto, simplemente perfecto! —exclamó Harlan. Miró a Sheila—. Parece hecho a la medida de nuestras necesidades. Los microbiólogos han creado un rinovirus que jamás ha visto la luz, lo que significa que no hay nadie inmune a él. Se trata de un serotipo al que nadie ha estado expuesto, por tanto todo el mundo lo pillará.

—Me parece que nos estamos precipitando —dijo la doctora—. ¿No cree que deberíamos poner a prueba la hipótesis?

—Desde luego —repuso Harlan con excitación. Se acercó al congelador—. Iré a buscar una muestra del virus para cultivarlo. Luego lo probaremos con los ratones. Cómo me alegro de haberlos infectado. —Harlan abrió el congelador y desapareció en su interior.

Pitt miró a Sheila.

—¿Crees que funcionará?

Ella se encogió de hombros.

—Parece muy seguro —dijo.

—Y si funciona, ¿matará a la persona? —Estaba pensando en Cassy, e incluso en Beau.

—No podemos saberlo. Pese a todo lo que hemos descubierto hasta ahora, quedan muchos puntos por resolver.

—¡Un momento! —gritó Vince, mirando con los prismáticos—. Creo ver unas huellas de neumático que se desvían hacia el sur.

—¿Dónde? —preguntó Beau.

Vince señaló el lugar.

Beau asintió.

—Aterrice —ordenó al piloto.

Pese a aterrizar sobre la carretera, el helicóptero volvió a levantar un torbellino de arena y polvo.

—Espero que la arena no cubra las huellas —comentó Vince.

—Estamos demasiado lejos de ellas —dijo el piloto.

Vince y el policía que tenía al lado, Robert Sherman, bajaron rápidamente y corrieron hacia las huellas. Beau y el piloto bajaron también, pero se quedaron cerca del aparato.

Beau comenzaba a respirar dificultosamente por la boca y la lengua le colgaba como a un perro cansado. Su piel alienígena no estaba provista de glándulas sudoríparas y empezaba a recalentarse. Buscó una sombra, pero era imposible escapar del despiadado sol.

—Subamos al helicóptero —dijo Beau.

—Hará demasiado calor —objetó el piloto.

—Quiero que ponga en marcha el motor.

—Si lo hago, los demás tendrán problemas para regresar.

—¡He dicho que ponga en marcha el motor! —gruñó Beau.

El piloto obedeció. El aire acondicionado del aparato se encendió y la temperatura disminuyó al instante.

Fuera, las alas del rotor levantaron una pequeña tormenta de arena. Apenas podía divisarse a los dos hombres que examinaban el suelo a cien metros de distancia.

La radio emitió una señal y el piloto se puso los auriculares. Beau desvió la mirada hacia el monótono horizonte del sur. Además de furioso, cada vez se sentía más angustiado. Odiaba esa clase de emociones humanas.

—Es un mensaje del instituto —informó el piloto—. Tienen problemas. No pueden llevar las redes de distribución a la máxima potencia. El sistema desconecta los interruptores automáticos.

Beau apretó los puños. Su pulso se aceleró. La cabeza iba a estallarle.

—¿Qué les digo? —preguntó el piloto.

—Diles que estaré de vuelta pronto —respondió Beau.

El piloto cortó la comunicación y se quitó los auriculares, pues estaba experimentando el estado mental de Beau a través de la conciencia colectiva. Se agitó en su asiento. Al ver que los dos hombres regresaban, se tranquilizó.

Vince y Robert tuvieron que protegerse la cara de la punzante arena e inclinar el cuerpo bajo las paletas del rotor para subir al helicóptero. No intentaron hablar hasta que la puerta estuvo cerrada.

—Son las mismas huellas que vimos en la vieja gasolinera —dijo Vince—. Se dirigen al sur. ¿Qué quieres hacer?

—¡Seguirlas! —dijo Beau.

Con gran dificultad, Harlan, Sheila, Pitt y Jonathan habían conseguido introducir seis ratones infectados en una caja de seguridad biológica de tipo III.

—Menos mal que no eran ratas —comentó Pitt—, de lo contrario dudo que hubiéramos podido manejarlas.

Entretanto, Harlan dejaba que Sheila le desinfectara y vendara las mordeduras que había recibido.

—Sabía que no iba a ser fácil —dijo Jonathan.

El experimento había despertado su curiosidad.

—Introduciremos el virus —explicó Harlan—. Está en el frasco de cultivo tisular que hemos metido en la caja.

—¿Qué sistema de ventilación tiene este receptáculo? —preguntó Sheila—. No podemos permitir que el virus salga al exterior si no va a funcionar.

—El aire es irradiado —dijo Harlan—. No hay de qué preocuparse.

Introdujo las manos vendadas en los gruesos guantes de goma que traspasaban el receptáculo por la parte frontal. Cogió el frasco, retiró el tapón y vertió el contenido en un plato llano.

—Ya está —dijo—. Pronto se vaporizará y nuestros amiguitos empezarán a respirar el virus artificial.

—¿Qué significan los lunares negros que tienen en el lomo?

—Indican el día en que fueron infectados —explicó Harlan—. Los infecté sucesivamente para seguir el proceso a nivel fisiológico. Ahora me alegro de haberlo hecho así. Es posible que se produzcan reacciones diferentes según el tiempo que el virus alienígena haya tenido para manifestarse.

Observaron el ir y venir de los ratones durante un rato.

—No ocurre nada —protestó Jonathan.

—Nada en cuanto al organismo en general —dijo

Harlan—, pero intuyo que están ocurriendo muchas cosas a nivel molecular/celular.

Al cabo de un rato, Jonathan bostezó.

—Buf, es como mirar cómo se seca la pintura de una pared. Me vuelvo a mi ordenador.

Al cabo de otro rato, Pitt rompió el silencio.

—Lo más curioso es la consonancia con que trabajan. Fijaos en las pirámides que erigen para explorar el cristal.

Sheila masculló. Había observado el fenómeno pero no le interesaba; quería ver una reacción física en los ratones. Su nivel de actividad no había variado y eso la preocupaba. Si el experimento fracasaba, estarían como al principio.

Como si le hubiera leído el pensamiento, Harlan dijo:

—Está tardando demasiado. Teóricamente sólo hace falta la inducción de una célula para desencadenar el proceso. Me preocupa el hecho de que no comprobáramos la viabilidad del virus. Quizá deberíamos hacerlo.

Harlan se volvió para poner en práctica su propia sugerencia cuando Sheila le agarró del brazo.

—¡Espere! Fíjese en el ratón con los tres lunares.

Harlan lo hizo. Pitt se apretó contra Harlan y miró por encima de su hombro. El ratón había detenido bruscamente su incesante ir y venir y ahora se frotaba los ojos con las patas delanteras. De repente sufrió una serie de espasmos.

Sheila, Harlan y Pitt se miraron.

—¿Son estornudos de ratón? —preguntó Sheila.

—No lo sé —dijo Harlan.

El ratón se tambaleó y cayó al suelo.

—¿Ha muerto? —preguntó Pitt.

—No —dijo Sheila—, sigue respirando, pero no tiene buen aspecto. Fijaos en esa especie de espuma que le sale por los ojos.

—Y por la boca —añadió Harlan—. Y ese otro ratón empieza a mostrar síntomas. ¡Creo que está funcionando!

—Todos empiezan a reaccionar —observó Pitt—. Fijaos en el ratón que tiene más lunares. Se diría que está sufriendo un ataque epiléptico.

Atraído por el alboroto, Jonathan regresó y consiguió meter la cabeza entre Harlan y Sheila.

—¡Agg! —dijo—. Qué espuma tan verde.

Harlan metió las manos en los guantes y cogió al primer ratón. El animal, a diferencia de su beligerancia previa, no se resistió, sino que permaneció inmóvil sobre la palma de la mano respirando entrecortadamente. Harlan lo soltó y cogió al ratón que había sufrido el ataque.

—Está muerto —dijo—. Puesto que era el que llevaba más tiempo infectado, supongo que significa algo.

—Probablemente acabamos de presenciar cómo murieron los dinosaurios —comentó Sheila—. Un proceso realmente rápido.

Harlan dejó el ratón en el suelo. Retiró las manos y se las frotó con entusiasmo.

—Bien. La primera parte del experimento ha sido un éxito. Ahora que ya hemos ensayado con animales, es hora de ensayar con humanos.

—¿Está proponiendo que liberemos el virus? —preguntó Sheila—. ¿Que abramos la puerta y lo arrojemos al exterior, sin más?

—No, todavía no estamos preparados para el trabajo de campo —dijo Harlan con un brillo malicioso en los ojos—. Había pensado en realizar la siguiente fase en casa. En realidad, había pensado en ofrecerme como cobaya.

—Un momento... —protestó Sheila.

Él levantó una mano.

—A lo largo de la historia muchos médicos se han

utilizado como cobayas —dijo—. Ésta es una oportunidad idónea para seguir su ejemplo. Estoy infectado y aunque ya han pasado varios días he mantenido la infección a raya mediante el anticuerpo monoclonal. Es hora de quitarme por completo el virus. Así que en lugar de verme como un cordero a punto de ser sacrificado, considéreme un beneficiario de nuestro ingenio.

—¿Cómo quiere hacerlo? —preguntó Sheila. Una cosa era experimentar con ratones y otra muy diferente con seres humanos.

—Sígame —dijo él. Cogió uno de los cultivos tisulares inoculados de rinovirus artificial y se dirigió hacia la enfermería—. Seguiremos el mismo método que empleamos con los ratones, con la diferencia de que usted me encerrará en una sala de confinamiento.

—Creo que deberíamos probar primero con otro animal —sugirió Sheila.

—Tonterías. No nos sobra el tiempo. Recuerde la situación del Pórtico.

El grupo siguió a Harlan, quien era evidente que estaba decidido a ser objeto de experimentación. Camino de la sala de aislamiento, Sheila trató de disuadirle en vano.

—Prométame que asegurará la puerta —dijo Harlan—. Si algo extraño me ocurre, no quiero perjudicarles.

—¿Y si necesita atención médica? Por ejemplo, la respiración boca a boca.

—Es un riesgo que debo correr —repuso él con tono fatalista—. Ahora váyase y déjeme pillar el resfriado en paz.

Sheila titubeó mientras trataba de pensar en otra forma de disuadirlo de hacer algo que ella calificaba de locura. Finalmente, salió a la esclusa y cerró la compuerta tras de sí. Miró por la portilla y Harlan alzó el dedo pulgar.

Admirando su valor, Sheila le devolvió el gesto.

—¿Qué está haciendo? —preguntó Pitt desde el pasillo.

En la esclusa sólo cabía una persona.

—Está destapando el frasco del cultivo tisular —dijo Sheila.

—Me vuelvo al ordenador —dijo Jonathan. Tanta tensión empezaba a incomodarle.

Pitt entró en la esclusa contigua y miró a Cassy a través de la portilla. Seguía durmiendo apaciblemente.

Pitt regresó junto a Sheila.

—¿Sucede algo?

—Todavía no —respondió Sheila—. Está tumbado en la cama haciéndome muecas. Se comporta como un niño de diez años.

Pitt se preguntó cómo se habría comportado él de haberse hallado en el lugar de Harlan. Probablemente estaría aterrorizado y no tendría ganas de bromear.

—¡Espere! —gritó Vince—. Gire para que pueda ver lo que acabamos de pasar.

El piloto ladeó el helicóptero hacia la izquierda y trazó un amplio círculo.

Vince cogió los prismáticos. El terreno no había alterado su monotonía de la última hora. Había sido muy difícil seguir las huellas desde el aire y habían hecho innumerables giros falsos.

—Hay algo ahí abajo —dijo Vince.

—¿Qué? —gruñó Beau. Se sentía decaído. Se había equivocado al pensar que sacar a Cassy del desierto iba a ser tarea fácil.

—No estoy seguro. Pero valdría la pena echar un vistazo. Creo que deberíamos bajar.

—¡Aterrice! —ladró Beau al piloto.

El helicóptero tocó tierra en medio de un torbellino

de arena aún más denso por la ausencia de alquitrán. Cuando el aire se hubo aclarado, el grupo vislumbró lo que había atraído la atención de Vince. Se trataba de una furgoneta parcialmente cubierta con una tela de camuflaje.

—Por fin un hallazgo positivo —comentó Beau mientras descendía del helicóptero.

Caminó lentamente hasta la furgoneta. Tiró de la tela y abrió la puerta del pasajero.

—Cassy estuvo aquí —dijo.

Inspeccionó el asiento de atrás y se volvió para examinar el área.

—¡Beau, hay otro mensaje del instituto! —gritó el piloto, quien había permanecido cerca del helicóptero—. Les han confirmado que la llegada tendrá lugar dentro de cinco horas telúricas. Te recuerdan que el Pórtico no está listo. ¿Qué les digo?

Beau se sujetó la cabeza con sus dedos de reptil y se presionó las sienes para aliviar la tensión. Exhaló lentamente e, ignorando al piloto, gritó a Vince que Cassy estaba cerca.

—Puedo sentirla, pero la señal es extrañamente débil.

Vince y Robert se habían ido alejando de la furgoneta formando círculos cada vez más amplios. De repente, Vince se acuclilló. Luego se levantó y pidió a Beau que se acercara.

Beau se reunió con los dos hombres. Vince señaló el suelo.

—Es una compuerta camuflada —dijo—. Está cerrada por dentro.

Beau deslizó los dedos por debajo del canto y tiró hacia arriba. La compuerta salió volando. Vince y Beau se asomaron por la abertura y vieron un pasillo subterráneo iluminado. Se miraron.

—Está ahí abajo —dijo Beau.

—Lo sé —respondió Vince.

—¡Joder! —exclamó Jonathan con ojos desorbitados—. ¡Pitt, Sheila, venid aquí!

Pitt dejó la jeringa con anticuerpos que estaba preparando para Cassy y salió corriendo de la enfermería. Ignoraba qué ocurría, pero la voz de Jonathan denotaba pánico. Oyó los pasos de Sheila a su espalda.

Jonathan estaba sentado delante del ordenador. Tenía los ojos fijos en la pantalla y el semblante pálido.

—¿Qué ocurre? —preguntó Pitt.

Jonathan se había quedado sin habla. No podía hacer otra cosa que señalar la pantalla del ordenador. Pitt la miró y se llevó una mano a la boca.

—¿Qué ha pasado? —preguntó Sheila cuando llegó junto a Pitt.

—¡Un monstruo! —logró farfullar Jonathan.

Ella miró la pantalla y tragó aire.

—¡Es Beau! —exclamó Pitt horrorizado—. Cassy dijo que había cambiado, pero no imaginé...

—¿Dónde está? —preguntó Sheila haciendo un esfuerzo por mantener la compostura pese al horripilante aspecto de Beau.

—Se disparó una alarma y el ordenador activó automáticamente la minicámara correspondiente —explicó Jonathan.

—Quiero saber dónde está —repitió Sheila.

Jonathan manipuló torpemente el teclado hasta que obtuvo un plano del recinto. Una flecha roja parpadeaba en una de las salidas de emergencia.

—Creo que es la puerta por la que entramos —dijo Pitt.

—Me temo que tienes razón —dijo Sheila—. ¿Qué significa la alarma, Jonathan?

—Dice: «compuerta abierta» —leyó Jonathan.

—¡Dios santo! —exclamó Sheila—. Eso significa que están entrando.

—¿Qué hacemos? —preguntó Pitt.

Sheila se mesó el pelo con mano temblorosa. Sus ojos verdes recorrieron angustiados la habitación. Se sentía como un ciervo acorralado.

—Pitt, intenta atrancar la puerta que da a la esclusa de aire —barboteó—. Eso los entretendrá un rato.

Pitt salió disparado.

—¿Dónde está la pistola de Harlan? —preguntó Jonathan.

—No lo sé. Búscala.

Sheila salió hacia la enfermería.

—¿Adónde vas?

—Tengo que sacar a Harlan y Cassy de las salas de aislamiento.

—¿Qué quieres hacer? —preguntó Vince, rompiendo lo que le había parecido un largo silencio.

—¿Qué crees que es esto? —inquirió Beau mientras señalaba desde la compuerta el pasillo blanco e impoluto que corría por debajo.

—No tengo ni idea.

Beau miró hacia el helicóptero. El piloto estaba de pie junto al aparato. Se asomó de nuevo por la compuerta. La cabeza le daba vueltas y las emociones lo embargaban.

—Quiero que tú y tu ayudante bajéis y busquéis a Cassy —dijo. Hablaba pausadamente, como si se esforzara por no estallar en un acceso de furia—. Quiero que me la traigas en cuanto la encuentres. Debo volver al instituto, pero enviaré el helicóptero de vuelta para que os recoja.

—Como digas —respondió muy cautelosamente Vince.

Temía decir alguna inconveniencia. La fragilidad de las emociones de Beau era obvia.

Éste extrajo de su bolsillo un disco negro y se lo entregó a Vince.

—Utilízalo si es necesario —dijo—, ¡pero no se te ocurra hacerle daño a Cassy!

Giró sobre sus talones y se dirigió al helicóptero.

20

Con mano temblorosa, Sheila abrió la compuerta de la sala de aislamiento de Harlan. Para entonces Harlan ya se hallaba de pie junto a la puerta.

—¿Qué demonios hace? —preguntó irritado—. Acaba de contaminar todo el recinto.

—No tenía elección —balbuceó Sheila—. ¡Están aquí!

—¿Quiénes?

—Beau y otra persona infectada —farfulló la doctora—. Han abierto la compuerta que utilizábamos para entrar. Debieron de seguir a Cassy. Estarán aquí en cualquier momento.

—¡Mierda! —exclamó Harlan.

Se detuvo un instante para pensar y salió al pasillo. Allí tropezaron con Cassy y Pitt, que en ese momento salían de la sala de aislamiento contigua. Cassy, pese a estar adormilada y confusa, tenía ahora mejor color.

—¿Dónde está Jonathan? —preguntó Harlan.

—En el laboratorio —respondió Pitt—. Estaba buscando el Colt.

El grupo siguió a Harlan hasta el laboratorio. Inspeccionaron todas las salas y finalmente encontraron a

Jonathan en la última, acurrucado junto a la puerta. Sostenía el revólver entre sus manos.

—¡Nos vamos de aquí! —le gritó Harlan.

Harlan irrumpió en la incubadora y apareció instantes después con un montón de frascos de tejido tisular infectado de rinovirus.

Del pasillo llegó el ruido de un chisporroteo. Se volvieron hacia la puerta. En ese momento se produjo una lluvia de chispas, como si alguien estuviera soldando algo. La presión de la estancia disminuyó de golpe.

—¿Qué ha sido eso? —preguntó Sheila.

—¡Están abriendo una abertura en la esclusa! —exclamó Harlan—. ¡Seguidme! ¡Deprisa!

Indicó al grupo que retrocediera hacia la enfermería. Antes de que pudieran reaccionar, un disco negro asomó por la esquina del pasillo y entró en el laboratorio. Brillaba con una intensa luz roja y estaba rodeado por una aureola neblinosa.

—¡Un disco! —advirtió Sheila—. Manteneos alejados de él.

—¡Sí! —bramó Harlan—. Cuando se activa es radioactivo y escupe partículas alfa.

El disco se detuvo frente a Jonathan, que logró esquivarlo y corrió a reunirse con los demás. Harlan condujo al grupo hasta la siguiente sala del laboratorio y cerró bruscamente la pesada puerta contra incendios de cinco centímetros de espesor.

—¡Deprisa! —ordenó.

El grupo había recorrido medio camino del segundo laboratorio cuando el mismo chisporroteo que oyeran con anterioridad resonó por toda la habitación. Hubo otra lluvia de chispas. Harlan se volvió a tiempo de ver cómo el disco atravesaba limpiamente la puerta.

Entraron en la tercera sala del laboratorio y corrieron hacia la puerta de doble hoja que daba a la enfermería. Harlan se entretuvo en cerrar la segunda puerta contra incendios antes de reunirse con los demás. A su espalda sonó otro chisporroteo. Mientras corría hacia la enfermería, sobre su cabeza rebotaron chispas. Cerró la puerta tras de sí.

—¿Y ahora? —preguntó Sheila.

—¡A la sala de rayos X! —gritó Harlan apuntando con el frasco de tejido tisular que sostenía en una mano.

—Jonathan fue el primero en llegar. Abrió la puerta de un empujón y la sostuvo para que los demás pasaran. El grupo se apiñó en el interior.

—¡No tiene salida! —aulló Sheila—. ¿Por qué nos ha traído aquí?

—Colocaos detrás de la pantalla protectora —ordenó Harlan.

Entregó los frascos a Sheila y Pitt y conectó la máquina que dirigía los rayos. Orientó el haz hacia la puerta y corrió a reunirse con los demás.

Harlan empezó a manipular los interruptores y cuadrantes del tablero de mandos mientras en la puerta volvían a producirse chispazos. El revestimiento de plomo hizo que el disco tardara un poco más de lo normal en abrir un orificio. De repente, irrumpió en la habitación. Su brillo rojizo se había suavizado ligeramente.

Harlan pulsó el interruptor que enviaba alto voltaje a la fuente de rayos X. Se oyó un zumbido electrónico y la luz del techo perdió intensidad.

—Son los rayos X más potentes que esta máquina puede producir —explicó Harlan.

Bombardeado por los rayos X, el disco pasó rápidamente del rojo pálido a un blanco luminoso. La aureola se hizo más intensa, se dilató y finalmente engulló al disco. El sonido de un enorme horno al encenderse cesó de súbito. En ese mismo instante la máquina de rayos X, la mesa, la bandeja del instrumental, parte de la puerta y el mobiliario ligero aparecieron completamente deformados, como si una fuerza los hubiera succionado hacia donde el disco había desaparecido. Los miembros del grupo, que también habían sentido la absorción, se abrazaban y agarraban a lo que podían.

Una capa de humo acre flotaba ahora sobre la habitación. El desconcierto era general.

—¿Estáis todos bien? —preguntó Harlan.

—Mi reloj ha explotado —comentó Sheila.

—También ése —dijo Harlan señalando el reloj que pendía de la pared. El cristal de la esfera estaba hecho añicos y las manecillas habían desaparecido.

—Ha sido un agujero negro en miniatura —dijo Harlan.

El estruendo de un golpe procedente del laboratorio les devolvió a la realidad.

—Han traspasado la esclusa —dijo Harlan—. ¡Vamos!

Arrebató el arma a Jonathan y a cambio le entregó un frasco de tejido tisular. Cassy y Pitt recogieron los demás frascos. Avanzaron hacia la puerta.

—No toquéis nada —advirtió Harlan—. Todavía puede haber radiación.

Fue preciso el esfuerzo de los tres hombres para abrir la desfigurada puerta. Harlan asomó la cabeza y vio la puerta de doble hoja que conducía al laboratorio. Un pequeño orificio chamuscado atravesaba la hoja derecha. Miró hacia el otro lado. El pasillo estaba despejado.

—Giraremos a la izquierda —dijo—. Llegaremos hasta la puerta del fondo y nos refugiaremos en la sala de estar. ¿Entendido?

Todos asintieron.

—¡Ahora!

Harlan vigiló la puerta del laboratorio mientras los demás corrían por el pasillo en dirección opuesta. Se

372

disponía a imitarles cuando una de las hojas se abrió en sentido inverso.

Harlan apretó el gatillo del Colt y un estrépito ensordecedor inundó el pasillo. La bala dio contra la hoja cerrada e hizo añicos el cristal de la portilla. La hoja abierta se cerró de golpe.

Harlan echó a correr por el pasillo. Sentía que las piernas le flaqueaban. Irrumpió en la sala de estar tambaleándose.

—¿Le han disparado? —gimió Sheila.

Todos habían oído el disparo.

Harlan negó con la cabeza. De la boca y los ojos le brotaba espuma.

—Creo que el rinovirus está expulsando al virus alienígena —logró farfullar. Se apoyó contra la pared—. Funciona, aunque por desgracia ha elegido un mal momento.

Pitt se acercó y colocó el brazo de Harlan sobre su hombro. Luego cogió el revólver.

—Dámelo —ordenó Sheila.

Pitt obedeció.

—¿Cómo vamos a salir de aquí? —preguntó Sheila a Harlan. En el laboratorio se produjo un ruido de cristales rotos.

—Utilizaremos la entrada principal. Tengo el Range Rover aparcado allí. No la he utilizado nunca por miedo a ser descubierto, pero ahora ya no importa.

—Bien —dijo Sheila—. ¿Y cómo llegaremos hasta allí?

—Saldremos al pasillo principal y giraremos a la derecha. Pasaremos por unos almacenes hasta llegar a otra esclusa de aire. Luego viene un largo pasillo con carritos eléctricos. La salida está en un edificio que semeja una casa de campo.

Sheila entreabrió la puerta y asomó la cabeza con cautela. Notó la bala antes de oír el disparo. Pasó tan cerca de ella que le chamuscó un mechón de pelo antes de horadar la puerta.

Volvió a meter rápidamente la cabeza.

—Saben dónde estamos —dijo mientras se pasaba una mano por la frente. Se miró los dedos y le extrañó no ver rastros de sangre—. ¿Hay otra forma de alcanzar la salida? Está claro que no podemos salir al pasillo.

—El pasillo es el único camino —dijo Harlan.

—¡Mierda! —masculló la doctora.

Con la mirada fija en el revólver se preguntó a quién quería engañar: en su vida había disparado un arma.

—Podemos utilizar el sistema contra incendios —sugirió Harlan señalando un panel de seguridad en la pared—. Si tiramos de la alarma, el recinto entero se llenará de retardador de incendios. Los intrusos no podrán respirar.

—Oh, fantástico —repuso Sheila con tono sarcástico—. Y entretanto nosotros salimos sin respirar.

—No, no. En ese armario hay máscaras con oxígeno suficiente para media hora.

Ella abrió el armario. En su interior había unos aparatos que parecían caretas antigás. Sacó cinco y los repartió. Según las instrucciones impresas en el largo tubo, había que romper el sello y sacudir el aparato antes de ponérselo.

—¿Estáis todos de acuerdo? —preguntó.

—Qué remedio —dijo Pitt.

Activaron las caretas y se las pusieron. Levantaron el pulgar para indicar que estaban listos y Sheila tiró de la palanca contra incendios.

Se oyó un ruido metálico y acto seguido se disparó una voz automatizada que repetía: «Fuego en el recinto.» Un minuto después el sistema se accionó y comenzó a expulsar un líquido que se evaporaba con rapidez. La sala se llenó de una bruma blancuzca.

—¡No os separéis! —gritó Sheila.

Le era incómodo hablar con la careta puesta y cada vez era más difícil ver a través de ella. Abrió la puerta y se alegró de comprobar que la neblina del pasillo era tan espesa como en la sala de estar. Asomó la cabeza y miró en dirección al laboratorio. No se veía más allá de metro y medio.

Salió. No hubo disparos.

—Vamos —dijo a los demás—. Pitt y Harlan irán delante para enseñarnos el camino. Cassy y Jonathan llevarán los frascos.

Formando una piña, avanzaron por el pasillo. El trayecto se les hizo interminable a causa de la neblina. Finalmente llegaron a la esclusa y entraron. Sheila cerró la compuerta y Pitt abrió la puerta de salida.

Al otro lado de la esclusa el ambiente se había despejado. Cuando llegaron a la escalera que conducía a la salida, se quitaron las caretas.

Seis tramos de escalones los separaban de la superficie. Los subieron y por una trampilla del tamaño de un tapete salieron a la sala de estar de una casa de campo. Una vez cerrada la trampilla, era imposible sospechar lo que ocultaba.

—Mi coche debería estar en el granero —dijo Harlan mientras retiraba el brazo del hombro de Pitt—. Gracias, chico. No lo habría conseguido sin tu ayuda, pero ya me encuentro mejor. —Se sonó ruidosamente la nariz.

—Debemos continuar —dijo Sheila—. Puede que hayan encontrado las caretas antigás.

El grupo salió de la casa por la puerta principal y se dirigió al granero. El sol se había puesto y el calor del desierto amainaba con rapidez. Una mancha de un rojo intenso bordeaba el horizonte del oeste. El resto del cielo semejaba un cuenco de color añil invertido. Algunas estrellas parpadeaban en lo alto.

Tal como suponía Harlan, el Range Rover seguía

aparcado en el granero. Harlan guardó los frascos de cultivo tisular en el maletero antes de sentarse al volante. Arrebató el Colt a Sheila y lo guardó en la guantera de la puerta.

—¿Está seguro de que quiere conducir? —preguntó ella, asombrada por su rauda recuperación.

—Seguro. Me encuentro mucho mejor que hace quince minutos. Lo único que siento ahora es un ligero catarro. Me atrevo a decir que nuestro ensayo con seres humanos ha sido todo un éxito.

Sheila ocupó el asiento del pasajero. Cassy, Pitt y Jonathan se instalaron detrás. Pitt rodeó a Cassy con un brazo y ésta se acurrucó contra él.

Harlan salió del granero marcha atrás. Hizo un giro de ciento ochenta grados y puso rumbo hacia la carretera.

—La epidemia alienígena ha reducido significativamente el tráfico —comentó—. No se ve ni un coche, y sólo estamos a quince minutos de Paswell.

Giró a la derecha y aceleró.

—¿Adónde vamos? —preguntó Sheila.

—No tenemos muchas opciones —dijo Harlan—. Estoy seguro de que el rinovirus se hará cargo de la epidemia. El problema ahora es el Pórtico. Tenemos que hacer algo al respecto.

—¡El Pórtico! —exclamó Cassy enderezándose—. ¿Os ha hablado Pitt de él?

—Desde luego —respondió Harlan—. Dijo que tú creías que estaba a punto de entrar en funcionamiento. ¿Tienes idea de cuándo ocurrirá?

—No —dijo Cassy—, pero supongo que lo harán funcionar en cuanto esté terminado.

—Espero que lleguemos a tiempo para aguarles la fiesta.

—¿Qué es esa historia del rinovirus? —preguntó Cassy.

—Una buena noticia —respondió Harlan mirándola por el retrovisor—. Sobre todo para ti y para mí.

Harlan relató para Cassy los hechos que les habían llevado a descubrir el modo de liberar a la raza humana del azote viral alienígena. Harlan y Sheila alabaron la información que Cassy había facilitado a Pitt.

—El hecho de que el virus hubiese venido a la Tierra hace tres mil millones de años fue el dato clave —dijo Sheila—. De lo contrario, jamás habríamos deducido que podía ser sensible al oxígeno.

—¿No debería respirar un poco de ese rinovirus? —preguntó Cassy.

—No es necesario —dijo Harlan—. Estáis siendo todos debidamente infectados ya sólo con viajar en este coche. Puesto que nadie es inmune a él, imagino que un par de viriones bastarán.

Cassy se recostó en el asiento y se acurrucó de nuevo contra Pitt.

—Hace apenas unas horas pensaba que todo estaba perdido. Es una sensación increíble volver a tener esperanzas.

Pitt le estrechó el hombro.

—Hemos tenido mucha suerte.

Alcanzaron las afueras de Santa Fe poco después de las once de la noche. Por el camino sólo se habían detenido una vez para llenar el depósito en una gasolinera abandonada, parada que aprovecharon para aprovisionarse de dulces y cacahuetes de una vendedora automática.

Durante ese rato Cassy había permanecido en el coche, presa de los síntomas de debilidad, malestar y expulsión de espuma por la boca y los ojos que Harlan había padecido mientras huían del laboratorio. Harlan estaba feliz. El malestar temporal de Cassy era para él una prueba más de lo que había denominado «la rinocura».

Bordeando el centro urbano de Santa Fe, siguieron las indicaciones de Cassy y llegaron al Instituto para un Nuevo Comienzo. A esa hora de la noche la barrera de la entrada estaba iluminada con potentes focos. Los manifestantes se habían marchado, pero muchas personas infectadas salían del recinto.

Harlan detuvo el coche en el arcén y apagó el motor. Se inclinó hacia adelante para examinar la situación.

—¿Dónde está la mansión? —preguntó.

Por el camino Cassy había explicado cuanto recordaba sobre el trazado del instituto, principalmente que el Pórtico estaba instalado en el salón de baile de la planta baja, a la derecha de la puerta principal.

—La casa se encuentra detrás de esa línea de árboles —dijo Cassy—. No puede verse desde aquí.

—¿Adónde dan las ventanas del salón de baile? —preguntó Harlan.

—Creo que a la parte de atrás, pero no estoy segura porque las han tapiado con tablones.

—En ese caso, la idea de entrar por las ventanas queda desechada.

—Teniendo en cuenta la finalidad del Pórtico, es probable que precise mucha energía, y ésta, por tanto, ha de ser eléctrica —dijo Pitt—. Podríamos desenchufarlo.

—Muy agudo —repuso Harlan—, pero dudo que para transportar alienígenas por el tiempo y el espacio dependan de la misma energía que nosotros utilizamos para hacer funcionar nuestra tostadora. Después de ver lo que uno solo de esos diminutos discos puede hacer, no quiero ni pensar lo que podrían conseguir si se unen unos cuantos.

—Sólo era una idea —protestó Pitt.

Se sentía estúpido, así que decidió guardarse las ideas para él sólo.

—¿Qué distancia hay entre la verja de entrada y la mansión? —preguntó Sheila.

—Unos doscientos metros, o puede que más —dijo Cassy—. El camino atraviesa la arboleda y luego un extenso terreno de césped.

—He ahí el primer inconveniente —declaró Sheila—. Si queremos hacer algo tenemos que llegar hasta la casa.

—Buena observación —dijo Harlan.

—¿Y si saltamos el muro de atrás? —propuso Jonathan—. Únicamente se ven luces en la entrada.

—El recinto está vigilado por unos perros enormes que también están infectados y trabajan en grupo —explicó Cassy—. Intentar acercarse a la casa cruzando el césped sería peligroso.

En ese momento el cielo se iluminó con unas bandas de energía parecidas a la aurora boreal. Formaron una esfera y empezaron a dilatarse y contraerse, como si respiraran. Cada expansión, no obstante, era mayor que la anterior, de modo que el fenómeno aumentaba por segundos.

—Oh, oh —dijo Sheila—, presiento que la función ha empezado.

—Bien, todo el mundo fuera —ordenó Harlan.

—¿Por qué? —preguntó Sheila.

—Porque no quiero a nadie en el coche. Voy a hacer algo impulsivo. Voy a irrumpir con el Range Rover en el salón de baile. No puedo permitir que esto siga adelante.

—Pues no lo hará solo —repuso Sheila.

—Como quiera —dijo Harlan—, no tengo tiempo para discutir. Pero los demás, abajo.

—No tenemos a donde ir —dijo Cassy. Miró a Pitt y Jonathan y éstos asintieron—. Estamos metidos en esto tanto como vosotros.

—¡Maldita sea! —protestó Harlan mientras encendía el motor—. Justo lo que la raza humana necesita: un vehículo lleno de estúpidos mártires.

Revolucionó el motor y ordenó a todos que se abrocharan el cinturón de seguridad mientras él tensaba el suyo. Encendió el casete compacto y seleccionó su obra favorita: *La consagración de la primavera* de Stravinski. La adelantó hasta la parte que más le gustaba: el momento en que resonaban los timbales. Con el volumen casi al máximo, salió a la carretera.

—¿Qué piensa decir a los guardas de la puerta? —gritó Sheila.

—¡Que me sigan si pueden!

En la entrada había una barrera blanca y negra de madera maciza que bloqueaba el camino. Los peatones pasaban rodeándola. Harlan arremetió contra la barrera a cien kilómetros por hora y el guardabarros del Ranger Rover la hizo picadillo. Los sonrientes vigilantes se lanzaron a los lados del camino.

Sheila se giró para mirar por la ventanilla de atrás. Los guardas se habían repuesto y corrían tras ellos. También les perseguía una manada de perros que ladraba furiosamente. Harlan salvó una curva doble entre coníferas y tanto vigilantes como perros desaparecieron de la vista.

El Range Rover dejó atrás la arboleda y la magnífica mansión apareció ante ellos en medio de la noche. El edificio al completo brillaba, especialmente las ventanas. Las bandas de luz que se expandían rítmicamente sobre el cielo parecían brotar del tejado de la casa como llamas gigantescas.

—¿No piensa aminorar un poco? —gritó Sheila.

El motor zumbaba como el reactor de un avión. Sumado al estruendo de los timbales, parecía que la orquesta al completo se hallara dentro del coche. Sheila se agarró al asidero superior del copiloto.

Harlan no respondió. Su rostro reflejaba una profunda concentración. Hasta ese momento había mantenido el vehículo dentro del camino, pero ahora que la casa estaba a la vista decidió seguir por el césped para evitar a los peatones. De la mansión emergía un flujo constante de gente marchando en fila en dirección a la salida.

A unos treinta metros de la escalinata de entrada Harlan redujo una marcha a pesar de que las revoluciones del motor rozaban la zona roja del marcador. El coche aminoró la velocidad al tiempo que las ruedas posteriores adquirían potencia.

—¡Joder! —gritó Jonathan al ver que la escalinata se les venía encima.

La gente se arrojó contra los pasamanos de piedra caliza para esquivar aquellas tres toneladas de hierro.

El Range Rover chocó contra el primer peldaño y el morro se elevó por los aires. El impulso levantó el vehículo del suelo y las ruedas aterrizaron a tres metros del portal acristalado. Una ristra de focos rodeaba los costados y la parte superior del portal.

Todos excepto Harlan cerraron los ojos justo antes de chocar contra la casa. Por encima de la música se oyó un ruido sordo de cristales, pero la colisión apenas había detenido el impulso del coche. Harlan pisó el freno y giró el volante hacia la derecha para eludir la escalinata del vestíbulo.

El Range Rover patinó sobre el suelo de mármol ajedrezado, rozó una araña de luces, arrolló una consola de mármol y derribó una pared de yeso. Los pasajeros fueron arrojados contra el respaldo de sus asientos. El *airbag* del copiloto se infló y empujó hacia atrás a una Sheila alucinada.

Harlan trató de controlar el volante mientras el coche traqueteaba sobre los escombros. El impacto final se produjo contra una estructura de madera y metal cubierta de cables eléctricos. El vehículo quedó empotrado en una viga de hierro y el parabrisas se rompió en mil pedazos.

En el salón todo eran chispazos y un zumbido mecánico que se sentía, más que se oía, por encima de la música clásica.

—¿Estáis todos bien? —preguntó Harlan mientras despegaba los dedos del volante. Lo sujetaba con tanta fuerza que se le había cortado la circulación. Tenía las manos y los brazos rígidos. Bajó el volumen de la música.

Sheila se estaba librando del *airbag*.

Todos respondieron que habían superado la colisión sin dificultades graves.

Harlan miró por el parabrisas roto. Tan sólo veía cables y escombros.

—Cassy, ¿crees que estamos en el salón de baile?

—Sí.

—En ese caso, misión cumplida. Tanto cable me hace suponer que hemos chocado contra un aparato de alta tecnología. No hay duda de que lo hemos dañado, a juzgar por los chispazos.

Puesto que el motor seguía encendido, Harlan pisó el acelerador y dio marcha atrás. El Range Rover reculó sobre la estela de destrozos que había dejado a su paso. Al poco abandonó la superestructura del Pórtico y todos pudieron ver una plataforma que parecía de plexiglás, a la que se subía por unos peldaños ovales del mismo material. De pie sobre la plataforma había una horrible criatura alienígena iluminada por las incesantes chispas. Los ojos, negros como el carbón, miraban incrédulos a los ocupantes del vehículo.

De repente, la criatura echó la cabeza hacia atrás y soltó un grito desgarrador. Luego se dejó caer lentamente sobre la plataforma y se llevó las manos a la cabeza.

—¡Dios mío, es Beau! —gritó Cassy.

—Eso me temo —dijo Pitt—, pero su mutación es ahora total.

—¡Tengo que salir! —dijo la joven mientras se desabrochaba el cinturón de seguridad.

—No —dijo Pitt.

—Hay demasiados cables sueltos —advirtió Harlan—. Es muy peligroso, sobre todo con todos esos chispazos. El voltaje debe de ser astronómico.

—No me importa —repuso Cassy.

Pasó un brazo por encima de Pitt y abrió la puerta.

—No puedo permitírtelo —dijo Pitt.

—Suéltame, tengo que hacerlo.

Finalmente, Pitt la dejó ir. Cassy sorteó los cables y subió lentamente por los peldaños de la plataforma. Poco a poco los gemidos de Beau se fueron haciendo más perceptibles.

—¿Cassy? —preguntó Beau—. ¿Por qué no te he sentido?

—Porque ya no tengo el virus. ¡Hay esperanza, Beau! Aún hay posibilidades de volver a nuestra vida de antes.

Él negó con la cabeza.

—No para mí —dijo—. Ya no puedo ir hacia atrás, y tampoco hacia adelante. No he respondido como se esperaba de mí. Las emociones humanas son un obstáculo insalvable. Mi deseo por ti me ha llevado a dar la espalda al bien colectivo.

La intensidad de los chispazos aumentó, provocando una ligera vibración creciente.

—Huye, Cassy —dijo Beau—. La red eléctrica está cortada. No habrá ninguna fuerza que contrarreste la antigravedad. Va a producirse una dispersión.

—Ven conmigo, Beau —rogó ella—. Disponemos de un medio para librarte del virus.

—Yo soy el virus —dijo él.

La vibración era ahora tan fuerte que Cassy tenía dificultades para mantener el equilibrio sobre los escalones.

—¡Vete, Cassy! —gritó Beau apasionadamente.

Tras una última caricia al dedo extendido de Beau,

Cassy inició el descenso. El salón de baile temblaba como si estuviera en medio de un terremoto.

Pitt esperaba a Cassy con la puerta abierta. Subieron al vehículo.

—Beau dice que tenemos que salir de aquí —dijo Cassy—. Va a producirse una dispersión.

Sin tiempo que perder, Harlan pisó el acelerador y dio marcha atrás. Tras innumerables botes y sacudidas, finalmente llegaron al vestíbulo.

Harlan maniobró diestramente el Range Rover hasta colocarlo de cara a la destartalada puerta de entrada. La araña de luces temblaba con tanta vehemencia que trocitos de cristal volaban en todas direcciones. Como no había parabrisas, Sheila tuvo que protegerse la cara.

—¡Agarraos fuerte! —gritó Harlan.

Resbalando sobre el lustroso mármol, el Range Rover salió disparado por la puerta, atravesó el porche y superó la escalinata. El impacto al chocar contra el asfalto del camino fue tan fuerte como el que habían sufrido al estrellarse contra la pared del salón de baile.

Harlan atravesó en línea recta el césped en dirección a la arboleda por donde continuaba el camino.

—¿Es preciso que conduzca tan deprisa? —protestó Sheila.

—Cassy dijo que iba a haber una dispersión —dijo Harlan—. Supongo que cuanto más nos alejemos, mejor.

—¿Qué demonios es una dispersión? —preguntó Sheila.

—No tengo la menor idea —admitió Harlan—, pero parece algo peligroso.

En ese momento se produjo una tremenda explosión a sus espaldas, la cual, no obstante, no generó el ruido o la onda expansiva habituales. Cassy se volvió justo a tiempo de ver cómo la casa volaba literalmente por los aires. No hubo ningún destello que indicara el origen de la explosión.

De pronto los ocupantes del Range Rover se dieron cuenta de que estaban volando. Sin tracción alguna, el motor había empezado a acelerarse hasta que Harlan retiró el pie.

El vuelo duró apenas cinco segundos. Las ruedas se habían detenido, pero no la inercia del coche, de modo que el aterrizaje fue acompañado de un fuerte bandazo.

Desconcertado por el extraño fenómeno, Harlan detuvo el vehículo. El hecho de haber perdido totalmente el control del coche aunque sólo fuera por unos segundos lo había acobardado.

—Hemos volado —declaró Sheila—. ¿Cómo ha podido ocurrir?

—Lo ignoro —dijo Harlan.

Contempló los indicadores, como si buscara en ellos una respuesta.

—La casa ha desaparecido —dijo Cassy.

Todos se volvieron para mirar. A los peatones les estaba ocurriendo lo mismo. No se veía humo ni escombros. La casa simplemente se había desvanecido.

—Ahora ya sabemos qué es una dispersión —sentenció Harlan—. Ha de ser lo contrario de un agujero negro. Supongo que la dispersión reduce el objeto a sus partículas primarias, las cuales simplemente desaparecen.

Cassy sintió una fuerte congoja. Embargada por una intensa sensación de pérdida, de sus ojos brotaron lágrimas.

Pitt vio las lágrimas con el rabillo del ojo. Enseguida comprendió el motivo y la rodeó con un brazo.

—Yo también le echaré de menos —dijo.

Cassy asintió.

—Supongo que siempre le querré —dijo secándose los ojos con el nudillo de un dedo. No obstante, añadió—: Pero eso no significa que no te quiera a ti.

Con un ímpetu que dejó a Pitt sin habla, Cassy lo

estrechó en un fuerte abrazo. Con timidez al principio y luego con igual ardor, Pitt la estrechó a su vez.

Harlan se dirigió al maletero del coche y sacó los frascos.

—Todo el mundo abajo —dijo—. Tenemos una infección que llevar a cabo.

—¡Ostras! —gritó Jonathan—. ¡Es mi madre!

El grupo siguió con la mirada el dedo del chico.

—Creo que tienes razón —dijo Sheila.

Jonathan bajó del coche con la intención de echar a correr en dirección a su madre. Harlan lo detuvo y le entregó un frasco.

—Que aspire fuerte, hijo —le dijo—, cuanto antes mejor.

OTROS TÍTULOS

MARY
HIGGINS
CLARK
•
No puedo
olvidar
tu rostro

PLAZA JANÉS

En los colegios y universidades nadie enseña que todas las personas tienen un rostro distinto, ya que es obvio. Sin embargo, si lo enseñaran, la abogada Kerry Macgrath podría rebatirlo, ya que en la consulta de un cirujano estético ha visto diversas mujeres con la misma cara. Por fortuna, la clave del enigma no es un colapso genético de la especie, sino el asesinato de una joven... Así pues, en estas vacaciones es posible que usted vea una misma cara en distintas personas, pero no se ha de escandalizar.

Se dice que el avión es más seguro que cualquier otro medio de transporte. Y uno se esfuerza por creérselo como un niño obediente, aunque cuesta mucho cuando vas sentado en clase turista y echas un vistazo por la ventanilla luego de tragar saliva como un poseso durante el despegue. En fin, que si prefieres seguir con la venda en los ojos y no ver la espantosa realidad que puede echarse encima de los confiados viajeros durante un vuelo transatlántico, no leas este libro.

STEPHEN
KING

El pasillo de
la muerte

PLAZA JANÉS

El problema de vivir en un país en que rige la pena de muerte es que si cometes un crimen horrendo, el Estado puede cometer en tu persona otro crimen horrendo, esto es, acabar con tu vida. Hay diversos métodos para ese horrendo crimen estatal, pero eso a los condenados no les preocupa demasiado. En esta novela se trata de la silla eléctrica, esto es, muerte por achicharramiento. Los desdichados que esperan su hora en la lúgubre penitenciaría de Cold Mountain lo saben, y quizá desean que ese momento llegue cuanto antes, ya que la interminable espera constituye para ellos el mismísimo infierno.